나가시노長篠 **전투(1575) 병풍도 앞부분.**
오다 · 도쿠가와 연합군이 타케다 군을 공격하는 모습.

德川家康

도쿠가와 이에야스

1부
대망 大望

8
폭풍우

德川家康

1부
대망 大望

8
폭풍우

도쿠가와 이에야스

야마오카 소하치
대하소설 이길진 옮김

솔

『도쿠가와 이에야스』를 바로 읽기 위해

1. 본문 중 °표시가 된 용어는 책 뒤에 풀이를 실었다.

2. 인명과 지명은 원음 표기를 원칙으로 하며, 된소리를 피하고 거센소리로 표기하였다. 단 도쿠가와와 도요토미만은 원음과 차이가 있지만 일반인에게 익숙한 이름이기에 외래어 표기법에 따랐다. 장음은 생략하였다.

3. 인명, 지명 및 고유명사는 처음 나올 때 원어를 병기하였으며, 강과 산, 고개, 골짜기 등과 같은 지명 역시 현지 음대로 카와(가와), 야마(잔, 산), 사카(자카), 타니(다니) 등으로 표기하였다.

4. 성과 이름 중간에 나오는 것은 대부분 관직명과 서열을 나타내는 것인데, 그 당시의 관습에 따라 이름과 혼용하여 쓰이는 경우도 있다. 각 관청 및 관직에 대해서는 부록에서 설명하였다.
   ex) 히라테 나카츠카사노타유 마사히데 → 히라테 마사히데(이름) + 나카츠카사노타유 (나카츠카사의 장관), 아마노 아키노카미 카게츠라 → 아마노 카게츠라(이름) + 아키노카미(아키 지방의 장관)

5. 시간과 도량형은 센고쿠 시대에 쓰던 것을 그대로 따랐으며, 역시 부록에서 설명하였다.

차례

《 나가시노 전투의 대진도 》

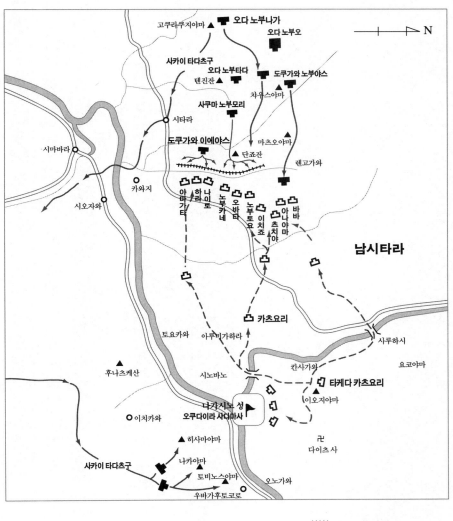

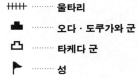

┼┼┼┼ ……	울타리
(오다·도쿠가와 군 마크) ……	오다 · 도쿠가와 군
(타케다 군 마크) ……	타케다 군
(성 마크) ……	성

파우破雨

1

다사다난했던 텐쇼天正 원년(1573)이 지나고, 타케다武田 군과 도쿠가와德川 군이 긴박하게 대치한 채 텐쇼 2년을 맞이했다.

그해 정월 초닷새, 이에야스家康는 정오품으로 품계가 올라 하마마츠 성浜松城에서는 성대한 축하연이 열렸다. 물론 오카자키岡崎에서도 말단의 아시가루足輕°에 이르기까지 술이 내려지고, 이제 오다織田와 도쿠가와의 동맹은 아무리 강한 코슈甲州(카이甲斐)의 정예부대라 해도 깨뜨릴 수 없게 되었다고 상하 모두가 기뻐했다.

그런 가운데 다만 츠키야마築山만은 예외였다. 카츠요리勝賴로부터는 그 후 아무런 연락도 없었고, 하마마츠에서 전해지는 풍문은 그 모두가 그녀에게 등을 돌리는 것들뿐이었다.

감정상 도저히 참을 수 없었던 오만お万이 겨우 이에야스 곁에서 멀어졌는가 싶었는데, 이번에는 오아이お愛가 애첩으로 모습을 나타냈다. 그뿐만이 아니었다. 오만이 낳은 아이도 몰래 보호받으며 자라고 있는 모양이었다. 이름은 오기마루於義丸라 지었다고 코토죠琴女가 어디선가 듣고 와서 전해주었다.

이에 대해 남자 형제가 없던 노부야스信康는 화를 내기는커녕 자기 일처럼 기뻐했다.

"뭐, 내게 동생이 생겼어? 그거 참 반가운 일이로군. 이번에 하마마츠에 가거든 만나봐야지. 그래, 동생이 생겼다는 말이지……?"

그날 밤에는 내전에서 축배를 들었다고 했다.

'멍청한 것 같으니라구……'

그때도 츠키야마는 혼자 애를 태웠으나 노부야스도 더 이상 어머니가 마음대로 할 수 있는 아들이 아니었다.

부세츠武節와 아스케足助의 첫 출전 이후 몇 번이나 전쟁터에도 나갔고, 그때마다 아버지에 대한 존경심을 더욱 깊이 하고 돌아왔다.

'남자들이란 모두 그런 것일까?'

"역시 아버님은 천하 제일의 무장이셔."

요즘에는 매일같이 무용담으로 시간을 보내며, 가슴을 떡 펴고 자랑스럽게 말한다고 아야메가 고해왔다.

하루라도 빨리 첫손자를 보았으면 하고 맺어준 아야메까지도 아이를 가졌다고 알려왔다가는 유산했다는 등 희비가 엇갈렸다. 너무 들떠 있는 듯해 지난봄에는 일부러 아야메를 불러 주의를 환기시킨 일도 있었다.

"너는 밤에 지나치게 작은 성주님을 모시는 게 아니냐?"

그때 아야메는 얼굴이 빨개져서 고개를 푹 떨구었을 뿐이었다.

"예."

"그 일이 지나치면 아기를 갖지 못해. 안타까운 일이로구나."

너무 강하게 나무라면 조심하느라고 토쿠히메德姬에게 총애를 빼앗길지도 몰랐다. 그래서 그 이상 나무랄 수도 없었다.

그러는 가운데 봄이 지나고 계절은 5월로 접어들었다. 후텁지근한 장마철이 서서히 다가오고 있어, 그날도 짙은 녹음 위로 바라보이는 하늘에는 무겁게 잿빛 구름이 깔려 있었다.

"코토죠, 이대로 지내다가는 미쳐버리겠어. 오가 야시로大賀彌四郎가 하마마츠에서 돌아왔다고 하니 네가 가서 불러오너라. 여러 가지 물어볼 것도 있고 부탁할 일도 많다."

코토죠에게 명하고 자기는 혼자 거울 앞에 앉았다.

2

츠키야마는 거울 앞에 앉았으나 가슴이 설레지도 않았다. 거울에 비치는 얼굴은 홀로 잠자리를 지키는 외로운 여자의 얼굴. 가만히 바라보고 있으려니 소리를 지르며 발광하거나 울고 싶어졌다. 그래도 머리를 손질하고 입술에 연지를 칠했다.

오랜만에 야시로를 만난다. 아름답게는 보이지 않더라도 추하다는 생각을 갖게 하고 싶지는 않았다.

야시로가 나타난 것은 그로부터 잠시 뒤였다.

"야시로 님, 하마마츠에서 돌아왔다는 말을 듣자 무슨 이야기라도 듣고 싶어서."

조심스럽게 말을 꺼냈다.

"오랫동안 뵙지 못했습니다. 여전히 건강하신 것 같아 기쁘기 이를 데 없습니다."

야시로는 무척 겸손하게 대답했다. 그리고는 덧붙였다.

"하마마츠의 성주님도 매우 건강하십니다."

"야시로 님, 코슈 군은 이제 미카와三河에 오지 않을까요?"

"글쎄요……"

야시로는 진지한 표정으로 고개를 갸웃했다.

"아마 올해는 우선 슨푸駿府에서 토토우미遠江로 들어올 것이라고 생각합니다."

"그래서……?"

"나가시노長篠에서 미카와로 남하하는 것은 아마 그 뒤의 일일 듯합니다."

"그대에게는 어떤 연락이라도……"

"연락이라니요?"

츠키야마는 가만히 주위를 둘러보고 목소리를 낮추었다.

"가끔 밀사가 다녀가나요?"

야시로는 담담하게 고개를 가로저었다.

"그런 자가 올 리 없지 않습니까? 이 야시로는 도쿠가와 가문의 가신입니다."

"야시로 님, 엿듣는 사람은 아무도 없어요. 말을 돌리지 말고 진실을 말해주세요."

"그게 무슨 말씀입니까!"

야시로는 비로소 눈에 단호한 빛을 띠었다.

"진실이고 거짓이고가 없습니다. 아무런 연락도 없으니 없다고 말씀드린 것뿐입니다. 그런 일로 동요되어서야 어찌 큰일을 도모할 수 있겠습니까?"

"야시로 님은 조용히 시기만 기다리고 있으라는 말인가요?"

야시로는 혀를 찼다.

"그런 지시까지는 드리지 않습니다. 다만 이 야시로는 타케다 군이 토토우미에서 하마마츠 성을 공략한 뒤 반드시 다시 한 번 나가시노로 돌아온다……고 생각하고 있을 뿐입니다."

츠키야마는 고개를 끄덕였다.

"그때가 중요하다는 것은 알았어요. 그런데 코슈의 오야마다 효에小山田兵衛라는 사람은 아직 정실을 맞아들이지 않았을까요?"

"글쎄요…… 잘 모르겠습니다. 연락이 닿지 않는 카이의 일이라서."

"야시로 님."

"예."

"그대는 어째서 이처럼 나에게 매정해졌나요?"

"당치도 않은 말씀입니다. 저는 언제나 생각하는 그대로를 말하고 있을 뿐입니다."

"야시로!"

갑자기 츠키야마의 음성이 날카로워졌다.

"그대는 이 세나가 아무 일도 못할 것이라 깔보고 있어. 좋아, 어서 물러가도록 해!"

3

"아니, 무엇이 그리 못마땅하신지, 심기가 안 좋으신 것 같군요."

야시로는 엷은 웃음을 띠고 야유하듯 츠키야마를 쳐다보았다.

"어서 물러가!"

츠키야마는 다시 크게 소리질렀다.

"나도 여자의 오기가 있지, 그대를 가만 두지 않겠어."

"가만 두지 않겠다니요?"

"야시로! 그대는 모반자야. 만일 이 세나가 목숨을 버릴 각오로 수치를 잊고 모든 것을 털어놓으면 어떻게 되는지 알아? 저런, 그대의 안색이 변하는군…… 어차피 사는 보람이 없는 목숨, 호호…… 나는 각오하고 있어."

"쉿!"

야시로는 츠키야마를 제지하고 주위를 둘러보았다. 과연 야시로도 자신의 계산부족을 깨닫고 당황했다.

츠키야마는 정상적인 궤도를 벗어난 감정의 소유자였다. 발끈하면 무슨 일을 저지를지 몰랐다. 그것을 야시로는 잊고 있었다.

순간 야시로의 얼굴에서 핏기가 가시고 식은땀이 이마에 맺혔다.

"마님……"

"호호…… 왜 그러지, 야시로? 살아 있기는 하지만 이미 지옥에 떨어진 나, 내가 목숨을 아끼는 줄 알고 있었어?"

"마님…… 우선 고정하십시오."

"호호…… 그렇게 허둥대도 이미 늦었어. 내 마음은 결정됐어…… 야시로는 모반자야. 성주의 아내를 유혹하여 불의를 저지른 극악무도한 자야……"

야시로가 츠키야마에게 덤벼들어 그 입을 막았다.

"야시로, 나를 죽일 생각이냐? 그래, 어디 죽여보아라…… 아, 야시로가……"

"마님! 아무 말씀 마십시오. 제가 잘못했습니다. 아니, 이 야시로는 혹시 누가 엿듣지 않나 싶어 조심했을 뿐입니다. 마님의 마음을 풀어드리겠으니…… 아무 말씀도 마시고 우선 이 야시로의 말을……"

야시로는 츠키야마의 귀에 입을 가까이 대고 보채는 아이를 달래듯이 타이르기 시작했다.

"이 야시로가 어째서 마님을 매정하게 대하겠습니까…… 그렇게 보이도록 하는 것도 만일의 경우를 위해서…… 코슈와의 연락도…… 마님! 아시겠습니까?"

츠키야마는 입을 틀어막힌 채 빤히 야시로를 바라보았다. 어깨가 크게 들먹거리고, 입술과 얼굴은 송장처럼 경직되어 있었다.

"아시겠습니까, 마님…… 이 야시로는 조심성이 많은 마님의 편. 의심하신다면 너무 조급하신 것입니다."

이윽고 츠키야마의 손이 입을 틀어막고 있는 야시로의 손에 닿았다.

야시로의 손은 따뜻하고 츠키야마의 손은 얼음처럼 싸늘했다.

야시로는 츠키야마의 입에서 가만히 손을 떼었다. 중지의 손톱 끝에 연지가 묻어 그것이 불쾌감을 자아냈으나 지금은 그런 감정을 노골적으로 드러내도 좋은 때가 아니었다.

"야시로!"

"예."

"지금 그 말에 거짓은 없겠지?"

"어찌…… 거짓이……"

"증거를 보이기 위해 그대의 손으로 토쿠히메의 아이를 죽이도록. 그러면 나도 그대를 믿겠어."

야시로는 깜짝 놀라 츠키야마 곁에서 조금 떨어져나왔다. 그리고 나서야 비로소 크게 한숨을 토해냈다.

4

"마님……"

잠시 후 야시로가 말했다.

"그것은 부당한 일입니다. 그런 일로 대사가 발각되면 보다 더 큰 손실이 온다는 것을 깨닫지 못하십니까?"

츠키야마는 다시 탐색하는 눈빛이 되었다. 싫어하는 것을 알면서도 억지로 시키려 하는 중년 여인의 기묘한 심리가 노골적으로 그 얼굴에 떠올라 있었다.

"마님!"

야시로는 무릎걸음으로 다가가 이번에는 눈을 꼭 감고 츠키야마의 어깨에 손을 얹었다.

"아무 말씀도 하지 마십시오. 모든 것을 이 야시로에게 맡겨주십시오. 저도 깊이 생각하는 바가 있습니다."

말과 함께 홱 손을 당겼다. 츠키야마의 몸은 그대로 야시로의 가슴에 안겨왔다……

겨우 츠키야마의 표정이 변했다. 싸늘하고 고집스러운 경직이 풀리고 살덩어리의 의지가 점점 온몸을 태우기 시작했다.

야시로는 그 살덩어리의 의지에 구역질나는 혐오감을 느꼈다. 마음껏 그 뺨을 때리고 침을 뱉어주고 싶었다.

'지금은 그럴 때가 아니다……'

"야시로……"

이번에는 츠키야마 쪽에서 두 팔을 뻗으며 매달려왔다.

야시로는 체념했다. 이것도 남자의 사업이라고 자신을 타이르면서 상대의 말에 달콤한 목소리로 맞장구를 쳤다.

"마님!"

"야시로!"

어느 틈에 밖에서는 뚝뚝 비가 떨어지기 시작했다. 짙은 녹음의 그림자가 방안으로 숨막힐 듯한 정적을 고스란히 실어왔다.

물론 방에 있는 두 사람은 깨닫지 못했으나, 이때 옆방 미닫이에서 소리를 죽여가며 사라지는 발소리가 있었다. 과자를 손에 든 토쿠히메의 시녀 코지쥬小侍從였다.

코지쥬는 두 사람이 치정에 빠지기 전의 말다툼을 엿들은 듯. 발소리를 죽이고 복도로 나와 떨면서 그대로 본성의 내전 쪽으로 달려갔다.

'어쩌면 그렇게도 무서운 사람들일까……?'

지금까지는 다만 남편에게 따돌림당한 중년 여자의 대담한 치정으로만 생각하고 있었다. 그런데 단순한 치정만은 아니었다. 그 뒤에서 적과 손을 잡고 있다는 사실을, 오다 가문에서 따라온 코지쥬로서는 확실히 알게 되었다.

　'첫손녀를 죽이라고 하다니……'

　이미 그것은 비밀로 덮어둘 일이 아니었다. 코지쥬는 종종걸음으로 토쿠히메의 거실을 향해 복도를 달리면서 생각했다.

　최근 노부야스의 총애는 눈에 띌 정도로 아야메에게 옮겨가 있었다. 언제나 쓸쓸하게 아기를 데리고 있는 토쿠히메의 모습을 볼 때마다 코지쥬는 자기 일처럼 슬펐다. 일부러 토쿠히메를 대신하여 츠키야마의 비위를 맞추고, 부부 사이를 파고드는 중상中傷의 바람을 막으려고 애쓰고 있었다.

　이미 코지쥬 혼자 가슴에 묻어두기에는 사태가 너무 커지고 말았다.

　코지쥬는 창백한 얼굴로 토쿠히메의 거실로 뛰어들어갔다.

　"사람을 물려주십시오……"

　손에 들었던 쟁반에서 과자를 떨어뜨렸다.

5

　"왜 그래, 코지쥬?"

　토쿠히메는 의아해하는 얼굴로 두 시녀와 유모를 내보내고 코지쥬 옆으로 다가왔다.

　"츠키야마 마님께 무슨 변고라도 생겼느냐?"

　코지쥬는 다시 주위를 둘러보면서 말했다.

　"무서운 일…… 그냥 지나쳐버릴 수 없는 일이 일어났습니다."

자기가 보고 온 그대로 토쿠히메에게 고했다.

토쿠히메는 한 아이의 어머니가 된 후 어른이 되었다. 노부나가信長 와 많이 닮은 눈매에 예리함이 더해지고 일종의 요염함마저 깃들여 있 었다.

"이 일은 기후岐阜 성주님께 반드시 알려야 할 일이라고……"

코지쥬는 작은 소리로 말하고 토쿠히메를 쳐다보았다.

"기다려……"

토쿠히메는 제지하며 입술을 깨물었다. 아버지 성격의 격렬함은 잘 알고 있었다. 아버지에게 사실 그대로 고한다면 무사하지 못할 터. 그 것이 원인이 되어 아버지와 이에야스, 노부야스 부자와의 골이 깊어지 면 토쿠히메의 입장은 더욱 난처해질 뿐이었다.

"이제 알았어요. 아야메 님도 분명히 타케다 쪽의 첩자, 그밖에도 내 통자가 있을지 모릅니다. 만일의 경우가 생기면……"

"잠깐."

토쿠히메는 다시 한 번 제지했다.

"그 일은 잠시 덮어두기로 하자. 나에게도 생각이 있으니……"

"생각이라니요?"

"내 말을 들어보아라, 코지쥬. 나는 오다 집안의 딸이기도 하지만 사 부로 님의 아내, 아내에게는 아내로서의 역할이 있어."

"작은 성주님께 말씀 드리려 하십니까? 하지만 그것은……"

"아니야, 내가 말씀 드리고 지시받는 것이 도리. 만일 아무런 지시도 없으면 그때 가서 기후와 상의해도 늦지 않아."

코지쥬는 그 말에 반대했다. 노부야스가 어머니이지만 츠키야마와 한패라고는 생각지 않았다. 그러나 한 사람은 하늘을 나는 새라도 떨어 뜨릴 수 있는 이에야스의 총신 오가 야시로, 한 사람은 생모였다. 노부 야스의 총애를 받고 있는 아야메의 존재도 무시할 수 없었다. 적에게 포위되어 있는 노부야스, 과연 그런 노부야스가 토쿠히메의 말을 순순히 받아들일 것인가……?

"일단 은밀하게 기후의 지시를 받는 것이 현명한 일이라고 생각합니다마는."

"아니야, 그것은 여자의 도리에 어긋나는 일. 이 일에 대해서만은 잠시 나에게 맡겨주었으면 한다."

그 말에는 코지쥬도 강력하게 반대할 수 없었다.

토쿠히메가 노부야스에게 그 일을 호소할 기회는 뜻밖에도 일찍 찾아왔다.

지난 해 11월 이래 조용히 코후甲府에 머물러 있던 카츠요리가 아직 5월인데도 대군을 거느리고 토토우미로 나왔다. 타케다 군과 에치고越後의 우에스기上杉 군 사이에 어떤 밀약이 성립된 결과인지도 몰랐다.

타케다 군은 파죽지세로 도쿠가와 쪽 타카텐진 성高天神城을 포위했다. 사태가 심상치 않다고 판단한 이에야스는 노부야스에게도 출전을 명했다.

"드디어 출전이야. 잠시 헤어져 있게 됐어."

노부야스는 자기가 벌써 두 달 가까이나 정실의 거실을 찾아오지 않았다는 것을 잊은 듯한 얼굴로 환하게 웃음을 띠고 들어왔다.

6

오랜만에 거실에서 노부야스를 맞이하는 토쿠히메는 빨갛게 얼굴이 상기되었다.

밖에서는 장마가 시작되어 비에 젖은 나뭇잎이 마루에서 새어나가는 불빛을 받아 반짝반짝 빛나고 있었다.

"오늘 저녁엔 여기서 밥상을 받겠어. 술도 가져오도록."

"예, 곧 준비하겠어요."

술이 들어오고, 흐뭇한 표정으로 잔을 드는 노부야스를 보고 있으려니 토쿠히메의 마음은 여간 안타깝지 않았다. 출전을 앞두고 찾아온 남편의 심기를 건드려서는…… 하고 조심스러운 마음이면서도, 만일 출전중에 큰일이 벌어지면 어쩌나 하는 걱정이 태산 같았다.

"이번에야말로 타케다 카츠요리武田勝賴의 본진을 짓밟아버리고야 말겠어. 더 이상 나는 도쿠가와의 풋내기가 아니야. 전공을 세워 그것을 선물로 가져오겠어."

술시중을 들던 코지쥬는 때때로 토쿠히메를 바라보며 독촉하듯이 눈을 빛냈다. 그녀 역시 노부야스가 없는 동안의 일이 여간 걱정되지 않는 모양이었다.

"작은 성주님……"

노부야스의 기분이 최고조에 달했다고 판단하고 겨우 토쿠히메가 입을 열었을 때 노부야스는 이미 상당히 취해 있었다.

"왜, 할말이라도 있나?"

"예, 말씀 드려야 할 게 있습니다."

"무슨 일인데 그래?"

"저어, 오가 야시로 님을 어떻게 생각하시는지요?"

"어떻게 생각하다니……? 무용은 신통치 않지만 뒷일을 맡기는 데는 부족함이 없는 사나이지. 그래서 아버님도 모든 일을 야시로에게 맡기고 있어."

"그 야시로 님의 일로 꼭 말씀 드릴 것이……"

"야시로의 일로?"

"예…… 야시로는 믿을 수 없는 발칙한 자입니다."

대담하게 말하고 한숨을 쉬었다.

노부야스는 불쾌한 얼굴로 고개를 돌렸다.

"토쿠히메, 츠키야마 마님은 나의 어머니야. 쓸데없는 말을 하여 이 노부야스를 불쾌하게 만들고 싶나?"

"아닙니다, 어머님에 관한 말씀이 아니라······"

"알고 있어. 야시로가 수시로 어머니에게 출입하고 있다······ 그 일을 말하려는 것이겠지?"

"그것이 아닙니다. 야시로가 엄청난 모반을 꾀하고 있다는 소문이 있습니다."

"뭣이, 모반을······ 말도 안 되는 소리. 하하하, 누가 그런 말을 하던가? 야시로가 충직하다는 것은 나만이 아니라 아버님도 인정하고 계셔. 인정을 받고 있기 때문에 그처럼 중용重用되고, 중용되고 있기 때문에 조금이라도 더 우리 가문을 위하고 싶어 어머니까지 돌보고 있는 거야. 그런 소문을 내는 자가 도대체 누구인가?"

"작은 성주님!"

일단 말을 꺼냈기 때문에 토쿠히메는 몸을 앞으로 내밀고 남편의 무릎에 손을 얹었다.

"결코 근거가 없는 말이 아닙니다. 안 계시는 동안에 만일의 경우라도 생기면 그야말로 큰일, 꼭 조사해보시기 바랍니다."

"정말 성가시게 구는군. 그런 일은 절대로 없다는데도."

"아니, 있습니다. 야시로뿐만이 아니라 그 일당이 현재 이 성에 살고 있습니다."

"이 성이라니, 그게 누구야? 어디 그 이름을 말해봐."

"예, 그중 하나는 아야메."

토쿠히메가 아야메라고 말하는 순간 노부야스의 표정에 험악한 빛이 흘렀다.

7

"뭐라고! 아야메를 끌어넣다니 야비하다고 생각지 않나?"

탁 술잔을 내려놓고 노부야스는 무서운 눈으로 토쿠히메를 노려보았다.

토쿠히메도 이미 옛날의 그 얌전한 소녀가 아니었다. 한 아이의 어머니가 되고, 자기가 왜 오카자키에 시집오게 되었는지, 또 친정아버지인 노부나가와 시아버지의 관계도 그녀 나름대로 생각하고 그녀 나름대로 파악하고 있었다.

"이상한 말씀을 하시는군요. 아내가 남편의 몸을 걱정하는 것이 야비하다니……"

"야비해!"

노부야스는 성난 목소리로 되풀이했다. 자기 자신도 토쿠히메를 너무 멀리했다는 자격지심이 있었다. 그 자격지심에 압도되어 토쿠히메의 입을 다물게 하려는 생각만이 앞섰다.

"이 노부야스가 그대와 아야메를 같은 계열에 놓고 있는 줄로 아는 거야? 말하자면 아야메는 그대의 하녀. 모반이라니…… 그 여자에게…… 이런 말을 한다고 누가 곧이듣는단 말인가. 그대의 질투라고 비웃을 거야. 삼가도록 해."

토쿠히메의 얼굴에서 핏기가 가셨다.

"작은 성주님은 이 몸의 마음을 그렇게도 모르십니까? 증거도 없이 야비하게 아야메를 중상한다…… 저를 그런 여자로 보십니까?"

"그렇게 여겨지지 않으려면 지나친 말을 삼가도록 해. 그대는 아버님이 어머니를 멀리하신 이유를 아직 모르고 있나?"

"아버님도 아무 말도 하지 말라고는 하지 않으실 것입니다."

노부야스는 신경질적으로 고개를 내둘렀다.

"닥치지 못하겠어! 어머니는 성격이 거세 바깥일에까지 참견하셨어. 그것이 아버님의 심기를 건드려 배척당했고. 그대도 어머니 전철을 밟게 될 거야. 노부야스는 그대의 주제넘은 지시 따위는 받지 않아."

그 말이 너무 과격했기 때문에 토쿠히메는 그만 와들와들 떨기 시작했다. 사건의 전말을 기후에 알리지 못하게 하고 혼자 마음을 썩여왔기 때문에 그 분함은 더했다.

'아야메에게 마음을 뺏겨 이런 중요한 일에도 전혀 귀를 기울이지 않다니……'

두 사람의 안색이 변해 있었기 때문에 코지쥬는 술병을 든 채 잔뜩 굳어 몸을 움츠리고 있었다.

불쾌감을 견딜 수 없었는지, 노부야스는 자리에서 일어났다.

"나는 돌아가겠어!"

"작은 성주님!"

"붙잡지 마라. 붙잡으면 내 화만 더 돋울 뿐이다."

"작은 성주님!"

토쿠히메는 노부야스의 옷소매를 붙들고 잡아당겼다.

"이곳은 작은 성주님의 거실, 돌아가시다니 어디로 돌아가신다는 말입니까?"

"또 야비한 소리를. 걱정할 것 없어, 아야메한테는 가지 않을 테니. 바깥 침소로 가겠다."

"저도 같이 가겠어요. 저는 아직도 중요한 일을 자세히 말하지 못했어요. 말씀 드리지 않고 출전케 하면 아내의 도리가 아닙니다."

"뭐, 아내의 도리……?"

노부야스는 칼집에서 칼을 꺼내들면서 얼굴을 일그러뜨리고 비웃음을 띠었다.

"질투가 아내의 도리라니 어이가 없군! 그대는 친정의 위세를 등에

업고 이 노부야스를 깔볼 생각인가?"

"저어, 작은 성주님……"

보다못해 코지쥬가 두 사람 사이에 끼여들었다.

8

"내일의 출전을 앞두고 이렇게 다투시다니, 제발 작은 마님도 진정하십시오."

코지쥬는 다시 술병을 들었다.

"부탁입니다. 심기를 푸십시오. 모처럼의 술자리이오니."

노부야스는 못마땅하다는 듯 혀를 차면서 거칠게 밥상 앞에 털썩 앉았다. 분노가 사라진 것은 아니었다. 좀더 거친 말로 토쿠히메를 침묵시키거나 사죄를 받지 않고는 못 견딜 젊은이의 신경질이 더욱 날을 세우고 있었다.

"그럼, 토쿠히메 그대는 지나쳤다고, 잘못했다고 이 노부야스에게 사죄하겠나?"

토쿠히메는 남편을 노려본 채 온몸의 피가 점점 머리로 치솟는 것을 느꼈다. 꾹 참느라고 잠시 동안은 말도 하지 못했다.

"왜 잠자코 있는 거야? 아직도 이 노부야스를 비난할 생각이야? 그 눈을 보니 그렇군 그래. 눈에 분명히 그렇다고 씌어 있어."

"작은 성주님!"

갑자기 토쿠히메는 입술을 깨물고 세차게 어깨를 떨기 시작했다.

"제가 그렇게까지 믿고…… 그렇게도 믿을 수 없습니까?"

"믿기 때문에 야비하다고 했어. 꾸짖은 것은 그대를 감싸기 위해서야. 그걸 모르겠어?"

"그토록 생각해주신다면……"

토쿠히메는 격한 감정을 필사적으로 억눌렀다.

"어째서 제 말을 끝까지 들어주시지 않습니까? 오가 야시로는 어머님을 능욕했을 뿐 아니라 성주님을 사지死地에 몰아넣으려고……"

토쿠히메가 여기까지 말했을 때 노부야스의 손에서 술잔이 마루로 날아갔다. 발에 술방울이 튀고 촛대의 불이 크게 너풀거렸다.

"아직도 나에게 거역하려는 거냐?"

"당치도 않습니다. 증거가 있어 말씀 드리는 것입니다."

"그따위 소린 듣기 싫어!"

벌떡 일어나 이번에는 밥상을 걷어찼다. 공기와 접시가 산산조각이 나서 사방으로 튀었다. 그 접시의 파편 하나가 토쿠히메의 목 언저리에 맞았다.

"앗."

토쿠히메는 손으로 목을 누르고 엎드렸다. 하얀 손가락 사이에서 한 줄기 붉은 피가 명주실처럼 손목으로 흘러내렸다.

"아…… 이런, 피가……"

코지쥬는 내던지듯 술병을 내려놓고 토쿠히메에게로 달려갔다.

"작은 마님! 왜 이러십니까? 정신 차리세요…… 큰 상처는 아닙니다. 작은 성주님도 제발 진정하십시오……"

토쿠히메는 이를 악문 채 아무 말도 하지 않았다. 그러나 이 예상치 못한 돌발사고는 아내와 같은 나이인 노부야스의 성격을 오히려 자극하는 결과가 되었다.

노부나가의 딸. 오다와 도쿠가와를 맺어주는 고리. 그 토쿠히메에게 밥상을 걷어찬 추태를 보인데다가 상처까지 입혔다.

'이 일을 노부나가가 알면 어떻게 될 것인가……'

조급한 마음과 오만, 취기와 당혹감이 노부야스 본심의 뉘우침과는 전혀 다른 광기狂氣를 띠고 폭발했다.

"제기랄!"

노부야스는 느닷없이 아무 잘못도 없는 코지쥬의 검은 머리채를 휘어잡고 좌우로 마구 흔들었다.

9

코지쥬도 토쿠히메가 다친 것을 보고 평소와는 달리 냉정을 잃은 모양이었다. 갑자기 머리채를 잡혀 쓰러지면서 노부야스를 나무랐다.

"왜 이러십니까? 너무 하십니다."

노부야스는 더욱 당황했다.

"이제 알겠다!"

울부짖듯 소리쳤다.

"우리 집안을 혼란에 빠뜨린 것은 네 짓이었구나!"

또다시 노부야스는 코지쥬를 힘껏 기둥 쪽으로 내동댕이쳤다.

"지나치십니다, 작은 성주님."

코지쥬는 쓰러지자마자 얼른 일어났다. 그러면서 곧 흐트러진 옷깃을 바로잡는 침착성을 되찾고 있었다. 그러나 상대인 노부야스는 그렇지 못했다.

노부야스는 손가락 사이에 한 줌이나 되는 코지쥬의 뽑힌 머리카락을 움켜쥐고 핏발선 눈으로 노려보며 거칠게 숨을 몰아쉬면서 악마와도 같은 표정으로 서 있었다.

"말씀해주십시오. 이 코지쥬에게 잘못이 있다면 어떤 방법으로라도 사죄 드리겠습니다."

"아직도 말대꾸를 하느냐!"

"말대꾸라 하시니…… 작은 마님도 저도 도무지 이해할 수 없습니다. 작은 성주님을 위해 말씀 드렸는데 어찌 그런 진노를…… 그 까닭을 말씀해주십시오."

성큼성큼 다가온 노부야스는 이번에는 코지쥬의 턱을 걷어챘다.

"으윽……"

코지쥬는 힘없이 쓰러졌다. 보고 있던 토쿠히메가 외마디 비명을 질렀다.

"아……"

쓰러지면서 혀를 깨문 듯, 코지쥬의 입 가장자리로 주르르 피가 흘러내렸다.

"아니 이런, 아무 죄도 없는 코지쥬를……"

"다……닥쳐!"

이 역시 노부야스가 예기했던 일은 아니었다. 오늘 밤의 일은 모두 노부야스를 낭패케 하는 방향으로 움직이고 있었다.

노부야스는 단지 코지쥬의 냉정한 비판의 입을 다물게 하고 싶었을 뿐이었다. 자기가 잘못했다는 것을 너무 잘 알고 있었다. 단지 입을 다물게 하기 위해 걷어챘을 뿐인데, 또다시 이런 뜻밖의 일이 벌어지고 말았다……

이렇게 된 결과를 원만히 해결할 방법은 토쿠히메 역시 알지 못했다. 그녀 역시 흥분하고 당황한 점에서는 노부야스에 못지않았다.

"코지쥬에게 무슨 잘못이 있다는 말입니까! 아아, 피가…… 거기 누구 없느냐, 빨리 와서 상처를……"

"사람을 부르면 안 돼!"

노부야스는 이를 으드득 갈고 느닷없이 칼을 뽑았다. 왜 뽑았는지 알 수도 없는 채.

"아앗!"

토쿠히메가 비명을 지르고 뒤로 물러섰다.

순간 노부야스는 방향을 돌려 그 칼로 갑자기 반쯤 실신해 있는 코지쥬의 입을 푹 찔렀다. 혀를 깨물었기 때문에 도저히 살 수 없으리라는 것을 무의식적으로 계산했던 것일까.

"으앗……"

기묘한 소리가 코지쥬의 입에서 새어나오고, 두 손이 허공을 움켜잡았다.

토쿠히메는 이제 소리를 지를 용기도 없었다. 크게 눈을 뜬 채 문에 바싹 다가서 얼어붙은 듯 움츠리고 있었다.

"괘씸한 것, 괘씸한 것, 이 입이…… 우리 가문에 풍파를 일으키는 원인이었어!"

코지쥬의 몸에 달려들어 노부야스는 미친 듯이 두 손으로 아래위턱을 마구 찢었다.

10

노부야스는 거의 제 정신이 아니었다. 미친 듯 흥분한 감정 속에 눈앞에는 오로지 아버지의 얼굴만이 아른거렸다.

지금 만일 자기 손이 토쿠히메의 몸에 닿는다면 자기 자신의 파멸만이 아니라 도쿠가와 가문 전체가 파멸한다는 공포가, 본능적인 분노 뒤에서 그의 이성을 더욱 휘저어놓았다. 그런 의미에서도 노부야스는 지금 당장 무언가를 붙들고 그 무언가에 분노의 초점을 응집시켜나갈 필요가 있었다. 그렇다 하더라도 코지쥬의 입에 칼을 찔러넣고 위아래 턱을 잡아당겨 찢은 것은 너무나 지나친 일이었다.

토쿠히메에게 그것은 피에 주린 한 마리의 맹수…… 아니 그보다 지옥화地獄畵의 악마를 연상시켰다.

"있는 소리 없는 소리를 다 고자질하여 우리 가문을 혼란에 빠뜨린 무엄한 것!"

이미 코지쥬는 후두부까지 칼이 관통하여 숨이 끊어져 있었다.

주검을 다시 찢어놓고도 화가 가라앉지 않은 노부야스. 토쿠히메는 그 다음에는 피묻은 칼이 자기를 향하게 될 것이라고밖에 생각할 수 없었다.

마지막 힘을 쥐어짜내듯 노부야스의 얼굴이 온통 빨개지면서 이미 죽은 코지쥬의 위아래 턱은 더욱 크게 벌어졌다.

"아아……"

공포로 눈도 깜빡이지 못하고 있던 토쿠히메의 입에서 드디어 비명이 흘러나왔다. 그와 함께 앞으로 푹 고꾸라졌다. 너무도 비참한 광경에 그만 정신을 잃고 말았다.

노부야스는 토쿠히메가 기절한 뒤에야 비로소 죽은 코지쥬에게서 손을 떼었다. 이로써 이 방에서는 그를 거역할 자가 없어졌다.

그는 잠시 동안 코지쥬의 주검과 토쿠히메, 그리고 피로 범벅이 된 자신의 두 손을 번갈아 바라보았다. 아무리 전쟁터에서 서로 죽이고 죽는 난세라고는 하나, 방안의 모습은 차마 눈뜨고는 볼 수 없었다.

갑자기 방안이 어두워졌다. 그와 함께 입이 찢어진 채 내던져진 코지쥬의 주검에서 한 줄기 야릇한 환영幻影이 공중으로 떠올랐다.

노부야스는 그쪽을 노려보았다.

"유령이 되었어, 코지쥬 년."

무서운 형상으로 다시 칼을 집어들었다.

유령이라는 것이 과연 있는 것일까.

인간의 생명이 사라질 때 무언가 보인다고 하지만 그 정체는 알 수 없다. 노부야스는 그것을 보았고, 그 후 시녀들과 아야메도 그 부근에서 때때로 묘한 환상을 보았다.

"제기랄! 방자한 것."

노부야스는 갑자기 칼을 휘둘렀다. 탁 하고 느껴지는 반응은 칼이 기
둥에 깊이 박히면서 오는 저항감이었다.

"작은 성주님! 어찌 된 일입니까, 이 상황은?"

어느 시녀가 달려가서 알렸던 듯, 히라이와 치카요시平岩親吉가 칼
날 밑으로 뛰어들어 뒤에서 노부야스의 겨드랑이를 껴안았다. 뒤따라
들어온 노나카 시게마사野中重政가 노부야스의 손을 쳐서 피묻은 칼을
그 자리에 떨어뜨렸다.

11

"진정하십시오, 작은 성주님!"

치카요시가 노부야스를 뒤에서 껴안은 채 한 번 뒤흔들었다.

"실성하셨습니까, 이게 어찌 된 일입니까?"

노나카 시게마사도 나름대로 놀람과 분노를 드러내면서 노부야스를
꾸짖었다.

노부야스는 거칠게 숨을 몰아쉬었다.

"놓지 못하겠느냐, 주인을 뭘로 아느냐!"

소리지르기는 했으나 노부야스는 이윽고 온몸에서 힘을 뺐다. 그리
고는 쓰러져 있는 토쿠히메를, 이어서 무참하게 불빛을 받으며 허공을
거머쥐고 있는 코지쥬의 주검을 보았다.

"출전을 앞두고 이게 웬일이십니까? 혹시 작은 마님의 몸에 무슨 일
이라도 생기면…… 무사할 줄 아십니까? 시게마사, 속히 치료를."

"예!"

노부야스가 진정되었다고 판단한 시게마사는 토쿠히메를 안고 옆방으로 옮겨갔다.

"누구 없느냐? 어서 자리를 펴라, 작은 마님의 자리를 펴라."

복도 한구석에서 많은 여자들이 오들오들 떨고 있었다.

시게마사의 재촉을 받고 코토죠의 동생 키노乃가 떨면서 달려왔다. 키노 자매만은 이미 야시로와 츠키야마의 음모를 알고 있었다. 그런 만큼 토쿠히메의 간언도 노부야스의 분노도 이해할 수 있었다. 아니, 노부야스가 이처럼 미쳐 날뛰는 모습에 그 역시 이제는 츠키야마나 야시로와 뜻을 같이하고 있는지도 모른다고 생각하기도 했다.

시게마사는 키노에게 자리를 깔게 한 뒤 토쿠히메를 옮겨다 뉘고 기합을 넣어 깨어나게 했다. 그리고는 그 자리에 있던 겉옷을 가져다 코지쥬의 비참한 시체를 덮어주었다.

노부야스는 정신이 나간 듯 온몸의 힘을 빼고 움직이지 않았다.

"분별없는 짓입니다. 하마마츠의 아버님이 아시면 어떻게 하시겠습니까?"

히라이와 치카요시가 손을 떼는 순간 노부야스는 무너지듯 그 자리에 주저앉았다. 치카요시의 말이 아니라도, 아버지로부터 받게 될 질책에 대한 불안과 공포로 머리가 꽉 차 있는 노부야스였다.

"치카요시, 내가 너무 지나쳤던 것 같아."

"그걸 깨달으셨습니까?"

"코지쥬는 발칙한 계집…… 얄밉게도 토쿠히메를 뒤에서 조종하고 있었어."

치카요시는 잠자코 노부야스 앞에 앉았다.

'코지쥬가 나쁜 것은 아니야……'

어쨌든 기후의 마님 눈에 들었을 정도로 과연 여장부였다고 생각하면서도, 이 자리에서는 코지쥬에게 잘못이 있었다고 할 수밖에 없었다.

아무런 이유도 없이 분노에 못 이겨 이런 일을 저질렀다면 양가 사이에 어떤 틈이 생길지 알 수 없는 일이었다.

"시게마사, 그렇지 않은가? 토쿠히메에게는 아무 잘못도 없어. 단지 코지쥬가 아야메에 대한 일을 이것저것 고자질했을 뿐이야. 그래서 토쿠히메도…… 이 노부야스를…… 그렇지, 그렇지 않은가?"

이렇게 말하면서 노부야스는 자기가 비참하다는 생각이 들었는지 두 눈에 눈물이 비쳤다.

치카요시는 아직도 엄한 표정인 채 노부야스를 응시하고 있었다.

담력의 소재所在

1

노부나가는 지금 기후 센죠다이千疊臺의 큰 방에서 우에스기 켄신上杉謙信의 사자 야마가타 슈센山形秀仙을 위해 주연을 베풀고 있었다. 이미 각오는 하고 있었으나, 켄신의 사자는 노부나가의 불신을 나무라는 문책의 사자였다.

텐쇼 2년(1574) 3월, 또다시 엔슈遠州로 군사를 출동시킨 타케다 카츠요리는, 그에게 대항하려고 한 이에야스가 스루가駿河의 타나카 성田中城까지 진격했을 때 무슨 생각을 했는지 급히 코슈로 철수했다. 켄신은 이것을, 자기가 눈이 깊이 쌓인 신슈信州로 나가 오다, 도쿠가와 양가의 뒤를 받쳐준 탓이라고 했다. 따라서 노부나가도 약속대로 미노美濃에서 코슈 군을 공격했어야 했는데도 전혀 군사를 동원하지 않은 것은 무례하기 짝이 없는 일이라고 했다.

이처럼 노부나가가 약속을 지키지 않는다면 양가의 동맹을 파기할 수밖에 없다, 도대체 무슨 생각으로 군사를 출동시키지 않았느냐는 문책이었다.

노부나가는 사자 야마가타 슈센에게 결코 다른 뜻이 있었던 것은 아니다, 아직 킨키近畿가 안정되지 못했고 츄고쿠中國와 시코쿠四國의 낌새도 심상치 않기 때문에 출병하지 못했으나, '이번 가을에는 반드시…… 이렇게 켄신의 분노를 진정시켜달라고 부탁한 뒤 베푼 주연이었다. 슈센도 겨우 노부나가의 변명을 납득한 듯, 밝은 표정으로 잔을 들었다.

"아시다시피 우리 주군은 의義에는 철석과 같은 분입니다. 약속을 어겼을 경우에는 열화와 같이 분노하시지만, 그 대신 크게 신뢰할 수 있는 분입니다."

"잘 알고 있소. 알고 있으면서도 분노하시게 만든 것은 이 노부나가의 큰 잘못, 피치 못할 사정이 있었기 때문이니 양해해주시오."

노부나가는 이렇게 말하면서 열심히 사자에게 술을 권하고 내전으로 들어갔다.

켄신은 화가 나는 대로 분풀이를 해왔다. 그러나 노부나가는 반드시 자기가 잘못했다는 생각에서 사죄한 것은 아니었다.

'역시 에치고는 에치고……'

은근히 얕보고 있는 노부나가였다.

신겐信玄이 살아 있을 때는 켄신과 손을 잡을 수밖에 없었으나, 카츠요리의 대에 이르러서는 사정이 완전히 바뀌었다. 단지 켄신과 맞서 싸우지만 않으면 그것으로 되었다.

'켄신은 카츠요리를 너무 과대평가하고 있다……'

이렇게 생각하고 있었기 때문에 표면적으로는 극진히 환대하여 켄신의 분노를 풀어주려 하면서도, 내심으로는 그 문제를 그다지 심각하게 생각하지 않았다.

"아, 피곤해. 무척 힘이 드는군."

내전에 들어간 노부나가는 노히메濃姫의 도움으로 옷을 갈아입었다.

"땀을 닦아라."

그러면서 두 손을 시동들에게 내밀었다.

노히메는 란마루蘭丸가 부지런히 노부나가의 몸을 씻기를 기다렸다가 말을 걸었다.

"드릴 말씀이 있습니다."

"은밀한 이야기인가? 그대는 여전히 조심성이 많군. 좋아, 모두 물러가거라. 마님이 긴히 할말이 있다고 하는구나……"

그 자리에 책상다리를 하고 앉았다.

"무슨 이야기지, 노히메?"

단둘이 되어 마주보는 순간 다시 옛날의 개구쟁이로 돌아가는 노부나가였다.

2

"나는 에치고의 사자를 상대하느라 지쳤어. 골치 아픈 이야기라면 듣고 싶지 않아."

노부나가가 내뱉듯이 말했다.

"예, 골치 아픈 이야기입니다."

노히메는 웃지도 않고 목소리를 낮추었다. 그리고는 물 흐르듯 조용히 말했다.

"토쿠히메를 따라 오카자키에 간 코지쥬가 살해되었습니다."

"뭣이, 코지쥬가……?"

"예."

"누가 죽였나? 사돈은 아니겠지, 사위가 죽였나?"

"예. 노부야스에게 토쿠히메가 무언가 간언을 했던 모양입니다."

"음, 그래서?"

"노부야스는 그 말에 격노하여 토쿠히메에게는 말을 못하고 코지쥬에게 화풀이를 한 모양입니다."

"있을 법한 일이지. 그래, 갑자기 죽였다던가?"

"있는 말 없는 말을 모두 고자질하여 자기 집안을 어지럽게 만들었다고 코지쥬의 입에 칼을 쑤셔넣어 입을 찢었다고 합니다."

"입을 찢었다고?"

이 말에 노부나가는 눈을 빛내며 잔뜩 촛대의 불을 노려보았다.

"취해 있었겠군, 노부야스는."

"예."

"으음, 그래서……?"

"토쿠히메가 보낸 편지에는, 노부야스는 그길로 하마마츠로 출전한 모양입니다다마는, 뒤에 타케다 쪽과 내통하는 자가 있으므로 방심할 수 없다고……"

"하하하……"

노부나가는 대답 대신 웃기 시작했다.

"못된 며느리로군, 토쿠히메는."

"과연 그럴까요?"

"시어머니의 흉을 보다니. 노부야스가 화를 낸 것도 바로 그 때문이었군……"

다시 한 번 허공을 노려보는 표정으로 가볍게 주의를 주었다.

"이 일에 대해서는 아무에게도 말하지 마시오."

"그냥 내버려두어도 괜찮을까요?"

"문제삼으면 결과가 더욱 나빠지겠지. 나로서는 도쿠가와가 우에스기와는 비교도 안 될 정도로 중요해."

"그대로 두었다가 토쿠히메 신상에 무슨 일이라도 생기면……"

"그래도 할 수 없는 일이야!"

노부나가는 단호하게 말했다.

"그보다도 노히메, 실은 하마마츠에서 밀사가 와 있어."

"하마마츠라고 하면 사돈 쪽에서?"

"음, 이쪽은 아이들 싸움 같은 것이 아니야. 카츠요리 녀석이 일단 병력을 철수한 것처럼 보이고 다시 엔슈로 갔단 말이오."

"예? 그럼 다시 엔슈로……"

"무언가 있었던 것 같아. 카츠요리는 우에스기가 이 노부나가를 좋게 여기지 않는다는 것을 알고 있어…… 카츠요리가 에치고에 원조를 청할 가능성이 많고, 켄신은 의기義氣는 강하지만 천하에 뜻을 두고 있지는 않아. 아니, 현실적인 천하보다도 시공時空을 초월한 의義에 중점을 두는 대장이지. 카츠요리는 켄신이 배후를 치지는 않을 것을 알고 엔슈로 나갔다고 볼 수밖에 없어."

"그럼, 밀사의 말은?"

"뻔한 일이지. 이 노부나가가 직접 군사를 이끌고 하마마츠로 왔으면 하는 부탁이었어."

노부나가는 이렇게 말하고 벌렁 드러누웠다.

"노히메! 다리를 좀."

주물러달라는 말 대신 오른발을 홱 내던졌다.

3

노히메는 얼른 노부나가의 다리를 주무르기 시작했다.

'성주님은 여전하시다……'

노부나가가 이렇게 부담 없이 몸을 맡기는 것은 여자 중에서는 정실인 자신뿐이었다.

잠시 후 노부나가는 다시 생각난 듯 말을 꺼냈다.

"노부야스는 토쿠히메에게 화를 냈지만, 그 아이에겐 손을 대지 않고 대신 코지쥬를 죽였다는 말이지?"

"예. 편지에 그렇게 씌어 있었어요."

노부나가는 무슨 생각을 하는지 얼마 동안 잠자코 불빛에 흔들리는 노히메의 그림자를 바라보고 있었다.

열어젖힌 마루에서 시원한 미풍이 흘러들어 조용히 발을 흔들고 있었다.

"노히메."

"예. 무슨 묘책이라도 떠올랐습니까?"

"건방지게 그게 무슨 소린가. 이 노부나가는 묘책 같은 것은 생각하지 않아."

"제가 주제넘은 말을 한 것 같군요."

"타케다 일족의 멸망도 멀지 않은 것 같아."

"그것을 점치고 계셨습니까?"

"음, 카츠요리는 광기를 부리고 있어. 그 광기의 정도가 이 노부나가보다 훨씬 과격해."

"군사를 움직이는 방법을…… 말씀하십니까?"

"음. 이 노부나가는 부득이한 싸움에만 군사를 움직이지만 카츠요리는 자기가 강하다는 것을 인정받기 위해 싸움을 걸고 있어…… 전쟁 그 자체를 좋아하고 있어."

"과연 그럴까요?"

"그렇고말고. 지난해 시월부터 십일월에는 나가시노와 토토우미를 공략하더니 이월에는 동미노로 들어왔어. 삼월에는 토토우미로 나갔다가 철수하고 오월엔 다시 이에야스에게 싸움을 걸었어. 그래서야 어떻게 군사들이 견딜 수 있겠나. 한 번 싸울 때마다 천 명씩 잃는다고 해도 이미 오천 명은 잃었을 거야. 반 년에 오천 명씩 잃는다면 삼만을 잃는 데 몇 년이 걸릴 것 같나?"

"호호호, 또 농담을 하시는군요. 삼 년이면 모두 잃게 되겠군요."

"바보 같으니라고. 그런 계산은 아이들이나 하는 거야. 삼만의 군사가 일만으로 줄어들면 노장과 중신들이 모두 떠나 멸망하게 돼. 이 년밖에 안 남았어, 앞으로."

"호호호."

노히메는 어린아이를 달래듯이 웃었다.

"그럼, 카츠요리도 저처럼 계산이 서툰 모양이군요."

"바로 그 점이야. 노장과 중신들에게 아버지 못지않은 용맹성을 보이려다 도리어 외면당하게 돼. 그렇게 전쟁을 즐기다간 병사들이 피곤해서 견디지 못하지."

노부나가는 잠시 입을 다물었다.

"이번에는 허리를!"

그리고는 불쑥 물었다.

"노히메, 그대라면 어떻게 하겠나?"

"무엇을…… 무엇을 말입니까?"

"하마마츠에 원군을 보낼 것인가 말 것인가를 묻는 거야."

노히메는 신중하게 고개를 갸웃했다.

"제가 대장이라면……"

손끝에 힘을 주어 허리를 주무르면서 말했다.

"원군을 보내지 않아도 하마마츠 성은 함락되지 않을 것이므로 그대로 두겠습니다."

"어째서? 그 이유는?"

"군사를 쉬게 하는 것은 어떤 대장이라도 유념해야 할 일이기 때문이지요."

"음. 좋아, 그 말을 듣고 나도 결심했어!"

"제 생각이 도움이 되셨나요?"

"아, 물론이지. 나는 즉시 하마마츠 원군의 출발준비를 서둘러야겠어. 결정했어!"

노부나가는 짓궂은 눈으로 노히메를 바라보고 빙긋이 웃었다.

4

노히메는 여전히 비뚤어지게 말하는 노부나가의 대답을 듣고 일부러 눈을 크게 떴으나 마음속으로는 놀라지 않았다. 오히려 안도감을 느꼈다.

"또 뜻밖의 말씀을 하시는군요. 현재 포위당하고 있는 곳은 타카텐진 성이라고 들었는데요?"

"그래, 타카텐진 성은 하마마츠에서 백 리밖에 안 되는 곳에 있는 작은 성, 거기에 오가사와라 요하치로小笠原與八郞가 웅거하여 코슈 군의 맹공을 막아내고 있어."

"이 더위에 거기까지 병력을 출동시키자면 군사들의 피로가 심할 텐데요."

"노히메!"

"예."

"그대는 내 마음을 읽었군."

"아닙니다. 성주님은 남의 의표를 찌르는 데는 전국에서 제일가는 무장, 제가 그 마음을 어떻게 읽을 수……"

"그렇지 않다고는 할 수 없을 텐데."

노부나가는 느닷없이 노히메의 손을 뿌리쳤다. 그리고는 등을 동그랗게 구부리고 어깨를 늘어뜨려 얼굴을 바싹 노히메 앞으로 가져갔다. 눈이 이글이글 빛나고 술기운을 띤 입술이 소년처럼 붉었다.

"과연 그대는 사이토 도산齋藤道三의 딸, 가증스런 여자야."

"어머, 무서워요!"

"그대를 아내로 삼은 것은 정말 다행이었어. 만일 내 아내가 아니었다면 그대는 남편의 엉덩이에 채찍질하면서 이 노부나가와 천하를 다투었을지도 몰라."

이렇게 말하고 큰 소리로 껄껄 웃었다.

"아니, 그대는 이 노부나가의 마음뿐 아니라 이에야스의 마음까지 읽고 있군. 자, 솔직하게 고백해."

이번에는 노히메가 입에 손등을 대고 웃었다.

"그렇다고 하면 어떻게 하시겠어요?"

"글쎄, 원하는 것을 모두 주지."

"이에야스 님은 생각이 깊으신 분, 이미 노부야스까지 오카자키에서 하마마츠로 출진시켰으면서도 불과 백 리밖에 되지 않는 타카텐진 성에 왜 부자가 함께 진격하지 않는지, 이것이 첫번째 의문입니다."

"음, 잘 읽고 있군. 그래, 어째서 부자가 타카텐진 성에 가지 않는 것일까?"

"아마도……"

노히메는 말하다 말고 고개를 갸웃했다.

"오가사와라 요하치로라는 대장의 마음과 힘…… 그것을 시험하기 위해서가 아닌가 생각합니다마는."

노부나가는 무릎을 탁 치고 노히메의 복스러운 뺨을 난폭하게 꼬집었다.

"가증스러운 것, 어서 그 다음을 말해."

"말씀 드리겠어요, 말씀 드릴 테니 놓아주세요. 아아, 아파요…… 아마도 그 대장은 집안 대대로 내려오는 가신이 아닐 거예요. 전에는 이마가와의 가신이었기 때문에 코슈의 달콤한 미끼에 걸려들 우려가 있지 않을까 싶어서."

"무서운 여자야, 그대는……"

"지금은 하마마츠 성을 나서지 않고 먼저 서쪽에 원군을 청하는 것이 상책이라고 생각하셨겠지요. 물론 서쪽 대장도 방심할 수 없는 대장이므로 곧 원군을 보내줄지 어떨지……? 이 기회에 그것도 시험해보기 위해……"

"그만둬!"

노부나가는 일갈하고는 배를 부둥켜안고 웃기 시작했다. 노부나가의 생각과 노히메의 추측이 거의 일치했기 때문이다.

노부나가는 또 그 다음 말을 딴 데로 돌렸다.

"역시 여자로군. 뒤끝이 안 좋아. 어째서 이에야스가 나를 시험하려 한단 말이야? 말을 삼가도록 해, 바보 같은 것."

5

거칠게 내뱉는 노부나가의 말을 듣고 노히메는 가만히 고개를 끄덕였다.

'바로 맞히니까 화를 낸다……'

노부나가의 그런 태도를 잘 알고 있었기 때문이다.

"노히메."

"예."

"이에야스는 타카텐진 성 같은 작은 성 하나 따위를 문제삼고 있지는 않다고 그대는 말하고 싶은 것이겠지?"

"예. 그래서 꾸지람을 들은 것이라 생각합니다."

"아니, 꾸짖은 것은 아니야. 다만 그대는 아직 이에야스의 조심스런 생각에 눈이 미치지 못한다고 했을 뿐이야."

"정말 그럴까요?"

"암, 물론이지."

노부나가는 갑자기 부드러운 표정을 지었다.

"여름의 전투는 단지 병사들을 지치게 만드는 것만은 아니야. 백성을 피로하게 하기 때문에 깊이 생각하지 않으면 안 돼. 지금은 오월, 겨우 벼가 뿌리를 내리기 시작하는 계절이지. 여름의 전투가 삼 년 동안 계속되면 땅이 메마르고 백성들이 굶주리게 될 것은 뻔한 일. 카츠요리는 그것을 아는지 모르는지 지난 몇 년 동안 마구 전쟁을 도발하고 있어…… 이에야스는 불과 백 리 밖에 있는 곳인데도 병력을 출동시키지 않을 수 있었으면 하고 바라고 있는 거지."

노히메는 노부나가의 관찰에 진심으로 동의하지는 않았지만, 다시 조용히 고개를 끄덕여 보였다.

"노히메, 그대는 이에야스를 이기적이고 조심성이 많은 교활한 대장으로 보고 있는 것 같은데, 그것만이 이에야스의 전부가 아니야. 그렇게 생각하면 안 돼. 이번에 이에야스가 나에게 원군을 청한 것은, 그러한 자신의 속마음을 내가 읽을 능력을 가졌는가 아닌가를 탐색하기 위해서라고 보는 게 좋아."

"과연 그럴지도 모릅니다."

"반드시 그럴 거야. 그런데 내가 원군을 보내지 않으면 어떻게 되겠나? 가령 타카텐진 성이 떨어지고 코슈 군이 하마마츠, 요시다吉田 등의 성으로 밀려온다 해도 그곳은 쉽게 함락될 성이 아니야. 자기도 손해를 입고 한 해의 수확을 무위로 돌려 백성들의 원성을 사고 돌아가는 것이 고작이지. 알아듣겠나?"

노히메의 얼굴에서 비로소 미소가 사라졌다.

"그럼, 성주님은 정말 이런 무더위 속에서 출전하시겠다는 말씀인가요?"

노부나가는 자못 즐겁다는 듯 고개를 끄덕였다.

"그렇게 하지 않으면 이에야스의 웃음거리가 돼…… 그러나 전쟁은 하고 싶지 않아. 전군을 거느리고 유람하는 기분으로 나가는 것이니까. 서쪽에서 우리 대군이 속속 하마마츠로 진군하고 있다는 것을 알면 아무리 무모한 코슈 군이라도 타카텐진에서 이쪽으로 나올 엄두를 내지 못할 거야. 바로 이 점이 이에야스와의 담력 싸움. 그쪽에서도 노부야스를 불러들여 부자가 하마마츠에서 대기하고 있을 거야. 나도 노부타다와 같이 나갈 생각이지."

"놀랍습니다."

노히메는 목소리를 떨면서 마음으로부터 남편에게 사과했다.

"여자의 지혜는…… 역시 깊지 못합니다."

"노히메……"

"예."

"어차피 나갈 바에는 이번 기회에 이에야스를 깜짝 놀라게 해주고 싶어."

"예…… 코슈 군은 이쪽에서 출병하는 것만으로도 물러간다고 이에야스 님이 생각하게 되신다면……"

"무슨 묘안이 없을까? 과연 노부나가다 하고 이에야스를 놀라게 만들 방법이."

노부나가가 이렇게 말하고 눈을 가늘게 뜨자 노히메는 다시 두 손을 짚고 조아리는 자세가 되었다. 이미 그 묘안을 가슴에 간직하고 있는 노부나가라는 것을 알고 있었기 때문이다.

6

"음, 또 내 마음을 읽었군."

노히메의 대답을 기다리는 듯한 자세와 눈길을 보고 노부나가는 다시 웃었다.

"예, 그 묘안을 알고 싶습니다."

"말해줄까?"

"예, 감히 듣고 싶습니다."

"이번 일은 이 노부나가와 이에야스의 평생에 걸친 친분을 좌우할 중요한 일이야, 알겠나. 상대는 내 속셈을 탐색해왔어. 이에 대해 나도 담력을 가지고 확실하게 대답해주지 않으면 안 돼."

"당연한 일입니다."

"원군을 보내는 것만으로 충분하다는 생각은 하지 말아야 해. 그렇게 하면 이에야스는 이 노부나가를 그저 믿을 만한 친척이라고만 생각하겠지."

"믿을 수 있는 친척…… 그것만으로는 불만이시겠지요."

"물론이지. 그 위에 또 하나, 힘이라는 것이 덧붙어 있어야 해."

"그 힘을 싸우지 않고 상대에게 알린다…… 그 수단은?"

"이에야스가 가장 아쉬워하는 것을 보낼 생각이야."

"이에야스 님이 가장 아쉬워하는 것……?"

"음. 지난 육 년 동안 계속된 전쟁으로 토토우미와 미카와는 기근이 심해. 그래서 불과 백 리밖에 안 되는 곳이지만 되도록 전쟁을 피하려고 고심하는 이에야스. 그 이에야스에게 황금을 보내 이마의 주름살을 펴줄 생각이야."

노히메는 저도 모르게 무릎을 쳤다.

"참으로 묘안입니다."

그리고는 소녀처럼 튀는 목소리로 말했다.

"전쟁을 했다고 치면 약간의 황금쯤은 아무것도 아닙니다."

"뭐, 약간의 황금쯤이라고?"

"이, 삼십 관쯤 보내시렵니까? 쌀로 환산하면 얼마나……"

"하하하……"

노부나가는 다시 엄청나게 큰 소리로 웃기 시작했다.

"이봐, 황금이란 말이지, 조금만 보낸다면 도리어 이쪽의 속이 들여다보이는 거야."

"그럼, 오십 관 정도인가요?"

"걱정할 것 없어. 이 노부나가의 금고에는 황금이 너무 많아 처치하기 곤란할 정도니까. 그대가 삼십 관쯤이라 한 것이 이에야스가 생각한 양과 비슷하겠지. 그 두 배라면 아마 조금 놀라긴 하겠지. 하지만 놀라는 정도로는 나중에 도움이 되지 않는다는 것을 알아야 해. 과연 부유하구나 하고 감탄하게 하려면 다시…… 그 두 배는 되어야 하겠지."

노히메는 숨을 죽인 채 가만히 있었다.

황금 대여섯 돈은 쌀로 한 섬, 100관이라면 2만 섬 이상……이라는 계산보다도, 그와 같은 황금을 태연히 보낼 수 있는 것은 이미 부력富力으로 상대를 압도하기에 충분했다.

"성주님……"

잠시 후 노히메는 한숨 섞인 소리로 말했다.

"그야말로 성주님다운 배포, 이제 오카자키의 토쿠히메에 대해서는 걱정하지 않겠습니다. 노부야스는 틀림없이 반성할 것이니까요."

노부나가는 이렇게 말하는 노히메의 얼굴을 장난기 섞인 눈으로 바라보고 빙긋이 웃었다. 노부나가의 마음에도 역시 토쿠히메와 노부야스의 모습이 떠올라 있었다.

'그 애송이가 이 노부나가를 우습게 본 모양인데……'

"그건 그렇고, 물이나 좀!"

노부나가는 다시 벌렁 드러누워 멀리 객실의 술자리에서 들려오는 소란스러운 소리를 듣기 시작했다.

7

노부나가의 추측은 정확했다.

이곳 하마마츠 성에서는 언제든지 성문을 열고 공격해나갈 태세를 취하고 있으면서도, 이에야스는 날이 새면 본성 앞의 막사에만 틀어박혀 있고, 날이 저물면 성안으로 들어가 전혀 타카텐진 성에 원군을 보내려 하지 않았다.

섣불리 공격해나갔다가 도리어 영내 깊숙이 적을 끌어들이는 결과가 되면 큰일이었다. 그보다는 노부나가의 원군이 도착하기를 기다렸다가 적의 공격시도를 분쇄하는 것이 최선의 길이라 생각했다. 그러나 그것도 함부로 입밖에 내어 말할 수는 없었다.

타카텐진에서 농성하고 있는 오가사와라 요하치로로부터는 계속 원군을 청하는 밀사가 달려오고 있었다. 그 밀사가 가져오는 서신의 문구도 나날이 위급함을 더해가고 있었다.

오늘은 요하치로의 심복인 사키사카 한노스케向坂半之助가 밀사로 왔다. 그는 이미 탄약과 군량이 바닥났다고 보고했다.

"하마마츠에서 불과 백 리밖에 안 되는 곳에 있는데도, 성주님은 전공이 혁혁한 요하치로를 헛되이 전사케 할 작정인지 확실히 알아보고 오라……고 하셨습니다."

마지막으로 덧붙인다는 듯 이에야스에게 고했다.

이에야스는 묵묵히 고개를 끄덕이고 부드럽게 말했다.

"곧 원군을 보내겠다. 돌아가 그렇게 전하도록 하라."

"황송합니다마는."

쥐어짠 듯 등줄기를 타고내리는 땀을 흘리면서 밀사는 무섭게 눈을 치뜨고 완강하게 말했다.

"그 대답은 전에 두 번 다녀간 밀사에게 하신 말씀과 똑같습니다."

사납기까지 한 기세였다.

"이번만큼은 어느 날, 어느 시각에 타카텐진에 원군이 도착할 것인지 확실한 말씀을 듣고 돌아가려고 합니다."

이에야스는 그러나 한결같이 의연한 표정, 조용한 태도로 고개를 끄덕였다.

"곧 원병을 보내도록 하겠네."

역시 같은 대답에 노부야스가 답답하다는 듯이 입을 열었다.

"아버님, 이 노부야스만이라도 먼저 출발하면 안 되겠습니까? 이대로 있으면 오가사와라 요하치로를 비롯하여 농성하는 장병에게 체면이 서지 않습니다."

밀사는 그 말에 힘을 얻은 듯 말했다.

"그 작은 성에서는 벌써 오월 십이일부터 한 달 동안이나 계속 싸움을 벌이고 있습니다."

이렇게 말하는 사키사카 한노스케는 거들떠보지도 않고 이에야스는 서둘러대는 자기 아들 노부야스를 꾸짖었다.

"네가 참견할 자리가 아니다. 잠자코 있거라."

"이대로 성이 떨어진다면 저희들은 웃음거리가 됩니다."

"잠자코 있으라고 하지 않았느냐!"

그리고는 다시 한노스케 쪽을 향해 부드럽게 말했다.

"내 말을 그대로 전하여라. 그러면 요하치로도 충분히 이해할 수 있을 것이다. 어서 돌아가거라."

이에야스의 한결같은 태도에 밀사도 더 이상 어떻게 할 수가 없었다. 그는 원망스러운 듯 녹음의 푸른 빛이 반사된 이에야스의 큼직한 얼굴을 쳐다보다가 불쑥 말했다.

"분명 그대로 전하겠습니다."

밀사는 말을 끝내기가 무섭게 막사 밖으로 나갔다.

"아버님!"

"왜 그러느냐?"

"아버님은 오다의 원군을 기다리고 계십니까?"

이에야스는 흘끗 자기 아들을 바라보았을 뿐 대답하지 않았다.

"만일 오다의 원군이 도착하기 전에 성이 떨어지면 아버님은 요하치로와 병사들에게 어떤 말을 들을 것이라 생각하십니까?"

"패배했다는 말을 듣게 되겠지."

이에야스는 웃지도 않고 싸늘하게 대답했다.

8

이에야스의 대답이 너무나 침착했기 때문에 노부야스는 한 순간 어안이 벙벙했다.

'무슨 큰 뜻이 없고서는 이런 말을 할 아버지가 아니다.'

이렇게 믿으면서도, 언제나 가신들을 사랑하라, 부하를 아끼라고 가르쳐온 아버지의 이번 태도를 노부야스는 이해할 수 없었다.

타카텐진 성에는 오가사와라 요하치로 외에도 쿠제 산시로 히로노부久世三四郎廣宣, 와타나베 킨다유渡邊金大夫, 나카야마 제히노스케中山是非之助, 혼마 하치로사부로本間八郎三郎, 사카베 마타쥬로坂部又十郎 등 엔슈에서는 일기당천으로 알려진 용사말고도 이에야스가 감독관으로 파견한 오코우치 겐자부로 마사치카大河內源三郎政局가 농성하고 있었다. 이들 용사를 전사케 하고 성을 적의 수중에 넘긴다면 그 후 사기에 크게 영향이 있을 것을 생각하니 노부야스는 거듭 아버지에게 묻지 않을 수 없었다.

"아버님! 만일 이대로 타카텐진을 포기한다면 아버님은 냉혹한 대장, 믿을 수 없는 대장이라고 모두의 마음이 달라지지 않겠습니까?"

이에야스는 비로소 노부야스에게 눈길을 돌리고 입을 열었다.

"싸우는 것만이 전투는 아니다, 사부로."

이에야스는 아들에게 하고 싶은 말, 가르치고 싶은 것이 많으면서도, 노부야스가 이해할 수 있는 한계를 생각하고 주저하는 것 같았다.

"싸우는 것만이 전투가 아니라면?"

"싸우고 싶을 때 꾹 참고 움직이지 않는 인내심도 전투다. 코슈의 신겐은 그런 전투에 강했어."

"역시 오다의 원군이 도착할 때를 기다리시는군요."

"아니다……"

이에야스는 고개를 흔들면서 머리 위의 푸른 나무로 눈길을 돌렸다.

호수를 건너온 바람이 장막을 펄럭이고 푸른 나뭇잎을 뒤집어놓아 눈에 보이는 모든 것이 움직이고 있었다. 그중에서 이에야스만이 답답할 만큼 움직이지 않고 있었다.

"그러면 어째서 계속 참고 계십니까?"

"노부야스……"

"예."

"조용히 귀를 기울여보아라. 이런 좋은 날씨에는 논에 있는 모든 벼들이 무럭무럭 자라고 있다는 것을 알 수 있을 게다."

"그야 지금이 한창 자랄 때니까……"

"그 벼를 짓밟아서는 안 돼. 올해 수확이 만족스럽지 못하면 엔슈와 미카와는 큰 기근을 만나게 된다."

옆에 대기하고 있던 사카키바라 야스마사榊原康政가 빙긋이 웃었다. 그는 이미 이에야스의 마음을 읽고 있었다.

노부야스는 반쯤은 알고 반쯤은 모른다는 표정이었다.

"그럼, 아버님이 이렇게 참고 있으면, 코슈 군도 타카텐진 서쪽에는 공격해오질 않는다는 말씀입니까?"

"공격해올지도 몰라. 그래서 이처럼 무장하고 기다리고 있는 게야."

"공격해온다면 결과적으로 전답은 역시 황폐해집니다. 그보다는 먼저 공격해나가 적을 침입하지 못하게 하는 것이 상책 아니겠습니까?"

"귀찮게 구는구나."

이에야스는 비로소 이맛살을 찌푸렸다.

"그런 것은 나중에 치카요시에게 물어보아라."

"그렇더라도 이대로는……"

"노부야스!"

"예."

"너는 오다 원군의 힘을 빌리지 않고 적을 물리치고 싶을 테지. 멍청이 같은 것!"

꾸중을 듣고 노부야스는 입을 다물었다. 바로 그러했다. 젊은 노부야스의 가슴에는 아직 토쿠히메에 대한 분노로 코지쥬를 죽인 뉘우침이 생생하게 살아 있었다.

9

불쾌한 얼굴로 입을 다무는 노부야스의 모습에 이에야스는 다시 달래듯이 말했다.

"사부로, 뭐가 못마땅한지 말해보아라. 이해할 수 있도록 설명해주겠다."

아버지의 말에 노부야스는 조급하게 입을 열었다.

"저는 도움받지 않아도 되는 싸움에 남의 힘, 남의 은혜를 입고 싶지 않습니다. 그렇게 하면 나중에 의리에 얽매이게 됩니다."

"허어, 그렇다면 오다 가문이 남이란 말이냐, 사부로?"

"남은 아니지만 일족도 아닙니다."

"사부로, 이 아비도 같은 생각이다."

"예? 그러시면 오다의 원군을 기다리시는 게 아니라는 말씀입니까?"

"아니다."

이에야스는 천천히 고개를 저었다.

"꼭 힘을 빌려야만 하기 때문에 도움을 청한 거야."

노부야스는 눈을 빛내며 다시 잠시 동안 아버지를 바라보았다.

"사부로."

"예."

"오다의 원군이 도착하면 코슈 군은 그대로 철수한다. 코슈 군이 물러가면 벼가 마음껏 자랄 수 있어. 이 전투에서는 영내에 기근이 들지 않도록 하는 것이 승리의 관건이야. 승리하기 위해서는 원군도 청하지 않으면 안 돼."

"그러나……"

노부야스가 몸을 앞으로 내밀었을 때였다.

"작은 성주님!"

옆에서 히라이와 치카요시가 제지했다.

너무 집요하다…… 아니 그보다는 지금 코지쥬에 대한 이야기가 흘러나오면 안 된다 싶어 제지했는데, 젊은 노부야스는 그의 말을 듣지 않았다.

"원군을 청하게 된 이유는 알았습니다마는, 그 원군이 아직 도착하지 않는 것은 어째서입니까?"

이에야스는 흘끗 주위 사람들을 돌아보았다.

"야스마사, 그대는 어떻게 생각하나, 아직 오다의 원군이 오지 않은 이유를?"

눈을 빛내며 듣고 있는 사카키바라 야스마사에게 물었다. 야스마사는 일부러 노부야스로부터 눈길을 비킨 채 말했다.

"이 코헤이타小平太는 오다 성주님 역시 싸우지 않고 끝냈으면 하고 원하시는 줄로 알고 있습니다마는."

"뭣이!"

노부야스는 그 말을 꼬투리 삼아 매달리듯 말했다.

"싸울 의사도 없는 원군, 그런 원군이 도움이 된다고 생각하느냐?"

"작은 성주님!"

다시 치카요시가 노부야스를 제지했다.

"싸우지 않고 넘길 수만 있다면 그보다 더 좋은 일이 없습니다."

"싸우지 않더라도 은혜는 은혜, 난 그 은혜를 입지 않고 넘길 방법이 없느냐고 묻고 있어."

좌중의 분위기가 어색해졌다. 노부야스의 사람됨과 말참견이 지금까지 단결을 굳게 해온 본영의 분위기에 찬물을 끼얹을 것 같아 걱정스러웠다.

"성주님!"

마침 이때 혼다 사쿠자에몬本多作左衛門이 들어왔다. 그 때문에 노부야스는 입이 봉쇄당하는 꼴이 되었다.

"오코우치에게 보냈던 사자가 돌아왔습니다."

"그래, 돌아왔나? 좋아, 모두 물러가 있거라."

"저도……?"

"그래. 사부로, 너는 이번 전투에 대해 잘 모르고 있어. 사쿠자에몬, 이리 데려오게."

이에야스는 불쾌한 듯 어깨를 들먹거리고 나가는 노부야스에게는 눈길도 보내지 않고, 다시 한 번 머리 위의 나무를 쳐다보며 무언가 깊이 생각하는 표정이었다.

10

이에야스는 모두 나가고 사쿠자에몬이 한 젊은이를 데리고 올 때까지 머리 위를 가로지르는 바람소리를 듣고 있었다.

'전쟁이란 어려운 것이야……'

이제야 새삼 절실하게 느껴지는 감회였다. 냉혹하기로는 그보다 더 냉혹한 계산을 요구하는 것이 없고, 잔인하기로는 그보다 더 잔인한 결단을 요구하는 것도 없었다.

타카텐진 성에서 잇따라 원군을 청하는 밀사가 오는데도, 이에야스로서는 다시 별도로 감독관인 오코우치 겐자부로 마사치카에게 첩자를 보내 오가사와라 요하치로의 동정을 살피게 할 수밖에 없었다.

"후지사와 나오하치藤澤直八를 데려왔습니다."

"그래."

이에야스는 천천히 젊은이에게 눈길을 돌렸다.

"어떻게 성안으로 들어갔느냐?"

"예, 아군我軍이 성밖으로 공격해나갈 때를 기다렸다가 철수할 때 병졸로 가장하고 들어갔습니다."

햇볕에 탄 얼굴에 머리띠의 흔적이 뚜렷한 젊은이는 불타는 듯한 눈으로 한쪽 무릎을 꿇었다. 현재의 차림새는 보급대의 일꾼이었다.

"알겠다. 그렇다면 적의 첩자도 우리 성안에 들어올 수 있다는 말 아니냐?"

"그렇습니다."

"오코우치는 무어라고 하더냐, 오다 군이 도착할 때까지 성을 지킬 수 있다고 하더냐?"

"그 점이 좀 걱정스럽다고……"

"걱정스럽다는 말이지. 그럼, 오가사와라 요하치로는 역시 마음이 동요되고 있는 것이로군."

"예."

그렇게 대답하고 젊은이는 얼른 주위를 둘러보았다.

"아무래도 코슈 군에게 무슨 서약서를 써준 것 같다고…… 하지만 그 내용을 알 수는 없습니다."

이에야스는 고개를 끄덕였다.

"그 내용이라면 알고 있다."

"알고 계시다면…… 그 서면을 입수하셨습니까?"

이에야스는 쓸쓸히 웃으며 사쿠자에몬과 눈길을 교환했다.

"입수하지 않아도 알 수 있어. 요하치로는 마음속의 불만, 비밀을 그대로 나에게 말하고 있어."

"예……"

젊은이는 대답했으나 이에야스의 말을 납득한 얼굴은 아니었다.

"요하치로 정도나 되는 무사를 그대로 전사하게 만들 생각이냐고 대들었어. 그런 말을 했을 때는 이미 그 불만이 적에게도 알려졌을 거야. 내가 카츠요리였더라도 그 불만을 간과하지 않았을 테고. 이에야스는 냉혹하고 잔인한 인간, 이에 비해 그대는 용맹스러운 무장, 우리편이 되지 않겠느냐고 당연히 유혹했을 테지."

뒤에 있던 사쿠자에몬이 중얼거리듯 말했다.

"요하치로도 얼빠진 자로군요."

"얼빠진 게 아니야. 이익을 알고 의義를 알지 못할 뿐이지. 그리고 자신의 무용에 자만심을 가지고 있어. 그래, 오코우치 마사치카는 무어라고 하더냐? 요하치로가 변심했을 경우에는 말이다."

"예. 비록 어떤 일이 벌어지건 성주님의 명령이 있을 때까지는 성을 버리지 않겠다, 걱정하시지 말라고 했습니다."

"수고가 많았다. 물러가 쉬어라."

"예."

젊은이가 나간 뒤 이에야스는 사쿠자에몬을 돌아보았다.

"타카텐진 성은 곧 함락될 것 같아."

"모두가 다 요하치로와 같은 겁쟁이는 아닙니다."

"아니, 나는 그 말을 하고 있는 게 아니야. 마침내 오다 군이 도착한다고 말하는 거야."

이번에는 사쿠자에몬이 의아하다는 얼굴로 눈을 껌벅였다.

야시로의 계산

1

타카텐진 성에 관한 한 이에야스의 예측도, 노부나가의 속셈도 손발을 맞춘 듯이 적중했다.

오가사와라 요하치로 나가타다小笠原與八郎長忠는 그때 벌써 성문을 열라는 카츠요리로부터의 권고를 받아들였다. 그리고는 성안의 주전론자主戰論者들을 설득하고 있었다.

기후를 출발한 노부나가 부자의 원군은 6월 17일 요시다 성에 도착했다. 그리고 이튿날 요시다를 떠나 이마키레今切 나루터에 도착했을 때, 전쟁터에서 타카텐진 성 함락소식이 들려왔다.

오다의 원군이 도착했다는 보고에 이에야스는 곧 노부나가를 찾아갔다.

이미 전열을 가다듬은 노부나가는 열사熱砂의 갯벌에 장막을 치고 휴식하고 있었다.

"내가 너무 늦게 도착하는 바람에 유감스럽게 됐군."

노부나가는 이에야스의 모습을 보고 걸상에서 일어나 진솔한 얼굴로 다정하게 이에야스를 맞이했다. 이에야스는 노부나가보다 더 진솔한 태도였다.

"먼길에 일부러 출병해주셔서 감사합니다."

정중하게 노부나가의 노고에 대해 감사를 올렸다.

"지금부터 요시다 성으로 철수하시지요. 이 이에야스가 안내하겠습니다."

그리고는 앞장서서 노부나가를 요시다 성으로 후퇴시켰다.

이미 코슈 군은 타카텐진 성에 요코타 진고로橫田甚五郎를 들여놓고 그 주력은 철수하고 있었다. 노부나가의 원군이 왔다는 것을 알고 결국 하마마츠는 공격하지 못했다. 따라서 처음부터 싸울 의사가 없었던 두 장수 이에야스와 노부나가는 전투를 지속하지 않는 상황에 대해 충분히 양해했다.

성에 도착한 노부나가는 가지고 온 황금을 말에 실은 채 이에야스에게 선사하여 그 담력을 과시했다. 그리고는 21일 유유히 기후로 돌아갔다. 그동안 노부나가는 일부러 자기 딸이나 사위 노부야스를 만나지 않았다.

"카츠요리는 제 성질을 못 이겨 다시 공격해올 것이 분명해. 그러나 도쿠가와 님이 있는 한 이 방면의 적은 염려할 것 없어. 사이 좋게 지내야 한다."

자기 아들 노부타다와 말머리를 나란히 하고 노부나가는 자못 만족스럽다는 듯이 말했다. 노부나가로서는 이 전투에서 이긴 줄 아는 카츠요리가 실은 노신老臣들과 장수들의 반감을 사서 자기 발 밑에 붕괴의 함정을 파게 될 것이라는 사실을 분명히 알고 있었다.

오가 야시로는 이번 출정에 크게 만족해하는 노부나가를 성밖까지 나가 배웅했다. 배웅을 하는 동안 그 역시 전혀 다른 방향에서 자신감을 굳혀갔다.

노부나가는 당연히 야시로의 이름을 알고 있었다. 다른 가신들과 함께 야시로가 자기 이름을 말했는데도 노부나가는 그를 전혀 무시하여 눈길조차 보내지 않았다.

그날은 찌는 듯이 무더운 날이었으나, 그렇더라도 현재 천하에 이름을 떨치고 있는 노부나가쯤 되는 대장이 말 위에서 웃통을 벗어야 할 정도의 더위는 아니었다. 그런데도 노부나가는 태연히 웃통을 벗고 말을 야하기가와矢矧川의 얕은 곳으로 몰아 실컷 물을 먹였다.

'노부나가는 대장의 그릇이 못 된다.'

그러한 노부나가를 바라보면서 야시로는 생각했다.

'두고 봐라, 반드시 저 목을 카츠요리 앞에 바칠 테니까.'

이런 음흉한 야시로의 눈이 자기 등뒤에서 빛나고 있는 것을 아는지 모르는지.

"이것으로 도쿠가와, 오다 양가는 만만세야."

야하기의 큰 다리까지 배웅 나온 노신들에게 호탕하게 웃어 보이고 노부나가는 말머리를 돌려 갔다.

2

야시로에게는 그 나름의 계산이 있었다. 아니, 계산만이 아니었다. 그것은 인생을 보는 움직일 수 없는 그의 가치관이기도 했다.

야시로는 노부나가가 타카텐진 성 함락 이전에 오지 않은 것을 나름대로 판단하고 있었다. 그것은 노부나가의 교활한 성격 때문이고 엉성한 계산 때문이라고.

'싸우기 싫다면 어째서 대군을 거느리고 토토우미까지 왔다는 말인가. 게다가……'

그것은 분명 노부나가가 교활한 주제에 소심하기까지 하여, 마음속으로는 이에야스를 두려워한다는 증거였다. 만일 노부나가가 자신이 출전했기 때문에 코슈 군이 철수한 것이라고 자만한다면 그것은 더더구나 구제받기 어려운 착각이다.

카츠요리는 노부나가가 두려워서 철수한 것이 아니었다. 코슈 군이 신출귀몰하다는 것을 알리기 위해 미노에 나타났고 토토우미를 공격했으며 나가시노를 습격하고 또 아스케를 공격해 보인 것에 지나지 않았다. 따라서 타케다와 도쿠가와 양군의 결전은 올해 내내 도쿠가와 군을 극도로 피로하게 한 뒤에 벌어질 터.

그것을 깨달았다면 노부나가는 무슨 일이 있어도 타카텐진 성으로 달려와 거기서 코슈 군에게 치명적인 타격을 주었어야만 했다.

'그것도 모르고 황금을 준 뒤에 서둘러 돌아가다니, 이 얼마나 어리석은 일인가.'

솔직히 말해서 야시로는 노부나가의 원군이 온다는 말을 들었을 때 크게 탄식했다.

'내 꿈은 끝장이다!'

코슈 군이 타격을 입으면 그의 꿈은 산산조각이 난다. 그 결과 아시가루의 아들인 자신은 영원히 스무 개 마을의 행정관으로 그 생애를 마치지 않으면 안 된다. 그렇다고 해서 엔슈 공격에 들어간 오다와 도쿠가와 연합군의 배후를 칠 수도 없는 일. 그로서는 전혀 손을 쓸 방법이 없었다.

그런데 노부나가는 무더위를 못 이겨 웃통을 벗어제치는 버릇없는 짓을 하면서 유유히 돌아가고, 그의 꿈이 달려 있는 코슈 군은 새로 타카텐진 성을 세력권에 넣었을 뿐 아니라 엔슈에서 명성을 떨치던 오가사와라 요하치로 나가타다 등의 용사를 손에 넣었다.

'누가 보더라도 승리의 손은 타케다 쪽을 가리키고 있어.'

이런 야시로의 확신을 더욱 확고하게 만들어준 일이 있었다. 그것은 10월이 되기 전에 카츠요리가 엔슈에서 하마마츠 성을 다시 공략하고, 이듬해인 텐쇼 3년(1575) 2월에는 재차 나가시노에 출병할 테니 호응하라는 밀사가 12월 초 카츠요리로부터 도착한 일이었다.

'드디어 기다리던 날이 왔구나……'

야시로는 혼자 미소지었다.

그에게는 실로 길고 긴 인종의 세월이었다. 밀서를 가져온 것은 그가 일부러 성읍에 살게 한 마타베에又兵衛라는 통桶장수였다. 밀서를 받은 야시로는 좀이 쑤셔 가만히 있을 수 없었다.

'우선 츠키야마 마님을 찾아가……'

찬 서리 속에서 집을 나섰으나 생각을 바꿔, 본성에 있는 노부야스의 거실로 갔다.

'과연 다음에 벌어질 이 운명의 일전을 노부야스가 짐작이나 하고 있을까?'

그런 기미까지도 신중하게 미리 탐지해두는 것이 아주 중요하다고 야시로는 판단했다.

노부야스는 반색을 하며 야시로를 따뜻한 화로 옆으로 맞이했다.

3

노부야스는 거실에 네 명의 근시近侍를 불러다놓고 전쟁 이야기를 하던 중인 듯했다. 야시로가 들어서자 몸을 앞으로 내밀고 말했다.

"오, 야시로. 그대는 어떻게 생각하나, 타카텐진 성의 오코우치 겐자부로를?"

"물론 오코우치 님이야말로 절의節義를 아는 훌륭한 무사라고 생각합니다."

"야시로 그대도 그렇게 생각하나? 나는 지금 그 의견에 반대하고 있는 중인데……"

노부야스는 말하면서 일동을 향해 말머리를 돌렸다.

"나 역시 오코우치가 오가사와라 요하치로의 항복에 강력하게 반대한 것은 높이 사고 있어. 끝까지 항전을 주장하고 한치도 양보하지 않은 점에서는 훌륭했다고 생각하지만, 그 때문에 포로로 잡혀 옥에 갇힌다면 문제가 달라. 이에 비해 역시 항복에 반대한 쿠제 산시로와 사카베 마타쥬로는 죽어도 타케다 가문은 섬기지 않겠다고 뜻을 굽히지 않은 채 당당히 깃발을 앞세우고 하마마츠로 돌아왔어. 이것을 보면 포로가 된 오코우치는 분별력에서 한 단계 아래야."

야시로는 그만 웃음을 터뜨릴 뻔했다. 새삼스럽게 타카텐진 성 함락 이야기를 하는 노부야스도 우스웠거니와, 그 말을 진지하게 듣고 있는 히라이와 치카요시, 노나카 시게마사, 콘도 이키近藤壹岐 등의 얼굴도 몹시 얼빠져 보였다.

타카텐진 성이 함락될 때 와타나베 킨다유, 나카야마 제히노스케, 사이토 소린齋藤宗林 등은 오가사와라 요하치로와 같이 타케다 쪽으로 돌아서고, 쿠제 산시로, 사카베 마타쥬로 등은 함락과 동시에 하마마츠로 탈출해 돌아왔다. 그중에서 감독관인 오코우치 겐자부로만은 끝까지 이에야스의 밀명을 지켜 항전을 주장하다가 결국 포로가 되어 지금은 성안 감옥에 갇혀 있다. 노부야스는 그 오코우치 겐자부로 마사치카를 하마마츠로 돌아온 자들보다 한 단계 아래라고 하였다.

야시로로서는 그 유치한 생각이 참을 수 없이 우스웠다.

오코우치 겐자부로는 아직도 이에야스의 타카텐진 성 탈환을 믿어 절개를 굽히지 않고 감옥에 갇혀 있을 것이 틀림없었다. 따라서 그가 현명하건 어쨌건 상관없이 노부야스로서는 아무리 칭찬해도 지나치지 않을 인물이어야만 했다.

'그런데도 돌아온 자들보다 한 단계 아래라니……'

물론 이런 노부야스이니 야시로는 그를 얕보고 있었지만……

"여보게, 야시로……"

노부야스는 다시 야시로를 돌아보았다.

"살아 돌아와야만 다음에도 충성을 바칠 수 있는 것 아닌가. 절개를 굽힌 것처럼 하고 일단 감옥에서 나와 기회를 보다가 하마마츠로 돌아오는 것이 상책이라고 생각지 않나, 야시로?"

이 말은 왠지 모르게 야시로를 섬뜩하게 만들었다.

"아닙니다, 그런 생각은 전혀."

야시로는 마음의 동요를 감추고 부드럽게 미소를 떠올렸다.

"그럼, 그대도 감옥에서 몇 년이라도 버티겠다는 말인가?"

"당연합니다. 그것이 무사의 기개 아니겠습니까."

"음, 역시 그대도 같은 생각을 하고 있군. 하하하, 내가 졌어. 아니, 진 것이 아니야. 실은 나도 그대들과 같은 생각을 하고 있었기 때문에 한번 마음을 시험해본 것뿐이야."

야시로는 흥, 이런 얼빠진 애송이 같으니라고…… 하고 생각하면서도 공손히 고개를 수그렸다.

"그 말씀을 듣고 안심했습니다. 과연 대장님답습니다."

4

"야시로, 그대는 카츠요리가 다음 번엔 어디에 나타날 것이라 생각하나?"

노부야스는 즐거운 듯 다시 말을 계속했다. 밖에서는 여전히 찬바람이 불고 서리가 그대로 눈으로 변할 것 같았으나, 안에서는 화로의 불이 젊은 노부야스의 얼굴을 붉게 물들이고 있었다.

"하마마츠일까, 부세츠일까, 나가시노일까, 아니면 다시 미노를 공격해올까. 그대의 판단으로는 어디라고 생각하나?"

"저는 우선 하마마츠일 것이라 생각합니다."

야시로는 이렇게 말하고 흘끗 모인 사람들의 안색을 살폈다.

"하하하, 그것은 큰 착각이야!"

노부야스는 무릎을 치고 몸을 흔들면서 웃었다.

"이번에는 반드시 나가시노 성으로 올 것일세."

야시로는 깜짝 놀랐다.

"어떻게 그것을 대장님이……"

"모르겠나? 그것은 아버님이 마침내 나가시노 성에 오쿠다이라 쿠하치로 사다마사奧平九八郞貞昌를 보냈기 때문이야."

"어째서 오쿠다이라 사다마사 님이 그곳에 들어가면 코슈 군이 나가시노를 공격하게 될까요?"

"어리석은 질문을 하는군. 오쿠다이라 부자는 앞서 카츠요리의 편을 들었던 자, 그들을 버젓이 나가시노 성에 살려둔다면 카츠요리의 체면이 서지 않아."

"성주님은 그런 계산을 하시고 나가시노 성에……"

"두말할 필요도 없어!"

노부야스는 고개를 끄덕였다.

"그곳으로 코슈 군을 끌어들여 다시는 재기할 수 없을 정도로 타격을 입히겠다는 것이 아버님의 계략일세. 텐쇼 삼년은 재미있는 해가 될 거야."

야시로는 감탄을 금치 못하겠다는 표정이었다.

"말씀을 듣고 보니 눈이 뜨이는 것 같습니다. 오쿠다이라 사다마사를 나가시노에 보내신 이유를……"

이렇게 말하면서 마음속으로 자신에게 말했다.

'이제는 이겼다!'

이에야스가 카츠요리를 유인하기 위해 오쿠다이라 사다마사를 나가시노 성에 보냈다고 하면, 카츠요리의 작전은 훌륭하게 성공을 거둔 것과 다름없었다. 카츠요리의 계산으로는 우선 이에야스의 주력부대를 그리로 끌어들이고, 야시로와 호응하여 오카자키 성을 점거할 생각이었다.

야시로는 더 이상 아무것도 노부야스에게 물을 필요가 없었다.

'이런 중대한 일을 함부로 입밖에 내다니.'

드디어 도쿠가와 일족도 말로가 가까워졌다고 생각하니 노부야스가 몹시 불쌍해 보였다.

코지쥬 사건이 있고 나서 노부야스의 성격은 더욱 편협해졌다. 가신들로부터 멸시당하지 않으려고 노상 무용담을 꺼낼 뿐만 아니라, 몹시 화를 잘 내었고, 또 오만해져 있었다.

그 이면에는 토쿠히메의 친정을 두려워하는 심리가 작용하고 있었다. 두려워하면서도 두려워하지 않는 것처럼 보이려고 초조해한다는 것을 역력히 느낄 수 있었다. 최근 들어 노부야스를 정면으로 간하는 사람은 거의 없어졌다.

'이제는 됐어. 이런 애송이가 나 같은 사람을 종 부리듯 하다니……그런 세상이 처음부터 잘못된 거야.'

야시로는 아무렇게나 노부야스의 거실을 나와 그길로 곧장 내전으로 향했다.

드디어 큰일이 눈앞에 닥쳐왔다. 츠키야마보다도 먼저 토쿠히메의 비위를 맞추는 것이 급선무다…… 이처럼 야시로의 계산은 어디까지나 세심했다.

5

토쿠히메는 코지쥬 사건 이후 자주 겁을 내었고 심한 발작을 일으키곤 했다.

시어머니인 츠키야마는 물론 아야메와 시녀들도 자기편이라고 생각하지 않았다. 따라서 남편의 사랑과 코지쥬만이 그녀 마음의 의지처였는데, 지금은 그 코지쥬도 죽고 남편의 사랑도 멀어져 있었다.

오늘도 토쿠히메는 발작을 일으킨 후였다. 창백한 눈에 아직도 공포의 빛을 담은 채 코토죠의 동생 키노에게 관자놀이를 주무르게 하고 있었다.

이때 마츠노松野라는 시녀가 야시로의 방문을 알려왔다.

"오가 야시로가……"

토쿠히메는 그 이름만 듣고도 키노에게 구원을 청하는 듯한 눈길이 되었다.

"무슨 일일까, 키노?"

키노 역시 숨을 죽이고 긴장의 빛을 띠었다.

"무슨 일인지 우선 만나시는 것이 좋을 듯합니다."

"그래, 그럼 들라고 해라."

서둘러 머리를 매만지고 자세를 바로 했다.

야시로는 옆방의 마루까지 오만하게 걸어와서는 공손하게 머리를 조아렸다.

"올해 역시 추위가 심한데, 여전하신 모습을 뵙게 되어 여간 기쁘지 않습니다."

"오가 님도 여러 모로 바쁘실 텐데, 수고가 많군요."

야시로는 토쿠히메를 향해 다시 한 번 정중하게 머리를 숙이고 느닷없이 말했다.

"드디어 내년에는 작은 마님의 운이 크게 열리게 되시겠습니다."

"운이 열리다니?"

"올해도 그랬습니다마는, 내년에는 이 가문에 기후의 성주님이 얼마나 소중한 분이신지 확실히 깨닫는 해가 될 것입니다."

토쿠히메는 다시 언짢은 얼굴로 키노를 돌아보았다. 타케다 쪽과 내통하고 있는 사내. 그것을 노부야스에게 호소해도 믿지 않을 정도로 교묘히 노부야스를 조종하고 있는 뻔뻔스러운 자, 이렇게 생각하고 있는데 그 당사자가 갑자기 찾아와 아첨하는 듯한 말을 하고 있었다.

"작은 마님, 저는, 이 야시로는 도쿠가와 가문의 큰 은혜를 절대로 잊지 않는 자입니다."

"그렇겠지요."

"그래서 다른 사람과는 다른 충성을…… 하고 언제나 마음을 다하고 있습니다마는, 이 가문의 걸림돌은 아무래도 츠키야마 마님이라 생각합니다."

토쿠히메는 다시 굳어진 얼굴로 고개를 갸웃했다.

'도대체 이 사나이는 무슨 말을 하려는 것일까……?'

"눈에 거슬리는 난행亂行은 그렇다 치더라도, 작은 성주님과 아야메를 부추겨 코지쥬를 죽이게 했다…… 이제 저도 더 이상 가만히 있을 수만은 없습니다."

"오가 님, 내 앞에서는 그런 말을……"

"삼가라는 말씀이군요. 그 마음씨와는 달리 츠키야마 마님은 얼마나 거친 성격이신지…… 작은 마님!"

야시로는 무릎걸음으로 한 걸음 다가앉았다.

"이 야시로가 마님의 편인 체하고 알아낸 것 중 하나가 가문의 일대사라 생각되어 말씀 드리려 합니다. 아니, 효심이 깊으신 작은 마님이라 들으시려 하지 않을 것을 알면서도 이 야시로는 감히 말씀 드리겠습니다. 잠시 저의 무례함을 용서하십시오."

야시로는 똑바로 토쿠히메를 쳐다보고 단호한 자세를 취했다.

6

"텐쇼 삼년은 타케다와 도쿠가와, 오다 세 가문의 운명을 결정하는
해가 될 것입니다. 이런 중요한 때 츠키야마 마님은 자신의 욕망을 관
철시키려고 수단과 방법을 가리지 않고 있습니다. 마님의 욕망, 그 첫
번째는 작은 마님의 친정아버님을 이마가와 요시모토今川義元 공의 원
수로 여기고 그 원한을 풀겠다는 것, 또 하나는 아내를 돌보지 않는 남
편에 대한 보복입니다."

야시로는 토쿠히메가 와들와들 몸을 떨기 시작하자 이번에는 눈길
을 공중으로 향하고 조롱하듯 말을 계속했다……

"마님의 남편에 대한 보복은 타케다와 도쿠가와의 결전에서 도쿠가
와 쪽을 패배로 이끌면 달성됩니다. 또 요시모토 공의 복수는 양자가
결전을 벌일 때 의리를 지키기 위해 기후에서 미카와로 출병하시는 노
부나가 공을 오카자키 성이나 요시다 성으로 유인하여 공격함으로써
달성됩니다."

"……"

"이 야시로도 처음에는 그런 일이 과연 가능할까 하며 아녀자의 허
망한 꿈을 비웃었습니다. 그래서 오늘날까지 아무 말씀도 드리지 않고
가슴속에 묻어두었던 것입니다마는…… 그것이 점점 백일몽만은 아니
라는 사실을 깨닫게 되었습니다. 노부야스 님은 역시 피를 나눈 어머님
이기 때문에 차차 그 감화를 받으시는 걸 보고 이제는 안심하고 있을
수만은 없다는 생각이 들어서, 작은 마님께서 불쾌히 여기시리라 걱정

하면서도 말씀 드립니다. 타케다와 도쿠가와의 결전이 벌어지면 반드시 원군을 거느리고 오실 기후의 대장님. 혹시 방심하여 양가의 불행을 초래하면 큰일이므로 이 야시로는 앞으로도 계속 철저하게 살피겠다고 말씀 드립니다."

토쿠히메를 향해 할말을 끝낸 야시로는 비로소 눈길을 옆에 있는 키노에게 돌렸다.

"키노."

"예…… 예."

"나는 그대의 마음을 꿰뚫어보고 있어. 처음에는 츠키야마 마님의 명에 따라 작은 마님을 모시게 되었지만, 지금은 진심으로 작은 마님의 편…… 알겠나, 앞으로도 작은 마님을 모시는 데 소홀함이 있어서는 안 돼. 충성을 다해 섬기기를 바라겠어."

당황한 키노는 얼굴이 붉어지기도 하고 창백해지기도 했다. 지금은 분명히 토쿠히메를 동정하고 있지만, 그건 그렇다고 해도 야시로는 대관절 무슨 생각을 하고 있는 것일까……?

'정말 츠키야마 마님을 감시하기 위해 접근했던 것일까……?'

그렇게 생각하면 그런 것 같기도 하고, 사태가 불리해져서 마음이 바뀐 것이라는 생각도 들었다.

"그럼, 이만 실례하겠습니다. 작은 마님, 부디 몸조심하십시오. 그리고 빠른 시일에 아기를 갖게 되시면 작은 성주님의 마음도 예전처럼 되리라고…… 야시로는 오로지 그것만을 바라고 있습니다."

야시로는 다시 공손하게 절하고 조용히 일어섰다.

이곳에서도 찬바람이 지붕 위에서 무섭게 울고 있었다.

토쿠히메도 키노도 망연한 채 말하는 것조차 잊고 있었다.

그 효과를 야시로는 온몸으로 느끼면서 복도로 나왔다.

"자, 그러면 동지들과 다시 한 번……"

입속으로 중얼거리며 본성의 현관을 향해 걸음을 옮겼다.

'이것으로 노부나가는 원군 보내기를 꺼릴 것이다……'

이런 생각을 하자 저도 모르게 한쪽 볼에 보조개가 팼다.

7

야시로가 자기 집에 돌아왔을 때 이미 동지 중에서 쿠라치 헤이자에 몬倉地平左衛門과 야마다 하치조山田八藏 두 사람이 와서 기다리고 있었다.

'혹시 밀서가 왔다는 것을 알고 있는 게 아닐까?'

이제 사람을 보내 불러올 생각이었기 때문에 야시로는 약간 의아한 생각이 들었다.

"아, 마침 잘 왔네. 무슨 급한 일이라도 생겼나?"

허리에 찼던 두 개의 칼을 끄르고 화로 옆으로 가면서 말했다.

"큰일이 생겼습니다, 오가 님."

야마다 하치조가 호걸풍인 수염을 마구 떨며 입을 열었다.

"아무래도 일이 탄로난 것 같소. 방심할 수 없어요."

"뭣이, 탄로라니 뭐가 말인가?"

야시로는 시치미를 뗐다.

"원, 이렇게 답답할 수가. 지난해 코슈와 내통한 일 말이오."

"그것을 자네가 어떻게 알았다는 말인가?"

야마다 하치조는 슬며시 주위를 둘러보고 겁먹은 얼굴로 고개를 움츠렸다.

"츠키야마 마님의 시녀 코토죠가 카츠요리 님이 보낸 서약서를 훔쳐보고 그것을 아비에게 고했다고 합니다."

야시로는 약간 고개를 갸웃하고 생각했다.

"그 일이라면 걱정할 것 없네."

그리고는 가볍게 말했다.

"그 서약서에 겐케이減敬의 이름은 나오지만 다른 사람의 이름은 없었으니까."

쿠라치 헤이자에몬이 쏘는 듯한 눈길을 야시로에게 보내고 있었다.

"그렇다고 무사할 수는 없을 거요. 그렇지, 야마다?"

고개를 갸웃하고 하치조를 바라보았다.

"실은 코지쥬 사건이 이 일과도 관련이 있는 것 같고."

"그렇소. 사건은 코지쥬에서 토쿠히메 님, 토쿠히메 님으로부터 기후의 대장에게, 기후에서 다시 하마마츠로 새어나갔을 가능성이 충분히 있다고 봅니다."

"그것도 코토죠와 키노의 아비에게서 나온 소문이란 말이지?"

야시로는 여전히 대담한 미소를 떠올린 채였다.

"만일 그렇더라도 염려할 것 없어. 내가 이미 손을 써놓았으니까."

"어떻게 말이오? 그것이 알고 싶소."

하치조는 다시 몸을 앞으로 내밀고 호걸풍인 수염 끝을 약간 떨었다.

"우리는 불안해서 견딜 수 없소. 기후에서 하마마츠로 통보가 오면 언제 목이 달아날지 모르니까."

"하하…… 그럴 수도 있을 것 같아 진작 기후로부터의 입을 막아놓았어. 그래도 불안하다면 정월 초에 우리가 다시 한 번 결정적인 수단을 강구하면 되네."

"정월 초에……?"

헤이자에몬의 말에 이어 하치조가 또 재촉했다.

"그 결정적인 수단이란?"

야시로는 순간 심각한 표정으로 오른손을 칼날처럼 세워 탁 하고 왼손의 손바닥을 쳤다.

"과감하게 츠키야마를."

"예? 마님은…… 마님은 우리편이 아니오?"

"하하하……"

야시로는 다시 웃었다.

"나는 마님을 우리편이라고 생각지 않아. 만일 의혹의 눈길이 우리에게 쏠린다면 먼저 마님의 내통을 성주에게 밀고하고 사정없이……"

야시로는 또다시 왼손바닥을 탁 치고 눈을 부라렸다.

8

야마다 하치조와 쿠라치 헤이자에몬은 숨을 죽인 채 서로 얼굴을 바라보았다.

야시로는 그 모습이 우스워 견딜 수 없었다.

'이 얼마나 소심한 자들인가……'

두 사람 모두 평생 동안 밑바닥에서 비참하게 살게 되어 있다. 이렇게 생각한 야시로는 반쯤 조롱하는 어조로 말했다.

"이상한 사람들이로군. 츠키야마의 목을 친다는 말에 무얼 그리 놀라나. 원래 우리는 성주의 목을 노리고 있는 게 아닌가. 성주의 목을 노리는 자가 츠키야마의 목을 치지 못할 이유가 없지."

"그렇기는 하지만……"

"츠키야마뿐 아니라 필요하다면 노부야스도 히라이와 치카요시도 노나카 시게마사도 태연히 죽일 수 있어야 돼. 그것도 못한다면 한 성의 주인이 될 자격은 없어."

조용하게 말한 뒤 야시로는 밀서를 꺼내 두 사람에게 보여주었다.

"지금은 츠키야마의 일로 걱정하고 있을 때가 아닐세. 불은 이미 지펴졌어. 이월에는 우리 운명도 결정될 테지. 어떻게 생각하나, 두 사람은?"

야마다 하치조는 으음 하고 신음했고, 쿠라치 헤이자에몬은 잔뜩 눈을 부릅뜨고 밀서를 노려보았다.

어느 쪽도 잠시 동안 입을 열지 않았다.

"걱정할 것 없네."

야시로는 혼잣말처럼 말을 계속했다.

"정월 초부터 전투준비를 시작하면 하순까지는 작은 성주도 나가시노에 출정하게 되겠지. 히라이와, 노나카, 히사마츠久松, 노미能見(마츠다이라 시게요시松平重吉) 등도 모두 작은 성주를 따라갈 것이니까 사카이 우타노스케酒井雅樂助 정도가 성을 지키겠지만…… 그렇게 되면 오다의 원군이 와도 노부나가 공은 아마 이 성에는 들어오지 않을 것일세. 이 역시 미리 손을 쓸 자신이 있어."

"그래요?"

헤이자에몬이 다급하게 숨을 몰아쉬며 말했다.

"이월에는 카츠요리 공이 온다는 말이오?"

"물론이지. 삼월이면 오카자키의 성주는 우리가 되어 있을 것일세."

"그렇다면……"

야마다 하치조는 야시로의 말을 가로막았다.

"구태여 츠키야마 마님의 목을 칠 필요는……"

"없다는 말인가?"

"마님은 원래 카츠요리 공의 편인데, 그러다가 카츠요리 공의 질책이라도 받게 되면……"

야시로는 혀를 차려다가 겨우 참았다.

'정말 어리석은 사내로군……'

견딜 수 없을 만큼 답답한 마음이 들어, 무언가 한마디 하여 이 궁상맞은 사나이를 납득시켜주고 싶었다.

"하치조, 그대는 어째서 그토록 츠키야마에게 구애되고 있나? 이것 보게, 성주가 사로잡혀 우리 앞에 끌려나오면 서슴없이 그 목을 쳐야 할 우리가 아닌가. 더구나 현재로서는 일이 탄로날 우려가 있을 때에 한해서 죽이겠다는 것일세. 죽여버리면 송장은 말이 없는 법, 카츠요리 공에게는 츠키야마가 비밀을 성주에게 고할 것 같아 죽였다고 하면 그것으로 끝나. 걱정할 것 없어. 이제부터 동지들을 이곳으로 불러 모든 수단을 강구하려 하니 그런 어리석은 말은 삼가도록 하게."

야시로는 갑자기 어조를 바꾸었다.

"앞으로 두 달이면 승부가 나는 거야."

자못 즐거운 듯 눈을 가늘게 떴다.

 소심소의小心小義

1

야마다 하치조 시게히데山田八藏重秀가 그날 밤 오가 야시로의 집에서 나온 것은 어느덧 넉 점 반(오후 11시)이 지나서였다.

"대단한 사나이야!"

하치조는 어두운 하늘에서 윙윙거리는 찬바람을 향해 중얼거렸다.

"그 정도가 아니고는 한 성의 주인이 되지 못해."

물론 이것은 오가 야시로에 대한 그의 감회였다. 사실 오늘 밤의 야시로는 명장名匠의 손으로 만들어진 칼처럼 날카로워져 있었다. 그는 동지들을 앞에 놓고 모든 경우에 대한 온갖 의문에 한 점 의혹도 없이 명쾌하게 대답해주었다.

하치조는 처음에 몹시 꺼림칙했던 츠키야마의 암살에 대해 지금은 완전히 납득할 수 있었다. 비록 이 음모가 새어나갈 우려는 없다고 해도, 츠키야마는 일이 성사되기 전에 베어 없애야 할 운명에 놓인 사람이었다.

그 이유 중 하나는 츠키야마가 야시로와 밀통했다는 것…… 더구나 츠키야마는 상황이 자기가 원하는 대로 되지 않으면 그 비밀을 태연히 입밖에 낼 위험성을 지니고 있었다. 만일 츠키야마의 입에서 그런 말이 새어나오면 야시로의 체면은 완전히 땅에 떨어질 터.

둘째 이유는 츠키야마가 노부야스의 어머니라는 사실이었다. 일이 성공하여 오카자키 성에 타케다 카스요리가 들어오면 츠키야마는 반드시 노부야스의 목숨을 구하려 들 것이었다. 결과적으로 야시로의 음모에 가담하지 않은 노부야스가 만일 그대로 오카자키 성주로 남아 있게 된다면 일이 성공하더라도 성공하지 못한 것과 마찬가지 결과를 초래할 수밖에 없었다. 따라서 음모의 발각 여부와 관계없이 카스요리의 입성 전에 츠키야마를 없애야 한다고, 동지인 오다니 진자에몬小谷甚左衛門이 야마다 하치조 시게히데와 똑같은 의문을 말했을 때 야시로는 명쾌하게 대답했다.

"비록 오카자키 성에 눌러 있지 않는다고 해도, 노부야스에게 우리의 영지를 할애해주게 될 것은 뻔한 일. 무슨 말인지 알겠나? 그런 후환을 없애기 위해서라도 츠키야마는 그대로 살려둘 수 없어."

야마다 하치조는 자기 집이 바라다보이는 큰 느티나무 밑 어둠 속에서, 자신만만해하던 야시로의 모습을 떠올리면서 자신에게 들려주듯 중얼거렸다.

"확실히 이긴다! 승리하여 이 성의 주인이 될 사람이야……"

이런 감회는 아마도 하치조만의 것은 아닐 터였다. 오늘 밤에 모였던 동지 모두가 가슴속에 새겨넣은 감회임이 틀림없었다.

그만큼 야시로의 계획은 치밀했고 냉정했으며, 그 어디에서도 차질을 빚을 우려는 전혀 느껴지지 않았다. 그런데도 불구하고 하치조는 왠지 마음에 한 가닥 의혹이 남아 있는 듯한 기분이었다. 사실 아까부터 중얼거린 혼잣말은 그 의혹을 떨쳐버리려는 무의식적인 노력이었다.

'나는 남보다 겁이 많은 것일까.'

겁이 없다고는 할 수 없었으나, 그것과 지금의 이 떨쳐버릴 수 없는 마음속의 어두운 그림자와는 별개인 듯했다.

"더 이상 생각하지 말자. 이미 일은 결정된 것!"

하치조는 다시 소리내어 자신을 꾸짖고 나서 자기 집 앞에 섰다.

"여보, 지금 돌아왔어."

2

집에서는 대답이 없었다. 세 아이를 키우면서 하루 종일 열심히 일하는 아내 오츠네는 피곤을 못 이겨 깊이 잠들어 있을 것이 분명했다.

'여자란 우스운 거야. 아니, 가엾다고나 할까······?'

앞으로 두 달 가량 지나면 자기가 서미카와의 어느 성에서 성주라 불리며 군림하게 된다는 것을 꿈에도 모르고 있다. 그때 아내 오츠네는 마님이라 불리게 될 것인데도······

이런 생각을 하며 조용히 문을 열었다. 성주님이라 불리는 신분이 되어도 나는 오츠네를 지금처럼 대하게 될까? 한 성의 주인이 되면 시녀들을 거느리게 될 것이고, 그중에 혹시 마음에 드는 여자라도 있으면······ 하고 생각하자 낯이 간지러웠다.

"여보, 이제 돌아왔어."

하치조는 일부러 들리지 않게 다시 한 번 입 속으로 중얼거리고 장지문을 열었다.

단 두 칸뿐이어서 객실이 되기도 하고 거실이 되기도 하며 침실이 되기도 하는 그 방에서는 희미한 불빛을 받으며 네 명의 가족이 앞으로 다가올 행운도 모른 채 바보처럼 잠에 빠져 있었다.

"아니, 이런."

어이없다는 표정으로 하치조는 저도 모르게 자기 이마를 탁 쳤다.

한 아이는 아내의 젖가슴 밑에 머리를 들이밀고, 다른 아이는 다리를 쭉 뻗고 있었으며, 또 다른 아이는 허공을 붙들고 잠들어 있었다.

"이건 마치 강아지들의 집과도 같군……"

강아지들의 자는 얼굴에서 피어오르는 온기가 하치조의 수염난 얼굴을 녹이기라도 한듯 하치조의 얼굴에 웃음이 번졌다.

"아빠……"

허공을 붙들고 있던 둘째 딸이 말했다.

"아니, 너 깨어 있었구나."

그것은 잠꼬대였고, 그 뒤에는 무언가 웅얼거리는 알 수 없는 소리로 변했다.

"이, 이것이 꿈속에서까지 나를 반기는구나."

하치조는 칼을 끌러놓고 몸을 구부려 딸의 뺨에 입을 맞추었다.

순간 딸은 얼굴을 찌푸리고 벌렁 돌아누웠다. 그리고는 당장에라도 웃음을 터뜨릴 듯한 얼굴로 다시 입술을 움직였다.

"꿈을 꾸고 있군. 무엇이 저렇게 좋을까."

하치조는 이대로 잠들기가 아까워, 머리맡에 앉아 싫증도 내지 않고 아이들의 잠든 얼굴을 들여다보았다.

"아무도 모를 것이다. 얼마 지나지 않아 우리가 훌륭한 신분이 된다는 것을……"

하인을 거느린 이 아이들이 화려한 무늬의 옷을 입고 활보할 모습을 상상하는데 또다시 오가 야시로의 목소리가 들려왔다……

"성주도 따지고 보면 우리와 조금도 다를 것 없는 인간이야. 성주의 조상인 도쿠아미德阿彌는 거지 중, 거지 중과 아시가루의 아들…… 그 사이에 별로 신분의 차이가 있을 리 없지. 문제는 자신이 타고난 근성과 재능……"

그 재능이 나에게는 있다…… 하치조는 마음속으로 중얼거렸다.

"알겠느냐, 언제까지나 지금처럼 인생의 밑바닥을 기어다닐 아비가 아니야."

이때 아내 오츠네가 부스럭거리며 가만히 눈을 떴다가 다시 감으며 입을 멍하니 벌렸다. 얼굴은 햇볕에 탔으나 그 밑으로 아무렇게나 드러난 허연 젖가슴이 몹시 동물적인 느낌으로 눈에 들어왔다. 그 순간이었다. 이유를 알 수 없는 싸늘한 오한이 등골을 스치고 지나간 것은……

3

오한은 순식간에 하치조의 온몸으로 퍼졌다. 자기 자신에 대해서는 느끼지 못했던 감정, 오한의 원인은 문득 떠오른 자신의 솔직한 생각 때문이었다.

'이 여자가 과연 마님이라 불릴 수 있는 여자일까……?'

낡아빠진 솜옷과도 같은 아내. 부지런히 일은 하고 있으나 그것말고는 아무런 능력도 갖추지 못한 아내. 가만히 입고만 있으면 따뜻하지만 다른 사람이 있는 곳에 나가면 창피하게 될 솜옷 같은 아내. 그런 의미에서는 붙임성 있게 하인이나 고용인들을 다루는 오가 야시로의 아내에게도 훨씬 미치지 못하는 여자였다.

'내 아내인 이 여자는 마님이라 불릴 운을 가지고 태어난 여자와는 다르다……'

이런 직감이 하치조를 몹시 당황하게 했다.

이 여자에게 그런 운이 없다는 것은 곧 하치조의 운명과도 직결되었다. 하치조만이 성주가 되고 이 여자는 여전히 공동주택이나 오두막에 산다는 것이 과연 있을 수 있는 일일까?

하치조는 가만히 손을 뻗어 아내의 머리맡에 있는 거울을 들어 자기 얼굴을 비쳐보았다. 거울 속에서는 호걸풍의 한 사나이가 덥수룩한 수염과는 반대로 잔뜩 겁을 먹은 새끼곰과 같은 눈으로 마주보고 있었다. 하치조는 깜짝 놀라 거울을 놓았다. 그것은 성주가 될 얼굴 같기도 하고 평생 동안 좁은 집 한 구석에서 지낼 얼굴로도 보였다.

'잠깐!'

하치조는 팔짱을 끼었다.

만일 나에게 운이 없다면 어떻게 될 것인가? 모의가 탄로나게 될까. 아니면 성공하더라도 자기만은 출세에서 제외될까……?

새삼스럽게 내려다보니 아내만이 아니라 아이들의 잠든 얼굴마저도 갑자기 운이 없는 모습으로 보이기 시작했다.

"아무리 보아도 시종을 거느리고 턱으로 부하들에게 꾸짖을 수 있는 얼굴이 아니야."

"무어라 하셨나요?"

그때 오츠네가 눈을 떴다.

가늘게 눈을 뜨고 웃으려고 노력하면서 말했다.

"왠지 머리 근처가 근질근질하다 싶었더니 역시 돌아와 계셨군요. 어서 주무시지 않고."

"뭐가 근질근질하다는 말이야. 내가 이라도 된다는 말인가? 그런데, 이것 봐."

"예……"

오츠네는 다시 남편에게 등을 돌리고 졸린 목소리로 대답했다.

"당신은 만일 우리가 다섯이나 열 명쯤 하인을 거느리게 된다면 어떻게 하겠어?"

"아이, 귀찮아라…… 내일은 일찍 일어나야 해요. 할말이 있거든 아침에 하세요."

"아니, 지금 해야겠어. 꾸물대지 말고 어서 눈을 떠."

하치조는 약간 거친 어조로 말하고는 한숨을 쉬었다. 다시 오츠네의 잠든 숨소리가 들렸기 때문이다.

"역시 오막살이에서 평생을 마칠 여자야."

"예, 뭐라고 했나요?"

"일어나라고 했어."

"어머, 왜 그러세요? 갑자기 큰소리를 내고."

"당신이 열 명이나 스무 명의 하인을 거느리게 된다면 어떻게 하겠느냐고 물었어."

"열 명이나 스무 명……"

오츠네는 의아하다는 듯 고개를 갸웃했다.

"당신은 또 오가 님 말에 선동되었군요. 그만두세요, 그분은 입만 살아 있는 사람이에요."

딱 잘라 말하고도 오츠네는 할 수 없이 일어나 앉았다.

4

"뭣이, 오가 님이 입만 살아 있다고? 똑똑한 체하지 마."

하치조는 아내를 꾸짖었으나 일어나 앉은 오츠네는 별로 화를 내는 기색도 없었다.

"입만 살았다는 말이 잘못이라면 냉정한 사람이라고는 할 수 있어요. 자기에게 이득이 있을 때는 사근사근하지만 별 볼일 없을 때는 인사를 해도 모른 체하는 사람이에요."

"이득이 있을 때는 사근사근……"

하치조는 되풀이하다가 저도 모르게 혀로 아랫입술을 축이고 입을 다물었다. 태연하게 츠키야마를 죽여야 한다고 한 야시로의 표정이 떠올랐기 때문이다. 아니, 그뿐만이 아니었다. 어리석은 아내의 눈에도 그렇게 비쳤다는 것이 무언가 큰 의미를 내포한다고 생각되었다. 확실히 야시로가 냉정하지 않다고는 할 수 없었다.

필요치 않게 되면 버리고, 방해가 되면 죽인다. 하치조가 왠지 개운치 않은 기분이 들었던 것은 야시로의 그 냉정하다는 면 때문이 아니었을까……?

"당신은 어서 자기나 해."

하치조는 공연히 아내를 꾸짖었다.

"이상한 양반이군요. 일어나라고 해서 일어났건만."

"아침에 일찍 일어나야 할 것 아니야? 어서 자."

오츠네는 별로 거역도 않고 잠자리에 누웠다.

이번에는 하치조도 무언가에 쫓기기라도 하듯 아이를 사이에 두고 오츠네 반대편에 드러누웠다.

"불을 꺼. 눈이 부셔 못 견디겠어."

오츠네는 하라는 대로 고개를 내밀어 불을 끄고는 다시 잠이 들었다.

'가만 있자……'

마음속으로 중얼거리고 하치조는 어둠 속의 한 곳을 응시했다.

'우리 모두에게 운이 없다는 것과 오가 야시로가 냉정한 인간이라는 것…… 이 두 가지 사이에 무슨 관련이 있지 않을까……?'

"있다!"

또 하나의 하치조가 대답했다.

"너는 도움이 되지 않는 사나이. 도움이 되지 않는 사나이에게 녹봉을 준다는 것은 무모한 일이다…… 그렇다면 틀림없이 버리거나 죽일 야시로가 아닌가."

이 목소리를 들었을 때 하치조는 정체를 알 수 없는 전율을 느꼈다.

만일 버려지거나 죽게 된다면 차라리 부모 때부터 섬겨온 이에야스에게 그렇게 되고 싶었다.

'아무래도 내가 잘못 생각했어…… 이대로 지내면 어쨌든 모두가 무사할 수는 있는데, 공연히 운이 없는 자에게 말려들어 성주가 될 꿈을 꾸다가 다 같이 처형이라도 당한다면 어떻게 할까……'

이튿날 아침 하치조는 누구보다도 일찍 일어나 우물가로 가서 냉수를 머리에 퍼부었다.

정월에 가까운 바깥의 추위. 서리가 가득 내린 우물가에서 물을 끼얹은 몸을 마른 수건으로 비벼대자 온몸이 훈훈해졌다. 무엇보다도 아내와 아이들에게 이 모습을 보이고 싶지 않았다. 젖은 머리를 얼른 빗어올리고 이번에는 작은 불단佛壇에 불을 밝히고 잠시 기도를 드렸다. 그래도 아내 오츠네는 그의 가슴에서 크게 파도가 일고 있다는 것을 깨닫지 못했다.

"그것이 좋아. 그래서 아내는 행복한 거야……"

야마다 하치조 시게히데는 식구들과 같이 아침을 먹고 쫓기듯이 집을 나섰다.

지난 밤 잠을 이루지 못하고 생각한 끝에, 그는 자기 처자를 위해 야시로의 냉담함보다도 이에야스의 무관심 쪽을 택하려고 결심했다.

'나…… 나 하나만은 죽어도 좋다.'

5

본성에는 아직 아무도 나와 있지 않았다. 하치조는 활터에서 돌아온 노부야스가 현관으로 들어서려 할 때.

"드릴 말씀이 있습니다!"

떨리는 목소리로 말하고 머리를 조아렸다.

"야마다 하치조 시게히데가 은밀히 드릴 말씀이 있습니다. 제발 들어주십시오."

노부야스는 의아하다는 듯 옆에 있는 치카요시를 돌아보고 작은 소리로 물었다.

"어떻게 할까?"

"작은 성주님께만 말씀 드리고 싶은가?"

치카요시가 물었다.

"황송하오나 그러합니다마는……"

"좋아, 무슨 말인지 듣겠다. 거실로 오너라."

"감사합니다……"

거실에 들어선 노부야스는 가슴의 땀을 닦으면서 하치조의 비장한 표정에 웃음이 나오는 것을 참았다.

"너 떨고 있구나."

"예, 중요한 말씀을 드려야 해서요."

"중요한 말을 할 때는 몸이 떨리느냐. 하하하…… 좋아, 어서 말해보아라, 그 중요하다는 것을."

화로를 끌어당기고 그 맞은편을 턱으로 가리켰다.

"어려워 말고 어서 말하여라."

"예. 실은 이 성안에 적과 내통하는 자가 있습니다."

노부야스는 그 말을 듣고는 갑자기 험악한 표정이 되었다.

"아, 그 말이냐?"

그리고는 고개를 돌렸다.

"아니면 아니라고 하여라. 그것은 오가 야시로와 츠키야마 마님에 관한 일이겠지?"

"예…… 예. 이미 알고 계셨습니까?"

"하치조."

"예."

"두 번 다시 그 말을 꺼내면 용서하지 않겠다. 너는 야시로의 출세를 질투하는 방자한 놈이야!"

"당……당치도 않습니다. 확실한 증거가 있습니다. 저도 그 일당인 것처럼 가장하고 모의에 가담했었기 때문에……"

"닥쳐라!"

노부야스는 일갈했다.

"정말로 야시로가 모반을 꾀했다면 너하고 상의했을 것 같으냐, 멍청한 녀석. 네가 워낙 얼빠진 자이기 때문에 조롱해본 것이라 생각지 않느냐? 그만 물러가라!"

노부야스는 벌떡 일어나 옷을 갈아입으려고 방에서 나갔다.

하치조는 잠시 동안 망연히 그 자리에 있었다.

야시로는 반드시 일이 성사될 것이라고 장담하고 있었는데, 용케도 이렇듯 신임받고 있는 것을 보니 새삼 감탄스러웠다. 그 이상 무슨 말을 했다가 도리어 야시로라도 불러온다면 큰일이었다.

하치조는 힘없이 일어났다. 앞으로 두 달만 지나면 전쟁이 벌어지고, 전쟁이 벌어지면 이 성은…… 그런 생각을 하자 여간 초조하지 않았다.

'좋아, 이렇게 된 이상 츠키야마 마님께 호소하는 수밖에 없다. 마님은 누구보다도 먼저 목숨을 위협받고 있다……'

야마다 하치조 시게히데가 이런 결심을 하고 본성의 현관을 나서려 했을 때였다.

"하치조, 왜 그렇게 안색이 나쁜가? 천식이라도 앓고 있나?"

막 등성登城하면서 말을 건 것은 역시 하급무사인 콘도 이키였다.

6

하치조가 알고 있는 한 콘도 이키는 몸집은 작지만 기골이 있었다. 비록 상관이라도 잘못된 말을 하면 그 자리에서 심하게 반발했다. 그 때문에 상급자의 눈총을 받아 출세의 걸림돌이 되었다는 소문이었다.

그런 이키가 말을 거는 바람에 하치조는 문득 그와 상의할 마음이 들었다.

"콘도, 실은 긴히 상의할 일이……"

"뭐, 나에게 상의할 일이…… 이상한 일도 다 있군. 나는 그대와 같은 자칭 호걸은 좋아하지 않는데."

"입버릇이 나쁘군. 나는 자칭 호걸도 아무것도 아닐세. 단지 남보다 수염이 많이 났을 뿐."

"와하하하, 솔직히 말하는군. 자네와 같은 사람을 소심한 자라고 하는 거야. 좀더 정도가 지나치면 겁쟁이가 돼. 그런데 특별히 할 이야기가 있다니 모른 체할 수도 없군. 그래, 어디서 이야기할까?"

"그럼, 지불당持佛堂 뒤의 양지쪽에서라도."

"날씨도 추운데 그게 좋겠군. 안색이 예사롭지 않은 것을 보니 무언가 큰 고민이 있는 모양이야. 어서 가세."

밖에서는 이미 햇빛이 퍼지기 시작하고, 서리가 내린 앙상한 나뭇가지 위에서는 새들이 힘차게 지저귀고 있었다.

"때까치로군. 저놈들은 추위에 강해."

"콘도, 해가 바뀌면 마침내 코슈와 전쟁이 벌어질 것이라고 하는데, 그게 사실일까?"

하치조는 걸음을 옮기면서 야시로에게 들은 이야기를, 그와는 정반대로 해서 강직한 이 사나이가 어느 정도 알고 있는지 슬쩍 떠보았다.

"음, 이번에는 치열한 전투가 될 것 같아."

"역시……"

"나는 머지않아 하마마츠에 가게 되었네. 성주님의 하타모토旗本˚로 뽑혀서."

"그것 참 부러운 일이군. 사실은 내가 상의하려는 것도 그 일과 관계가 있네만……"

본성의 문을 나선 두 사람은 길을 오른쪽으로 돌아 지불당 돌담 밖까지 왔다. 그곳에는 베어진 나무 그루터기가 그대로 남아 있어 그늘지지 않았으며, 햇볕이 바람을 막아주는 돌담을 따뜻하게 해주고 있었다.

"내년에 있을 전쟁과 관계가 있는 일이라면, 그대도 성주님의 하타모토가 되고 싶은가……? 그렇다면 상의에 응하지 않겠어. 자네의 능력을 나는 그다지 높이 평가하고 있지 않아. 그런 사람을 추천하면 불충不忠일세."

"이거 너무 가혹한 말을 하는군……"

말과는 달리 하치조는 그 솔직한 말에 친근감을 느끼면서 나무 그루터기에 걸터앉았다.

"사실은 이 야마다 하치조가 이 성에서는 유일하게 자네를 진정한 무사라 생각하고 털어놓으려는 것인데, 그렇게 알고 자네의 의견을 말해주게."

"묘한 말을 하는군. 좋아, 이 콘도 이키가 진지한 마음으로 들어보겠네."

"고마워. 다름이 아니라, 이 성에는 코슈 군과 내통하여 역모를 꾀하는 자가 있어."

"뭣이, 역모…… 이봐, 말도 안 되는 소리야. 그게 대관절 누구란 말인가?"

이키의 눈이 매처럼 빛나는 것을 보고 하치조는 다시 한 번 가만히 주위를 둘러보았다.

"역모의 괴수는 오가 야시로, 성주님 부자가 나가시노로 출전하신
틈을 노려 아스케 가도에서 이 성으로 카츠요리를 맞아들일 만반의 준
비를 갖추고 있어."

"뭣이!"

이키는 느닷없이 하치조의 멱살을 잡았다.

"이놈, 다시 한 번 말해봐라. 목을 비틀어 죽여버리겠다."

7

하치조는 당황하며 이키의 손을 뿌리쳤다.

"서……성급하게 굴지 말게, 콘도."

"뭐가 성급하다는 거야. 네가 뻔질나게 오가에게 드나드는 것을 난
침을 뱉어주고 싶은 심정으로 바라보고 있었단 말이다……"

쏘아붙이듯이 말하고 나서 이키는 생각을 바꾸었다. 이 자리에서 하
치조를 너무 겁나게 만드는 것이 과연 현명한 일일까?

이 소심한 자에게 의義는 없을지 모르나 계산은 있을 터. 소심한 자
의 작은 의는 항상 타산적이게 마련인데, 가장 중요한 것을 미처 듣지
못한다면 확실히 성급하다고 할 수밖에 없다.

"가증스런 녀석이군."

이키도 다시 그루터기에 걸터앉았다.

"야마다, 자네는 오가 야시로에게 빌붙었다가 이번에는 배반하려 하
고 있어. 그러나 어쨌든 좋아. 자네가 나를 믿고 상의하겠다니 화내지
는 않겠네."

"제발 부탁일세!"

하치조는 매달리는 심정으로 고개를 숙였다.

"이 야마다 하치조가 오가에게 접근한 것은 여러 가지 생각이 있었기 때문일세."

"생각 없이 접근하는 자가 어디 있겠나."

"어쨌든…… 접근해보니 이번 음모를 상의하는 거야…… 나는 소스라치게 놀랐어. 그래서 곧바로 작은 성주님께 말씀 드렸는데 받아들이시지 않더군."

"뭐, 작은 성주님께 말씀 드렸다고……?"

"음. 방금 전의 일이었어. 그랬더니 작은 성주님은, 네가 오가 야시로에게 조롱당한 것이다, 만일 정말로 모반을 꾀했다면 너 따위 바보에게 어째서 대사를 누설하겠느냐 하시면서……"

콘도 이키는 쏘는 듯한 눈으로 하치조를 바라보면서 직감했다.

'이것은 거짓말이 아니다!'

그 역시 야시로와 츠키야먀의 관계는 물론 아야메와 토쿠히메의 불화도 알고 있었다. 그의 강직한 성격은 그런 일에 관여하는 것을 허락하지 않았다. 그래서 지금까지 모른 체하고 지내왔으나 모반이라면 문제가 달랐다.

"그럴 테지. 작은 성주님은 자네 말이라면 믿으시지 않겠지."

"여보게, 작은 성주님은 틀림없이 오가에게 그 말을 할 것일세. 멍청이 같은 하치조가 이러저러한 말을 해 꾸짖어주었다면서. 그렇게 되면 이 하치조의 충성은 통하지 않고 도리어 오가에게 살해당할 것이 뻔하네. 상의할 일이란 바로 이것인데, 어떻게 했으면 좋을까?"

콘도 이키는 어리석은 하치조의 그 수염난 얼굴에 침을 뱉고 싶은 혐오감을 느꼈다. 이 사나이가 상의하려는 마음도 공포와 타산에서 나온 것이었다.

노부야스는 야시로의 모반을 믿지 않고, 그래서 오히려 야시로에게 배신자라 하여 살해당한다…… 그러나 솔직하게 털어놓고 떨고 있는 하치조의 모습이 도리어 사건의 진실성을 강하게 뒷받침해주었다.

"그렇군, 정말 난처하게 됐군."

이키는 혐오감을 억누르고, 침통하게 팔짱을 끼고 있는 하치조의 어깨를 두드렸다.

"좋아, 내가 떠맡겠어. 이 이키가 반드시 자네의 충성을 입증해 보이겠네. 그때까지 자네는 모른 체하고 야시로에게 계속 접근하도록 하게. 알겠나, 야시로가 눈치를 채게 되면 그야말로 자네의 목은 없어. 배신자에게 누명을 씌워 죽일 거야…… 그런 지혜는 넘치도록 갖고 있는 야시로니까."

"그건 이미 잘 알고 있네…… 정말이지 이것으로 백만의 원군을 얻은 심정일세."

하치조는 눈물을 글썽이며 계속 머리를 숙였다.

8

콘도 이키는 야마다 하치조와 헤어진 후 태연하게 등성했으나, 그날 하루는 거의 누구와도 이야기를 나누지 않았다.

이미 설날을 축하할 준비가 시작되어 성안에는 어수선한 분위기가 감돌고 있었다. 그러나 가만히 생각해보니 과연 오카자키 성 안에는 한 줄기 요사스런 구름이 떠돌고 있었다.

'이 성에 아직 모토야스元康라 불리던 시절의 성주님을 맞아들였을 때는 이런 공기가 감돌지 않았는데……'

이키는 지금도 그 무렵의 활력에 넘치면서도 겸허하던 이에야스의 모습을 생생하게 기억하고 있었다.

그날 이키는 비번이어서 밭에 나가 풀을 베고 있었다. 오카자키의 백성이 빈궁의 밑바닥에 빠져 있을 때여서, 일단 전쟁이 벌어졌을 때 입을 갑옷 한 벌과 등성용 의복 한 벌을 제외하고는 모토유이元結° 하나까지 절약하고 있을 때였다. 그런 만큼 밭의 풀을 베고 있는 이키의 모습은 어느 농부보다도 더 초라한, 낡은 허수아비 바로 그 자체였다. 그러나 머리는 짚으로 단단히 묶고 있었다. 이때 영내를 순시하던 이에야스가 곁을 지나갔다.

이키는 고개를 들 수 없었다. 가난이 부끄러웠던 것은 아니었다. 자기 가신이 이런 모습으로…… 하고 젊은 이에야스를 한탄하게 만들고 싶지 않았을 뿐이다.

이에야스는 모른 체하고 일하는 이키에게 일부러 걸음을 멈추고 말을 걸었다.

"여보게, 농부."

이키는 화가 났다. 잠자코 그냥 지나갔으면 좋았을 텐데……

"그대는 내가 지나간다는 것을 알면서도 고개를 돌렸어. 무언가 못마땅한 것이 있어서 그랬느냐? 솔직하게 말해보아라."

할 수 없이 이키는 밭에서 나와 원망스럽다는 듯 이에야스를 쳐다보고 말했다.

"성주님께 가신의 가난한 모습을 보여드리기 싫어서였습니다."

순간 이에야스는 온몸을 꼿꼿이 하고 말했다.

"바로 그대였구나."

그리고는 숨을 죽였다.

"알겠다. 어서 가서 일하여라. 그대가 지금 한 말은 잘 기억해두겠다."

어느 틈에 눈이 촉촉이 젖어 있었다. 그리고 그로부터 3년 후에 다시 불려가 50관貫의 녹봉을 더 받게 되었다……

그 무렵의 오카자키 사람들은 상하의 마음이 서로 통한다고 믿고 있었다. 그러한 믿음이 가난을 딛고 일어나 성안에 밝음과 활기를 가져다 주었다. 그래서 누구의 얼굴도 밝게 보였다. 지금은 왠지 모르게 우울하고 침체된 분위기가 감돌고 있었다.

'역시 작은 성주의 방자함이 원인일까?'

밑바닥 민심은 노부야스에게 통하지 않는다고 모두 체념하여 활기를 잃고 만 것이 아닐까.

'가령……'

이키는 생각했다.

'이 이키가 지금 노부야스에게 야마다 하치조와 똑같은 말을 호소하면, 귀를 기울여 들을 것인가…… 아니, 하치조와 같은 경우가 될 것이다, 하치조와.'

날이 저문 뒤 이키는 묵묵히 성을 나왔다.

노부야스에게 호소해도 소용없는 일, 이에야스에게 말해도 당장에는 믿으려 하지 않을 것이었다. 그토록 오가 야시로는 그의 재능으로 도쿠가와 일가를 꼭 붙잡아놓고 있었다.

'그렇다면 어떻게 해야 할 것인가……?'

이키가 하마마츠를 떠난 것은 전쟁의 기운이 점점 더 고조되어가는 정월 12일이었다.

탄로

1

그날 이에야스는 유토雄踏에 있는 나카무라 겐자에몬中村源左衛門의 집에 들러 오만의 배에서 태어난 자기 아들과 처음으로 대면했다. 물론 정식 대면은 아니었다. 올해 들어 처음으로 매사냥을 나갔다가 우연히 겐자에몬의 집에 들르는 형식을 취해, 겐자에몬의 아내가 데려온 오기마루를 서원의 마루에서 차를 마시며 만났다.

오기마루는 한 손에는 방울, 다른 손에는 작은 도깨비 탈을 가지고 나타나 이에야스 앞에 앉았더니, 이 사람이 누굴까 하는 표정으로 아버지를 쳐다보았다.

"음, 많이 자랐군."

이에야스는 이렇게 말했을 뿐 그 후에는 아무 말도 없었다. 그러나 가슴에는 만감이 교차하고 있었다.

츠키야마가 두려워 성에도 들어오지 못하는 아들. 안아올려 뺨을 비벼주고 싶은데…… 생각하면서도 그럴 수가 없는 이에야스였다.

'올해야말로 타케다 군과 자웅을 겨루어야 하는 해……'

그 사실을 알고 있는 만큼 자기만이 육친의 정에 젖는 것은 생각할 수도 없는 일이었다. 지난 정월 2일에는 가신들의 눈이 휘둥그레질 정도로 호화롭게 성안에 무대를 마련하여 상하가 다 같이 기쁨을 나누기도 했다. 그 뒤.

"알겠느냐, 앞으로는 이 탈춤을 우리 가문의 관례로 삼겠다."

이렇게 말하여 가신들을 깜짝 놀라게 한 것도 그런 저의가 있었기 때문이다.

'대장은 언제나 병졸보다 몇 배는 더 고생해야 하는 법……'

고생을 겪는 것도 인내함도 남보다 뛰어나지 않으면 부하를 통솔할 자격이 없다고 스스로 경계하고 있는 이에야스였다.

전쟁이 시작되면 다시 많은 젊은이들이 아내와 헤어져 목숨을 잃게 된다. 처자에 대한 사랑에 연연하는 것이 허용되지 않는 난세였다.

'그러니 용서하여라, 오기마루……'

이에야스는 마음속으로 자기 아들에게 사죄하였다.

"데리고 나가 놀도록. 이 녀석, 낯선 사람이 오니까 잔뜩 노려보는군."

겐자에몬의 아내에게 데려가라고 했다.

"겐자에몬, 오카자키의 사부로 녀석은 나를 난처하게 만들고 있어. 왜 오기마루를 만나보라고 했는지 모르겠다니까. 자기도 형제로서 만나고 싶다고 하더군. 동생이 없기 때문일까?"

"고마우신 뜻이라고 생각합니다."

"아니, 그렇지 않아. 그것이 아시가루의 아들이 한 말이라면 자연스런 인정과 부합된다고 할 수 있으나 대장의 마음가짐은 되지 못해. 왜 내가 만나려 하지 않았는지 그대는 알지 못할 것일세."

이렇게 말하기는 했으나, 이 일에 관한 한 노부야스가 말을 잘 했다고 이에야스는 생각했다. 노부야스가 계속 조르지 않았다면 아직 이에야스는 겐자에몬의 집에 갈 생각이 들지 않았을 것이다.

이에야스는 겐자에몬의 집을 나와 멀리 하마마츠의 자기 성을 바라보면서 문득 이런 생각이 떠올라 씁쓸히 웃었다.

'나도 전사하게 될지 모른다……'

오기마루를 만날 생각이 든 것은, 혹시 만나지 못하고 죽는 것은 아닐까 하는 약한 마음이 있었기 때문인지도 모른다. 만일 그런 마음이 있었다면 자기가 카츠요리를 두려워하는 것이 되는데…… 이런 생각을 하며 마을 어귀까지 말을 타고 왔을 때, 젖꼭지나무의 그늘에서 성큼성큼 걸어나와 이에야스의 말 앞에 무릎을 꿇는 자가 있었다.

오카자키에서 온 콘도 이키였다.

2

이에야스는 고삐를 당겨 말을 세웠다.

때가 때인 만큼 자객이 아닌가 싶어 순간 깜짝 놀랐다.

"성주님! 콘도 이키입니다."

감개에 젖은 상대의 얼굴을 보고 안도했다.

"이키로군. 느닷없이 나타나는 바람에 깜짝 놀랐네."

"명을 받고 오카자키에서 하마마츠로 가다가 성주님께서 사냥을 나오셨다는 이야기를 몰이꾼에게 듣고 기다리고 있었습니다. 제게 말고삐를 잡도록 허락해주십시오."

이에야스 뒤에서 혼다 사쿠자에몬이 말했다.

"과연 이키답군. 성주님, 허락해주십시오."

"그래. 그럼, 같이 가도록 하자."

이키는 그 말이 채 끝나기도 전에 얼른 말에 다가가 고삐를 잡고 걸기 시작했다.

'여기서 만나다니 이 얼마나 좋은 기회인가!'

이렇게 생각하면서도 일이 일인만큼 야시로의 모반을 어디서부터 이야기해야 좋을지 알 수 없었다.

"이키, 오카자키에서도 이미 준비는 되어 있겠지?"

"예. 모든 것을 빈틈없이……라고 말씀 드리고 싶습니다마는……"

"아직 미비된 점이 있다는 말이냐? 오가 야시로가 있어서 보급대에 대해서는 안심하고 있었는데."

"성주님! 실은 그 오가 야시로에 대해 드릴 말씀이 있습니다."

"뭐, 야시로에 대해서……"

이에야스는 말 위에서 환한 웃음을 띠었다.

"야시로는 그대들과는 달리 전쟁터에서 목숨을 아끼지 않는 사나이는 아닐세. 그러나 적과 맞서는 것도 후방을 공고히 하는 것도 다 같이 고생스러운 일이야."

그러면서 문득 생각을 바꾼 듯이 말했다.

"할 이야기가 있다면 성에 돌아가서 듣겠네."

"예."

이키는 그 다음 말은 삼키면서 서두르고 있는 자신을 타일렀다.

'그래도 괜찮다.'

성주 역시 야시로에게 속고 있었다.

'그러므로 이 사건에 대해서는 상대를 납득시키기 어렵겠지만……'

이키는 이미 야시로의 모반을 의심하지 않았고, 이 일에 대해 침묵할 수도 없었다.

야마다 하치조에게 모반에 대한 자백을 듣고 그 사실 여부를 확인하기 위해 심혈을 기울였다.

"좋아, 그렇다면 자네 집에 동지들을 모아 이야기해보게."

우선 하치조에게 명해보았다.

하치조의 집에 야시로는 오지 않았다. 그러나 오다니 진자에몬과 쿠라치 헤이자에몬 두 사람이 나타나 하치조와 열심히 카츠요리가 입성할 날에 대해 의견을 나누었다.

이키는 마루 밑에 숨어 그들이 한 이야기를 낱낱이 기록해놓았다. 그러나 이것도 이키 자신이 기록한 것이므로, 만일 이에야스가 믿지 않는다면 도리가 없었다.

"이키, 야시로의 입장을 이해해야 한다. 이번 전쟁에서 창을 휘두르며 적과 맞서는 것도 중요하지만, 적이 보이지 않는 곳에서 주판을 놓는 것도 매우 중요하다…… 그런데, 야시로의 일말고 오카자키에 다른 일은 없었느냐?"

이에야스가 가문의 감정적인 분열을 우려하여 한 질문이었으나, 이키는 또다시 입막음을 당한 꼴이 되어 당장에는 대답할 수 없었다.

3

"다른 일은 없을 테지. 사부로와 토쿠히메 사이는 화목하더냐?"

다시 이에야스의 질문을 받았다.

"예."

이키는 이제는 예사 각오로는 안 된다고 자기 마음에 채찍질을 했다.

'콘도 이키, 전쟁터에서 죽는 것만이 무사는 아니다. 생명을 걸어라, 생명을 던져라……'

"그 일에 관해, 성에서 이 이키가 말씀 드릴 수 있도록 허락해주시겠습니까?"

"사부로와 토쿠히메의 일로 할 이야기가 있다는 말이냐?"

"예."

"좋아, 야식을 먹기 전에 찾아오너라."

이키는 무뚝뚝하게 머리를 숙여 절하고 곧 자신을 꾸짖었다

"감사합니다."

전쟁터에서의 역할과는 달리, 남을 험담하는 것이 그의 성격에는 맞지 않았다. 그 서투른 말솜씨로 남을 설득한다…… 이처럼 언변에 이르러서는 전혀 자신이 없는 이키였다.

그 후 이키는 어떻게 성까지 걸어갔는지 알 수 없었다. 좌우간 하마마츠 성에 도착하여 배정된 자기 방에 들어가 짚신을 벗고는 울고 싶은 심정으로 저녁 빛 속에 털썩 주저앉았다.

"아직도 그럴 듯한 생각이 떠오르지 않다니……"

야시로에 대한 말은 하지 말라고 입막음을 당했다. 그런 만큼 무슨 말로 서두를 꺼낼 것인지 막막하기만 했다.

이키가 마침내 잔뜩 눈썹을 치켜올리고 본성에 들어간 것은 여섯 점 반(오후 7시)경이었다. 이에야스는 벌써 식사를 끝낸 뒤 목욕을 하고 있었다. 이키는 약속이 되어 있다고 하며 휴게실로 들어가 기다렸다.

"아니, 성주님은 이키 님이 피곤해서 안 오시는 것 같다고 하셨습니다마는."

오아이의 말에 이키는 입을 쑥 내밀고 대꾸했다.

"가문의 위기를 앞두고 지쳐 있을 내가 아니오."

그 어조가 싸우려는 것처럼 들렸기 때문에 오아이는 고개를 갸웃하고 입을 다물었다.

"오, 이키, 와 있었군."

이윽고 이에야스가 얼굴을 빛내며 욕실에서 나왔다.

"성주님!"

이키는 오른쪽 어깨를 치켜올리고 물어뜯기라도 할 듯이 이에야스

를 향해 눈을 부릅떴다.

"뭔가, 사부로에게 무슨 일이라도 있었는가?"

"작은 성주님에 대한 것이 아닙니다. 오늘 저녁에 이 이키를 죽여주십시오."

"뭣이…… 죽여달라고? 무슨 잘못이라도 저질렀다는 말이냐?"

"아닙니다. 성주님은 어리석기 짝이 없는 분입니다!"

"이키……"

"대답은 하지 않겠습니다. 하고 싶은 말씀만 드리고 죽으려는 결심으로 왔습니다. 야시로에 대해서는 아무 소리도 말라고 하시며 가신의 입을 막는 성주님은 큰 바보입니다, 눈뜬 장님입니다."

이에야스는 불쾌한 듯 이맛살을 찌푸리고 사방침을 끌어당겼다.

"이키, 그대는 야시로를 헐뜯으러 왔군. 좋아, 소원대로 그대의 목을 베어주마."

"예, 부탁입니다. 저를 죽이고 야시로를 체포하십시오."

이키는 기세 좋게 말하면서도 두 눈에는 가득 눈물이 고여 있었다.

4

"야시로에 대해 아무리 말씀 드려도 작은 성주님도 귀를 기울이지 않고 성주님도 가납하시지 않습니다. 죽음을 각오하고 온 이키입니다. 저를 죽인 뒤 야시로를 체포하시면 저로서는 그것으로 족합니다."

이에야스는 어이가 없다는 듯 콘도 이키를 바라보았다.

"횡설수설하지 마라, 이키!"

그러다가 다시 꾸짖었다.

"꿈이라도 꾸고 왔느냐? 할 이야기가 있거든 조리 있게 말하여라."

"그러니까……"

이키는 팔꿈치를 세우고 말을 시작했다.

"야시로가 모반을 꾀하고 있다는 말씀입니다. 틀림없습니다. 그 자는 방자하기 짝이 없는 놈이어서, 성주도 인간이고 나도 인간이다, 성주가 다이묘大名°라면 나도 다이묘가 되지 말라는 법이 없다고 떠벌리고 있습니다."

"바보 같은 녀석, 그것은 모반이 아니라 험담이야. 중요한 걸 혼동하면 안 돼."

"험담만이 아닙니다. 그런 생각을 하고 또 입에 올리는 놈이라 결국 모반을 꾀하게 된 것입니다. 성주님이 작은 성주님과 같이 나가시노로 출전하신다. 그러면 먼저 츠키야마 마님을 베고 아스케 가도에서 카츠요리를 오카자키 성으로 맞아들인다…… 그렇게 되면 오다의 원군은 오카자키에서 막을 수 있고, 성주님은 소중한 영지를 잃어 자멸하게 된다는 계산을 하고 있습니다. 그런 중요한 일을 성주님이 모르신다니 그래서 바보라고 한 것입니다. 그것이 왜 나쁘다는 말씀입니까?"

"아무도 나쁘다고는 하지 않았어."

이에야스는 비로소 얼굴이 굳어지기 시작했다.

콘도 이키는 거짓말을 할 사내가 아니었다…… 그뿐 아니라 초조한 나머지 두서없는 말은 하고 있으나, 미간에는 죽음을 결심한 놀라운 기백이 드러나 있었다.

그렇다고 이런 무례한 행동을 그대로 내버려둘 수는 없었다.

"이키!"

큰 소리로 꾸짖고 나서 채근했다.

"흥분하지 말고 차근차근 말하여라. 야시로가 모반을 꾀하고 있다고 호소하려는 것이냐?"

"그렇습니다. 믿지 못하시겠다면 제 목을 베십시오."

"모반이란 혼자서는 시도하지 못한다. 일당이 있을 것이다. 그것을 조사해왔느냐?"

"물론입니다. 일당을 모두 알지는 못하지만, 야시로가 우두머리이고 그 밑에 오다니 진자에몬, 쿠라치 헤이자에몬이 있다는 것은 알고 있습니다. 그들을 그냥 두고 전쟁을 시작하면 그 후가 어찌 되겠습니까?"

이에야스는 무슨 생각을 했는지 옆에 있는 오아이에게 턱으로 지시했다.

누구를 부르라는 의미였다. 오아이가 알아듣고 밖으로 나가고 뒤이어 혼다 사쿠자에몬과 사카키바라 코헤이타가 들어왔다.

"그대들은 이 자를 데리고 나가 근신시키도록 하라. 몹시 정신이 산란해 있다. 어차피 처형할 것이니 할말이 있다면 들어두도록 하라."

"알겠습니다."

코헤이타는 정중하게 고개를 숙였다.

"성주님 앞이다, 이키! 순순히 일어나거라."

이키의 오른손을 잡아끌었다.

사쿠자에몬은 엷은 웃음을 띤 채 말했다.

"자, 일어나게. 자네 이야기는 우리가 대신 아뢰도록 하겠네. 그것이 근시의 역할, 우리 일을 방해하지 말게."

그리고는 앞장서서 얼른 거실 밖으로 걸어나갔다.

5

이키는 무어라 소리지르면서 두 사람에게 끌려나갔다. 이에야스는 고개를 갸웃거리면서 옷을 갈아입었다.

야시로가 모반을 꾀하고 있다…… 그것도 믿을 수 없었지만, 이키가

까닭 없이 야시로를 중상한다고도 생각되지 않았다. 아니, 그 이상으로 이에야스를 놀라게 한 것은 이키가 털어놓은 말의 한 구절이었다. 만일 누군가가 오카자키를 적의 손에 넘기려 한다면, 이키의 말대로 이에야스의 주력을 나가시노에 끌어다놓고 노부야스가 없는 틈을 타서 카츠요리를 성으로 맞아들일 것이 분명했다.

노부야스가 출전하게 되면 먼저 츠키야마를 죽일 것이라고 한 말도 마음에 걸렸다. 어느 정도 음모가 진행되지 않았다면 상상도 못할 일이었다.

"밖으로 나가보겠다. 아마 오늘 밤 안으로는 돌아오지 못할 것이다."

이에야스는 옷을 갈아입고 나서 오아이에게 말하고 긴 복도를 지나 거실로 건너갔다.

"만치요, 오쿠보 타다요에게 밤이 늦었지만 중요한 일이 있으니 어서 들라고 일러라."

시간은 벌써 다섯 점 반(오후 9시)이 되려 하고 있었다. 부엌 근처에서 사람들이 웅성거리는 소리가 들릴 뿐 넓은 성내는 쥐 죽은 듯 정적에 감싸여 있었다. 소나무에 불어오는 바람도 없고, 날씨는 나날이 봄기운을 더해가고 있었다.

지금은 단지 오다 노부나가에게 사자로 보낸 요시다 성의 성주 대리 사카이 사에몬노죠 타다츠구酒井左衛門尉忠次의 귀환과 카츠요리가 움직일 때를 기다리고 있을 뿐. 나가시노 성에는 카메히메龜姬의 남편인 오쿠다이라 쿠하치로가 이미 정예부대를 이끌고 성에 들어가 때를 기다리고 있었다.

조용한 성안에 오쿠보 시치로에몬 타다요大久保七郎右衛門忠世의 기침소리가 울렸다.

"성주님, 부르셨습니까?"

"오, 타다요로군. 어서 들어오게."

"밤중에 무슨 새로운 정보라도 들어왔습니까?"

이에야스는 타다요가 화롯가에 오기를 기다렸다가 중얼거렸다.

"있을 수 있는 일이야……"

"무엇이 있을 수 있는 일이라는 말씀입니까?"

"오가 야시로가 적과 내통했다는군."

그러면서 타다요를 빤히 바라보았다.

"역시……"

타다요는 고개를 끄덕였다.

"지금이니 말씀 드립니다마는, 놈은 충분히 그런 짓을 할 만큼 교활한 자입니다."

"그대도 그렇게 생각하나?"

"예. 그 녀석 하나 때문에 원로들도 모두 심사가 뒤틀려서 성주님께 드리고 싶은 말도 하지 못하고 있습니다. 성주님이 그 백여우에게 홀렸다고 하면서 말입니다."

이에야스는 그 한마디를 깊이 가슴에 새기면서, 겉으로는 가볍게 들어넘기는 체했다.

"그런 말들을 한다는 말이지…… 그건 그렇고, 그대는 내일 아침 일찍 오카자키에 가서 사실 여부를 확인하고 오게. 부교奉行°인 오오카 스케에몬大岡助右衛門과 협력하여 일당을 한 놈도 놓치지 말게. 참, 와타나베 한조渡邊半藏를 데려가는 것이 좋겠군. 내가 알고 있는 일당은 쿠라치 헤이자에몬, 오다니 진자에몬 정도일세. 정말 멍청한 녀석들이야."

이에야스의 말에 타다요는 그 말을 하나하나 마음에 새겼다.

"잘 알겠습니다. 체포한 연후에 지시를 기다리겠습니다. 이제는 가문이 깨끗해질 것입니다."

야시로의 음모가 당연한 일인 양 대답하고 있었다.

이에야스는 다시 고개를 갸웃거리지 않을 수 없었다.

6

그날 야시로는 등성하자마자 곧바로 식량창고로 갔다. 많은 일꾼들에게 명하여 쌀을 가마니에 넣어 하마마츠로 보내기 위해서였다.

"수고가 많다. 오늘은 작은 성주님의 순시가 있으니 더욱 열심히 일하도록 해라."

반쯤 흐린 엷은 햇살 밑에서 때때로 미소가 떠오르는 것도 숨기지 않고, 잔뜩 부풀어오른 벚꽃 봉오리에 일부러 코를 갖다대고 냄새를 맡기도 했다.

"하마마츠에서 오쿠보 시치로에몬 님이 오셨다. 드디어 출전하게 된 모양이다. 언제 명령이 내려도 곧 수송을 시작할 수 있도록 만반의 준비를 갖추어놓지 않으면 안 된다."

누구에게 하는 말이 아니라 혼자 중얼거리듯이 말하다가 문득 등뒤에서 인기척을 느끼고 점잖게 돌아보았다.

"아, 오쿠보 님이시로군요."

"야시로, 여전히 열심이로군. 오마츠お松와 아이들도 모두 잘 있겠지?"

야시로의 아내 오마츠는 전에 오쿠보 집안을 섬기던 하녀였기 때문에 타다요는 아직도 반말을 쓰고 있었다.

야시로는 타다요의 반말에는 그다지 언짢은 기색을 보이지 않았다.

"덕분에 모두 잘 있습니다. 그런데, 오쿠보 님은 곧 하마마츠로 다시 돌아가십니까?"

여행 차림인 타다요와 그 뒤를 따르고 있는 세 사람의 부하를 보면서 물었다.

타다요는 그의 침착한 태도에 몹시 화가 나기도 하고 익살스럽게 느껴지기도 했다.

"아, 용무가 곧 끝날 테니까, 일단 돌아가서 성주님의 지시를 받고 다시 와야겠지."

"그럼, 드디어 출전할 때가 가까웠군요. 아무쪼록 무공을 세우시길 빌겠습니다."

"야시로."

"예."

"쿠라치 헤이자에몬은 부교인 오오카 스케에몬이 체포하러 갔는데 반항하다가 목이 달아났네."

"예…… 쿠라치 헤이자에몬이?"

"포교捕校 이마무라 히코베에今村彦兵衛와 오오카 덴조大岡傳藏 두 사람이 베어버렸어. 그리고 오다니 진자에몬 녀석은 와타나베 한조가 체포하러 갔더니 그만 뒷문을 통해 달아났다더군. 지금쯤 한조와 술래잡기를 하고 있을 테지."

이렇게 말하면서 타다요는 야시로의 표정이 어떻게 변하는지 가만히 살폈다.

야시로의 얼굴은 흡사 백지장과 같이 되더니, 이어서 대담한 미소가 입가에 떠올랐다.

"이제 남은 것은 그대 한 사람, 얌전히 칼을 풀어놓으면, 그것으로 이 타다요의 임무는 일단 끝나게 돼."

"쿠라치, 오다니 놈들과 이 야시로가 한통속이란 말입니까?"

"아니, 한통속은 아니야. 그대는 괴수니까. 녀석들은 송사리, 자네는 대어大魚일세. 대어에는 대어로서의 각오가 있을 테지."

야시로는 갑자기 소리를 내며 웃었다.

"이거, 보고가 늦어진 것 같군요. 쿠라치 헤이자에몬의 거동이 수상해서 저도 가담하는 것처럼 보이고 탐색하던 중이었습니다마는."

"야시로."

타다요는 낯을 찌푸렸다.

"야마다 하치조가 하는 소리와 똑같은 말을 하는군. 야시로, 그대는 어젯밤 성주님의 근시가 자네 집 마루 밑에 숨어 있던 사실을 모르는 것 같군……"

타다요는 재빨리 몇 걸음 뒤로 물러났다. 느닷없이 야시로가 칼을 뽑아들고 덤벼들었기 때문이다.

7

"반항할 생각이냐, 야시로?"

뒤로 물러나는 것과 동시에 타다요는 세 사람에게 눈짓을 했다. 한 사람이 야시로 앞으로 뛰어나가, 두번째로 칼을 휘두르는 야시로의 팔꿈치를 수도手刀로 쳤다.

야시로는 팔이 저렸다. 칼을 쥔 손끝의 감각이 없어져, 다시 한 번 칼을 휘둘렀을 때는 손에 아무것도 쥐어져 있지 않았다. 칼은 그의 몸 뒤로 떨어져버렸다.

"순순히 포박을 받아라."

"꼴사납다."

계산과 언변과 두둑한 뱃심은 누구에게도 뒤지지 않는 야시로였으나, 칼을 쓰는 데는 어린아이와 같았다. 타다요가 일갈했을 때는 이미 양쪽에서 팔이 비틀리고 땅에 머리가 밀어붙여져 있었다.

"좋아, 칼을 압수하고 녀석은 사카타니酒谷의 감옥에 집어넣어라."

야시로는 그 이상 저항하지 않았다. 그는 마음의 동요를 감추지 못하고 얼굴이 새파랗게 질렸으며, 일으켜 세워진 그의 무릎은 와들와들 떨리고 있었다.

"걸어가!"

타다요의 부하가 오랏줄 끝으로 야시로의 머리를 때렸다.

"거칠게는 다루지 마라. 이미 각오가 되어 있을 테니까."

타다요는 앞장서서 걷기 시작했다.

어느 틈에 일꾼들이 일손을 놓고 모여들어 주위에 울타리를 이루고 있었다.

"여봐라, 계속 일하지 않고 무엇들을 하느냐."

타다요는 일꾼들을 나무라는 말소리가 부하들의 목소리가 아니라는 것을 알고 깜짝 놀라 돌아보았다.

"나는 전쟁을 빨리 끝내 백성들의 어려움을 덜어주려다가 그만 잡히고 말았지만, 이것은 너희들과는 상관없는 일. 모두들 쉬지 말고 어서 일하여라."

그것은 야시로의 입에서 나온 말이었다. 타다요는 어이가 없기도 하고 감탄스럽기도 했다.

'과연 예사 놈이 아니야……'

야시로의 그 말은 아마도 자신을 침착하게 만들기 위해서였던 듯, 모두를 향해 그렇게 말하고는 제법 의젓한 걸음걸이로 걷고 있었다.

해는 이미 어두워지기 시작하여 감옥 입구에 늘어붙은 이끼가 더욱 파랗게 눈에 들어왔다. 감옥의 문은 어느 틈에 열려, 들어올 사람을 기다리고 있었다. 야시로는 쓴웃음을 지으며 안으로 들어갔다. 조금 전까지만 해도 타다요가 온 것은 출전을 독려하기 위해서인 줄로만 알고, 이 성의 주인이 될 날을 몽상하고 있던 자신이 우스웠을까.

"나는 이 녀석과 할 이야기가 있어. 모두 밖에서 기다리고 있거라."

타다요는 부하들에게 말하고 야시로의 뒤를 따라 창살문 안으로 들어갔다.

오랫동안 들어온 사람이 없는, 절벽을 뚫어 만든 감옥이었다. 삼면은 견고한 바위이고 한쪽에만 굵은 창살이 있었다. 크기는 약 열 평 가량. 안쪽에는 판자가 깔려 있었는데, 그곳은 세 평쯤 되었다.

야시로는 들어가자마자 판자 위로 올라갔다. 그리고는 입구 쪽을 향해 책상다리를 하고 앉으면서 말했다.

"오쿠보, 포승을 풀어주게. 감옥 아니니까."

타다요는 그 뻔뻔스러움에 버럭 화가 치밀었으나 잠자코 포승을 풀어주었다.

"야시로, 조금은 정신이 드느냐?"

타다요도 야시로와 가까운 거리에 책상다리를 하고 앉았다.

8

"탄로난 이상 괜히 반항하는 것은 좋지 않아. 집에는 오마츠와 아이들도 있으니까."

타다요의 말에 야시로는 눈초리를 바르르 떨었으나 곧 다시 오만한 자세를 취했다. 입가에 엷은 미소를 띠고 눈은 창살 밖을 바라보고 있었다.

"이제부터 명령에 따라 이 타다요가 네 아내를 체포하러 갈 것이다. 오마츠에게 남길 말이 있을 테지?"

"……"

"왜 잠자코 있느냐? 야시로, 할말이 없느냐?"

"시치로에몬."

야시로는 난생 처음으로 타다요를 경칭을 붙이지 않고 불렀다.

"너는 전쟁터에 나가 칼을 휘두르면서도 처자 생각을 하느냐? 이 야시로는 그토록 미련을 가지고 있는 사나이가 아니야."

타다요는 다시 화가 치밀었다.

'이 녀석, 아직도 정신을 차리지 못했군······'

그러나 꾹 참았다.

오마츠와 야시로는 보통 부부가 아니었다. 아시가루의 아들과 아시가루의 딸이 서로 고통을 나누며 중신의 지위에 오르기까지 남다른 노력을 기울여온 부부였다.

야시로는 최근에 첩을 두었고, 그 사이에서 아기가 태어났다. 오마츠는 그것을 탓하기보다 도리어 그 아이를 자기 아이와 다름없이 제 손으로 직접 키운다고 했다. 야시로가 오늘날과 같은 지위에 오르게 된 것은 그 이면에 오마츠의 뒷받침이 있었기 때문이다.

"그래, 아무 할말도 사죄할 것도 없다는 말이지?"

"······"

"너의 소실까지 흔쾌히 받아들이고 일가의 번창을 기원한 오마츠, 그 모든 것이 수포로 돌아갔구나."

"남의 일에 참견하지 마라."

야시로는 나직이 소리내어 웃었다.

"시치로에몬, 너는 칼과 창은 잘 다룰지 모르지만, 이 세상에 대한 판단은 잘못하고 있어."

"뭣이?"

"원래 이 세상은 헛된 일을 헛된 일이라 생각하지 않고 열심히 그 헛된 일을 쌓아나가는 도박장이야. 헛된 일로 말한다면 지금 성주가 하고 있는 것도 크게 헛된 일이지."

"너를 그토록 신임했던 성주님의 은혜를 완전히 잊었다는 말이냐?"

야시로는 다시 입가에 미소를 떠올렸다.

"어찌 은혜를 잊었겠나. 이 야시로에게 인간의 지혜와 힘의 용법을 가르쳐준 것이 성주였는데."

"그건 비꼬는 말이냐, 아니면 잡혀서 끌려온 자의 넋두리냐?"

"호호호…… 시치로에몬의 머리로는 이해하지 못할걸. 너는 태어나면서부터 오쿠보 가문의 후계자였어. 그러나 나는 짚으로 머리를 묶고, 일 년의 반은 논밭의 흙탕물 속에서 일한 아시가루의 자식이야."

"아시가루의 자식에게는 어차피 의리도 충성도 없다, 있는 것은 출세욕뿐이라는 말이냐?"

타다요가 몸을 앞으로 내밀고 꾸짖자 야시로는 또다시 싸늘하게 비웃었다. 지금 야시로의 태도는 허세가 아니라 그의 성격 밑바닥을 꿰뚫는 진실인 것 같았다.

"시치로에몬, 너는 내가 생각했던 것보다 훨씬 더 멍청한 놈이군. 너는 내 본심을 적의 없이 들어줄 아량을 가지고 있느냐?"

야시로는 타다요의 얼굴을 어르듯이 들여다보았다.

9

타다요는 무섭게 야시로를 노려보았다. 이 녀석이 약간 돈 것이 아닌가 하는 의문이 들기도 했다.

"너는 언젠가는 처형당할 몸이다. 할말이 있거든 해보아라."

"그럼, 들어볼 마음이 있다는 말이로군."

야시로는 여전히 조롱하는 투로 말했다.

"내게 힘과 지혜의 용법을 가르쳐준 것이 성주라는 말은 아까 했다. 그것은 빈정거리는 말이 아니야. 나는 처음 성주를 섬기게 되었을 때, 황송한 마음과 존경심으로 몸을 펼 수도 없었어. 아니, 성주만이 아니라 다른 중신들을 만나도 목소리가 떨려 하고 싶은 말도 제대로 하지 못했지. 그런데 얼마 지나지 않아 중신들은 모두 나보다 재능이 뒤떨어지는 자들, 하찮은 인간들이라는 것을 깨닫게 됐어."

"뭐라고, 너보다 못하다고……?"

"그래. 그렇게 경직되지 말고 내 이야기를 끝까지 들어봐. 성주도 마찬가지로 배가 고프면 밥을 먹고 여자가 생각나면 색에 빠지는 거야. 영지도 돈도 쌀도 명예도 갖고 싶어 죽을 지경이고, 미운 놈을 멀리하려고 하지…… 이런 점에서도 성주와 나는 똑같은 인간…… 그런 성주의 가치를 나에게 분명하게 일깨워준 것은 츠키야마 마님이었어."

"야시로."

참다못해 타다요가 꾸짖었다.

"너는 이성을 잃고 이 자리에서까지 마님을 들먹이느냐!"

"하하하하."

야시로는 웃었다.

"그래서 들어줄 아량이 있느냐고 물었던 거야. 극형을 각오한 야시로가 서슴없이 하는 말이 너무 진실되어 듣기 싫은 거냐? 하지만 이런 말은 좀처럼 들어볼 수 없을 것이다. 이왕 시작했으니 잠자코 듣기나해…… 분명 나는 츠키야마를 농락했다. 농락하고 보니 내 마누라보다도 못한 형편없는 여자였어."

"다……닥……닥치지 못하겠느냐, 야시로!"

"아니, 그럴 수 없다. 나는 그 츠키야마와 한이불 속에 누워서, 이런여자 하나도 다루지 못하는 성주였는가 싶어 성주가 싫어지기도 하고불쌍하기도 하고 애처롭기도 했어…… 그것만이 아니야. 그런 여자의뱃속에서 태어난 자식이라 생각하니 작은 성주를 대하기가 우스워 견딜 수가 없었지. 그런 여자가 낳은 자식을 과연 충성과 의리를 다해 섬겨야만 하는가…… 그래서 일단 주종관계를 떠나 인간이란 것을 깊이생각하고 세상을 다시 보아야겠다는 마음을 갖게 되었지."

타다요는 숨이 막힐 지경이었다.

태연하게 마님과의 간통 이야기를 할 뿐 아니라, 동침하고 있는 동안에 모반할 생각이 들었다고 고백하고 있었다. 생각하기에 따라 이것은 모반의 원인을 이에야스에게 보고하지 못하게 하려는 속셈에서 나온 거짓말이라 할 수도 있었으나, 타다요에게는 지금 거기까지 생각이 미칠 여유가 없었다. 다만 갈가리 찢어 죽이고 싶은 분노 속에서 '그럴 수도 있었을 테지' 하는 긍정이 날카롭게 손톱을 세우고 있었다.

어쨌든 이에야스의 총애를 한 몸에 받았던 야시로였다. 그런 만큼 단순하고 우직한 중신들은 어리석은 존재로 보였을 것이고, 간부姦夫의 위치에서 보면 그 남편이나 자식들이 우습게 보였을 게 틀림없다.

"할말은 그것뿐이냐, 야시로?"

타다요가 칼을 들고 일어서자 야시로는 다시 짓궂게 웃었다.

"더 이상 들을 용기가 이미 너에게는 없을 것이다. 어서 가거라."

10

야시로의 독설은 타다요의 발걸음을 다시 얼어붙게 만들었다. 체포되어온 자의 넋두리라 생각하기에는 너무 날카로웠고, 자포자기에서 나오는 헛소리라 판단하기에는 그 태도와 이론이 너무 정연했다.

"이 타다요에게 더 이상 들을 용기가 없을 것이라고 한 말은 아직도 내게 할말이 남아 있다는 뜻이냐?"

타다요는 얼른 돌아보았다.

"들을 용기가 있다면 말해 줄 수도 있다. 네 평생 두 번 다시 들을 수 있는 말이 아니니까."

야시로는 침착하게 대꾸했다.

"그럼, 네 놈이 모반을 결심하게 된 것은 너의 출세욕도 방자한 배은 망덕의 결과도 아닌 츠키야마 마님의 부정不貞 때문이었다는 말이냐?"

"그렇게 단순하게 생각하면 안 돼, 시치로에몬. 나는 단지 성주와 츠키야마에 의해 인간으로서의 눈을 뜨게 됐다는 말을 한 것뿐이다."

"너에게 어찌 그런 눈이 있단 말인가. 그렇다면 이런 비참한 결과가 생기지 않았을 것이다."

"하하하…… 그것이 시치로에몬의 해석이냐? 한심한 노릇이군."

야시로는 다시 나직하게 웃었다.

"이 야시로가 말하고 싶은 것은 성주도 중신도 마님도 결국은 모두 같은 인간이라는 사실이다. 그런 생각을 했을 때 마음이 완전히 변했다는 말이다…… 성주가 미카와와 토토우미의 경영을 생각한다면 이 야시로도 같은 생각을 한다고 해서 나쁠 것은 없지 않아? 아니, 도리어 나는 내 뜻대로 되었을 때는 경우에 따라 성주나 작은 성주를 내 부하로 삼아 구출해줘도 괜찮겠다고 생각했을 정도였다. 알겠나, 시치로에몬. 성주는 타케다 군에게 이길 줄 알고 정신없이 싸우고 있어. 전쟁에는 쓸데없는 낭비가 많은 법이야. 그래서 영내의 농민과 상인들이 모두 도탄에 빠져 있지. 무력으로는 성주가 강할지 모르지만 주판에서는 성주보다 이 야시로가 훨씬 더 높은 곳에 있어. 내가 보기에는 타케다 군에게는 승산이 있지만 성주에게는 없어. 따라서 우선 타케다 군에게 승리를 거두게 하여 불필요한 낭비를 줄이고 농부와 상인들을 어려움에서 구해주는 것이 훗날을 위하는 길이라고 계산했던 거야. 어때, 이 오가 야시로의 심경이 어느 정도 시치로에몬에게 이해되었나?"

타다요는 한쪽 무릎을 세우고 앉아 칼을 힘껏 움켜쥔 채 할말을 잃고 있었다. 경우에 따라서는 성주도 작은 성주도 부하로 삼아 구해주려고 했다니, 이 얼마나 뻔뻔스럽고 방자한 배포인가.

'역시 녀석은 일이 발각되어 정신이 나간 것이다…… 그렇지 않다면 이처럼 자신에게 불리한 말을 서슴없이 털어놓을 리가 없다.'

"그래, 잘 알겠다."

타다요는 어느새 분노를 쓴웃음으로 바꾸었다.

"너는 세상에 없는 의인義人이었구나. 백성들을 고통에서 구하기 위해 타케다에게 붙었다는 말이지?"

"그렇다."

야시로는 끄덕였다.

"백성들뿐만이 아니다. 가능하다면 너희들도. 너희들은 아직 세상을 똑바로 보지 못하고 있어. 성주의 가축이나 다름없으니까."

이번에는 타다요가 큰 소리로 웃을 차례였다. 웃을 수밖에 없다…… 이렇게 생각하고 웃으면서도, 타다요는 자기 얼굴이 묘하게 굳어지는 것을 깨달았다.

11

"그래? 너는 내 생각까지 해주었다는 말이지. 와하하하, 정말 우스운 일이로군."

배를 끌어안고 웃는 타다요로부터 야시로는 얼른 눈길을 돌렸다.

"애당초 시치로에몬은 이 야시로를 알 수 있는 인물이 아니었던 것 같군."

"아마 그런 모양이다. 내가 일부러 여기까지 와서 너의 넋두리를 잠자코 들은 것은, 네 자식과 아내가 너무 불쌍해서 무언가 한마디 인간다운 말을 들을 수 있을까 해서였어. 하지만 너에게는 털끝만큼도 인정이 없어. 아무것도 모르는 아내와 자식들을 자기 야심의 희생물로 삼고도 전혀 후회하지 않는 비인간이었어."

야시로는 이제 타다요를 보려고도 하지 않았다.

"너는 오마츠와 이혼하라는 말이라도 하고 싶은 모양이로구나."

"그래, 이혼을 하면 오마츠는 살아남을 수 있다. 오마츠가 살아남게 되면 여러 아이들 중에 한두 명의 목숨은 구해줄 생각으로 일부러 여기 왔다."

야시로는 여전히 못 들은 체하고 있었다.

"너는 참으로 어리석은 인간이로구나."

"뭐……뭣이!"

"어쨌든 좋아. 인생의 주판에서는 너보다도 이 야시로가 훨씬 더 위에 있다는 말이다. 일이 탄로났다는 것을 알고 이리저리 잔머리를 굴리는 그런 유치한 사나이가 아니야. 성주한테 가서 멋대로 처단하라고 말해라."

타다요는 일어나서 묵묵히 칼을 허리에 꽂고는 느닷없이 오른손 주먹을 쥐고 야시로의 머리를 한 대 갈겼다.

"이것은 네 아내와 자식들의 주먹이라 생각하여라."

"흐흐흐, 말이 딸리니까 주먹질을 하는군."

"이미 너에게는 더 할말이 없다!"

"그럴 테지. 성주는 우리 가족을 무슨 방법으로든 처형할 수는 있다. 처형은 할 수 있으나 단 하나 하지 못할 것이 있다……"

"또 지껄이느냐, 이놈!"

"싫거든 듣지 마라. 그러나 마음을 가라앉히고 소리 없는 말을 잘 듣는 것이 좋아. 그것이 귀에 들리거든 성주에게 그대로 말해라. 나의 처형을 성주가 혼자 결정할 것이 아니라, 만일 백성들을 모아놓고 협의한다면 이 야시로의 목을 베라고 하는 사람은 하나도 없을 것이라고."

야시로는 화가 치밀어 나가지도 못하고 있는 타다요의 등을 향해 점점 더 승리자인 양 기세를 올렸다.

"비록 성주의 처형이 정당한 것이라 해도 이 야시로의 충의는 빛이 바래지 않는다. 성주는 이번 일을 계기로 삼아 앞으로 더욱 뻗어날 것이다. 그러한 충의에 대한 계산은 이 야시로가 아니면 하지 못한다. 야시로 일족의 피가 성주를 성장시키게 될 것이라고 전하라."

다시 탁 하고 야시로의 머리에서 소리가 났다. 나가려던 타다요가 다시 성큼성큼 돌아와, 힘껏 후려치는 소리였다.

"요물 같은 녀석!"

날카롭게 외치며 침을 탁 뱉고 나는 듯이 밖으로 나왔다.

야시로는 그래도 일그러진 얼굴에서 미소를 지우려 하지 않았다. 천천히 머리에 묻은 침을 손수건으로 닦았다.

"오가 야시로……"

자신에게 말했다.

"탄로 났어, 성공하기 일보 직전에, 하하하……"

아내의 입장

1

야시로의 아내 오마츠는 그날 아침부터 성읍에서 벌어진 소란에 대해서는 아직 아무것도 모르고 있었다.

'남을 부리려면 먼저 자기가 모범을 보여야……'

언제나 이렇게 말해왔고 또 조심하고 있었기 때문에 오늘도 열심히 우물가에서 아이들의 속옷을 빨고 있었다. 하녀는 모두 네 명, 그밖에 야시로의 첩 오야스於安가 있었다. 그런 만큼 여자들은 오마츠가 세탁하는 것을 늘 말렸지만, 어느새 그녀는 대야 앞에 쭈그리고 앉아 부지런히 손을 놀리고 있었다. 더구나 오마츠가 빤 것과 다른 여자가 빤 것은 그 깨끗하기가 달랐다.

"세상의 눈도 있고 하니 세탁은 저희들이."

미카와 오쿠고리奧郡의 20여 개 마을의 다이칸代官°을 지내고 지금은 가신의 자리에 오른 사람의 부인이라고 고용인들이 말할 때마다 오마츠는 웃으면서 손을 내저었다.

"나는 가난한 아시가루의 집안에서 태어났어요. 그것을 잊으면 벌을 받아요."

오마츠는 오늘도 날씨를 걱정하면서 예닐곱 벌의 속옷을 다 빨고 나서 헹구려 하고 있었다. 그때 하녀 하나가 와서 오쿠보 시치로에몬 타다요의 내방을 알렸다.

"아니, 야마나카山中의 도련님이……"

어렸을 때 야마나카의 오쿠보 집안을 섬긴 일이 있는 오마츠는 아직까지도 타다요를 도련님이라 부르면서, 얼른 손을 닦고 현관문 쪽으로 왔다.

"어머나, 도련님. 저는 이미 성주님을 모시고 나가시노로 출전하신 줄 알고 있었는데……"

타다요는 그녀로부터 눈길을 돌리듯이 하고 말했다.

"어때, 아이들도 잘 있겠지?"

말하고는 더욱 당혹해했다.

"예, 염려해주신 덕택에 저도 아이들도 잘 지내고 있습니다. 모든 것이 다 성주님 덕분입니다."

"그래…… 아이가 몇이었더라?"

이러면 안 된다고 마음속으로 곤혹스러움을 느끼면서 타다요는 안부를 묻는 것과는 다른 질문을 했다. 그러면서 현관 마루에 두 손을 짚고 절하는 오마츠의 손을 보았다. 착실하다고 평판이 자자한 여자, 옛날 일을 잊지 않고 아직도 빨래나 부엌일은 자기 손으로 직접 한다고 소문이 난 오마츠. 그 손이 소문대로 빨갛게 젖어 있는 것을 보고 타다요는 가슴이 뭉클했다.

눈매가 곱고 콧날이 오뚝한 미인에는 속하지 않았다. 그러나 어딘지 모르게 산에서 자라는 대나무 같은 탄력과 추위에 강한 홍매紅梅를 연상케 하는 한창 나이의 건강한 여자의 향기를 느끼게 했다.

"예, 모두 여섯입니다."

오마츠는 천천히 대답했다.

"마침 남편은 성에 들어가고 없습니다마는, 우선 들어오십시오."

"음, 그래. 사실은 그대에게 긴히 할 이야기가 있는데."

타다요의 말에 오마츠는 자기가 직접 발 씻을 물을 떠가지고 왔다.

타다요는 그 물에 발을 담그며, 자기 손이 바르르 떨고 있다는 것을 깨달았다.

'아무것도 모르고 있구나, 오마츠는……'

차라리 무슨 소문이라도 듣고 알고 있었으면 좋으련만, 이런 생각을 하고 긴장하면서 객실로 들어갔다.

2

"아이가 여섯이라고 했지?"

객실에 들어간 타다요는 다시 하지 않아도 될 말을 했다.

'이번에는!'

마음을 다잡으면서 목적한 말을 하려 했지만, 밝기만 한 오마츠의 얼굴에 그만 말은 엉뚱한 방향으로 빗나가곤 했다. 그토록 오마츠의 표정에는 그늘이 없었다. 자기가 행복하다고 믿는 소박한 감정이 동작 하나하나에 넘치고 있었다.

"예, 여섯 명입니다."

"모두 그대가 낳았나?"

"그렇다는 생각을 하며 고맙게 여기고 키우고 있습니다."

"첩이 낳은 아이도 키우고 있다는 말이로군."

"예, 밑의 두 아이는……"

솔직히 대답했다.

"하지만 남이 낳은 아이라고는 전혀 생각지 않고 모두 제 배를 아프게 한……"

"알겠네, 알겠어."

타다요는 자기가 물었으면서도 듣기가 민망하여 얼른 오마츠의 말을 중단시켰다.

"야시로도 이제는 소실 한두 사람은 거느릴 수 있는 신분이 되었으니까."

"예. 감사한 일이라……고 생각해야겠지요."

"그래…… 그렇게 생각해야겠지, 그대로서는."

"예."

오마츠는 생글생글 웃었다.

"신분이 낮은 저희 부부를 이토록 보살펴주신 성주님의 은혜는 잠시도 잊지 못합니다. 저는 고마운 마음을 새기기 위해 평생토록 말먹이와 빨래, 부엌일 같은 것은 스스로 할 생각입니다."

"성주님의 은혜를 잊지 않기 위해서란 말이지?"

"예. 성주님이 전쟁터에 계신데 저희들이 힘든 일을 꺼린다면 천벌을 받습니다."

"오마츠…… 나는 그대들을 잘 어울리는 부부라 생각하고 있었는데…… 역시 그대들도 성주님과 츠키야마 마님처럼 아주 비극적인 부부인 것 같군."

"예? 뭐라고 하셨습니까?"

다시 티없이 묻는 바람에 타다요는 꿀꺽 숨을 삼켰다.

"오마츠."

"예, 뭐라고 하셨는지요?"

"그런 큰 은혜를 입은 성주님께 만일 그대의 남편 야시로가 모반을 꾀한다면 어떻게 하겠나?"

"예?"

오마츠는 의아하다는 듯 고개를 갸웃하고 타다요의 말을 입 속으로 되새겨보는 듯했다.

"어찌 그런 일이, 호호호……"

그녀는 곧 웃기 시작했다.

"만일 그런 일이 생기면 그때는 천벌을 기다릴 것도 없이 제가 할복 하도록 하겠습니다."

"오마츠!"

타다요는 덮어씌우듯 날카롭게 외치며 말을 중단시켰다.

"실은 야시로에게 성주님이 어떤 일로 의혹을 품으셨어."

"예……? 하지만 그이가 그럴 리는……"

"있어서는 안 될 일이어서 의혹을 품으신 거야. 그 의혹이 풀릴 때까 지 그대와 아이들은 셋째 성에 가서 근신하게 되었어. 당황하지 말고 곧 준비하도록."

단번에 말하고 타다요는 저도 모르게 눈길을 돌렸다.

3

오마츠는 타다요가 예상했던 것만큼은 놀라지 않았다. 잠시 고개를 갸웃하고 생각하다가 침착한 목소리로 반문했다.

"남편 야시로에게 성주님이 어떤 의혹을 품으셨다는 말씀입니까?"

"음, 어서 준비하는 것이 좋겠어."

오마츠는 다시 무슨 말인가를 하려고 입술을 움직였으나, 금방 생각 을 바꾼 듯 두 손을 짚었다.

"분부대로 하겠습니다."

타다요는 얼굴을 돌린 채 고개를 끄덕였다.

오마츠는 역시 아무것도 모르고 남편을 믿고 있는 듯했다. 지금 이런 저런 말을 해서 의혹을 더 깊게 하고 싶지 않았던지 그녀는 조용히 인사를 하고 그대로 방을 나갔다.

타다요는 집안의 움직임에 온 신경을 집중시키고 있었다.

지금까지는 오마츠가 아무것도 몰랐다고 해도, 이제 무언가 깨닫게 되지 않을까…… 이 집은 이미 삼엄한 경계에 들어가 있었고, 어느 누구에게 물어도 오늘의 일은 다들 잘 알고 있었다.

'누구든 그녀에게 말해주었으면 좋겠는데……'

남편의 잘못을 사죄하는 뜻으로 자결이라도 했으면…… 타다요는 은근히 바랐다.

'야시로는 가증스러운 놈…… 하지만 오마츠는……'

오마츠가 깨끗이 자결한다면 그 아이들을 구해줄 방법이 없는 것은 아닌데…… 그러나 그것은 타다요의 허망한 꿈에 지나지 않았다.

오마츠는 타다요가 말한 모반 이야기를 미처 알아듣지 못했거나, 미천한 가정에서 태어나 난세의 형법이 얼마나 가혹한지 모르고 있는 것은 아닐까…… 모반을 하면 어느 지방, 어느 가문을 막론하고 처자 일족은 모두 효수梟首 등의 극형에 처해지게 마련이었다.

"도련님, 너무 오래 지체했습니다. 제가 모시고 가겠습니다."

오마츠는 전과 다름없이 밝은 표정으로 여섯 명의 아이들을 데리고 객실로 돌아왔다. 열세 살의 장남을 필두로 아장아장 걷는 막내딸에 이르기까지, 이 여섯 명의 아이들이 나이순으로 나란히 서서 타다요 앞에 두 손을 짚고 절을 했다.

"아저씨, 안녕하셨어요?"

타다요는 영문을 알 수 없는 분노가 온몸에서 부글부글 끓어올랐다.

'바보 같은 야시로가! 그 악당이……'

타다요는 갈가리 찢어 죽이고 싶은 분노를 억누르고 벌떡 일어났다.

"절은 하지 않아도 좋아. 자, 바깥에 탈것이 기다리고 있으니 어서 서두르자."

"예."

"예."

"예."

어린 목소리가 서로 뒤질세라 힘차게 튀어나왔다.

"오마츠!"

타다요는 걷기 시작하면서 공연히 오마츠에게도 화가 치밀었다. 여섯 명 중에서 둘은 첩의 자식이라고 했다. 오마츠가 흔히 찾아볼 수 있는 아시가루 출신의 질투심 많은 여자여서 이 첩의 자식 둘을 키우지 않았다면, 그들만은 그 생모와 함께 어딘가에 잠적해 있어도 근본이 하층민이기 때문에 아무도 크게 문제삼지 않을 텐데……

"그대는 잔인한 여장부야. 아니…… 그대는……"

"예, 무어라고 하셨습니까?"

"아니, 아무것도 아니야. 어서 가마에 오르도록 해."

타다요는 엄하게 명하고 현관 앞으로 나갔다.

4

이것은 예삿일이 아니다…… 이렇게 오마츠가 깨달은 것은 셋째 성의 하녀 방에 감금되고 나서부터였다. 그곳에는 오쿠보 타다요도 따라오지 않았다. 포교捕校 이마무라 히코베에가 오마츠와 아이들을 따로 격리시킨 후 그녀 혼자 어두컴컴한 다다미 여섯 장짜리 방에 가두었다.

"한 가지 여쭙겠어요. 남편에게 무슨 잘못이 있었습니까?"

조심스러운 오마츠의 물음에 히코베에는 얼굴에 노기를 띠고 꾸짖었다.

"뻔뻔스런 소리를 하는군, 가증할 모반자의 아내가."

"모반자…… 아니, 그런 일은 없습니다. 그이만은……"

"닥쳐라! 쿠라치 헤이자에몬, 오다니 진자에몬, 그리고 야마다 하치조와 서로 모의하여 작은 성주님이 안 계시는 동안 이 성을 타케다 쪽에 넘기려고 했던 거야. 하치조의 자백으로 이미 전모가 드러났어."

내뱉듯 불쑥 말하고 나가려는 히코베에를 오마츠가 필사적으로 불러 세웠다.

"잠깐만, 이마무라 님. 그것이 사실입니까?"

"사실이니까 네가 여기 잡혀들어온 거지."

"그것은 무언가…… 저어, 남편은…… 술을 마시면 때때로 이상한 말을 하는…… 나쁜 버릇이 있었어요. 그것이 성주님의 심기를 거슬리게 한 것은……"

히코베에는 대답하려 하지 않고 울타리를 친 마당에 퉤 침을 뱉고 사라져버렸다.

"여보세요, 거기 계신 분."

오마츠는 점점 더 불안해져 자기를 감시하고 있는 옥졸을 불렀다.

아직 어린 그 옥졸의 입을 통해 오마츠는 비로소 사건의 전모를 알게 되었다. 그의 말에 따르면, 남편은 하마마츠의 성주보다도 작은 성주 노부야스를 더 열화처럼 분노케 만들었다고 했다…… 물론 모반한 것도 사실이어서 이미 쿠라치 헤이자에몬은 목이 달아났고 오다니 진자에몬은 코슈로 도주했으며, 야마다 하치조가 쓴 자술서가 제출되었다고 했다.

"그럼, 야마다 님은 어떻게 되었나요?"

"밀고를 했으니 무사할 테지."

옥졸마저도 내뱉듯이 말했다.

오마츠는 겁먹은 소리로 가장 알고 싶은 것을 물었다.

"우리는 어떻게 될까요?"

"어떻게 되다니?"

"예, 저와 아이들 말입니다."

"물론 책형磔刑이지. 시간과 장소는 아직 결정되지 않았어. 잠자코 극락왕생이나 기원하는 것이 좋을 거야."

"책형…… 저 죄 없는 아이들까지도?"

오마츠는 비로소 방 한가운데에 굳어진 자세로 앉아 생각에 잠기기 시작했다. 아직도 남편의 모반을 믿을 수 없었다. 출세한 것을 시기하여 누군가가 중상했을 것이 틀림없었다.

'나는 그토록 중상당할 것이 두려워 주위의 이목에 신경을 쓰며 살아왔는데……'

오마츠는 가만히 자세를 바로 하고 마음속으로 남편에게 사과했다.

'야시로 님, 미안해요……'

책임의 대부분은 역시 자기에게 있다고밖에 생각할 수 없는 오마츠의 성품이었다. 그 오마츠 앞에 부교인 오오카 스케에몬 스케무네大岡助右衛門助宗가 찾아온 것은 이미 해가 지고 얼어붙을 듯한 추위가 주위에 감돌기 시작할 무렵이었다.

5

오오카 스케에몬은 이마무라 히코베에게 촛대를 들게 하고 찾아와 애써 태연을 가장하고 오마츠 앞에 앉았다.

"바람이 불기 시작하는 모양이군, 히코베에."

잠시 소나무를 흔드는 바람소리에 귀를 기울이는 듯하다가 오마츠에게 말을 걸었다.

"실은 오쿠보 타다요 님이 직접 오시려고 했으나 차마 만날 수가 없다고 하셔서……"

"예…… 예."

"내가 오쿠보 님의 뜻을 받들어 왔네. 오가 야시로는 정말 대담한 음모를 꾸몄어."

"오오카 님, 제 말씀을 들어주십시오."

"무슨 말인가?"

"그이에게는 나쁜 버릇이 있습니다. 과음을 하면 꿈과 현실을 구분하지 못하고, 저에게도 때때로 자기가 한 성의 주인이 되면 그대는 마님이라 불리게 될 것이라고 어처구니없는 말을 하곤 했습니다. 아마 그런 취중의 발언으로 밀고를 당하지 않았을까 하고……"

"그 일에 대해서는 더 이상 말하지 마라."

"제게는 그이가……"

"그 말을 듣기가 거북하여 오쿠보 님이 나를 보내신 거야. 알겠나, 야시로는 이미 스스로 자백했을 뿐만 아니라, 차마 들을 수 없는 말로 성주님을 매도하고 있어."

"그럴 리가…… 설마."

오마츠가 입술까지 창백해져 다시 무슨 말을 하려 했으나 스케에몬은 제지했다.

"오쿠보 님은 가능하다면 야시로에게 이혼장을 쓰게 하고, 그것을 가지고 성주님께 탄원하여 그대들의 목숨을 건지려고 야시로의 감옥으로 찾아가셨어."

"어머, 이혼장을……"

"야시로는 이혼은커녕 도리어 오만하게 오쿠보 님을 어리석은 놈이라고 꾸짖었다는 거야."

오마츠는 찢어질 듯 눈을 크게 뜬 채, 당장에는 아무 대답도 하지 못했다.

'성주님 다음으로 크게 은혜를 입은 오쿠보 님을……'

이런 생각만 해도 역시 그 말이 믿어지지 않는 오마츠였다.

"단지 오쿠보 님을 꾸짖은 것만이 아니라, 야시로는 자기 일족의 피로 성주님을 교육시켰다고, 성주님보다 자기가 더 인간으로서는 훌륭하다고 서슴없이 말했다는군."

"그……그것이 사실이라면 정말 무엄한 짓을 저질렀군요…… 용서해주십시오."

"오쿠보 님도 어이가 없어 더 이상 말씀을 못하셨다는 거야…… 가만히 생각해보면 아무것도 몰랐던 그대들이 여간 불쌍하지 않다는 생각에, 오쿠보 님도 반드시 성주님을 움직일 수 있다고는 생각하지 않지만, 성주님께 말씀 드릴 생각이니 그대와 아이들의 구명을 청하는 탄원서를 그대의 손으로 썼으면 하고 말씀하셨어."

크게 반감을 품은 눈으로 오마츠를 쏘아보고 있는 이마무라 히코베에에게 가볍게 말했다.

"종이와 벼루를 가져오너라."

히코베에는 거친 동작으로 일어나 어디선가 종이와 벼루를 가져다 내던지듯 오마츠 앞에 놓았다. 오마츠의 아이들은 한 칸 너머 건너편 방에 있는 듯, 작은 여자아이의 울음소리가 들리고 이어서 우는 아이를 달래는 맏아들과 맏딸의 목소리도 들려왔다.

"자, 그대는 아무것도 몰랐다, 만일에 알고 있었다면 틀림없이 이 손으로 할복하게 했을 것이다…… 그런 내용으로 쓰도록. 카나假名˚로 써도 좋아."

"예…… 예."

128

대답은 했으나, 오마츠는 벼루에 손이 가지 않았다.

6

오마츠에게 야시로는 다시없는 남편이었다. 부부가 사이 좋게 의리를 지키며 살기로 맹세하고, 마음을 합쳐 일한 덕분에 한 걸음 한 걸음 끈기있게 오늘의 위치까지 올라오게 된 두 사람이었다. 그러는 동안 같이 손을 부여잡고 얼마나 울고 웃었단 말인가.

"이 모든 것은 그대의 덕, 나는 정말 훌륭한 아내를 두었어."

처음 세 고을의 다이칸이 되었을 때 야시로가 기뻐하던 모습이 아직도 뚜렷이 머릿속에 남아 있었다. 그때 야시로는 정말로 오마츠의 손을 높이 받쳐들고 감격해했다.

'그런 남편이 성주님보다 훌륭한 인간이라고…… 그런 무엄한 말을 했을 리 없다.'

오마츠의 생각은 절망의 밑바닥에서 붙잡을 데 없이 애처롭게 헛돌고 있을 뿐이었다.

"자, 어서 붓을 들어. 문안이 떠오르지 않으면 내가 대신 불러주어도 좋아."

"예…… 예, 하지만."

"왜 그러나? 오쿠보 님이 온정을 베푸시려는 것인데."

"예. 그 점에 대해서는 고맙게……"

마침내 오마츠는 스케에몬 앞에 두 손을 짚고 엎드렸다.

"참으로 죄송합니다마는, 이 탄원서는 내일 아침까지 기다려주실 수 없겠습니까?"

"그럼, 지금은 쓸 수 없다는 말인가?"

"예. 좀더…… 마음을 가라앉히고…… 잘 생각해보고 싶습니다."

"그래?"

스케에몬은 한숨을 쉬었다.

"오마츠는 그런 여자라고 오쿠보 님도 말씀하셨지만…… 오쿠보 님은 내일 새벽에 오카자키를 떠나시게 되어 있어. 성주님께 야시로의 처분을 지시받기 위해서. 그러니까 내일 아침이면 너무 늦어."

"……"

"좋아, 그러면 이렇게 하면 되겠군. 내가 오늘 밤 넉 점 반(오후 11시)에 다시 찾아오겠어. 그때까지 잘 생각해놓도록. 새삼 말할 것도 없지만, 그대는 전혀 몰랐다는 사실을 자세히 적도록 해."

"황송합니다. 그럼 넉 점 반까지."

옆에서 이마무라 히코베에가 이를 갈면서 혀를 찼다. 오오카 스케에몬은 그를 눈짓으로 나무라고 일어섰다.

"번거롭게 해드려서 죄송합니다."

오마츠는 스케에몬이 보이지 않게 되었는데도 계속 다다미에 머리를 조아리고 있었다.

어느 틈에 아이들의 목소리도 들리지 않게 되고, 바람소리만이 겁을 주듯 지붕에서 윙윙거리고 있었다.

"야시로 님……"

오마츠는 가만히 고개를 들고 떨리는 목소리로 머릿속에 새겨져 있는 남편에게 호소했다.

"당신은 어째서 이 오마츠에게 이혼장을 쓰지 않았나요……"

오쿠보 타다요가 내일 새벽에 하마마츠로 남편 야시로의 처형을 상의하러 간다는 두려운 말을 들은 오마츠. 그 오마츠는 사건의 진실 여부보다 처형 자체를 움직일 수 없는 사실로 받아들인 채 가슴을 조이고 있었다.

모반자와 그 가족. 아무것도 모르는 처자에게도 남편과 같은 형벌이 가해진다는 사실의 옳고 그름보다도 단지 함께 죽을 것인가 아닌가만 이 무섭게 가슴을 짓눌러왔다.

"야시로 님……"

오마츠는 다시 고개를 떨구고 입술을 깨물면서 울기 시작했다.

7

약속한 넉 점 반에 오마츠를 찾아온 것은 오오카 스케에몬이 아니라 오쿠보 타다요였다.

타다요 역시 이마무라 히코베에의 안내를 받아 들어왔다.

"오마츠, 늦은 밤이라서 오오카에게 미안해 다시 내가 왔어. 옛날 일이 생각나서."

그러면서 오마츠 앞에 그대로 놓인 채 있는 종이와 벼루를 흘끗 바라보았다.

"역시 쓰지 않았군."

크게 한숨을 쉬며 오마츠 앞에 책상다리를 하고 앉았다.

오마츠는 금방이라도 꺼져내릴 듯이 앉아 있었다. 그러나 타다요를 쳐다보는 눈에는 전보다 더 맑은 빛이 감돌았다.

"이렇게 자주 찾아주셔서…… 얼마나 고마운지 모르겠습니다."

오마츠는 이렇게 말하고 조용히 옷깃을 여몄다.

"그 은혜는 절대로 잊지 않겠어요. 하지만 탄원서에 대한 것은 용서해주시기 바랍니다."

"도저히 쓸 마음이 생기지 않더라는 말인가?"

"예. 주제넘은 생각인 줄 알고 있습니다마는, 저는 남편과 같이 죽으려고 합니다."

"으음, 아마 그럴 것이라고는 생각했지만."

"도련님, 남편은 모반자, 그 모반자가 이혼장을 쓰지 않는다는 것은…… 제게…… 아내에게 의지하기 위해서인 줄 압니다."

"그럴지도 모르지만, 그러나……"

"도련님! 그이는 전부터 제가 곁에 없으면 쓸쓸해서 견디지 못했습니다. 그런 남편에게 무서운 역모를 꾸미게 한 것은 역시 저의 죄였다는 것을 이제야 겨우 깨달았습니다."

타다요는 마른침을 삼키고 오마츠를 바라보았다. 오마츠의 얼굴에는 따스하게 느껴지는 홍조가 물들어 있었고, 눈 깊숙이에는 선량한 미소가 떠올라 있었다.

"야시로가 그대를 의지하고 있기 때문에 혼자 저세상에 보낼 수 없다는 말인가?"

"예, 남편이 의지할 수 있는 상대가 지금 이 세상에는 저 혼자뿐…… 그런 만큼 남편의 모반을 몰랐다고는 하지 않겠어요. 남편의 최후를 혼란스럽게 만들면 더욱 애처로운 일…… 저는 못된데다 생각이 짧은 사람과 함께 살았다고 단념하고 끝까지 그이를 따라갈 생각입니다."

"알겠네. 이것이 그대의 결론이군. 그럼, 모든 것을 흘러가는 대로 맡길 수밖에는 없겠어."

"예…… 저는 감옥에서 오기를 부리고 있는 야시로의 마음을 알 수 있게 되었어요. 야시로가 하는 일에는 한 번도 거역하지 않고 따르기만 한 저였어요. 도련님, 이번에도 그렇게 하고 싶으니…… 이해해주셨으면 합니다."

타다요로서는 더 이상 할말이 없었다. 과연 현명한 아내인지, 절개를 지키는 여자인지 알 수 없었다. 그러나 여기에는 타다요도 파악할 수 없는 불가사의한 부부의 애정이 열 겹 스무 겹으로 끈끈하게 얽혀 있었다.

'그렇게 하면 야시로에 대한 정은 다하는 것이 되겠지만 자식들에 대해서는 죄스러운 어머니가 되지 않을까……'

이렇게 말리려다 말고 타다요는 생각을 바꾸었다.

"그래, 잘 알겠다. 그대의 말도 야시로의 말도 그대로 성주님께 말씀드리겠어. 잘 알겠어!"

자기 자신에게 말하듯이 고개를 끄덕이고 그대로 방을 나왔다.

심판자

1

이에야스는 타다요가 오카자키에서 돌아오자 곧바로 접견하는 대신 이이 만치요井伊万千代를 통해 이렇게 명했다.

"일단 조사한 내용을 문서로 작성하여 보고하도록."

그리고 자신은 계속 거실에 머물면서 장수들의 명부를 조사하고 있었다.

드디어 전기戰機가 나가시노를 중심으로 무르익고 있었다. 코슈에 들여보낸 첩자로부터 어떤 소식이 오면 곧 행동을 개시해야 했다.

이런 절박한 상황에서 오가 야시로의 모반 음모는 그야말로 청천벽력. 야시로만은 굳게 믿고 있었다. 전쟁터에서는 쓸 수 없는 사나이였으나 공납이나 전비戰費 염출에는 그를 능가할 사람이 없었다. 더구나 아시가루에서부터 출세하게 된 은혜를 못 잊어 이에야스를 신이나 생명처럼 생각하고 있다……고 믿고 재정을 거의 모두 맡기고 있었기 때문에 그 당혹감은 이만저만이 아니었다.

'설마 그 야시로가……'

누군가가 그의 출세를 시기하여 덫을 놓은 것은 아닐까…… 이에야스는 몇 번이나 고개를 갸웃거렸을 정도였다.

지금은 전혀 의심할 여지가 없었다. 충실 그 자체이던 야시로가 실은 가신 중에서 첫째가는 역적이었다.

'나는 가신을 보는 눈이 없었던 것일까?'

즉시 하마마츠에 있는 쌀창고, 무기고, 금창고 등의 조사는 모두 끝냈다. 그리고 오카자키에 있는 것은 노부야스와 치카요시에게 조사를 명했는데, 다행히도 장부와 실제 수량은 일치했다.

'이상한 놈이야. 금이나 쌀을 빼돌린 것도 아니고, 타케다 군과 내통하여 노부야스와 나의 목을 치려고 하다니……"

그 의심도 타다요가 바친 야시로의 진술서를 읽고 나서는 풀렸다. 충실한 한 사나이가 너무 빨리 승진하는 바람에 꿈과 현실의 경계가 애매해진 것이라고 이에야스는 반성했다.

'너무 일찍 중용重用했어……'

지나치게 출세한 자에게는 어떤 불가능한 일도 가능하게 보이는 모양이었다. 그 점에 착안하지 못했다는 것을 깨달은 순간 이에야스는 이번 전진戰陣의 배치도 재고할 필요가 있다고 생각했다.

승리만 계속하는 자와 여러 번 고전한 경험자를 혼동해서는 안 되었다. 우습게 보다가 패배를 맛보거나 지나치게 신중하여 이길 기회를 잃는 자가 나타날지도 몰랐다.

거실에서 장수들의 명부를 재검토하기 시작했다. 그러나 그 배치에 별로 잘못이 있는 것 같지는 않았다. 서류를 정리하고 나서 비로소 이에야스는 만치요에게 명했다.

"시치로에몬을 불러오너라."

아직 야시로의 처형에 대해서는 마음을 정하지 못했다. 미심쩍은 점과 물어보고 싶은 점을 타다요로부터 들은 뒤 결정할 작정이었다.

여덟 점(오후 2시). 서원의 창으로 화창한 햇빛이 들어오고 있었으나 파도소리가 심하여 멀리서 대지가 흔들리고 있는 것처럼 느껴졌다.

타다요가 들어와 머리를 조아렸다. 이에야스는 부드러운 목소리로 물었다.

"우선 이번 사건에 사부로가 어떤 태도를 취했는지 그것부터 알고 싶군, 시치로에몬."

"예."

타다요는 대답하고 이에야스 옆으로 다가왔다.

2

"솔직히 말씀 드리면 오카자키에서 가장 놀란 분은 작은 성주님이었습니다."

타다요는 좀 난폭한 듯한 어조로 먼저 노부야스를 비난했다. 이에야스는 불쾌하다는 표정을 지었으나 곧 이를 억제했다.

"그래? 사부로가 가장 놀랐다는 말이지. 놀랐다는 것은 당황했다는 뜻인가?"

"예. 그 전에도 야시로에게 수상한 점이 있다고 말씀 드린 자가 있었으나 전혀 귀를 기울이시지 않았습니다. 그래서 그런지 오카자키의 중신들 사이에서는, 어떤 말씀을 드려도 소용없으니 내버려두자는 분위기를 느낄 수 있었습니다."

"으음, 사부로가 지나치게 방자하다고 그대는 나에게 말하고 싶은 게로군."

"예."

타다요는 분명하게 대답했다.

"야시로의 간계 때문입니다. 야시로 놈은 성주님께는 성주님이 듣기 좋도록, 작은 성주님께는 작은 성주님이 듣기 좋도록 말하여 부자간의 불화를 도모하려고 왜곡된 말을 했기 때문이라고 히라이와 치카요시가 지적했습니다."

"시치로에몬——"

"예."

"이번 사건에 대한 츠키야마의 얘기는 듣지 못했나?"

"전혀."

타다요는 시치미를 떼고 고개를 흔들었다. 무슨 일에도 직언을 서슴지 않는 타다요였으나 이 문제에 대해서만은 말하기가 싫은 모양이었다. 이에야스는 타다요의 표정에서 그것을 읽었다. 그 일은 타다요만이 아니라 오카자키의 가신 모두가 꺼리는 일임이 틀림없었다. 말하기 싫다면 그냥 덮어두어도 좋다고 이에야스는 생각했다.

"그럼 셋째로, 야시로에 대한 가신들의 감정과 분위기를 알아보았나?"

"예, 그것은 증오한다는 한마디로 대답할 수 있을 것입니다."

"그래? 그 자가 왜 그토록 미움을 샀는지 이상하군."

"아니, 전혀 이상할 것 없습니다!"

타다요는 다시 약간 난폭한 어조가 되었다.

"야시로 일에 대해 이상하다고 생각하시는 것은 성주님과 작은 성주님 두 분뿐입니다."

"으음, 우리 부자뿐이란 말이지."

"두 분 모두 야시로라는 여우에 홀리셨다고 하급무사들까지 험담을 하고 있습니다."

"음, 그래서 사부로에 대해 간언하는 것도 꺼렸군…… 알겠네. 그럼 넷째는 야시로가 했다는 이야기인데, 야시로는 타케다 군이 이긴다고 자신 있게 말하던가?"

"정신나간 자의 자신감이기는 합니다마는, 야시로는 분명히 그렇게 말했습니다."

"내가 자기만 못하다는 말, 그것은 광란상태에서 한 말인가 아니면 제정신으로 한 말인가?"

"성주님!"

타다요는 답답하다는 듯이 말했다.

"원래부터 녀석은 미친 놈입니다. 자만심이 그렇게 만든 것 같습니다. 어떤 경우에나 가증할 정도로 침착했습니다."

이에야스는 문득 미소를 떠올렸다. 그러나 그 미소는 약간 일그러져 있었다.

"그래, 야시로는 네 마음대로 처형하라며 호통을 쳤다는 말이지?"

"예, 그뿐만이 아닙니다. 이것이 성주님 혼자만의 심판이 아니라, 상인이나 농민 등 모든 백성들과 함께 심판하는 것이라면 아마도 자기를 죽이라고 하는 자는 한 사람도 없을 것이라고도 했습니다."

"뭣이, 백성들의 의사를 물으면 죽이라고 할 자가 단 한 사람도 없을 것이라고?"

지금까지 부드러웠던 이에야스의 표정이 그 한마디로 갑자기 험악하게 변했다.

3

"분명히 그런 소리를 했다는 말이지?"

이에야스의 눈빛이 갑자기 예리하게 바뀌었기 때문에 타다요는 저도 모르게 가슴이 뜨끔했다. 백성들에게 의견을 물으면 죽이라는 자가 한 사람도 없을 것이다…… 이 한마디가 그토록 이에야스에게 심한 충격을 준 것일까……? 타다요는 그보다도 이에야스를 가리켜 자기 자신보다 못하다고 한 말에 분노하리라 예상했었다.

"예. 분명히 그렇게 말했습니다."

"그래? 정말 가증스런 놈이군."

"성주님! 야시로의 아내 말씀입니다마는, 그 여자는 제가 체포하러 가서 데리고 나올 때까지 아무것도 모르고 있었습니다."

"그런가……"

"어린 자식들도 많고 해서 어떻게 해서든지 성주님의 자비를 빌고자 하니 탄원서를 써라, 전해주겠다고 했으나 끝내 쓰지 않았습니다."

"그래? 건방진 년인가 보군."

"아니, 기특했습니다. 그 미친 놈에게 절개를 지켜 같이 죽겠다면서 눈물을 흘리고……"

"아니…… 그게 누구 이야기인가?"

"놈의 아내 말씀입니다."

"시치로에몬!"

"예."

"야시로의 처형은 결정했어. 결정했단 말일세."

"저는 그의 아내와 자식들에 대해 말씀 드리는 것입니다. 성주님, 어떻게 할까요?"

이에야스는 비로소 타다요가 하는 말을 이해한 듯.

"지금은 이미 전시나 다름없어. 야시로의 처형은 전시에 준해야겠지만, 야시로가 그런 말을 했다면 놈이 납득할 수 있게 심판해주겠네. 그런데 아내가 어쨌다고?"

"야시로에게 절개를 지켜 같이 죽고 싶다고 했습니다."

"자네 의견은?"

"아내는 도리가 없습니다. 함께 책형에 처하건 효수를 하건 관계 없습니다마는……"

이에야스는 그 말을 이어받기라도 하듯 빠르게 말했다.

"아이들 중에서 가장 어린 여자아이 둘은 살려주게."

"예, 여자아이 둘을?"

"알겠나? 살려주지 않는 것처럼 하여 구해주되 아비의 이름을 모르게 하고 키우라는 말일세. 그 일은 자네에게 맡기겠네. 아무쪼록 가신들에게는 너무 관대하다는 말을 듣지 않도록 신경써야 하네."

이에야스는 이렇게 말하고 다시 한 번 신음했다.

"으음, 놈이 그런 말을 했다는 말이지."

타다요는 자기가 하려던 말을 이에야스가 앞질러 말하자 그만 가슴이 뭉클했다.

그는 오마츠가 낳은 여자아이 하나만은 구해내, 오마츠가 처형될 때 살짝 귀띔해주었으면…… 하는 생각으로 이에야스에게 그것만 부탁하려 했다. 그런데 이에야스는 순순히 두 아이를 살려주라고 했다……타다요는 그 말에 사로잡혀, 어째서 이에야스가 야시로의 말에 그토록 집요하게 신경을 쓰고 있는지 그것까지는 생각하지 못하고 있었다.

"시치로에몬, 야시로는 내게 정면으로 도전했어."

이에야스의 말에 비로소 타다요는 자신으로 돌아와 반문했다.

"예……?"

4

"시치로에몬, 야시로 그 자는 자기가 이 이에야스보다 더 옳다고 진심으로 믿고 있어."

이에야스는 자기의 말을 듣고 의아해하는 타다요를 꾸짖는 듯한 어조로 나무랐다.

"자네는 지금까지 그것을 깨닫지 못했나? 바보 같은 것."

"그것은 정신 나간 놈의……"

"그렇지 않아!"

이에야스는 단호하게 타다요의 말을 가로막았다.

"놈은 나를 배반하는 편이 백성들에게는 행복한 일이라 믿고 있었던 거야. 놈이라면 평화롭게 할 수 있는 것을 이에야스는 전쟁만 계속하여 백성들을 괴롭히고 있다…… 지금도 분명히 그렇게 생각하고 있음이 틀림없어."

타다요는 저도 모르게 이에야스를 쳐다보고 입을 다물었다.

'하기는 그럴지도 모른다……'

야시로의 무엄한 언동 속에서는 음모가 탄로난 것을 두려워하기보다도 어딘가 승리에 도취되어 있는 자의 광적인 신념 같은 것을 엿볼 수 있었다.

"성주님! 성주님은 조금 전에 야시로의 처형은 결정되었다고 말씀하셨지요?"

"물론 결정했어!"

"그러면 야시로를…… 어떤 방법으로…… 처형하시겠습니까, 책형이나 효수 같은 것입니까?"

이에야스는 천장 한 모서리를 노려보며 고개를 가로저었다.

"그런 것은 아니야. 놈의 희망대로 백성들의 심판에 맡기겠어."

"예? 백성들의 심판에?"

"음."

이에야스는 천천히 고개를 끄덕였다.

"알겠나, 이것은 나와 야시로의 싸움이 아니야. 내가 경건하게 신불에게 뜻을 묻는 행사라고 생각하게."

"예……?"

"시치로에몬, 나는 중요한 전투를 앞두고 모반을 꾀한 야시로를 톱질형에 처하겠네."

"아니…… 톱질형을?"

이에야스는 다시 눈길을 허공에 못박은 채 고개를 끄덕였다.

"그의 처자는 오자카키 성밖 넨지가하라念志ヶ原에서 책형에 처해도 좋아. 그 준비를 먼저 하고 나서 야시로를 감옥에서 끌어내도록."

"처자를 먼저 처형하라는 말씀이군요."

"먼저 처형하라는 것이 아니라, 야시로에게 보여주려는 것이야. 야시로는 안장 없는 말에 뒤를 향하게 하고 태워라. 그리고 죄상을 쓴 팻말을 세우고 넨지가하라에서 하마마츠로 끌고 와라."

"하마마츠에서 톱질형에 처하시렵니까?"

이에야스는 여전히 허공을 노려본 채 고개를 가로저었다.

"놈이 원하는 대로 하마마츠와 오카자키 일대의 백성들에게 놈의 모습을 두루 볼 수 있게 하마마츠에 도착하거든 다시 오카자키로 옮기도록 하라."

타다요는 고개를 갸웃했다. 톱질형이란 가혹한 형벌이 옛날이야기에는 나오지만 아직까지 본 적도 없었고 소문도 듣지 못했다.

'성주님이 정말 노하셨군……'

이에야스는 이때 비로소 타다요에게 눈길을 옮겼다.

"알겠나, 이제부터가 중요하니 잘 기억해두게. 오카자키 성밖에까지 끌고 가서 거기에 놈을 생매장시키는 거야. 머리만 밖으로 나오게 하고. 팻말에, 이놈을 가증스럽다고 생각하는 통행인은 톱으로 한 번씩 목을 자르라고 써붙이고, 그 옆에 대나무로 만든 톱을 놓아두도록."

이렇게 말하고야 비로소 이에야스는 빙긋이 웃었다.

5

타다요는 얼마 동안 이에야스의 진심을 이해하지 못했다.

처자는 넨지가하라에서 책형으로. 그것을 하마마츠로 끌고 가면서 야시로에게 보여준다. 그리고 하마마츠에서 다시 오카자키로 끌고 가 성밖에 생매장하고, 톱으로 베어 죽인다……

단순하게 생각하면 잔인하기 짝이 없는 형벌. 그런데 이에야스는 웃고 있었다.

"어때, 알겠나, 시치로에몬?"

재촉을 받고서야 비로소 타다요는 무릎을 탁 쳤다.

"생매장한 뒤 대나무톱을 옆에 놓아두고 통행인에게 처형케 한다는 말씀이군요?"

"그래."

"만일 통행인 중에 야시로의 은혜를 생각하는 자가 있다면……"

"그때는 목숨을 건지게 되겠지."

이에야스는 다시 한 번 미소지었다.

"통행인이 구해줄 것인가 아니면 증오하여 죽일 것인가, 야시로냐 이에야스냐…… 그러니 감시를 붙일 필요는 없어."

"예."

타다요는 저도 모르게 머리를 조아렸다.

'과연 성주님이시다!'

그만 목이 메었다.

"즉시 오카자키로 돌아가 지시하신 대로 준비하겠습니다."

타다요는 이에야스의 거실을 나와 그길로 오카자키로 돌아갔다.

오가 야시로가 감옥에서 끌려나와 안장 없는 말에 태워진 것은 그로부터 이틀 후의 일이었다.

하늘은 구름 한 점 없이 맑았다. 죄상을 적은 팻말을 들고 여섯 명의 옥졸이 앞서고, 앞뒤를 20명 정도의 아시가루가 경호하는 가운데 야시로는 후죠몬不淨門°을 통해 성밖으로 끌려나왔다. 양쪽에 가득 늘어선 구경꾼들로부터 돌과 흙덩어리가 야시로를 향해 날아왔다. 야시로는 여전히 가슴을 떡 펴고 오만하게 주위를 둘러보고 있었다.

이 행렬은 성의 동쪽, 마을 어귀에 있는 넨지가하라에 이르러 속도를 늦추었다. 오른쪽 소나무 숲 너머로 오마츠와 네 명의 아이를 처형하기 위한 형장의 울타리가 뚜렷하게 빛나 보였다. 다섯 개의 십자가가 가지런히 세워져 있고, 겨울의 대지에 따뜻하게 햇볕이 내리쬐고 있었다.

어디선가 꾀꼬리가 울기 시작했다.

"야시로, 보았느냐?"

원래부터 야시로를 미워하던 이마무라 히코베에가 일부러 옆에 와서 말을 걸었다.

"네놈의 야심 때문에 아무 죄도 없는 처자의 말로가 저렇게 되었다. 아, 왼쪽 막사에서 끌려나오기 시작하는군."

야시로는 대담하게 미소를 떠올렸다.

"십자가 수가 다섯 개뿐이군, 흐흐흐……"

중얼거리고 나서 일부러 작은 다섯 개의 사람 그림자를 똑바로 바라보며 주위에 들리도록 커다랗게 말했다.

"나도 곧 뒤따라가겠다. 저세상에서 즐겁게 지내도록 하자."

"그것이 처형되는 자의 마지막 노래냐, 야시로?"

"흐흐흐, 너 같은 자는 이 야시로의 심경을 알지 못해."

그런 뒤 고개를 돌린 채 야시로는 히코베에가 무슨 말을 해도 대구하지 않았다.

행렬은 도중에 하루를 묵고 이튿날 하마마츠 성읍으로 들어갔다. 여기서는 야시로에 대한 가신들의 증오가 오자자키에서보다 훨씬 더 심해, 야시로의 얼굴을 향해 여러 가지 오물이 던져졌다.

6

이에야스는 끌려온 야시로를 보려 하지 않았다. 넨지가하라에서는 오만하게 가슴을 펴고 있던 야시로도 하마마츠에 도착했을 때는 너무 초췌해져, 말 위에 올라 있는 것이 고작이라는 보고를 들었기 때문이다. 무술로 단련되지 못한 육체가 의지를 거역하여 꼴사나운 피로를 드러내기 시작한 모양이었다.

비꼬기를 잘 하는 혼다 사쿠자에몬이 일부러 야시로의 말 옆으로 다가가서 말했다.

"야시로, 수고가 많았다."

야시로는 대답할 용기조차 없었다.

오쿠보 타다요가 처형에 대한 이에야스의 말을 전한 것은, 하마마츠에서 끌려다니던 야시로가 다시 오카자키로 되돌아갈 때였다. 야시로는 당연히 하마마츠에서 처형되리라 믿고 있었는지, 이때 비로소 비명을 지르며 이에야스를 매도했다.

"이렇게 끌고 다니고도 모자라 다시 오카자키까지…… 내가 장난감인 줄 아느냐, 이 비정한 놈아!"

"야시로, 성주님의 말씀을 전하겠다."

타다요는 그날 아침부터 내리기 시작한 빗속에서 말 위에 있는 야시로의 등에 농부들이 입는 도롱이를 덮어주었다.

"너는 이제부터 오카자키로 되돌아가 성읍에 마련된 구덩이에 생매장당하게 된다."

"뭣이, 생매장을……"

야시로는 이미 비참한 공포의 덩어리로 화해 있었다.

"그렇다. 머리만 땅 위에 내놓고 대나무톱에 잘려 죽게 된다."

"마……마……마음대로 해라. 원귀寃鬼가 될 것이다. 원귀가 되어 반드시 보복할 것이다!"

타다요는 저도 모르게 쓴웃음을 지었다.

"네놈의 허세도 고작 사흘뿐이었구나."

"……"

"알겠느냐, 이것은 모두 네놈의 소원을 들어주기 위한 조처다."

"저주할 것이다, 원귀가 되겠다……"

"진정하지 못하겠느냐, 꼴사나운 놈."

타다요는 엄하게 꾸짖었다.

"너는 거기서 자유롭게 지껄일 수 있다. 통행인에게 네놈과 성주님 중에서 누가 옳은지 물어보아라. 네가 옳다는 자가 있으면 구덩이에서 구해달라고 말이다."

"뭐, 내가 말을 할 수 있다고?"

"그렇다, 너는 백성들의 심판을 받게 된다. 그것이 네놈의 소원 아니었더냐? 지나가는 백성들이 너를 구해줄 것인지, 아니면 대나무톱으로 네놈의 목을 자를 것인지. 감시를 붙이지는 않겠다. 성주님께 고맙게 생각하여라."

타다요는 명령을 내렸다.

"행렬, 앞으로 갓!"

야시로의 눈이 다시 생기를 되찾았다. 머리에서 흘러내리는 빗방울을 맛보듯이 한 가닥 희망에 마음을 모으고 있었다.

'그렇구나. 구덩이에 생매장되어 대나무톱으로 목이 잘린다……'

자유롭게 입을 열 수 있다면, 대나무톱을 목에 대려는 자에게 어떠한 설득도 할 수 있을 것이다.

'말재주에는 자신이 있다……'

야시로는 감각이 없어진 엉덩이의 아픔만을 생각하던 일에서 벗어나 무섭게 허공을 노려보기 시작했다.

비가 내리는 탓도 있고 하여 구경꾼은 올 때에 비해 4분의 1도 되지 않았다.

7

야시로가 오카자키의 마을 어귀에 있는 밭도랑 옆에 생매장된 것은 그 이틀 후의 아침이었다.

땅속에 그의 키만큼 구덩이를 파고 그 주위에 여섯 자짜리 판자로 둥그렇게 흙막이를 했다. 발 밑의 진흙은 차고 축축했으나 물에 젖지는 않았다. 위는 네모진 판자를 둘로 쪼개어 그 가운데에 목이 들어갈 만큼 구멍을 뚫었다. 이것을 다시 어깨 위에서 맞춘 뒤 좌우에 예닐곱 관 정도의 돌이 놓였다.

발끝으로 서서 허공에 매달려 있는 자세가 아니라면 제 힘으로도 충분히 젖혀버릴 수 있는 무게였다. 그러나 야시로의 자세와 힘으로는 어림도 없는 일이었다. 위를 막은 판자 끝에 쇠사슬이 연결되고, 그 옆에 대나무를 파서 톱니를 만든 톱이 눈앞에 내던져져 있었다.

뒤와 좌우 세 방향에 울타리가 쳐져 있고, 죄상을 적은 팻말은 목 뒤에 세워졌기 때문에 야시로에게는 보이지 않았다.

이마무라 히코베에가 이 진기한 작업을 끝내고 돌아간 뒤, 시원하고 투명한 아침 햇빛 속에서 어디선지 모르게 상인과 농부들이 모여들었다. 한때 침착성을 잃고 흉물스럽게 허둥대던 야시로였으나, 정체모를 힘의 뒷받침을 받고 지금은 침착해져 있었다.

'내가 한 일은 정말 옳은 것이었을까, 아니면 악한 것이었을까?'

야시로는 이런 생각을 하다가 얼른 고개를 가로저었다.

'그런 것은 생각할 필요가 없다……'

지금 이에야스는 어느 쪽이 옳은가를 백성들에게 물으려 하고 있다. 하지만 그 방법은 공정성이 결여되어 있다……고 야시로는 생각했다.

뒤에는, 이놈은 모반을 꾀한 무엄한 자라는 팻말이 세워져 있고, 몸의 자유가 철저하게 제한되어 있었다. 그 불공정성에 대항할 수 있는 것은 오로지 야시로의 혀 하나와 두뇌뿐이었다. 따라서 그 남아 있는 무기를 충분히 살려 대항해야 하며, 일의 선악 따위를 반성하고 있을 마당이 아니라고 생각했다.

오늘 아침까지는 그래도 죄인이라 하여 보리밥이 지급되었으나 앞으로는 그것도 없을 터. 과연 굶으면서 며칠이나 더 목숨을 유지할 수 있을까……

이런 생각을 하고 있을 때 나그네인 듯한 상인 차림의 사나이가 성큼성큼 앞으로 나왔다.

"이 극악무도한 놈, 내가 개시로 본때를 보여주겠다."

느닷없이 톱을 집어 야시로의 목에 대려고 했다.

"잠깐!"

야시로가 외쳤다.

"극악무도한 놈이라니, 누구를 말하느냐?"

대나무톱을 손에 든 서른 살 가량의 남자는 어이가 없다는 듯 구경꾼들을 돌아보았다.

"아니, 이놈은 소중한 성주님의 목을 노리고도 자기가 옳다고 생각하고 있어."

"나도 놈이 벼슬을 살고 있을 때는 훌륭한 사람이라 생각했는데, 어찌 이럴 수가 있담. 바로 얼마 전에는 자기 처자가 처형되는 것을 웃으면서 보고 지나갔어. 놈은 악귀야! 피도 눈물도 없는 짐승이야."

군중 속에서 한 농부가 맞장구를 쳤다. 예순 살 가량 된 선량해 보이는 노인이었다.

"옳은 말이오. 그래 내가 개시를 하겠다는 거요."

"잠깐! 기다리라고 했잖아. 우선 내 말을 듣고……"

이때 상인 차림의 사나이는 톱으로 한 차례 야시로의 목을 긋고 얼른 돌아가버리고 말았다.

8

야시로는 이를 악물고 아픔을 참았다. 운수 사납게 처음부터 엉뚱한 자가 튀어나왔다. 저런 녀석은 인간의 존재가치도 사는 이치도 도리도 알지 못한다. 약간 피부가 벗겨진 것만으로도 다행이라 생각했다.

"자, 누가 뒤따라 나서지 않겠나? 이 악당을 그대로 두면 미카와의 수치란 말이야."

다시 누군가가 외쳤다. 이번에는 열일고여덟 살쯤 된 젊은이가 성난 고양이 같은 눈으로 느닷없이 짚신 끝으로 야시로의 얼굴을 걷어찼다.

"못된 놈! 무……무례하구나."

"흥, 잘난 체하고 지껄이는군."

젊은이는 사람들을 돌아보고 입을 삐죽 내밀었다.

"은혜도 의리도, 가족간의 정도 모르는 자는 짐승이야. 무례하다니 뭐가 무례하다는 말이냐, 이 악당아!"

이번에는 진흙투성이의 발을 야시로의 머리에 얹고 난폭하게 짓이겼다.

사람들은 일제히 박수를 치며 웅성거렸다.

"잠깐, 우선 이 야시로의 말부터 들어봐. 나는 이 미카와에서 전쟁을 없애겠다, 그러지 않고는 백성들을 구할 수 없다, 이렇게 생각한 끝에 눈물을 머금고 일을 꾀했던 거야."

"뭐라고, 성주님을 죽이고 타케다 군에게 항복하면 전쟁이 없어진다고 지껄이고 있는 거냐?"

"그렇다. 도쿠가와 가문이 있기 때문에 타케다 군이 쳐들어온다. 나는 그 전쟁의 원인을 제거하려고 일을 꾸몄다. 이쪽에서 자진하여 사이좋게 지내자고 하면 흔쾌히 받아들일 타케다 군, 무엇 때문에 밤낮없이 전쟁만 계속한다는 말인가."

"와아."

모두 웃음을 터뜨렸다.

"그 무슨 말도 안 되는 소리를 하느냐."

이렇게 말한 것은 아까 그 노인이었다.

"예로부터 이마가와 군과 친하려면 이마가와 군을 위해, 오다 님과 친하려면 오다 님을 위해 싸워야만 했어. 전쟁이란 말이다, 우리 성주님이 가장 강해지시기 전에는 끝나지 않아."

"암, 옳은 말이오. 성주님 대신 타케다의 무리에게 착취당하기는 죽어도 싫어. 야마가山家의 농부들에게 물어봐라. 타케다의 무리들은 백성들을 가혹하게 다룰 뿐만 아니라, 쌀을 빼앗아가고 여자들을 능욕한다며 이를 갈고 있어."

"잠깐! 잠깐 기다려! 내 말을 다시 한 번 들어보는 것이 좋을 게다."

야시로는 이때다 하고 소리를 높였으나 그 말이 끝나기도 전에 입막음을 당하고 말았다.

묵묵히 서 있던 스물대여섯쯤 된 기술자처럼 보이는 사나이가 성큼성큼 앞으로 나와 야시로의 입에 커다란 말똥을 쑤셔넣어버렸다.

야시로는 퉤퉤 하고 침을 뱉으면서 비로소 자신의 계산이 어긋났다는 것을 깨달았다. 백성들은 그의 편이 아니었다. 어리석고 다루기 힘든 난폭한 자들일 뿐이었다. 걷잡을 수 없이 화가 치밀어 더 이상 이성으로는 대응할 수 없었다.

"멍청이! 개새끼! 짐승 같은 놈들!"

야시로의 악담에 대한 돌멩이와 진흙과 말똥의 응전이 끝나고 둘러섰던 백성들 모두가 사라졌을 때 야시로의 목에는 일고여덟 줄의 톱날 자국이 남아 있었다.

밤이 되었을 때 야시로는 냉정을 되찾았다. 그는 자신의 신념대로 살아왔다. 반짝이는 하늘의 별 속에서 누군가가 내려와 목 언저리의 판자를 치워줄 것 같은 생각이 들었으나, 결국 그것은 몽상으로 끝났다.

그가 그렇게 묻힌 지 사흘째 되는 날, 노부야스가 거느린 오카자키군 일대가 그의 눈앞을 지나 유유히 요시다 성을 향해 진군해갔다. 그는 그 이틀 후인 닷새째 되는 날 황혼녘에 자기편이었어야 할 백성에게 마침내 동맥이 끊겨 죽고 말았다.

서전 戰

1

코후의 계절은 아직 초봄이었다. 주위를 둘러싸고 있는 산의 그늘진 곳에는 아직 녹지 않은 눈이 하얗게 덮여 있고 마당에는 서릿발이 가득 서 있었다.

카츠요리는 그 서릿발을 밟으며 성 안팎에 집결한 군사들을 시찰했다. 사람도 말도 그의 눈에는 사기가 충천한 믿음직스러운 모습으로 보였다.

카츠요리는 성 안팎을 한 바퀴 둘러보았다. 그리고는 뒤뜰을 지나 거실로 가면서 뒤따라오는 이타사카 보쿠사이板坂卜齋를 돌아보았다.

"보쿠사이, 나는 이번 출진이 이토록 전조前兆가 좋으리라고는 생각지도 못했어."

"모두가 크게 뻗어나갈 조짐들입니다."

아버지 호인法印과 함께 신겐의 말벗이었던 시의侍醫 보쿠사이는 공손하게 웃었다.

"솔직하게 말해 나는 이에야스가 우리를 배신한 오쿠다이라 쿠하치로를 나가시노 성에 들여놓았다는 말을 들었을 때 그냥 내버려둘 수 없다고 생각했네."

"당연한 말씀입니다."

"지금은 당초의 생각과는 그 규모가 크게 바뀌었어."

카츠요리는 즐거운 듯 아침해를 바라보며 그 단아한 얼굴에 꿈을 쫓는 자로서의 황홀한 표정을 떠올렸다.

"아와지淡路의 유라由良에 피신해 있던 아시카가 요시아키足利義昭 공으로부터 급거 상경하라는 연락이 올 때까지 나는 단지 이에야스 놈을…… 하고 작은 일에만 생각을 국한시키고 있었어."

"그것이 아주 중요한 상경전上京戰으로 바뀌게 되었군요."

"그래, 아버님의 평생 소원이셨던 상경전으로 말일세."

"틀림없이 아버님의 혼령도 지하에서 기뻐하시리라 생각합니다."

"암, 그럴 테지. 쇼군將軍° 요시아키 공은 이에야스를 비롯하여 이에야스 어머니의 친정인 카리야刈谷의 성주 미즈노 노부모토水野信元에게도, 에치고의 우에스기에게도 격문을 보내셨다고 하더군. 어서 카츠요리와 화친하고 서쪽으로 올라와 노부나가의 전횡을 응징하여 천하의 재흥을 도모하라고. 물론 나는 그 효과를 과대평가하고 있지는 않아. 그러나 이 밀사를 접견한 자는 반드시 마음에 적지 않은 동요가 있었을 것일세."

"주군은 그밖에도 강력한 우군友軍을 가지고 계십니다."

쿄토京都 태생인 보쿠사이는 쿄토에 대한 자신의 꿈을 카츠요리에게 기대하고 있었다. 따라서 이번 출전을 은근히 찬성하고 있는 사람 중의 하나였다.

"오오, 그것에 대해서도 철저히 손을 써놓았네. 혼간 사本願寺와 히에이잔比叡山, 온죠 사園城寺 등도 모두 우리가 상경하기를 고대하고 있다는 것일세."

"쇼군께서는 일부러 치코인 요리요시智光院賴慶 님을 우에스기 가문에 사자로 보내셨다고 하더군요."

"사실일세."

카츠요리는 고개를 크게 끄덕였다.

"그것은 내가 부탁한 거야. 우에스기와 혼간 사 그리고 나, 이렇게 셋이 손을 잡으면 오다쯤은 아무것도 아닐 테니까."

"하지만 우에스기에 대한 대비도……"

"그 점에 대해서도 만전을 기했어. 카가加賀 엣츄越中에서 잇코一向의 신도들이 우리와 손을 잡지 않는 한 우에스기 군사는 한 명도 통과시키지 않겠다고 굳게 맹세한 서약서를 받아놓았지. 그리고……"

눈을 가늘게 뜨고 말을 이어나갔다.

"오카자키에도 고육책을 써서 즉시 입성할 수 있는 수단이 마련되어 있어. 하하하…… 처음에는 나가시노를 공격할 생각이었는데, 이제는 아버지 유지遺志를 받들어 천하를 다투는 전쟁으로 바뀌었어."

카츠요리는 즐거운 듯이 웃고는 문득 자기 거실 쪽을 바라보고 이맛살을 찌푸렸다. 자기가 없는 동안 중신과 장수들이 모두 옆방에 모여 있는 것이 정원에서 보였다.

2

"웬일로 여기 모였나?"

카츠요리는 일부러 소리를 거칠게 하고 정원에서 성큼성큼 방의 층계를 올라갔다.

물론 그들이 찾아온 뜻은 알고 있었다. 그들은 이제 와서 새삼스럽게 출전을 만류하려 했다. 그것이 혈기 넘치는 카츠요리로서는 참을 수 없이 불쾌했다.

"이미 군사회의에서 결정난 일, 이제 와서 새삼 겁을 먹게 된 것은 아닐 테지."

그는 숙부인 쇼요켄逍遙軒을 비롯하여 야마가타 사부로베에山縣三郎兵衛, 바바 미노노카미馬場美濃守, 사나다 겐타자에몬眞田源太左衛門, 나이토 슈리內藤修理를 잔뜩 노려보았다. 나가사카 쵸칸長坂釣閑, 오야마다 효에小山田兵衛까지도 뒷줄에 떡 버티고 앉아 있었다.

"사부로베에, 왜 잠자코 있나? 이미 각 선발대에 사자를 보냈어. 본대가 늦어지면 곤란해."

"옳으신 말씀입니다."

겐타자에몬이 먼저 입을 열었다.

"도쿠가와가 오카자키 성에 있던 쿠하치로의 아버지 오쿠다이라 사다요시奧平貞能에게 오구리 다이로쿠小栗大六를 딸려 원병을 청하기 위해 기후에 보냈다고 합니다."

"알고 있어. 물론 노부나가는 미카와에 원병을 보내겠지. 보내지 않으면 미노를 공격할 때 무거운 짐이 되니까. 나중의 짐을 먼저 덜기 위해 그런다는 것을 모르느냐?"

"황송합니다마는."

몸집이 작은 사부로베에는 무릎을 잔뜩 세우고 앞으로 나섰다.

"성주님께서는 총포의 위력을 어떻게 생각하시는지, 그것을 여쭙고 싶습니다."

"우리가 가진 총포가 적에 비해 너무 적다는 말인가?"

"노부나가는 사력을 다해 그것을 준비하고 있다는 첩자의 보고가 있었습니다."

"하하하……"

카츠요리는 웃었다.

"사부로베에, 총포라는 것은 화승火繩에 불을 붙이고 탄환을 장전하는 등 손이 많이 가는 무기일세. 비가 올 때는 쓸모가 없고, 탄약을 재고 있는 동안에 공격해버리면 그만이야. 아니, 알겠어, 명심하도록 하지. 적이 총포를 가졌을 때는 비가 내리기를 기다렸다가 공격하기로 하겠네. 그러면 될 것 아닌가?"

"아뢰옵니다."

이번에는 나가사카 쵸칸이 말했다.

쵸칸은 원래 주전파主戰派였다. 그러한 그가 심각한 얼굴로 다른 사람들을 따라와 뒤에 앉아 있는 것이 카츠요리로서는 의아한 일이었다.

"우리는 사실 그대로를 말하는 것이 선대로부터의 관습이므로 저도 솔직히 말씀 드리겠습니다."

"그래, 말해보게."

"지난해 타카텐진 성을 함락하고 이 코후 성으로 개선하여 전승 축하연을 열었을 때……"

"그게 어쨌다는 말인가?"

"코사카 단죠高坂彈正 님이 잔을 들고 저를 돌아보면서 뚝뚝 눈물을 흘렸습니다."

"무슨 일로 단죠가 울었다는 말인가?"

"이것은 타케다 가문 멸망의 술잔, 슬픈 일이라고 중얼거렸습니다."

"뭣이!"

카츠요리의 눈이 무섭게 빛났다.

"타카텐진 성은 아버님도 몇 번이나 공격했으나 끝내 함락시키지 못한 성, 그것을 내 대代에 이르러 짓밟게 되었어. 그것이 멸망의 징조라는 말인가?"

"황송하오나 그렇습니다. 아버님도 함락시키지 못한 성을 손에 넣었다는 것이 자만심의 근원이라고…… 그 후에도 코사카, 나이토 두 분이 여러 차례 주군께 간언을 올렸다고 하므로 저는 여기서 더 이상 말씀 드리지 않겠습니다. 다만 이러한 공기가 감돈다는 것을 아시고 깊이 명심하시기 바랍니다."

쿄칸은 역시 주전파였다. 그는 이런 말을 함으로써 도리어 카츠요리를 부채질할 생각임이 분명했다.

3

카츠요리는 잠시 숨을 죽이고 쿄칸을 노려보고 있었다. 아버지도 함락시키지 못한 타카텐진 성을 떨어뜨렸다는 것이, 아버지가 죽은 후 카츠요리의 유일한 자랑이었다.

그것이 타케다 가문이 멸망할 징조라니, 이 얼마나 뿌리깊은 아버지에 대한 흠모인가. 더구나 그 흠모는 언제나 카츠요리에 대한 경멸과 불신을 동반하고 있었다. 쿄칸은 그 점을 마음에 새겨두라고 하고 있다. 굳이 그 말을 들을 필요도 없이, 카츠요리에게는 이보다 더 괘씸한 일이 없었다.

"그래……?"

카츠요리는 잠시 분노를 억누르고 한숨을 쉬었다.

"이 모든 것이 우리 가문을 위하고 나를 위해 한 말이라 생각하고 꾸짖지는 않겠다."

쿄칸은 이렇게 말하는 카츠요리의 심정을 세밀하게 계산한 표정으로 다시 입을 열었다.

"요컨대 그런 주장을 하는 사람들은…… 오다, 도쿠가와 화의를 맺고 우리는 동쪽으로 날개를 펼치는 것이 좋겠다고 생각하고 있습니다. 좀더 자세히 말씀 드리면, 이 기회에 노부나가의 아들 고보마루御

坊丸에게 동미노를 할애해주고, 이에야스의 의붓동생인 히사마츠 겐노스케久松源之助에게 스루가의 죠토고리城東郡를 주어 그곳에 주군의 여동생을 출가시킨 뒤, 거꾸로 오다와라를 공격하는 것이 상책이라 믿고 있습니다."

"쵸칸, 더 이상 말하지 말게. 오다와라는 내 아내의 친정이야."

"알고 있습니다. 이번에 서쪽으로 공격하는 것은 그와 같은 이견異見을 가진 사람들을 잘 납득시키지 않으면 사기에 큰 영향을 끼치게 될 중요한 일이라고……"

순간 좌중이 숙연해졌다.

카츠요리가 손에 든 흰 부채로 사방침을 탁 치고 쵸칸의 입을 막았기 때문이다.

"알겠어! 잘 말해주었네."

창백한 얼굴에 피가 거꾸로 흘러 카츠요리의 이마는 갓 목욕하고 난 사람처럼 벌겋게 상기되어 있었다.

"보쿠사이!"

카츠요리는 이리가와入側°까지 따라와 가신들 뒤에 앉아 있던 이타사카 보쿠사이를 큰 소리로 불렀다.

"광지기에게 명해 보물창고에서 스와 홋쇼諏訪法性의 갑옷과 대대로 내려오는 깃발을 가져오게 하라."

보쿠사이가 얼른 대답하고 일어나려 했다.

"주군!"

사부로베에가 한 걸음 앞으로 나왔다.

"잠깐."

그리고는 보쿠사이를 제지했다.

"돌아가신 아버님도 함부로 손대지 않으셨던 조상 대대로 전해오는 귀중한 갑옷을……"

"닥쳐! 보쿠사이, 어서 가져오라고 해라."

"예."

보쿠사이는 다시 일어나고, 좌중은 얼어붙은 듯이 엄숙한 침묵에 빠졌다.

어떤 경우에도 이 가보家寶를 입고 또 앞세우고 나가는 전쟁에는 이의를 제기하지 말고 목숨을 버리라는 의미를 갖는 물건들이었다. 그것을 가져오라는 카츠요리의 지시는 누구든지 다시는 이에 대해 말하지 말라는 강력한 의사표시였다.

처음에는 단호한 태도로 앉아 있던 가신들이 차차 고개를 낮게 수그리기 시작했다. 다만 나가사카 쵸칸만은 고개를 수그리는 사람들을 멸시하는 듯한 눈빛으로 바라보고 있었다.

"그대들의 마음은 나도 잘 안다……"

카츠요리는 상기된 얼굴로 고개를 숙였다.

"이 카츠요리의 생애에 두 번 다시 없을 좋은 기회, 아버지의 유지를 잇게 해주게. 미카와 군 따위…… 나가시노 성 따위…… 단숨에 짓밟아버리겠네. 사소한 이견異見을 버리고 제발 이 미약한 카츠요리를 좀 도와주게."

좌중 어딘가에서 흐느끼는 소리가 들렸다. 손등으로 가만히 눈물을 닦고 있는 것은 신겐과 아주 흡사한 그의 동생 쇼요켄이었다.

4

타케다 군이 카츠요리의 지휘 아래 코후의 츠츠지가사키 성을 출발한 것은 복숭아꽃도 벚꽃도 아직 피지 않고 꽃망울이 딱딱한 채로 있는 2월 말이었다.

즉시 동미카와를 공격한다는 소문을 퍼뜨렸다. 그리고 그 방면에는 이전의 나가시노 성주였던 스가누마菅沼 일족의 군사를 이동시키면서, 카츠요리는 그 서쪽의 부세츠 가도를 향해 나아갔다. 생애에 두 번 다시 없을 기회라 하며 신라 사부로新羅三郎 이래의 가보를 받들고 나온 카츠요리의 기세에 이 전쟁이 불리하다고 여기던 노신들도 입을 다물고 따를 수밖에 없었다.

그 무렵 카츠요리를 부세츠 가도를 통해 단숨에 오카자키 성으로 맞아들이려던 오가 야시로의 음모는 이미 발각되고 말았다. 그러나 카츠요리에게는 아직 그 보고가 들어가지 않았다. 야시로 일당 중에서 유일하게 텐류가와天龍川를 헤엄쳐 건너 타케다 영지로 들어온 오다니 진자에몬이 코후에 잠입했을 때 카츠요리는 이미 성을 떠난 후였다.

스루가, 토토우미로 통하는 길과는 달리 키소木曾 산맥을 오른쪽으로 보면서 산과 산의 사이를 지나야 하는 이 행군은, 수많은 보급품도 함께 운반해야 하기 때문에 의외로 많은 시간이 걸렸다. 카츠요리가 헤비토게야마蛇峠山를 넘어 나미아이浪合에서 네바네根羽에 도착했을 때는 골짜기에서부터 산봉우리까지 산벚꽃이 피어 있었다.

"부세츠에 들어가면 기쁜 소식이 있을 거야."

와고가와和合川 계곡에서 말에게 먹이를 주면서 카츠요리는 혼자 중얼거렸다.

적이 어떤 행동으로 나오건 상관없이, 가신들의 분위기가 카츠요리를 한 걸음도 물러서지 못하도록 만들고 있었다. 그런 만큼 이에야스의 허점을 찔러 오카자키 성으로 단숨에 입성해들어가는 몽상은 카츠요리를 즐겁게 했다.

부세츠 부근에 있는 이나하시稻橋에 도착한 날은 가랑비가 내리고 있었다. 봄의 향기가 물씬 풍기는 명주실과도 같은 빗줄기여서, 전쟁터로 나가는 병사들의 감회와 자연의 부드러움이 한데 어우러지는 것 같은 날이었다.

"보고 드립니다."

그 가랑비 속에서 말을 멈추고 척후로부터의 보고를 기다리고 있을 때 하타모토의 대장 오야마다 빗츄노카미 마사유키小山田備中守昌行가 고개를 갸웃거리며 카츠요리 옆으로 왔다.

"왜 그러나, 그런 시무룩한 얼굴로? 부세츠에서 사자가 오기라도 했나?"

"그것이……"

빗츄노카미는 카츠요리의 걸상 앞에 한쪽 무릎을 꿇고 다시 고개를 갸웃했다.

"조금 전에 제 부하가 거동이 수상한 나그네 하나를 붙들어 문초했는데, 아주 이상한 말을 하더라고 합니다."

"이상한 말이라니…… 부세츠 성에 무슨 일이 있었다는 말인가?"

"아니, 오카자키 이야기입니다. 오카자키 교외에서 오가 야시로라는 자가 생매장되어 톱으로 목이 잘린 것을 보고 왔다고 합니다."

"뭐, 오가 야시로가?"

"예. 모반죄라는 팻말이 붙어 있는 것을 보았다. 틀림없이 보았다고 합니다."

"그 자를 데려와! 적의 첩자임이 틀림없어. 허튼소리를 하고 있어."

카츠요리의 재촉에 빗츄노카미는 아직도 의아함을 버리지 못한 표정으로 얼른 장막 밖으로 나갔다.

"여봐라! 그 자를 이리 끌어오너라."

약간 떨어진 삼나무 밑에서 한데 모여 비를 피하고 있는 병사들에게 명했다.

"예."

밧줄을 쥐고 있던 젊은 무사가 앞으로 나왔다.

5

끌려온 남자는 첩자와는 거리가 먼, 어수룩해 보이고 뚱뚱하게 살이 찐 예순 넘은 노인이었다.

"너는 무슨 일로 오카자키에서 이리 왔느냐?"

"예, 저는 이 앞 네바네에서 딸과 손자를 데리고 사는 늙은이입니다. 목화씨를 팔러 갔다가 모두 팔고 돌아오는 길입니다."

"무엇 때문에 여기저기 진지를 기웃거리고 다녔느냐?"

"기웃거리다니 당치도 않은 말씀입니다."

노인은 정말 두려운 기색을 나타냈다.

"제가 이리 지나가려면 이곳 장수님들이, 저리로 지나가려면 저곳 장수님들이 떡 버티고 있어서…… 그래서 겁이 나 나무 밑에 웅크리고 있었습니다."

빗츄노카미는 흘끗 카츠요리를 쳐다보고 지시를 기다렸다.

"저어 대장님, 혹시 네바네가 전쟁으로 불타버린 것은 아닐까요?"

"너는 내가 누구인지 알고 있느냐?"

카츠요리는 똑바로 노인을 바라보고 물었다.

"참으로 죄송합니다. 문장紋章을 보니 타케다 쪽 장수님이란 것은 알겠습니다만, 대장님의 성함까지는……"

"그걸 모르면 여길 통과할 수 없다고 한다면 어떻게 하겠느냐?"

"제발 자비를 베풀어주십시오. 사위는 지난번 전쟁 때 빗나간 화살을 맞고 죽었습니다. 두 명의 손자와 딸과 이 늙은이…… 딸은 그 후 계속 병으로 누워 있기 때문에 제가 일하지 않으면 손자들이……"

"노인!"

카츠요리는 그제야 상대가 평범한 백성이라고 생각한 듯했다.

"노인은 오카자키 교외에서 무엇을 보았다고? 톱질형에 처해진 죄인을 보았나?"

"예…… 예. 너무나 비참한 광경이어서, 그 이후 저는 식사를 할 때마다 구역질이 나서 애를 먹고 있습니다."

"그 자의 모습을 본 대로 말해보라."

"예. 얼굴은 완전히 보랏빛으로 부어오르고, 통행인에게 짓밟히거나 발로 채이곤 하여 얼굴 가죽이 벗겨졌는가 하면 입술이 석류처럼 터져 있었습니다."

"그래서……"

"그가 저에게 큰 소리로 살려줘! 하고 부탁해왔어요. 그 구덩이에서 나오게 해주면 나중에 어떤 사례라도 하겠다, 나는 미카와 오쿠고리의…… 무슨 다이칸이라고 했습니다. 그 사람 말에 거기 있던 사람들이 깔깔 웃었습니다. 그런 잘난 무사가 갓난아이처럼 소리내어 엉엉 우느냐고 하면서……"

"됐다. 그런데 그 자의 이름은?"

"예, 오가 야시로라는 악당이라고 팻말에 씌어 있었습니다."

카츠요리는 가만히 이마의 땀을 닦았다.

"빗츄노카미, 곧 사람을 보내 사실 여부를 확인해보라. 이 노인은 보고가 들어올 때까지 부세츠 성에 잡아두어라."

"일어나!"

노인은 일으켜 세워졌다.

"대장님, 저는 절대로……"

카츠요리는 노인이 끌려가는 모습을 보고는 걸상을 차고 벌떡 일어나 장막 밖으로 나갔다.

비는 여전히 나무의 어린 싹을 어루만지듯 부드럽게 내리고 있었다. 산봉우리와 봉우리 사이, 다리에서 시냇물이 흐르는 쪽으로 따뜻한 젖과도 같은 안개가 끼어 있었다.

"그렇구나, 오가 야시로가 실패했구나……"

카츠요리는 가슴을 떡 펴고 상처입은 매처럼 주위를 노려보면서 걸었다.

6

전쟁의 신은 카츠요리에게 가혹했다.

오가 야시로의 처형이라는 하나의 차질은 코슈 군에게 결코 작은 사건이 아니었다. 한 걸음 물러나 냉정하게 작전을 재검토해야 했는데도 사태는 오히려 속도감을 더하고 있었다. 카츠요리는 낭패감을 숨기기 위해 필요 이상으로 감정에 치우쳤다.

"야시로의 죽음 따위는 문제가 아니다."

그는 부하장수들에게 말했다.

"오카자키가 먼저냐, 나가시노가 먼저냐. 짓밟아버릴 순서가 바뀌었을 뿐이다."

그는 곧 부세츠 성으로 들어가 작전회의를 열었다.

야시로의 내응이 탄로난 이상 오카자키 성의 전쟁준비는 완벽하다고 보지 않으면 안 된다. 따라서 오카자키 성을 공격하는 데 시일을 낭비하면 서쪽에서 오는 오다의 원군과 동쪽의 하마마츠, 요시다 군에게 협공을 당하게 된다.

"오카자키는 문제 삼을 것 없다. 방향을 바꾸어 나가시노 성을 공격하라."

그러기 위해서는 여기까지 나온 것도 무익하지는 않다. 그들은 본대가 오카자키를 칠 줄 알고 나가시노의 군사를 나누어놓고 있다고 우기는 카츠요리였다.

결국 나가시노 도면이 장수들 앞에 펼쳐졌다.

토요카와豊川 상류에 있는 오노가와大野川와 타키자와가와瀧澤川의 합류점에 축조된 험준한 산성에는, 두 강이 합쳐진 정면의 절벽에 노우시몬野牛門이 있고 여기에 좁고 긴 다리가 걸려 있었다. 이것을 도고渡合라 하는데, 그 서북쪽에 본성이 있고 본성을 향해 왼쪽에 단죠 성彈正城, 뒤에 오비 성帶城, 다시 그 뒤에 토모에 성巴城과 후쿠베 성瓢城이 이어져 있었다. 가신들의 집은 단죠 성 바깥에 있으며 정문은 서북쪽, 뒷문은 동북쪽에 있었다.

단숨에 짓밟으려면 남쪽은 정면인 도고로부터 공격하고, 서쪽은 타키자와가와를 끼고 공격해야 했다. 또 동쪽은 오노가와 너머의 토비노스야마鳶の巢山를 중심으로 한 나카야마中山, 키미가후세도君ヶ伏戶, 우바가후토코로姥ヶ懷 등으로부터 공격하지 않으면 안 되었다.

거의 회의가 끝났을 때.

"본진은 어디에 두시렵니까?"

오야마다 빗츄노카미가 물었다.

"성의 북쪽 이오지야마醫王寺山에 두겠다."

카츠요리는 지체없이 대답했다.

"삼천의 예비부대를 내가 지휘하려 하는데 이의 없겠지?"

맨 먼저 노우시몬 부근에서 선두에 서겠다고 하지 않을까 싶어 전전긍긍하던 사람들은 그 말에 안도하는 것 같았다.

"전군을 몇으로 나누시겠습니까?"

이렇게 물은 것은 바바 미노노카미 노부후사馬場美濃守信房.

"북, 서북, 서, 남, 동남과 본진, 이 여섯이면 족하겠지. 다른 생각이 있으면 말해보게."

"황송합니다마는."

이번에는 야마가타 사부로베에가 입을 열었다.

"그밖에 유격대와 후군後軍을 더 두어 모두 여덟으로 나누는 것이 어떨까 합니다."

"뭐, 유격대? 그 험준한 산에서 유격대의 진퇴가 제대로 위력을 발휘할 수 있겠는가?"

"그런 문제를 떠나 유격대를 두는 것이 전투의 상식이라고……"

"알겠어! 그럼, 지휘는 누가 하면 좋겠나?"

"이 야마가타 사부로베에와 코사카 겐고로高坂源五郎가 아루미有海 마을 부근에서 대기할까 합니다."

"뭐, 아루미 마을에서……"

카츠요리의 이마에는 어느 틈에 불끈 힘줄이 솟아 있었다.

"사부로베에, 그대는 벌써부터 겁을 먹고 있는 것은 아니겠지? 전쟁에 질 준비를 하고 있다니."

7

야마가타 사부로베에는 시무룩한 표정으로 입을 다물고 대답하지 않았다.

카츠요리는 그가 불쾌해한다는 것을 알고는 웃으면서 말했다.

"아니, 농담일세. 농담이기는 하지만, 지금 나가시노 성에는 병력이 얼마나 된다고 생각하나?"

"오, 륙백쯤 되겠지요."

사부로베에는 무뚝뚝하게 대답했다.

"그 오, 륙백을 공격하기 위해 코슈, 신슈, 우에노上野 등 세 곳의 군사 일만 오천이 참가하고 있습니다. 만일 실패하는 경우에는 후세에까지 조롱을 받게 됩니다."

"알겠네, 자네와 코사카 겐고로는 유격대를 맡게. 후군에는 아마리 사부로시로甘利三郎四郎, 오야마다 효에, 아토베 오이노스케跡部大炊助 등 세 사람에게 각각 이천씩을 주어 그들 역시 예비부대로 대기토록 하겠다."

"가납하시니 망극합니다. 다음에는 공격부대의 배치를."

카츠요리는 장수들의 신임을 잃어서는 안 된다는 생각에서 건성으로 고개를 끄덕였다.

그 결과 먼저 나가시노 성을 짓밟고 나서 구원하러 오는 도쿠가와 군을 나가시노와 요시다 사이에서 궤멸시킨다. 그리고 이어 오다 군과 전투를 벌이기로 결정했다.

성의 북쪽 다이츠지야마大通寺山에는 타케다 사마노스케 노부토요武田左馬助信豊, 바바 미노노카미 노부후사, 오야마다 빗츄노카미 마사유키가 이끄는 2,000.

성의 서북쪽 정문으로는 이치죠 우에몬다유 노부타츠一條右衛門太夫信龍, 츠치야 우에몬노죠 마사츠구土屋右衛門尉昌次가 이끄는 2,500.

성의 서쪽 아루미 마을로부터의 공격군은 나이토 슈리노스케 마사토요內藤修理亮昌豊, 오바타 카즈사노스케 노부사다小幡上總介信貞가 이끄는 2,000.

성의 남쪽 노우시몬의 기습부대는 타케다 노부카네 뉴도 쇼요켄武田信廉入道逍遙軒, 아나야마 겐바노카미 바이세츠穴山玄蕃頭梅雪, 하라 하야토 마사타네原隼人昌胤, 스가누마 신사부로 사다나오菅沼新三郎定直가 이끄는 2,000.

성의 동남쪽 토비노스야마 방면은 타케다 효고노스케 노부자네武田兵庫助信實를 총지휘자로 하는 와다 효부 노부와자和田兵部信業, 사에구사 카게유자에몬 모리토모三枝勘解由左衛門守友가 이끄는 1,000.

여기에 본진 3,000, 유격대 1,000, 후군 2,000 등으로 물샐틈없는 전열을 구축했다.

작전회의가 끝난 이틀 뒤 오가 야시로가 처형된 것을 확인하는 보고가 카츠요리에게 들어왔다. 드디어 타케다 군은 나가시노로 진로를 바꾸어 전진하기 시작했다.

한편 나가시노 성에서는 이 무렵 아직 성채 수리가 계속되고 있었다. 아버지 사다요시貞能를 오카자키 성에 보내고 자기 혼자 이 성에 들어와 있던 오쿠다이라 쿠하치로 사다마사는 지금 부하들을 독려하며 북방의 다이츠지야마에 면한 성채구축에 전력을 기울이고 있었다.

"도대체 이러다가 코슈 군이 쳐들어오면 어떻게 하려는 것일까?"

"글쎄, 듣기로는 이만이라고도 하고 삼만이라고도 하는 대군인 모양이던데."

"이 성에는 고작 무사가 이백 오십 명뿐이야. 이것으로는 상대가 되지 않아."

흙을 운반하는 일꾼들이 안타깝다는 듯 가끔 이런 대화를 나누는 것을 보고 쿠하치로는 채찍질하듯 독려했다.

"이 험준한 지형은 삼천 오백의 군사보다 훨씬 더 믿음직스럽다. 반드시 승리할 것이니 걱정하지 마라."

쿠하치로는 아직 젊은 나이여서 이번 전투를 아주 단순하게 판단하고 있었다.

"나가시노 성이 함락된다는 것은 도쿠가와 가문의 멸망을 말한다."

이렇게 말한 이에야스의 말을 그대로 받아들이고 있었다. 이 성에는 이에야스의 하나뿐인 딸 카메히메가 시집와 있었다. 따라서 이에야스가 자기 사위가 패하는 것을 그냥 보고 있지만은 않을 것이라 굳게 믿고 있었다.

8

사랑하는 자기 딸을 이곳으로 보낸 이상 이에야스의 원군은 반드시 온다…… 아니, 만일 그 원군이 도착하지 못해 타카텐진 성처럼 비운에 처하게 된다 해도 이에야스를 원망하지 않겠다고 쿠하치로는 단단히 각오하고 있기도 했다.

카메히메와 자기가 다 함께 성과 더불어 운명을 같이해야 할 상황에 놓였을 때…… 그때는 웃으며 죽을 것이다. 어떤 일이 있어도 최소한 아버지의 이름만은 더럽히지 않겠다고 입버릇처럼 말하고 있었다. 그 이면에는 그에 대한 카메히메의 사랑이 큰 힘이 되어 있었으나 그 자신은 그것을 깨닫지 못했다.

카메히메는 그가 이 성에서 가장 먼저 맞이한 큰 적이었다. 처음부터 남편인 쿠하치로를 산중의 원숭이와 같은 부류라고 경멸하고, 첫날에는 하루 종일 입도 열지 않았다.

"배가 아프니 혼자 있고 싶어요."

첫날밤의 잠자리에서는 신방에서 쿠하치로를 쫓아내고 말았다.

그가 만일 세상의 다른 사람들과 똑같은 감정을 지닌 사람이었다면 아마도 온몸을 떨며 격분했을 것이었다. 하지만 그런 점에서 쿠하치로는 산중의 원숭이가 아니라 간에 털이 난 한 마리의 맹호라고 해도 좋았다.

"하하하……"

그는 웃었다.

"내가 징그러운 모양이군."

"징그럽다……고 하면 어떻게 하겠어요?"

"아무렇게도 하지 않아. 여자란 다 그런 것이니까. 앞으로 그것을 알게 되겠지."

"그것이라니…… 뭐를 말하는 거죠? 징그러워라."

"그것이란…… 이 쿠하치로가 그대의 아버지 눈에 들 만큼 훌륭한 사내라는 것을 알게 된다는 말이야. 나는 그대와 장인이 같은 가치를 지닌 사람이라고는 보지 않아."

그렇게 말하고 그는 얼른 방에서 나갔다. 카메히메는 하도 기가 막혀 그때는 대꾸할 말이 없었다. 말하자면 그것이 두 사람이 다투게 된 첫 신호탄이 되었고, 카메히메는 내전의 여자들을 아무나 붙들고 입을 비죽거리며 말했다.

"나는 비록 혀를 깨물고 죽는 한이 있어도 성주님과 같이 자지는 않겠어."

쿠하치로는 마냥 태연하기만 하여, 밤이 되면 근시들을 데리고 그녀의 거실로 왔다. 그리고 그곳에서 식사를 하고 전쟁 이야기로 밤을 밝혔다.

"아직도 심술이 풀리지 않았나?"

아무렇지도 않은 표정으로 묻고, 화가 난 아내와 눈길이 마주치면 큰 소리로 웃으며 바로 바깥채로 나갔다.

"하하하하."

이런 일이 거듭되자 카메히메는 이상하게도 쿠하치로가 마음에 걸리기 시작했다.

'혹시 그 사람은 여자를 싫어하는 것이 아닐까?'

시동 중에 마음에 드는 자가 있어, 자기 따위는 무시하고 평생을 보내려는 것은 아닐까……

이런 생각을 하게 된 무렵이 그녀의 마음에 패색이 감돌기 시작했을 때였다.

"아직 심술이 풀리지 않았어?"

똑같은 질문을 받았을 때였다.

"풀렸다고 하면 어떻게 하겠어요?"

카메히메가 토라진 입으로 대꾸했다.

"뭐, 풀렸다고……"

훌쩍 밖으로 나가려다 말고 쿠하치로는 성큼성큼 다시 돌아왔다.

"그렇다면 이렇게 해주지."

느닷없이 카메히메를 번쩍 안아올리고 난폭하게 뺨을 비볐다.

"하지만 오늘 밤은 바빠."

그대로 내려놓고 나가버렸다.

9

카메히메의 생애에서 그때처럼 낭패스러운 적도 없었다고, 요즘에
와서 그녀는 쿠하치로에게 고백했다.

갑자기 안아올렸을 때는 온몸이 분노로 뜨겁게 불탔다고 카메히메
는 말했다. 그래서 힘껏 쿠하치로의 뺨을 갈기려고 번쩍 오른손을 들었
다. 하지만 그때 카메히메는 아직도 가신들이 물러가지 않고 있는 문
앞에 가엾은 모습으로 내던져져 있었다.

"이게 무슨 짓입니까! 힘없는 여자를…… 거기 서요!"

당황하며 흐트러진 옷자락을 여미고 소리를 질렀으나, 이런 일로 돌
아보거나 걸음을 멈출 쿠하치로가 아니었다.

"오늘 밤은 바쁘다고 했어."

돌아보지도 않고 얼른 사라지고 말았다.

"이대로는 있을 수 없다. 이런 모욕을 당하고는……"

카메히메는 그날 밤 한잠도 자지 못했다. 당장 하마마츠의 아버지에
게 사람을 보내 이혼하게 해달라고 말하고 싶었다. 그러나 그것만으로

는 분이 풀릴 것 같지 않았다.

'그렇다, 어떻게 해서든지 크게 수치를 주고 나서……'

이튿날 밤에도 쿠하치로는 태연한 표정으로 들어왔다.

그리고는 다시 큰 소리로 에치고의 켄신 뉴도謙信入道가 어떻고 오다의 대장이 어떻다는 등 무용담을 흥겹게 늘어 놓고 있었다. 카메히메는 그 이야기가 끝나기를 기다렸다가 응석을 부리며 몸을 기대었다. 상대에게 치욕을 주기 위해서는 이런 식으로 접근했다가 나중에 얼굴도 들 수 없을 정도로 단호하게 거절하면 될 것이라고 생각했다. 쿠하치로는 이때 점잖게 그녀로부터 몸을 뺐다.

"오늘은 할아버지의 기일忌日, 그대도 몸을 단정히 하도록."

이 말에 카메히메는 그만 세번째 작전도 실패하고 말았다. 같은 방법으로 다시 거부당한다면 상처를 입는 것은 쿠하치로가 아니라 자기 자신이었다.

쿠하치로는 그와 같은 카메히메의 갈등을 교묘히 이용했다.

"그대가 몸과 마음을 바쳐 진정한 내 아내가 될 때까지 몇 년은 걸릴 줄 알고 은근히 걱정했는데 이건 뜻밖이로군. 마음속으로는 이 쿠하치로를 좋아하고 있었던 모양이야."

결합이 이루어진 후 쿠하치로는 전과 다름없는 무뚝뚝한 표정으로 담담하게 말했다.

"좋은 아내가 되도록 해. 그것이 여자의 행복이야."

당연히 따귀 한 대쯤은 날아오리라고 쿠하치로는 생각하고 있었다. 하지만 이때 카메히메는 잠시 멍하니 허공을 쳐다보다가 쿠하치로에게 매달려 와락 울음을 터뜨렸다.

왜 울었는지는 지금도 알지 못했다. 하지만 그 후부터 카메히메는 쿠하치로에게 더할 나위 없는 아내가 되었다. 약간 잔소리가 많은 편이기는 했으나 세밀한 곳에 이르기까지 정말 내조를 잘 했다. 그리고 이번에 성곽을 수리하기 시작했을 때는 그 진행을 자주 아버지 이에야스에게 편지로 써서 보내는 모양이었다.

카메히메는 쿠하치로를 통해 비로소 아버지의 입장까지도 이해하게 된 것 같았다.

"만일의 경우에는 저도 성주와 같이 이 성에서 죽겠어요."

지금은 서슴없이 이렇게 말하고 있었다. 그 말의 이면에는, 이에야스가 우리 부부를 버리지 않을 것이라는 확신이 숨겨져 있었다.

이러한 쿠하치로에게 최초의 원군이 도착했다.

10

그날은 아침부터 비가 내리고 있었다. 노우시몬에서 내려다보니 왼쪽에서 흐르는 오노가와의 물이 여간 탁해져 있지 않았다. 그 탁류는 오른쪽에서 흘러드는 푸른 물줄기와 어우러져 분마奔馬처럼 흘러내려가고 있었다.

쿠하치로는 그 물소리 때문에 처음에는 아군의 인마人馬 소리인데도 적이 쳐들어오는 줄 알고 급히 노우시몬 옆 망루에 올라가 보았을 정도였다.

"그대와 협력하여 이 성을 사수하라는 성주님의 분부일세. 성의 수리는 끝났나?"

쿠하치로가 서둘러 다리 입구까지 마중 나갔을 때 맨 앞에 있던 마츠다이라 사부로지로 치카토시松平三郎次郎親俊가 말했다.

"만일의 경우에는 농성을 해야 돼. 인원수는 적은 편이 좋다고 모두 이백 오십을 보내셨어."

"이백 오십……"

쿠하치로는 순순히 고개를 끄덕였다.

"나의 군사와 합하면 오백. 한 사람이 열 명의 역할을 한다고 치면 오천과 대적할 수 있겠군. 고마운 일이야. 자, 어쨌든 인마를 성에 들여놓고 휴식하도록 하게."

"오쿠다이라 님."

뒤이어 말을 건 것은 후미에서 말을 달려온 마츠다이라 야쿠로 카게타다松平彌九郎景忠였다. 카게타다는 자기를 따라온 말탄 젊은이를 돌아보았다.

"이 아이가 내 아들 야사부로 코레마사彌三郎伊昌, 오쿠다이라 님과 우리 부자 및 사부로지로 님, 이렇게 네 사람이 지휘를 맡으라고 하셨소. 잘 부탁합니다."

이렇게 말하며 말에서 내렸다.

"믿음직스럽군!"

쿠하치로는 머리를 꾸벅 숙이고는 무뚝뚝하게 웃었다.

"이제 이렇게들 모였으니 카이의 시골 원숭이쯤은 실컷 골려줄 수 있겠군."

"오쿠다이라 님."

"왜 그러나?"

"일단 부세츠에 모습을 나타냈던 타케다 군이 나가시노를 향해 진군하고 있다는 것을 아시오?"

"아니, 아직 아무 데서도 소식이 없소. 하지만 이젠 언제 어디서 나타나도 놀라지 않소."

"그럼, 그 병력도?"

"설령 오천이나 칠천이 된다고 해도 그들을 맞아 혼을 내는 데는 마찬가지지."

"그런데 오천이나 칠천은 아닌 것 같소."

174

"그럼, 일만이라도 된다는 말인가?"

"일만 오천이 넘을 거라는 보고가 하마마츠에 들어왔어요."

"와하하하……"

쿠하치로가 너무도 큰 소리로 웃었기 때문에 카게타다의 아들 코레마사는 깜짝 놀라 주위를 돌아보았다.

"오백에 일만 오천, 그렇다면 싸우는 보람이 있겠군."

"오쿠다이라 님."

"왜?"

"그것은 싸우는 보람이 아니라, 죽는 보람이겠지요."

"아니, 아니."

쿠하치로는 고개를 흔들었다. 그러는 그의 모습은 너무나 무감각하게 느껴져, 믿음직스럽다기보다는 도리어 어이가 없을 정도로 순진해 보이는 태도였다.

"나는 도쿠가와 집안의 사위, 절대로 이 부근의 산성에서는 죽지 않아. 한 사람이 서른 명을 상대하면 돼. 전쟁터가 약간 북적거릴 테지만, 두 사람은 안심해도 괜찮아."

이렇게 말하고 앞장서서 그들을 성안으로 안내하는 쿠하치로였다.

11

원군이 성안에 들어온 뒤 즉시 군사회의가 열렸다.

네 사람은 여기저기 새로운 나무를 사용하여 수리한 낡은 서원에서 쿠하치로가 만든 그림 도면을 펼쳐놓고 전략을 의논하기 시작했다. 그러나 1만 5,000을 500의 병사로 대적할 방법은 전혀 없었다. 그래서 대여섯 번이나 함께 망루에 올라가보기도 하고 동서남북으로 돌아다니며 살펴보기도 했다.

어디를 보나 주위는 산뿐이었다.

"과연 산이 많군. 이것이 모두 적의 진지가 될 테지."

야쿠로 카게타다가 말했다.

"일만 오천이나 된다면 그럴 테지."

사부로지로 치카토시가 맞장구를 쳤다.

쿠하치로 사다마사는 주고받는 그런 말에는 전혀 신경을 쓰는 눈치가 아니었다.

"바깥이 모두 적으로 메워진다고 해도 이 성에는 손이 닿지 못할 것일세. 나는 이 성을 버리고 달아난 스가누마 생각을 하면 우스워 견디지 못하겠어."

"과연 그럴까?"

"그 녀석은 몹시 서두르는 자였던 모양이야. 아직 오륙 일 분이나 식량이 남아 있는데도 손을 들었으니까."

"오, 륙 일……"

쿠하치로의 말꼬리를 물고 늘어진 것은 카게타다의 아들 야사부로 코레마사였다.

"그래, 그 정도의 식량이 남았다면 쓰기에 따라 보름은 족히 견딜 수 있네."

이때만은 쿠하치로도 엄숙한 표정으로 단호하게 말했다.

그가 보기처럼 무감각하지 않다는 것은 말할 나위도 없었다. 아니, 그 반대로 1만 5,000의 대군이 몰려온다는 것을 알면서도 겨우 250밖에 원병을 보내지 않은 이에야스의 생각을 그는 나름대로 세밀하게 분석해보고 있었다.

'이것은 농성을 하라는 뜻이다.'

전쟁의 대세는 성밖에서 결정된다. 따라서 그것이 결정될 때까지는 어떤 일이 있어도 성을 버리지 마라, 그대와 내 딸이 있는 성을 나는 절대로 버리지 않는다 — 강한 자신감을 가지고 말하는 이에야스의 목소리가 어디선가 들려왔다.

쿠하치로는 마츠다이라 치카토시나 카게타다 부자에게도 그 각오만은 분명히 갖도록 해야 한다고 생각했다.

그날 밤에는 카메히메도 참석한 가운데 객실에서 조촐한 주연이 베풀어졌다. 농성을 하기 위해서는 무엇보다도 단결이 첫째였다.

한 사람이 무심코 내뱉은 탄식이 원인이 되어 전체의 사기가 떨어지는 경우가 종종 있었다. 그리고 새로 가담한 지휘자와 오쿠다이라 가신들과도 빈틈없는 연대감을 유지해두지 않으면 안 되었다.

쌍방의 인사가 끝나고 한 차례 술잔이 돌아갔을 때 쿠하치로는 투박한 어조로 이렇게 말했다.

"여러분, 지금 전란에 휘말려 있는 일본에서 가장 강한 것은 코슈 군이라고들 합니다. 두번째로 강한 것이 미카와 군이라 하는데, 이번 전쟁은 그 잘못을 바로잡을 절호의 기회라고 생각합니다. 성의 북쪽에는 먹고 힘을 낼 수 있는 황토가 얼마든지 있으니, 미카와의 용사들은 그 흙을 먹고 일본에서 제일 강하다는 코슈 군을 물리쳤다는, 그래서 미카와 군이 제일이라는 일화를 남기기 바라오."

"와아!"

그 말에 모두 웃음을 터뜨렸다. 이번에는 카메히메가 익살스런 어조로 그 뒤를 이어 말했다.

"여러분, 저도 이 산간지대로 시집온 덕분에 황토로 밥짓는 방법을 배우게 됐어요. 밥은 제가 직접 나서서 짓도록 하겠으니 여러분은 마음껏 용맹을 떨쳐주세요."

어느 틈에 카메히메는 어조까지 쿠하치로를 닮아 있었다. 부부의 애정이 불가사의하다는 것을 잘 나타내주는 장면이었다.

12

어떤 수단을 강구해서라도 성병城兵 500으로 1만 5,000의 맹공에 대항한다. 그러는 동안에 이에야스는 노부나가와 합세하여 결전을 벌이기 위해 달려올 것이다. 그때까지는 어떤 일이 있어도 성을 함락당해서는 안 된다. 만일 이 성이 떨어지면 승리에 힘을 얻은 코슈 군은 단숨에 요시다 성과 하마마츠를 공격하고, 다시 오카자키와 오와리로 쏟아져 들어올 것이 분명했다. 코슈 군이 만일 오와리의 흙을 밟게 된다면 그때는 이미 도쿠가와 가문은 이 지상에 존재할 수 없다.

쿠하치로는 이런 뜻을 술자리에서 은근히 피력하고 거듭 모든 사람들에게 그런 인상을 심어주었다. 그리고 이튿날부터 더욱 뜨거워진 햇볕 아래에서 이 흙 자루, 저 말뚝, 저 성채 등 지휘자와 일꾼들 모두 한 몸이 되어 열심히 일했다.

이제 이 나가시노 성에 있는 자의 운명은 대장도 아시가루도 남자도 여자도 하나였다. 코슈 군을 무찔러 도쿠가와 가문의 운을 뻗어나게 하는 계기를 만들 것인가, 아니면 다 같이 성을 베개로 삼아 백골로 화할 것인가……

계절은 5월로 접어들었다.

두견새의 울음소리가 성의 노우시몬으로부터 류즈야마龍頭山 녹음 속으로 날카롭게 울려퍼지고 있었다.

성곽의 수리가 일단 끝나고 날이 밝은 뒤 성의 여기저기서 맹렬하게 돌격과 야습野襲 훈련을 하는 소리가 잇따랐다.

"얏!"

"앗!"

적이 어디서 공격해들어오든 반드시 격퇴하겠다는 것은, 적에게 약간만 빈틈이 있으면 즉시 쳐들어가 그 허점을 찌를 공격력의 다른 말이기도 했다.

"알겠느냐, 가만히 성에 틀어박혀 있기만 하면, 멀리 우리를 포위하고 있는 적들은 병력을 요시다로 돌리게 된다. 그렇게 하도록 해서는 안 된다. 전진도 후퇴도 할 수 없도록 못을 박아놓고 기회를 보아 공격해나가 간담을 서늘하게 만드는 것이 우리의 임무임을 잊지 마라."

볏단을 칼로 베는 자, 흙부대를 창으로 찌르는 자, 활을 쏘는 자 등을 둘러보고 나서 쿠하치로는 반드시 큰 소리로 웃곤 했다.

"와하하하…… 이것으로 우리는 이겼어, 승리한 거야, 승리했어."

처음에는 이 쿠하치로의 웃음에 동의하는 자가 드물었다. 그러나 밤낮 없는 이 훈련이 마침내 그들을 대담하고 활력이 넘치게 만들어, 지금은 쿠하치로가 웃으면 모두 크게 입을 벌리고 목구멍을 햇빛에 드러내게 되었다.

5월 7일 아침이었다.

카메히메가 간밤에 나눈 사랑의 밀어를 그대로 꿈속으로 감미롭게 끌어들이다가 가만히 눈을 떴을 때 이미 그 옆에 쿠하치로의 모습은 없었다.

그녀는 깜짝 놀라 잠자리에서 일어났다. 남편이 일어나는 것도 모르고 자고 있던 자신이 이 긴박한 상황에서 몹시 미안하기도 하고 부끄럽게도 느껴졌다.

쿠하치로는 아버지를 닮아 아침에는 반드시 웃통을 벗고 칼을 휘둘렀다. 처음에는 300번씩 했으나 지금은 500번으로 늘어나 있었다.

장소는 침소 바로 뒤에 있는 동산이었다.

"성주님, 벌써 끝나셨나요?"

정원용 나막신을 신고 카메히메가 동산 옆으로 갔다.

"응."

동산 위에서 쿠하치로의 목소리가 대답했다.

"왔어, 왔어. 여기 올라와서 저것을 좀 봐. 여기도 깃발, 저기도 깃발, 정말 굉장하군."

13

카메히메는 남편의 밝은 목소리에 이끌려 자기도 웃으면서 동산에 올라갔다. 그러나 남편이 가리키는 성 주위를 바라보는 동안 온몸이 굳어지고 무릎이 와들와들 떨리기 시작했다. 1만 5,000이라는 수는 사람들에게 들어 알고 있었으나 이렇게 엄청난 줄은 생각지도 못했다.

"저기 저것이 이오지야마, 저것이 다이츠지야마, 저것은 또 우바가후토코로, 저것이 토비노스야마, 저것이 나카야마, 그리고 저것이 히사마야마久間山……"

그가 가리키는 곳마다 깃발과 인마人馬로 메워져 있었다.

적이 나타난 모습을 확인하는 순간, 이미 이 성은 사라져버린 것과 다름없이 작게 느껴졌다. 만일 이때 그녀가 돌아본 쿠하치로의 옆모습에 평소와는 다른 긴장감이 조금이라도 떠올라 있었다면, 그녀는 그만 땅에 주저앉아버렸을지도 몰랐다.

"어때, 굉장하지?"

"예…… 예."

"나도 무장으로 태어났으니 한 번만이라도 저 정도의 군사를 지휘해보았으면."

"어서, 무장하셔야지요?"

"아니, 서두를 것 없어."

쿠하치로는 웃었다.

"적은 이제 겨우 밥을 짓기 시작하고 있어. 우리는 이미 다 지어놓았고. 자, 그럼 이만 돌아가서 배를 잔뜩 채워보기로 할까."

카메히메는 가만히 한숨을 쉬면서 남편을 따라 동산을 내려왔다. 쿠하치로는 표정만이 아니었다. 걸음걸이도 침착성도 시원한 아침 햇살 속에서 평소와 달라진 것이 전혀 없었다.

쿠하치로가 편안히 앉아 밥을 먹기 시작했을 때 중신들이 와서 어느 방향에 진을 친 것은 누구라고 잇따라 알려왔다.

"그래?"

그때마다 쿠하치로는 밥을 씹으면서 대답할 뿐 아무런 지시도 내리지 않았다.

"속히 노우시몬으로 나가셔야 합니다. 마츠다이라 사부로지로 님이 기다리고 있습니다."

이렇게 재촉해도 개의치 않았다.

"그렇게 서두를 것 없네. 예상하던 자가 예상했던 때에 나타난 것뿐이니까."

그리고는 다시 볶은 된장이 맛있다고 옆에 있는 카메히메에게 말을 걸기도 하다가 겨우 무장을 하기 시작했다.

노부나가가 무장을 빨리 한다는 것은 여기까지 소문이 나 있었으나, 쿠하치로 사다마사는 그와 정반대였다. 천천히 이 끈 저 끈을 살피고 여유만만하게 매어나갔다.

일단 준비가 끝나면 그 이후의 명령은 아주 준엄했다. 다다미란 다다미는 모두 걷게 하고 장지문을 말끔히 떼게 했다. 만일 적의 불화살이 날아와도 즉시 불을 끌 수 있도록, 건물 안 어디에서나 곧 칼을 휘두를 수 있도록, 화약고의 방비와 총포대의 이동은 언제나 가능하도록, 음료수의 사용을 엄격히 제한하도록…… 등등 그 지시는 극히 세세한 곳까지 이르렀다.

그날 적은 어디서도 싸움을 걸어오지 않았다.

"행군의 피로를 풀려고 그럴 테지. 우리는 지루하여 힘이 남아돌고 있는데."

이튿날인 8일. 성 남쪽에 진을 친 타케다 쇼요켄의 군사부터 움직이기 시작했다. 타케다 군은 이 천연의 요새를 어디서부터 공격할 것인가 깊이 생각한 끝에 결국 남쪽을 택한 모양이었다.

14

인간의 마음속에는 성질이 고약한 벌레가 살고 있다. 이 벌레는 일단 각오를 굳힐 때까지는 이상할 정도로 '죽음'을 두려워한다. 그러나 이 '죽음'이 무엇인가에 대해 납득할 수 있는 해답을 발견하면 이번에는 지나치게 대담해진다. 생사일여生死—如니 하며 달관한 듯한 말을 하면서, 충분히 살아남을 수 있을 때조차도 죽음을 택하려고 한다.

타케다 쇼요켄의 군사가 노우시몬 밖 격류를 건너려는 모습을 발견했을 때 오쿠다이라 군사가 바로 그러했다.

"성주님, 드디어 공격이 시작됐습니다."

본성의 현관 앞에 마련된 막사로 달려와 보고한 것은 오쿠다이라 지자에몬 카츠요시奧平次左衛門勝吉였다.

"우리 군사를 즉시 강가로 출동시켜 적에게 본때를 보여줄까요?"

쿠하치로는 꾸짖는 대신 이맛살을 찌푸렸다.

"지자에몬, 그대는 지금 제정신인가?"

"어찌 그런 말씀을 하십니까? 우선 적의 간담을 서늘하게 만들어주려는 것입니다."

"잠자코 있어!"

쿠하치로는 자리에서 일어나 곧장 노우시몬 쪽으로 걸어갔다.

"정면 벼랑은 높이가 스무 간間°, 저길 내려갈 때까지 희생이 얼마나 날 것 같은가?"

"전쟁에는 희생이 따르게 마련, 열대여섯 명쯤 잃을 각오만 한다면……"

쿠하치로는 계속 걸으면서 무서운 눈으로 지자에몬을 노려보았다.

"그대는 오백과 일만 오천의 주판을 놓을 줄 모르는 것 같군. 헛되이 병사 하나를 잃는 것은 서른 명을 잃는 것과 같아. 스무 명을 잃으면 육백 명을 잃는 것과 같다는 것을 모르겠나? 경거망동하여 출동하는 것은 결코 용서치 않겠다. 장렬한 전사보다도 고통의 밑바닥에서 끈기있게 버티는 것이 이번 전투의 용사임을 명심하라."

지자에몬은 입을 다물고 말았다.

"이봐, 지자에몬, 그대만이 아니다. 모두에게 잘 주지시키도록 하라. 서른 명과 한 사람과의 싸움이니 성급한 전사는 개죽음에 지나지 않는다고 말이다."

쿠하치로는 지자에몬은 돌아보지도 않고 그대로 노우시몬 밖으로 나갔다.

그날도 20간 밑의 격류에는 엷게 안개가 끼어 있었다.

강폭은 약 40간. 그 상류에서 무언가 소리지르며 뗏목이 잇따라 떠내려오는 것이 보였다.

"타케다 군은 뗏목으로 강에 다리를 놓고 건너오는 작전을 쓰려는 모양이야."

"음, 과연 병력의 수를 믿고 어마어마하게 공격해오는군."

대관절 뗏목으로 다리를 놓을 때까지 어느 정도의 병력 손실을 예상하고 있는 것일까……

그런 생각을 하고 있을 때 이번에는 상류에서 넷씩 묶은 뗏목이 나타났다.

'아니, 저기에 뭘 싣고 있지?'

눈을 크게 뜨고 안개 사이로 그것을 노려보던 쿠하치로는 저도 모르게 무릎을 탁 쳤다.

'과연 그럴 듯한 생각이야!'

그것은 굵은 밧줄로 만든 거대한 그물이었다. 그 그물을 수면에 가득히 펴서 뗏목의 유실을 방지하려는 모양이었다. 바라보고 있는 동안 그 그물은 계속 떠내려오는 뗏목을 주렁주렁 얽어놓고 있었다.

쿠하치로는 그 작업을 눈 하나 깜박이지 않고 바라보고 있었다. 절대로 강을 건너오지 못할 것으로 믿었던, 그 불가능을 처음부터 가능한 것으로 만들어 보이려는 것이 코슈 군의 작전인 모양이었다.

"성주님! 건너오기 시작했습니다. 어떻게 하시렵니까?"

쿠하치로의 뒤에서 누군가가 격한 목소리로 말했다.

15

적의 이 엄청난 작업을 응시하고 있는 사람은 결코 쿠하치로 혼자만이 아니었다.

이 험준한 천연의 장해를 극복하고 단숨에 노우시몬을 깨뜨리려 하는 코슈 군의 계산이 얼른 보기에는 무모하기 짝이 없는 것 같았으나 결코 그렇지 않았다. 만일 적이 성안으로 들어오게 된다면 아군은 서전부터 사기를 잃게 된다. 어느 누구도 이곳은 건널 수 없다고 안심하고 있었기 때문이다.

"아아, 계속 건너오고 있습니다. 성주님!"

다시 누군가가 말했다.

쿠하치로는 바위처럼 움직이지 않았다.

그 역시 전혀 예상하지 못했던 일이었다. 앞에 있는 적이 노우시몬을 공격하게 될 무렵이면 동쪽과 서쪽, 북쪽에 있는 적도 움직일 것이 분명하고, 초조하게 기다리던 아군은 그의 명령이 떨어지는 즉시 공격해 나갈 것이었다. 그러나 만일 이렇게 되면 전투는 처음부터 치열해져 고작 2, 3일이면 승부가 날 것이다.

'서두르지 마라!'

쿠하치로는 자기 자신을 꾸짖었다. 더구나 자신의 그 안타까운 심정은 절대로 밖에 드러내지 않아야 했다.

"하하하……"

적의 선봉이 이쪽 기슭에 도착했을 때 쿠하치로는 비로소 큰 소리로 웃고 나서 말했다.

"총포대를 이리 보내라."

"예. 그럼, 궁수弓手는?"

"필요치 않아. 이것으로 우리는 이겼어, 와하하하."

기슭으로 올라온 적은 벼랑에 갈고리를 걸치기도 하고 그물을 던지기도 하며 암벽을 기어오르려고 했다. 코슈 군은 이런 행동에 능숙했다. 이윽고 두 줄의 구명삭救命索이 벼랑 중턱의 턱진 데까지 수직으로 기어오를 길을 만들었다.

"성주님! 적은 벌써……"

"기다려, 기다려."

쿠하치로는 가볍게 제지하고 뒤에 와서 대기하고 있는 80명의 총포대를 돌아보았다.

"잘 들어라. 저 줄 하나에 서른 명쯤 매달리거든 두 방을 쏘도록 하라. 한 방은 곧바로 사람을 쏘고, 다른 한 방은 밧줄을 끊도록 하라. 겁을 먹고 빗나가게 해서는 안 돼."

빗나갔을 경우에 대비하여 한 자루에 셋씩 화승火繩을 점화하도록 했다. 코슈 군은 성안이 의외로 조용한 것을 보고는 중턱의 움푹한 곳에 밧줄이 걸리자, 쿠하치로가 예상했던 대로 즉시 그 밧줄에 매달려 잇따라 기어오르기 시작했다.

"자, 정확히 겨냥하도록 하라."

쿠하치로는 별로 큰 소리도 내지 않고 얼른 한 손을 들어 크게 흔들었다.

서서히 안개가 걷히기 시작하고, 격류를 사이에 둔 계곡 양쪽에 선명하게 아침해가 비추기 시작했다.

"탕, 탕!"

총소리와 함께 두 개의 밧줄이 보기 좋게 끊어졌다. 더구나 총성은 메아리에 메아리를 불러 마치 천둥이 치는 것 같았다.

두 개의 밧줄에 매달려 기어오르던 군사들은, 겨우 기슭에 도착한 자기편의 머리 위로 곤두박질을 치며 떨어져내려갔다.

"으악!"

비명이 밑에서 터져나왔다.

쿠하치로는 그 모습을 뚫어지게 바라보다가, 나직한 소리로 말하고 손을 흔들었다.

"소중한 탄환이다. 더 이상 쏘지 마라."

아버지 도깨비, 아들 도깨비

1

오가 야시로가 처형된 이후 오카자키 성에는 일종의 을씨년스러운 정적이 감돌고 있었다.

기승을 부리던 츠키야마도 지금은 조용히 들어앉아 본성의 내전에는 발을 들여놓지 않았다. 노부야스의 출전으로 아야메와 토쿠히메도 숨을 죽이고 있는 듯했다.

그날은 장마철에 접어든 하늘인데도 때때로 구름 사이로 햇빛이 새어나오고, 후텁지근한 남풍이 불고 있었다. 찌는 듯한 무더위가 아니라 온몸의 땀을 안에서부터 끈끈하게 밀어내는 날씨였다.

토쿠히메는 더위 때문에 입맛을 잃었다. 아침 밥상을 거의 수저도 대지 않은 채 물리고는 키노를 상대로 여자로 태어난 신세타령을 하고 있었다.

"야시로의 아내는 자기 목숨을 구할 생각은 않고, 같이 죽지 않으면 야시로가 쓸쓸해할 것이라고 했다면서?"

"예. 오가 님은 그렇다 해도, 부인은 심성이 착한 사람이었다고 지금도 사람들이 애석하게 여기고 있어요."

"키노."

"예."

"여자란 누구나 다 그처럼 착한 거야. 그런데도 왜 츠키야마 마님만
은 그렇게 잔인한 성격으로 변하셨을까?"

"글쎄요……"

키노는 고개를 갸웃하며 말을 삼갔다.

"나는 이제야 겨우 알게 된 것 같아."

"어떤 것을 알게 되셨는데요?"

"역시 하마마츠에 계신 아버님이 너무 냉정하게 대하셨기 때문이라
고 생각해."

"과연 그럴까요?"

"지금 이 성에서 가장 무서운 분이 어머님…… 그러나 가만히 생각
해보면 나도 언젠가는 어머님과 똑같은 여자가 될 것만 같아 여간 두렵
지 않아."

"어머, 그런 일은…… 작은 마님은 착한 성품을 지니고 태어나셨어
요."

"아니, 그렇지 않아. 여자란 자기가 의지하는 남편과 마음이 통하지
않으면 누구나 잔인하게 되는 거야. 나는 말이지, 어머님 같은 마님이
되기보다는 차라리 야시로의 아내처럼 되고 싶어."

"어머. 농담이라도 어찌 그런 말씀을……"

"농담이 아니야. 이번에 작은 성주님이 돌아오셨을 때도 전과 달라
진 것이 없다면 나는 기후로 돌아갈 생각이야. 어머님처럼 무시당하면
서 사는 여자가 되기 전에."

사실 토쿠히메는 심각하게 그 문제를 생각하고 있었다.

그것은 노부야스의 마음이 아야메에게 기울어 있기 때문만은 아니

었다. 자신과 노부야스 사이에 아야메를 들여보내 사이를 갈라놓은 츠키야마의 마음을 알고 있었기 때문이다.

토쿠히메의 입장에서 볼 때 이번 오가 야시로의 사건은 모두 이에야스에 대한 츠키야마의 증오에서 비롯되었다. 그런데도 벌을 받은 것은 야시로뿐이었다. 아니, 야시로가 처형된 것은 당연한 일이라 해도 아무것도 모르는 처자마저 같은 길을 걸었는데, 정작 장본인인 츠키야마는 여전히 토쿠히메 앞을 가로막고 있었다.

'쉽게 증오를 잊을 사람이 아니다……'

그것을 알고 있었기 때문에 토쿠히메는 불만스럽기도 하고 두렵기도 했다.

"기후로 돌아가 여승이 되고 싶어. 코지쥬가 나를 부르고 있는 것만 같아."

이때 옆방에서 인기척이 나는 바람에 두 사람은 깜짝 놀라 입을 다물었다.

"아뢰옵니다."

남자의 굵은 목소리가 주위의 공기를 강하게 뚫듯이 들려왔다.

2

순간 토쿠히메는 몸이 굳어졌다.

'해서는 안 될 말을 하고 있었다……'

이런 생각을 하는 것은 자책감에서가 아니었다. 이 성에 있는 것이 점점 적 가운데 있는 듯한 무서움으로 바뀌고 있었다.

키노는 토쿠히메에게 눈짓을 하고 밖으로 나갔다.

"오쿠다이라 미마사카奧平美作, 이번에 성주님의 사자로 다시 기후에 가게 되었습니다. 그래서 인사를 드리려고."

바깥의 말소리를 다 듣고 있었으나 토쿠히메는 먼저 들어오라고는 하지 않았다. 키노의 전갈을 기다렸다가 비로소 말했다.

"이리 모시도록——"

하지만 그 얼굴에는 만나는 것을 기뻐하는 기색이 없었다.

미마사카는 들어와 백발의 네모진 머리를 꼿꼿이 세우고 토쿠히메를 날카롭게 바라보면서 들고 있던 부채로 가슴을 향해 마구 부채질을 했다.

"드디어 적이 나가시노 성을 포위했습니다. 그러나 성안에는 제 자식놈이 있으니까 전혀 염려하실 것 없습니다. 다만 이 더위에 고생은 되시겠지만."

"수고가 많으시겠어요."

"코슈 군은 예상했던 대로 사방에 병력을 분산시켰습니다. 나가시노를 공격하는 동시에 요시다, 오카자키 경계까지 진출했습니다. 니레키二連木, 우시쿠보牛久保에 불을 지르고 가도街道에까지 출몰하면서 성주님과 작은 성주님의 군사를 나가시노에 접근하지 못하게 하려는 작전인 듯합니다."

"그랬군요."

"하지만 쉽게 적의 뜻대로는 되지 않을 것입니다. 오늘 들은 소식에 따르면 작은 성주님은 야마나카의 호조 사法藏寺로 진출하시어, 오카자키로의 통로를 차단하려 한 적의 토다 사몬 카즈아키戶田左門一西, 오츠 토자에몬 토키타카大津土左衛門時隆 등을 창을 휘둘러 무찌르셨다고 합니다."

"아니, 작은 성주님이?"

"예, 직접 진두에 서신 모습은 그야말로 아수라왕阿修羅王과 같았다는 것이 전령의 말입니다."

190

"어머나…… 대장의 몸으로 직접 진두에."

토쿠히메는 이 이상 노부야스의 일로 마음을 앓지 않겠다고 생각하면서도 역시 숨소리가 고르지 못했다. 사랑받지 못한다는 것을 알고 미워하려고 하면서도 갑자기 심장이 방망이질쳤다.

"작은 마님."

"예."

"작은 성주님이 하신 일을 대장의 몸으로 경솔하다고 생각지는 마십시오."

"어째서죠? 나로서는 알 수가 없군요."

"이 일전에 승리하지 못하면 도쿠가와 가문의 미래는 없다고 확신하고 계신 아수라의 모습…… 작은 성주님만 그러시는 것이 아닙니다. 저도 자식인 쿠하치로에게 그것을 깊이 가슴에 새기라고 말했습니다. 카메히메 님도 그런 각오로 있습니다. 어쨌든 이번 전쟁은 예사 전쟁이 아닙니다."

토쿠히메는 어느 틈에 두 손을 가슴에 모으고 굳어진 표정으로 고개를 끄덕이고 있었다.

"그런데……"

미마사카는 만면에 웃음을 떠올렸다.

"저는 지금부터 기후로 성주님을 뵈러 갑니다. 왜 가는지는 새삼스럽게 말씀 드리지 않겠습니다. 만약 제 말씀을 성주님께서 들어주시지 않는다면 그 자리를 뜨지 않고 배를 갈라 두 번 다시 미카와의 흙을 밟지 않겠습니다."

토쿠히메는 다시 얼어붙은 듯한 표정으로 고개를 끄덕였다.

"그래서 인사를 드리러 왔습니다. 부모님께 전할 말씀이 있으시면 제게 말해주십시오."

미마사카는 토쿠히메를 향해 이렇게 말하고 다시 힘차게 부채질을 하며 미소짓고 있었다.

3

토쿠히메는 치밀어오르는 감정을 꾹 누르고 잠시 침묵을 지키고 있었다.

'다시는 믿지 않겠다……'

이미 이렇게 결심했지만, 노부야스가 진두에 서서 고함지르는 모습이 왠지 서글프게 눈에 아른거렸다.

'죽을지도 모른다.'

이런 생각에 이어, 죽어도 괜찮냐고 반문해오는 또 하나의 상념도 있었다.

기후에 사자로 가게 되었다는 오쿠다이라 미마사카의 임무가 노부나가에게 원군을 청하는 데 있다는 것은 너무 잘 알고 있었다.

"작은 마님, 부모님께 전할 말씀을 알고 싶습니다."

토쿠히메가 망설이고 있다고 생각한 미마사카는 다시 힘차게 부채질을 했다.

"이번 전쟁은 도쿠가와 가문의 흥망에만 관계되는 것이 아닙니다. 만일 미카와에서 봇물이 터지면 그 노도怒濤는 미노, 오와리까지도 위협하게 됩니다."

토쿠히메는 가만히 고개를 끄덕였다.

미마사카의 말을 긍정한 것이 아니라, 한 번만 더 노부야스에게 아내로서 진심을 쏟아넣어야겠다는 결심을 했다.

"그러면, 말로 전하기보다는 기후에 편지를 쓰려고 하니 잠시 기다려주세요."

"예. 진심을 담아 쓰도록 하십시오."

토쿠히메는 자리를 옮겨 창가에 있는 탁자 앞에 앉았다.

미마사카의 눈길을 등뒤에 느끼는 순간 다시 생각이 흐트러졌으나 마음을 가다듬고 붓을 움직였다.

자신은 그 후 평온한 나날을 보내고 있다는 것. 노부야스는 용감하게 출전하여 도쿠가와 오다 양가를 위해 진두에 서서 분전하고 있다는 것. 그리고 모두가 아버지의 원군을 기다리고 있다는 말을 쓰는 대신, 기회가 닿아 오카자키에 오시면 이런저런 자세한 이야기를 드리겠다고 썼다. 노부나가의 원병을 기정사실로 여긴다는 것을 문맥을 통해 깨닫게 할 작정이었다.

다 쓰고 나서 미마사카에게 보여주었더니 그는 무릎을 치면서 만면에 미소를 떠올렸다.

"과연 작은 마님! 놀라운 배려이십니다."

그는 편지를 품에 넣고 곧 거실에서 물러갔다.

오쿠다이라 미마사카의 모습은 그날 중으로 오카자키 성에서 사라졌다. 물론 정식 사자로서 격식을 갖추고 가는 것은 아니었다. 그러므로 도중에 어떤 위험이 있을지 알 수 없었다.

사흘째 되는 날 미마사카는 기후의 센죠다이에서 노부나가와 마주앉았다.

이날 노부나가는 의관을 정제하고 접근하기 어려운 근엄한 모습으로 있었다. 조금 전에 예수회 신자가 쿄토에서 찾아와 대면한 뒤여서, 그의 양쪽에는 중신들이 아직도 늘어앉아 있었다.

"사람들을 물리쳐주십시오."

미마사카는 방에 들어서자마자 고함지르듯이 말하고 주위를 노려보았다.

"미마사카가 모두 물러가달라고 하는군."

노부나가는 불쾌한 듯한 얼굴로 말했다.

"너는 괜찮아, 물러갈 필요 없다."

칼을 들고 뒤에 대령하고 있는 모리 란마루森蘭丸를 돌아다보았다.

모리 란마루는 이것을 만약의 경우에는 나를 경호하라——는 의미로 받아들인 듯.

"알겠습니다."

늠름한 목소리로 대답하고, 그 역시 맹수를 연상케 하는 시선으로 미마사카를 대했다.

4

"모두 물러갔네."

노부나가는 썰렁한 방이 쩌렁쩌렁 울리도록 큰 목소리로 말했다.

"사람들을 물러가게 하다니 대관절 무슨 일인가?"

처음부터 꾸짖는 어조였다.

"그 얼굴을 보니 마치 도깨비 같아. 그런 얼굴로 이 노부나가를 위협하려는 것인가?"

미마사카는 빙긋이 웃었다.

"성주님의 얼굴도 도깨비입니다!"

"뭣이."

"다 같은 도깨비라도 이 미마사카가 착하고 작은 도깨비인 데 비해 성주님은 큰 도깨비입니다."

"어서 사자로서의 용건이나 말하게!"

"그렇지 않아도 지금 하려던 참입니다."

미마사카는 퉁명스럽게 대답했다.

"성주님도 전쟁에는 전기戰機가 있다는 것을 알고 계시겠지요?"

"그것이 용건이란 말인가, 미마사카?"

"저의 주군은 적이 나가시노를 공격하기 전에 원군을 파견해주시리라 믿고 계십니다. 그러므로 부자가 함께 요시다 성까지 마중 나가셨지만 전혀 그런 기색이 보이지 않는 가운데 적은 나가시노를 공격하기 시작했습니다."

노부나가는 대답 대신 눈을 부릅뜨고 미마사카를 계속 노려보고 있었다.

"저희는 성주님도 아시다시피 카메히메 대신 오카자키 성에 사로잡혀 있는 인질과도 같은 몸입니다. 아들녀석에게 조금이라도 수상쩍은 점이 있으면 당장 목이 달아날 형편입니다."

"……"

"그런 중요한 때 사자로 기후에 온 이 몸을 성주님은 어떻게 생각하십니까?"

"말이 많구나!"

노부나가가 일갈했다.

"그대는 도대체 무슨 말을 하려는 건가?"

"나가시노가 함락되면 적의 격류를 막을 수 없다는 말씀을 드리고 있습니다."

"미마사카!"

"예."

"그대의 아들은 그렇게까지 쓸모가 없다는 말인가?"

"듣기 거북한 말씀을 하시는군요. 제 아들이 쓸모 없는 녀석이라면, 지금 이 성에서 나가시지 못하는 성주님은 무엇입니까?"

"멍청이 같은 것, 격류는 단지 카이에서만 흘러나오는 게 아니야. 이세 부근도 위험해. 카와치河內, 셋츠攝津도 방심할 수 없어."

"하하하……"

미마사카가 갑자기 웃기 시작했다.

"저는 그런 설명이나 들으려고 오지는 않았습니다. 미카와와 오와리의 큰 둑이 터진 것과 이세, 카와치, 셋츠의 작은 둑이 터진 것은 그 결과가 다릅니다. 미카와는 지금 이 인질인 늙은이가 아니면 사자로 올 사람이 없을 정도로 큰 홍수, 그것을 모르실 성주님이 아닌데도 이렇게 화만 내고 계십니까? 큰 도깨비가 작은 도깨비의 고집을 시험하는 것이라면 참으로 안타까운 일입니다."

"으음, 말이 많은 사나이로군. 그래, 하고 싶은 말이 뭔가?"

"즉시 원군을 보내주십시오."

"즉시는 안 돼. 이것이 내 대답일세."

"그럼, 언제쯤이면 출발하실 수 있습니까?"

"모르겠다고 하면 어떻게 할 텐가?"

"하하하……"

미마사카는 또다시 어이없다는 듯이 웃었다.

"인질이기는 해도 도주할 우려가 없다고 보고 이 중요한 일에 저를 사자로 보냈습니다. 그러므로 각오는 되어 있습니다. 모르겠다고 하시면 저는 여기서 한 발짝도 물러나지 않겠습니다."

그 소리가 하도 우렁찼기 때문에 노부나가 뒤에 있던 란마루는 저도 모르게 몸을 앞으로 내밀었다.

5

"한 발짝도 움직이지 않겠다고?"

이번에는 노부나가가 비웃었다.

"한 발짝도 움직이지 않겠다는 것은 그 쭈글쭈글한 배라도 가르겠다는 말인가?"

"그렇습니다."

오쿠다이라 미마사카는 숨돌릴 겨를도 없이 말했다.

"기후의 센죠다이는 이 사다요시에게는 더 없이 훌륭한 죽음의 장소입니다."

노부나가는 무슨 생각을 했는지 문득 눈길을 허공으로 보냈다.

"미마사카."

음성을 낮추었다.

"전쟁에는 물론 전기戰機도 있지만 작전도 중요해."

"그러시면 무슨 생각이 있어서 지연시키고 계십니까?"

"이것 보게, 미마사카."

"예."

"이 노부나가가 원군을 보내고도 시일이 오래 걸리면, 적이 아닌 자까지도 적으로 돌아선다는 것을 생각해보게."

"그 점은 이 미마사카도 알고 있습니다."

"그럴 테지. 그렇기 때문에 출동하기로 결정하면 단시일에 이길 수 있는 수단이 없어서는 안 돼. 그 수단을 강구할 때까지도 기다릴 수 없다면 미카와 군은 믿을 만한 것이 못 되지."

어느 틈에 노부나가는 격한 어조에서 부드러운 이야기 투로 바뀌고 있었다.

미마사카는 그러한 노부나가의 성격을 잘 알고 있었기 때문에 상대가 강하게 나올수록 더더욱 한 발짝도 물러서려 하지 않았다. 물러서면 노부나가의 분노는 더 격해지고, 물러서지 않는다는 것을 알면 저절로 부드러워졌다.

"이것 보게, 미마사카. 그대는 대관절 이 노부나가가 어느 정도의 군사를 데리고 가면 좋겠다고 생각하나? 우선 그것부터 말해보게."

"황송합니다마는……"

미마사카도 어조를 바꾸었다.

"칠, 팔천 정도면."

"칠, 팔천이라. 그리고 총포의 수는 어느 정도를 생각하나?"

"오, 륙백은…… 되어야 할 줄로 압니다."

"오, 륙백…… 하하하……"

이번에는 노부나가가 큰 소리로 웃었다.

"그런가, 그대는 오, 륙백이면 된다고 생각한다는 말이지."

"왜 웃으십니까?"

"나는 말일세, 최소한 삼천오백은 있어야 한다고 생각하고 있어. 그 래서 지금 야마토大和의 츠츠이筒井, 호소카와細川 등에 사람을 보내 총포를 모아들이고 있는 중일세."

"예? 그러면, 그 삼천오백으로……"

"그것으로 타케다 군의 기마무사를 저지할 수 있다면 전쟁에 이길 수 있어. 미마사카, 이 노부나가를 미카와의 사돈이 위기에 처했는데 팔짱만 끼고 있을 사람으로는 보지 말게."

오쿠다이라 미마사카는 저도 모르게 나직이 신음하고 머리를 조아 렸다.

"본의 아니게 폭언한 것을 용서해주십시오."

"아, 알고 있네. 과연 이에야스 님은 그대를 사자로 잘 택했어. 이런 도깨비를 보냈으니 말일세……"

미마사카는 조아렸던 고개를 들고 이번에는 숙연히 가슴을 젖히고 울기 시작했다. 어째서 눈물이 나오는지 알 수 없었다. 나가시노 성에 서 적의 총공격을 받고 있는 용감한 아들의 얼굴이 환상처럼 떠올랐다 가는 사라졌다.

6

노부나가는 미마사카의 눈물 짓는 모습에 고개를 돌리고 다시 큰 소리로 꾸짖었다.

"보기 흉하구나, 미마사카!"

남이 노하면 웃고, 울면 노하는 것이 노부나가의 성격이었다. 그것을 너무나 잘 알고 있으면서도 미마사카는 왠지 눈물이 그치지 않았다.

'노부나가는 이에야스 이상으로 이번 전쟁을 중요하게 생각하고 있었구나……'

츠츠이와 호소카와 두 가문에까지 총포대를 빌리려 하는 사실 하나만으로도 그것을 증명하고 남음이 있었다.

"용서해주십시오. 기쁜 눈물이옵니다."

"못난 소리를 하는군. 기쁨의 눈물이란 적을 궤멸시켰을 때 흘려야 하는 것일세."

"예, 깊이 명심하겠습니다."

"좋아, 이제는 납득됐겠지. 란마루, 모두 이리 모이라고 해라. 그리고 미마사카에게 술잔을."

"예."

다시 중신들이 모여들었다. 그리고 노부나가는 환한 얼굴로 자신도 독한 술을 마시고 미마사카에게도 계속 술을 따라주었다. 그러나 전투 이야기는 전혀 꺼내지 않았다.

그 이튿날은 5월 10일.

미카와에서 다시 사자가 왔다. 이에야스의 전령인 오구리 다이로쿠 시게츠네小栗大六重常였다. 오구리 다이로쿠는 오쿠다이라 미마사카와는 정반대로 아주 정중한 말로 노부나가에게 원군을 청했다.

"처음에는 나가시노의 후방 정도는 우리 주군만으로도 충분하다고 생각했습니다. 그러나 코슈 군의 병력이 너무 많아 우리 주군만으로는 후방도 안심할 수 없게 되었습니다. 성주님께 원군을 청해 요시다에서 양군이 합류하여 나가시노의 후방을 지키려 하오니 화급히 원군을 보내주십시오……"

노부나가는 그 말을 듣고 있는지 마는지 거의 알 수 없었다.

이튿날부터 속속 군사들이 기후 성 안팎에 모여들기 시작했다. 더구나 그들은 약속이라도 한 듯 모두 울타리를 두를 나무 하나와 밧줄 한 묶음씩을 들고 있었다.

그들의 모습을 보고 미마사카와 다이로쿠는 고개를 갸웃하고 생각에 잠겼다.

지금까지의 전투는 가벼운 차림으로 각자가 소리높이 자기 이름을 대면서 1 대 1로 맞붙어 싸우는 격투가 기본이었다. 요컨대 용사 한 사람 한 사람의 승리가 합쳐져 전군의 전세를 결정짓고, 이것이 승패의 갈림길이 되었다. 이런 상식으로 볼 때 나무를 짊어지고 밧줄을 손에 든 부대의 진군은 도저히 이해가 되지 않았다.

'도대체 무엇을 하기 위한 준비일까……?'

이런 우려를 입밖에 낼 수 없었던 것은 총포대의 위용 때문이었다. 대관절 총포로 무장한 이렇게 많은 아시가루들이 일본의 어디에 있었던 것일까.

80명에서 100명으로 1대를 이룬 병사들이 속속 기후에 모여들어, 그 수는 노부나가가 장담했던 대로 거의 3,000 가까이나 되었다.

그 후 노부나가의 원군이 수많은 목재와 총포대를 거느리고 기후를 출발한 것은 5월 13일.

그때 이미 고립에 빠진 나가시노 성은 문자 그대로 와신상담의 고전 속에 빠져들어 있었다. 아비 도깨비 미마사카가 노부나가의 마음을 알고 겨우 안도하게 된 11일 새벽, 아들 도깨비 쿠하치로 사다마사는 다시 코슈 군이 노우시몬에 육박했다는 보고를 받고 천천히 성 남쪽에 모습을 드러냈다.

7

"으음."

이마에 손을 얹고 아침 안개가 퍼진 그 아래쪽을 바라보고 있던 쿠하치로는 가만히 신음했다.

먼젓번 싸움에 혼비백산하여 더 이상 모험을 하지 않으리라 생각했는데 또다시 뗏목을 타고 나타나 벼랑에 도전해왔다. 더구나 이번에는 맨 앞에 대나무 묶음을 세우고 그것을 방패 삼아 공격해오고 있었다.

당시 총포를 피할 수 있는 것은 대나무를 다발로 엮어 방패로 삼는 것밖에는 다른 방법이 없었다. 딱딱한 표피와 미끄러지기 쉬운 둥근 표면의 방해로 탄환이 빗나가기 때문이었다.

"안 되겠다, 쏘지 마라."

최초의 발포로 밧줄을 끊을 수 없다고 판단한 쿠하치로는 총포대를 물러가게 했다.

"성문을 굳게 닫아라. 그리고 적군이 올라올 때까지 잠시 기다려라."

"성문까지 접근해오면 위험하지 않겠습니까?"

근시가 말했으나 쿠하치로는 못들은 체하고 있었다.

적은 총포대가 방해하지 못한다는 것을 알고 잇따라 밧줄에 매달렸다. 이미 위에 올라온 일대는 각각 대나무 다발로 침입구를 둘러치기 시작했다.

"아직도 공격하지 말라는 것입니까?"

"안 돼."

쿠하치로는 서두르는 부하를 제지했다.

"스물이 마흔 됐다. 마흔이 곧 여든이 될 것이다."

점점 불어나는 적의 수를 세고 있었다.

거의 여든이 160으로 되려는 무렵이었다.

"칼부대 서른 명."

활짝 성문이 열리는가 싶더니 그곳에서 골짜기 밑으로 무시무시한 함성이 메아리쳐나갔다. 머리 위에서 나는 소리는 실제보다 네다섯 배나 더 크게 울리게 마련이다. 그리고 지금까지 굳게 닫혀 있던 성문이, 상륙을 감행하고 있는 사람들 뒤에서 갑자기 활짝 열리는 바람에 적들은 크게 당황했다.

"도망치지 마라, 적을 맞아 싸워라……"

당황하며 성문으로 돌아서는 코슈 군 속으로 얼굴도 돌리지 않고 돌진해가는 일대 뒤에서 쿠하치로가 이번에는 창부대를 내보냈다.

"다음 서른 명."

이들 창부대는 좁은 성문 밖에서 북적거리는 코슈 군을 공격하는 대신 재빨리 대나무 묶음을 빼앗아 불을 질러나갔다.

반쯤 걷힌 아침 안개 속에서 대나무가 탁탁 튀며 타오르는 소리와 빨간 불길이 공격자의 심리를 더욱 철저한 대비책이 있는 것으로 착각하게 만들었다.

"이때다, 다음 총포."

쿠하치로는 대나무 묶음을 빼앗긴 적에게 겨우 네다섯 발의 총포를 쏘게 했을 뿐이었다. 총포는 어디에도 맞은 것 같지 않았다. 그런데도 지난번에 실패한 쓰라린 경험이 공격자의 마음을 흐트러지게 했다.

네 줄로 얽힌 그물에서 한 사람 두 사람 강가로 도망치는 자의 모습이 보이기 시작하더니 그 다음 그것은 타성화惰性化했다. 어느 그물에서나 모두 우르르 물러나기 시작했다.

"이 정도면 족하다. 우리도 이제 철수하도록 하라."

쿠하치로가 이렇게 말했을 때, 북쪽 수비를 담당했던 마츠다이라 야쿠로로부터 숨을 헐떡거리며 전령이 달려왔다.

"다이츠지야마의 적이 군량창고를 향해 밀려오고 있습니다."

쿠하치로의 굵은 눈썹이 저도 모르게 꿈틀했다.

8

나가시노 성의 군량창고는 성의 북쪽 후쿠베 성 안에 있었는데, 코슈 군이 있는 다이츠지야마의 진지와 마주보고 있었다.

이 산간의 작은 성에서는 식량창고가 차지하는 비중이 매우 컸다. 다이츠지야마에 진치고 있는 타케다 사마노스케 노부토요는 이곳을 노리고 기회가 무르익기를 기다리고 있었다.

이 방면에는 다른 곳과는 달리 강과 절벽 같은 장애가 없었다. 따라서 성안에 있는 500의 군사 대부분이 다른 곳에 배치되어 있다면 군량창고의 점령은 손쉬운 일…… 이런 결론이 나왔던 것 같다.

코슈 군은 물론 이에 대해 거듭 전략회의를 열어 작전을 세운 것이 분명했다. 오쿠다이라 쿠하치로는 남쪽의 적이 첫번째 공격에 실패했는데도 불구하고 다시 뗏목을 타고 나타났을 때, 무언가 의심스러운 점이 있다는 것을 민감하게 깨닫고 있었다.

'아무래도 수상하다!'

그러나 남과 북이 동시에 행동을 개시하리라고는 생각지 않았다.

'대관절 얼마나 되는 병력이 공격해온 것일까?'

쿠하치로는 노우시몬의 수비를 오쿠다이라 지자에몬에게 맡기고 자신은 즉시 총포대를 데리고 후쿠베 성으로 달려갔다.

그 역시 마음의 동요는 컸다. 황토를 먹으며 싸우라고 입으로는 큰 소리를 치며 호탕하게 웃었으나 군량이 떨어진 농성처럼 참담한 것은 없었다.

'약간 방심을 했는지도 모른다······'

아직 오다 군은 물론 하마마츠의 주력부대도 도착하지 않았다. 그 사이에 군량을 잃는다면 단지 성병을 잃는 것뿐 아니라, 오쿠다이라 사다마사는 전투를 몰랐다고 후세에까지 조롱을 받게 될 것이었다.

후쿠베 성을 지키고 있던 마츠다이라 야쿠로 카게타다와 그 아들 야사부로 코레마사는 적이 성문 가까이 오는 것을 보고 이를 맞아 싸우고자 칼을 빼어들고 있었다.

"서두르면 안 돼. 적의 수는?"

쿠하치로는 마음의 동요와는 반대로 웃으면서 우선 야쿠로에게 물었다.

"이천!"

대답하는 야쿠로.

"아니, 많아야 고작 칠백일 것이다."

쿠하치로는 다시 웃었다.

"이곳 진지의 대장은 사마노스케 노부토요와 바바 미노노카미 노부후사, 그리고 오야마다 빗츄노카미 마사유키 세 장수로 총병력은 이천 정도에 지나지 않아. 오늘은 그중에서 사마노스케 노부토요의 첫번째 시도, 많아야 칠백이야. 침착하게 대처하여 간담을 서늘하게 해줘야만 해. 우선 나의 총포소리를 듣고 나서 공격해나가도록."

쿠하치로는 데리고 온 총포대에게 탄환을 장전케 하고 적이 쳐들어오는 성문의 서쪽 담 옆으로 갔다. 그리고 성문 앞으로 쇄도하는 적의 모습을 확인하고는 명했다.

"담을 쓰러뜨려라."

쉽게 넘을 수 없으리라고 생각했던 담이 성 안쪽에서 밧줄에 묶여 쓰러졌기 때문에 공격하던 적은 그만 어리둥절했다. 이때 나가시노의 모든 화기가 성문을 향해 들이닥치는 적군에게 갑자기 일제사격을 가해 그들을 아수라장으로 몰아넣었다.

"으악!"

비명이 터져나오고, 이와 때를 같이하여 야쿠로 부자의 군사 150여 명이 성문에서 공격해나갔다. 승부는 순식간에 결정되었다.

그 이튿날은 양군이 땅 속에서 만나는 전례 없는 진기한 전투가 벌어졌다.

9

오쿠다이라 쿠하치로의 과감하고도 치밀한 작전은 전쟁을 시작한 지 1주일 만에 드디어 코슈 군을 심한 분노와 초조 속에 몰아넣었다.

전혀 빈틈이 없었다. 노우시몬의 전투도 그렇고, 첫번째 군량창고의 방어도 역시 코슈 군의 허를 찌른 것이었다.

이제 갓 스무 살을 넘긴 애송이라 깔보며 병력 수를 믿고 감행한 공격이었다. 그런데 쿠하치로는 그 공격을 자못 즐겁다는 듯이 비웃고 있는 것만 같았다.

이러한 가운데 본성 서쪽 땅속에서 묘한 소리가 난다고 알려온 것은 마츠다이라 사부로지로 치카토시의 부하였다. 카이는 금광이 많아 광업이 발달한 고장으로 알려져 있었다. 그 보고를 받은 쿠하치로는 여러 사람 앞에서 배를 끌어안고 웃었다.

"그래, 광산의 일꾼으로 가장하고 왔다더냐?"

성 서쪽에 진을 치고 있는 것은 나이토 슈리노스케 마사토요와 오바타 카즈사노스케 노부사다였다. 그곳에도 2,000 정도의 병력이 배치되어 있었다.

"이천이나 되는 군사가 모두 두더지 흉내는 내지 못할 것이다. 어린아이 눈속임 같은 작전을 쓰고 있군."

쿠하치로는 이렇게 중얼거리고 소리가 나는 땅속을 겨냥하여 이쪽에서도 구멍을 파게 했다.

땅을 파는 단계에 이르면, 몇 번이나 반복해서 땅을 판 경험이 있으므로 어느 흙 속에 어떤 돌이 있다는 것까지도 잘 아는 성병과, 원정해 온 일꾼들과는 파나가는 속도에 큰 차이가 날 것은 당연한 일이었다. 땅속의 코슈 군이 중신들의 집 지하에서부터 단죠 성 밑까지 왔을 때 성안의 군사와 딱 마주쳤다.

"앗, 땅속에도 있었구나!"

광산 일꾼 하나가 깜짝 놀라 이렇게 외쳤을 때, 그 돌파구를 향해 대여섯 발의 총포가 발사되었다. 단지 그것만으로 적의 의도는 산산이 부서지고 말았다.

이튿날 새벽에는 서북쪽에 진을 쳤던 이치죠 우에몬다유 노부타츠 일대가, 이번에는 정문 근처에 높은 망루를 쌓고 성안으로 빗발같이 화살을 쏘아대려 했다.

이때 쿠하치로는 웃으려 하지도 않았다. 그는 이렇게 될 경우를 예상하고 총포 50자루 분량 정도의 화약으로 오늘날의 대포와 같은 것을 만들어놓고 있었다. 아침 하늘에 우뚝 솟은 적의 큰 망루에서 아직 한 발의 화살도 쏘기 전이었다. 이쪽의 대포가 불을 뿜어 눈 깜짝할 사이에 망루를 아침 안개 속으로 날려버리고 말았다.

이 전투는 1만 5,000 대 500의 싸움이었다. 사방에서 시도한 작전이 모두 실패로 돌아간 뒤 적은 드디어 총공세로 나왔다.

서둘러 공격하면 군사를 잃을 뿐이라고 깨달은 코슈 군은 작전을 달리 했다.

"군량을 바닥나게 하자."

작전회의 결과 이렇게 결정한 코슈 군은 성밖에 빈틈없이 울타리를 두르고, 강물에는 몇 겹으로 그물을 쳤다. 그것에 방울을 달아놓는 등 엄중하게 경계를 펴고 다시 치열하게 군량 탈취작전에 돌입했다.

그 결과 성병城兵이 군량창고가 있는 후쿠베 성을 버리고 본성으로 철수하지 않을 수 없게 된 것은 5월 14일.

그날 밤 쿠하치로는 적의 손에 떨어져 불길을 내뿜으며 타오르는 군량창고를 한참 동안 본성의 망루에서 묵묵히 바라보고 있었다.

10

타케다 군 역시 이 작은 성 하나를 공략하는 데 이처럼 많은 시간을 빼앗겨 여간 초조하지 않을 터였다.

그러나 군량창고가 있는 후쿠베 성까지 적에게 빼앗긴 나가시노 군의 타격은 엄청나게 컸다. 본성으로 옮겨놓은 군량은 나흘분도 되지 못했다.

오쿠다이라 쿠하치로는 군량창고가 타서 무너지는 것을 보고는 망루에서 내려와 본성에 모여 있는 장병 앞에 걸상을 갖다놓게 했다.

"불을 밝혀라."

근시에게 명했다.

썰렁하기만 한 넓은 방에 겨우 두서너 자루의 촛대만이 세워진 가운데 모두 굳게 입을 다물고 있었다. 이대로 간다면 차라리 깨끗하게 전사를 하자고 말할 사람도 나올 것 같았다.

요즘에는 완전히 쿠하치로의 심중을 꿰뚫어보고 언제나 농담을 걸곤 하던 카메히메도 머리띠를 두르고 칼을 든 채 남편의 입에서 무슨 말이 나올지 눈을 빛내며 마른침을 삼키고 있었다. 등불이 늘어나 모두 얼굴을 알아볼 수 있을 정도로 밝아지자 쿠하치로가 웃으면서 말했다.

"그만 식량창고를 빼앗기고 말았다."

그 어조가 마치 장난감을 빼앗긴 어린아이 같았기 때문에 마츠다이라 치카토시가 웃었다.

"후훗……"

"앞으로 사흘 남짓…… 흙을 먹을 각오를 하면 닷새쯤일까?"

"닷새까지도 버틸 수 없을 것입니다."

코레마사가 말했다.

"아직도 오다 성주님은 원군 보내기를 망설이는 것이 아닌지."

쿠하치로는 그 말을 못 들은 체했다.

"그런데, 지자에몬은 어디 있나?"

오쿠다이라 지자에몬 카츠요시奧平次左衛門勝吉를 눈으로 찾았다.

"여기 있습니다."

"아, 거기 있었군. 그대가 성을 빠져나가 성주님께 가야겠어."

"무엇 때문에 말입니까?"

"원군을 보내달라는 말은 할 것 없어. 앞으로 사오 일 정도 남았다는 말만 전하게."

"거절하겠습니다."

"뭣이, 그대는 지금 뭐라고 했나? 날개가 없으면 성을 빠져나갈 수 없다는 말인가? 그렇다면 방법이 없는 것은 아니야. 동북쪽 뒷문으로 나가 강물에 뛰어드는 거야. 수면에는 모두 그물이 쳐져 있고 방울이 달렸기 때문에 건널 수 없지만 잠수를 하면 돼. 그대는 헤엄에 능숙하지 않은가?"

"거절하겠습니다."

"뭐라고, 내가 잘못 들은 것은 아니겠지?"

"거절하겠다고 말씀 드렸습니다."

"허어, 헤엄치는 법을 잊어버리기라도 했나? 설마 적을 두려워하는 것은 아닐 테지."

지자에몬은 어린아이처럼 설레설레 고개를 흔들었다.

"당치도 않습니다. 적을 두려워하지 않기 때문에 거절하는 것입니다. 이미 성의 운명은 닷새로 결정되어 성주님을 비롯하여 모두가 전사했을 때, 이 지자에몬 카츠요시만이 성밖에 있었다면 세상사람들이 무어라 하겠습니까? '저것 봐라, 텐쇼 삼년(1575)의 나가시노 전투 때 함락을 눈앞에 두고 목숨이 아까워 성에서 도망친 비겁한 자가 저기 있다'고 비웃음을 사게 됩니다."

순간 좌중에는 무거운 긴장이 감돌았다. 쿠하치로가 이 지자에몬의 거절에 어떤 반응을 보일 것인가? 얼른 보기에는 매우 용감한 말 같으나, 한편으로는 사기를 저하시키는 요소가 다분히 포함된 말이었다.

"그래?"

쿠하치로는 고개를 끄덕이고 다시 좌중을 둘러보았다.

11

"토리이 스네에몬鳥居强右衛門은 없느냐?"

쿠하치로는 아무렇지도 않다는 듯이 얼른 다른 이름을 불렀다.

장지문 옆의 어둠 속에서 굵은 소리가 들리고 작은 키에 살이 찐 사나이가 촛대 옆으로 얼굴을 내밀었다.

"여기 있습니다마는."

"스네에몬, 그대가 가게."

"예, 가겠습니다. 그런데 어디로 가야 합니까?"

"와아!"

이번에는 모두가 웃음을 터뜨렸다. 이 사나이는 어두운 구석에서 졸고 있었던 것이 분명했다.

"어디로……라니, 방금 한 이야기를 듣지 못했느냐?"

"예, 듣기도 한 것 같고 듣지 못한……"

"좋아, 이런 마당에서도 졸 수 있는 사람이라면 그대가 안성맞춤이야. 그대는 오늘 밤 안으로 동북쪽 뒷문으로 나가 강물 속으로 들어가도록 하라."

"알겠습니다."

"스네에몬, 강에는 그물이 쳐져 있으니 물 속으로 잠수해서 걸어가야 한다."

"예, 가겠습니다. 하지만 어디로 가야……"

"멍청이 같은 것, 강바닥으로 걸어가면 건너편 기슭에 도착한다. 그러면 이번에는 땅 위를 걷는 거야."

그때야 비로소 스네에몬은 고개를 갸웃했다.

"포위를 뚫고 나가 원병을 청하라는 말씀이시군요."

"허어!"

쿠하치로는 짐짓 눈을 크게 떴다.

"그대도 알고는 있었군. 하지만 원군이라는 말은 하지 않아도 좋아. 성주님은 요시다나 하마마츠, 아니면 오카자키에 틀림없이 계실 것이다. 성주님을 뵙고 앞으로 사오 일…… 알겠지, 앞으로 사오 일이라고 이 쿠하치로가 말하더라고 전하여라."

"싫습니다."

"뭣이, 조금 전에는 가겠다고 하지 않았느냐?"

"이 스네에몬, 성의 함락이 가까웠다는 것을 알면서 어찌……"

"닥쳐!"

쿠하치로가 그의 말을 가로막았다.

"그대는 이 쿠하치로를 조롱하느냐?"

"당치도 않으신 말씀……"

"입 다물라고 하지 않았느냐. 식량이 사오 일분밖에 없다고는 했지만, 성이 함락된다고는 하지 않았어. 이 오쿠다이라 쿠하치로는 절대로 성을 내주지 않는다. 어떤 일이 있어도 성주님이 이제 됐다는 명이 내릴 때까지는 끝까지 싸울 것이다."

스네에몬의 네모진 얼굴이 크게 눈을 부릅뜬 채 쿠하치로를 바라보고 있었다.

"스네에몬뿐만이 아니다. 함락당한다느니 어쩌니 하며 이 쿠하치로를 우습게 여기는 자는 용서치 않겠다."

지자에몬이 얼른 무릎걸음으로 앞으로 나왔다.

"알겠습니다, 성주님! 이 지자에몬이 가겠습니다."

"안 돼!"

스네에몬이 부르짖었다.

"이 스네에몬이 가겠습니다."

쿠하치로는 잠시 두 사람을 번갈아 바라보다가 이윽고 빙긋이 웃으며 말했다.

"스네에몬, 즉시 준비하라. 어떤 일이 있어도 도중에 쓰러지면 안 된다. 그 대신 성주님을 뵙거든 절대로 서둘러 돌아오지 말도록. 승전을 축하하게 될 날까지 그 성에서 쉬도록 하라. 거듭 말한다. 이 사명을 완수하기 전에 죽으면 이 쿠하치로는 저승에 가서도 그대를 상대하지 않겠다."

"알겠습니다."

스네에몬이 조용히 대답했다.

12

스네에몬은 무사히 경계망을 돌파하면 간보잔雁峰山에 봉화를 올리기로 하고 그길로 본성을 나섰다.

하늘에는 벌써 달이 떠 있었다. 그것도 열나흗날 달이어서 지상을 걸어가는 자신의 그림자가 어디서든 보일 것같이 밝았다.

"차라리 캄캄한 밤이었으면 좋으련만."

이렇게 중얼거리면서 노우시 성을 빠져나간 스네에몬은 나무그늘을 따라 오노가와 기슭에 섰다. 바로 아래에서 흐르는 급류는 온통 은빛으로 빛나고 건너편 기슭에는 일정한 간격을 두고 감시병의 모닥불이 한없이 이어져 있었다.

감시병이 있는 위치까지는 대략 4, 50간間, 모닥불 주위에서 움직이는 사람의 그림자까지 선명하게 보이고, 그 등뒤에는 왼쪽에서부터 우바가후토코로, 토비노스야마, 나카야마, 히사마야마 등 적의 진지가 그가 가야 할 길을 무섭게 가로막고 있었다.

그들은 낮의 전투에서 후쿠베 성을 함락시켰기 때문에 사기가 충천해 있었다. 어느 진지에나 무수한 깃발이 달빛을 희게 반사하며 숲을 이루고 있었으며, 인마人馬도 아직 잠들지 않은 것 같았다.

"이거 큰일인걸."

스네에몬은 잠시 동안 벼랑에 서서 팔짱을 끼고 생각했다.

쿠하치로 사다마사는 목적지에 도착할 때까지 무슨 일이 있어도 죽지 말라고 했다. 스네에몬은 그 말에 감추어진 의미를 모르는 바 아니었으나, 자기가 만일에 발견되어 살해당했을 때 그 뒤 어떤 일이 벌어질지 생각하니 저도 모르게 두려워졌다.

"나무아미타불, 하치만八幡°의 신이시여……"

빌다 말고 낯을 찌푸렸다.

"하지만 보살에게는 기원하지 않겠습니다. 물귀신이여, 악귀여, 사악한 신이여, 이 스네에몬이 강을 건너게 해다오. 임무를 완성하거든 너희들이 이 몸을 갈가리 찢어 잡아먹어도 좋다."

스네에몬은 허리춤에서 붓통을 꺼내었다. 그리고는 수건을 펴 와카和歌° 한 수를 썼다.

우리 주군의 목숨이 걸린 구슬 끈이어늘
내 어찌 마다 할 것인가, 장부의 길

스네에몬

달빛 속에서 쓰고 난 다음 저도 모르게 빙그레 웃었다. 쿠하치로가 목적지에 도착하기 전에 죽으면 저승에 가도 상대하지 않겠다고 마음에도 없는 말을 했기 때문에 이쪽에서도 살아서 돌아올 생각을 하고 떠난 것은 아니라는 빈정거림이 거기 담겨 있었다.

손을 뻗어 그 수건을 소나무 가지에 묶어놓고 나서 어두운 나무그늘에 털썩 주저앉았다. 건너편의 적이 잠들거나 달이 구름 속으로 숨어들지 않는 한, 지금과 같은 밝음과 경계 속에서는 꼼짝도 할 수 없었다.

"물소리가 요란하기 때문에 기회를 보아 강물에 뛰어들어도 소리는 들리지 않겠지만……"

잠시 동안 가만히 건너편을 바라보다가 토리이 스네에몬은 어느 틈에 꾸벅꾸벅 졸기 시작했다. 낮의 피로 때문이기도 했으나, 그의 이 대담성은 오쿠다이라 가신의 기풍이기도 하고 그의 뱃심 좋은 성격이기도 했다.

얼마 동안이나 그렇게 졸고 있었을까?

눈을 뜨고 보니 이미 건너편 기슭에는 모닥불이 꺼지고 구름이 달을 가리고 있었다. 스네에몬은 벌떡 일어나 급히 두 자루의 칼을 옷으로 싸서 그것을 일단 어깨에 매어보았다. 그러나 생각을 바꾸어 칼을 모두 그 자리에 버리고 옷과 단검만을 몸에 지녔다.

"성주님! 그럼, 다녀오겠습니다."

본성을 향해 꾸벅 고개를 숙여 절을 한 스네에몬은 바로 그 자리에서 자취를 감추었다.

결전 전야決戰前夜

1

토리이 스네에몬이 나가시노 성에서 몰래 빠져나간 바로 그 14일 밤, 이에야스는 오카자키 성에 들어가 주연을 베풀고 있었다. 물론 그 주연은 기후에서 올 노부나가를 기다리며 그 진로를 경계하기 위해서였다. 그러나 그 주연을 베풀 때 과연 노부나가가 기후를 출발했는지의 여부는 알지 못하고 있었다.

이에야스는 노부나가가 반드시 오리라고 확신하고 있었으나 중신들의 의견은 서로 달랐다.

"오기는 하겠지만, 지난번 타카텐진 성 때와 같이 자기 병사들을 고생시키지 않으려 하는 것은 아닐까?"

이렇게 말하는 사람이 있었다.

"아니, 올 리가 없어."

분명하게 비관론을 펴는 자도 있었다.

"오다의 군사는 숫자상으로는 타케다 군을 압도하고 있으나 신병이 많기 때문에 실력은 뒤집니다. 전쟁터가 나가시노라는 산악지대라서 더더욱 오다 군에는 불리합니다. 이것을 모를 노부나가 공이 아니므로 아마도 오지 않을 것입니다."

이런 말이 나왔을 때는 또 그런 것 같기도 했다. 따라서 처음에는 강력하게 단독으로라도 나가시노를 구원하자고 주장하던 사람들까지도 침울하게 입을 다물어버렸다.

사기士氣와 유행처럼 변덕스러운 것도 없었다. 누가 더 강하거나 어딘가에서 무엇이 유행하거나 하면 별로 이렇다 할 의미가 없는데도 신이 나서 들뜨는가 하면, 그 반대인 경우 이 역시 의미가 없는데도 맥없이 사라져버리고는 했다.

이에야스가 전투 도중에 주연을 베푸는 경우는 드물었다. 그러나 지금은 대세가 비관적이라고 생각되어 오히려 격려하는 말을 꺼냈다.

"염려할 것 없다. 반드시 온다. 그보다도 오늘 밤은 술이나 마시도록 하자."

"반드시 온다고 성주님은 장담하실 수 있습니까?"

술자리만으로는 사기가 오르지 않을 것이라고 내다본 혼다 헤이하치로가 끼여들었다. 이에야스는 자못 우습다는 듯이 미소지었다.

"이런 상황에서도 오지 않는다면 오다 공은 믿을 사람이 못 돼. 믿을 사람이 못 된다는 말은 앞으로 두려워할 사람이 못 된다는 의미와 통하는 거야."

"두려워할 사람이 못 되다니요?"

"나가시노를 혼자 구하게 해놓고 오와리와 미노를 차지할 수는 없어. 오다 님은 그처럼 사리를 모르는 분이 아니야. 쓸데없는 생각은 말고 어서 잔이나 들게."

자칫 비관론에 빠질지도 모르는 사카이 타다츠구에게 밝은 목소리로 명했다.

"타다츠구, 그대의 장기인 새우잡이 춤이라도 한번 추지 그래?"

"성주님!"

"왜 그러나?"

"성주님은 만일에 오다 군이 오지 않을 때는 도쿠가와 군만으로 나가시노를 구하실 생각입니까?"

"결정된 건 다시 묻는 법이 아니야. 타카텐진 성의 경우는 오가사와라가 틀림없이 적에게 항복할 것을 알고 움직이지 않았던 것일세. 오쿠다이라 쿠하치로쯤 되는 용사를 내가 어찌 버릴 수 있겠나?"

"나가시노에 가서 승리할 확신이 있다는 말씀입니까?"

"물론이다. 군사의 강약은 대장에 따라 결정되는 것. 신겐의 군사가 강했다고 해서 카츠요리의 군사까지 강하다고는 생각지 말게. 우선 춤이나 추도록, 타다츠구."

이에야스가 잔을 입으로 가져가자, 타다츠구는 성큼 일어났다.

"추겠습니다! 이제 납득이 되었으므로 마음껏 추겠습니다."

2

타다츠구의 새우잡이 춤은 확실히 진기했다. 이마를 질끈 동여매고 성기게 짠 조리를 손에 들고는 허리를 흔들면서 팔딱팔딱 뛰는 새우를 쫓거나 새우를 잡아 어람에 넣는 시늉은, 요시다의 성주라는 지위와 오만해 보이는 그의 용모에 어울리지 않게 묘한 웃음을 자아내게 했다. 오늘은 그러한 특징이 더욱 두드러져 모두가 배를 끌어안고 웃음을 터뜨렸다.

"와아!"

"정말 우습군! 저 진지한 얼굴을 좀 보게."

"이것으로 이겼어. 자, 그것을 잡아, 그것을 잡아."

"너무 우스워 허리가 끊어질 것 같아. 저 허리놀림을 좀 보라니까."

이에야스는 모두의 웃는 얼굴과 타다츠구의 기묘한 몸짓을 번갈아 바라보면서 자신이 스스로의 마음을 들여다보고 있는 듯한 기분이 들었다.

'모두의 웃음소리 속에도, 타다츠구의 춤 속에도 평소와는 다른 것이 있다……'

인간의 마음에 응어리가 있을 때는 웃거나 춤을 추어도 그것이 몹시 긴장되게 마련이었다.

'이것은 조심해야 된다.'

그래도 침울해지려던 모두의 기분이 약간은 풀린 것 같았다.

좌중이 한창 들떠 있을 무렵 이에야스는 슬며시 자리를 떴다. 장지문의 창에 열나흗날의 달이 후피향나무 가지를 그대로 선명하게 비추고 있었기 때문이다.

"달이 참 아름답군. 잠시 보고 와야겠어."

무장을 한 채 툇마루로 나가 가죽버선 끝에 나막신을 신었다.

정원에 내려서자 멀리서 우는 개구리의 울음소리가 뚜렷하게 들렸다. 스고가와眷生川가 흐르는 소리도 희미하게 들려왔다.

가만히 정원수 사이를 지나 소나무 밑으로 걸어갔다. 따라오던 이이만치요는 생각에 잠긴 이에야스를 방해하지 않으려고 약간 떨어져서 걸어오는 모양이었다.

이에야스는 걸음을 멈추고 달을 쳐다보았다.

푸르스레한 달 표면의 희미한 반점 주위에서 나가시노 성의 함성이 들려오는 것 같은 기분이었다.

"쿠하치로……"

이에야스는 입 속으로 중얼거렸다.

"노부나가 님은 반드시 오신다. 잠시만 더 기다려다오. 알겠지, 잠시

만 더 기다리면 된다."

공연히 가슴이 뜨거워지고 어깨가 떨리기 시작했다. 참으로 인생이란 이 얼마나 황망하고 또 살벌한 시간의 연속인가. 도대체 언제쯤 되어야 이것이 평화와 자리를 바꾸게 될 것인가. 이런 생각을 하니 자기 생애에는 그 평화가 찾아오지 않을 것만 같은 기분이 들었다. 만일 그렇다면 다음 세대에라도 좋다. 또 그 다음 세대에라도 좋다. 반드시 그것을 실현시키기 위한 초석을 차근차근 끈기 있게 놓아나가지 않으면 안 된다.

'그런 계획이 지금 나에게 과연 있는 것일까……'

이에야스는 자문하다가 무심코 내전 쪽을 돌아보았다.

자기와 같이 이 성에 들어와 있는 노부야스가 아내인 토쿠히메한테 들렀을까 하는 생각이 들었다. 돌아보는 순간 이에야스는 저도 모르게 미소를 떠올렸다. 토쿠히메와 노부야스의 그림자가 장지문에 비치고, 그것이 점점 다가가 포옹하는 것이 보였다.

"성주님! 성주님!"

새로 근시로 발탁된 오쿠보 헤이스케 타다타카大久保平助忠教(히코자에몬彦左衛門)의 목소리가 들렸다.

"헤이스케, 성주님은 여기 계신다."

조금 떨어진 곳에서 만치요가 칼을 높이 쳐들고 대답했다.

3

오쿠보 헤이스케는 만치요의 목소리를 듣고 소나무 그림자를 밟으며 토끼처럼 뛰어왔다.

"성주님, 오구리 다이로쿠 시게츠네 님이 기후에서 지금 막 돌아오셨습니다."

"뭐, 다이로쿠가 돌아왔어? 알겠다, 곧 갈 것이니 내 거실에서 기다리라고 해라."

"알겠습니다."

헤이스케는 다시 토끼처럼 뛰어 사라져갔다. 이에야스는 성큼성큼 빠른 걸음으로 걷다가 다시 자신에게 물었다.

'원군이 오지 않는다는 것을 알았을 때는……?'

"좋아!"

이에야스가 자신의 각오를 스스로 확인하고 자기에게 들려주는 한마디였다.

이에야스는 빨리 걷기 시작했던 걸음을 평소의 걸음대로 천천히 되돌리고 거실의 정원 밑으로 돌아갔다.

만치요는 여전히 묵묵히 따라오고 있었다.

이에야스는 나막신을 가지런히 댓돌 뒤에 벗어놓았다.

"다이로쿠, 어떻게 되었나? 수고가 많았네."

이미 방에 들어와 단정히 앉아 있는 사자에게 말을 걸었다.

"성주님! 내일 오다 님께서 아드님과 함께 이 오카자키에 도착하실 예정입니다."

"그래?"

아무렇지도 않게 대답은 했으나, 순간 이에야스는 가슴이 메었다.

"그럼, 병력은 어느 정도라더냐?"

"이만입니다."

"음, 많은 수고를 끼치게 됐군."

"예, 이것으로…… 이것으로……"

이렇게 말하고는 다이로쿠도 참을 수 없었는지 무릎을 움켜쥐고 고개를 수그렸다.

이미 주연이 끝난 듯 넓은 방은 이전의 고요로 돌아와 있었다.

"다이로쿠, 그대의 기분은 잘 알고 있다. 그러나 이것으로 우리의 일이 끝난 것은 아니야."

"예…… 예."

"이제부터가 시작일세. 그런데, 오다 님은 여전히 건강하시더냐?"

"예…… 그곳을 떠나시기에 앞서 노부나가 님이 읊으신 렌가連歌°가 있습니다. 이걸 보십시오."

"허어, 렌가를 읊고 출발하셨다는 말이지. 어디 보세."

이에야스는 헤이스케가 건네는 종이쪽지를 펴서 소리내어 읽었다.

소나무는 드높고(마츠다이라松平, 도쿠가와라는 뜻)
타케다에게는 목이 없는 아침이로다   노부나가

'타케다에게는 목이 없는' 이란 글 밑에 괄호를 하고 (타케다의 목이 잘리는)이라고 씌어 있었다. 이에야스는 웃으면서 다음을 읽었다.

시로는 보이지 않는 병꽃나무에 가리고   쿠안久庵
지새는 달도 산너머로 사라졌네   쇼하紹巴
오다小田는 시원하게 불어오는 가을바람이로다   노부나가

"음, 소나무는 드높고 타케다는 목이 잘리는 아침이라. 시로四郎는 보이지 않는 병꽃나무에 가려진다."

"예. 지새는 달도 산너머(코슈)로 사라지고 오다小田(織田)는 시원하게 불어오는 가을바람…… 그 기개는 이미 적을 압도하고 있습니다."

이에야스는 비로소 크게 입을 벌리고 웃었다.

"하하하, 과연 오다 님다워. 먼저 크게 허풍을 떨고 나서 그것을 자

신의 채찍으로 삼고 있어. 나는 그렇게는 하지 못해. 놀라운 허풍쟁이
야, 하하하하."

4

이에야스는 웃다 말고 문득 노부나가의 성격을 떠올리고는 두려운
생각이 들어 입을 다물었다.

결단을 내릴 때까지는 냉정하게 계산을 거듭하지만 일단 행동에 옮
기면 철저하게 상대를 때려부수지 않고는 못 견디는 잔인무도한 일면
을 지닌 노부나가였다. 히에이잔을 불태운 것도 그런 성격의 일면이었
으며, 지난해 7월 이세의 나가시마長島에서 잇코 종도들을 공격했을
때도 차마 눈을 뜨고는 볼 수 없는 잔인성을 드러냈다.

"자비와 인내를 내세우면서도 장난질하듯 총포를 쏘아대고 칼부림
을 일삼다니. 이번에는 절대로 용서하지 않겠다. 철저히 응징하여 한
놈도 살려두지 않겠다."

그의 말대로 나가시마 신전이 불타 도망칠 곳을 잃은 혼간 사의 군사
2만을, 절에 불을 질러 한 사람도 남기지 않고 불태워 죽였다. 그런 노
부나가가 공공연하게 '타케다의 목이 없는 아침'이라 노래하며 승리를
장담하고 출전했다.

이 때문에 전쟁의 성격이 달라지리라는 것을 이에야스는 확실히 마
음에 담아두지 않으면 안 되었다.

'지금까지는 도쿠가와 타케다의 전쟁이었으나, 이제부터는 오다
와 타케다의 전쟁이 된다……'

승리를 거둔 후 노부나가가 도쿠가와 가문 내부의 일을 간섭하지 못
하도록 신중하게 대비하여 노부나가를 상대하지 않으면 안 된다.

"다이로쿠, 거기서 오쿠다이라 사다요시를 만났느냐?"

잠시 후 이에야스가 불쑥 물었다.

"예, 만났습니다. 이번 전쟁은 어디까지나 도쿠가와 가문의 흥망이 걸린 전쟁이므로 원군의 출발을 확인할 때까지 기후를 떠나지 않겠다고 노부나가 공에게 말씀 드렸다고 합니다."

"그 노인이라면 당연히 그런 말을 할 수 있었을 것일세. 음, 어디까지나 도쿠가와 가문의 흥망이 걸린 전쟁이라고 다짐을 두었다는 말이로군……"

"예, 오쿠다이라 님도 저도 누누이 강조했습니다."

"알겠네, 수고가 많았어. 그만 물러가서 쉬도록."

그 이튿날인 15일, 노부나가 부자는 오카자키 성에 들어와 이에야스 부자와 대면했다. 물론 쌍방의 중신과 노신들이 동석한 대면이었기 때문에 쌍방은 의례적인 인사만 나누었다. 노부나가는 계속 미소를 떠올리고 있었고, 이에야스는 아무것도 생각하지 않는 것처럼 끝까지 조용히 앉아 있었다.

쌍방의 참모들이 작전회의를 가진 것은 그날 밤이었으나, 그것도 결국 서로 낯을 익히는 주연으로 끝나고 말았다. 도쿠가와 쪽에서는 즉시 양군이 장수들을 앞세우고 오카자키를 출발할 줄 알고 있었는데, 노부나가는 그 이튿날에도 오카자키에 머무르겠다고 하면서 움직이지 않았다. 가신들은 초조해지기 시작했다. 그러나 이에야스도 굳이 노부나가를 독촉하려 하지는 않았다.

"천천히 쉬시고 나서 출발하는 것이 좋을 듯합니다."

이러한 이에야스 앞에 나가시노 성을 탈출한 토리이 스네에몬이 거지 같은 차림으로 나타난 것은 16일 새벽이었다.

"성주님, 나가시노에서 밀사가 왔습니다."

이에야스는 이미 자리에서 일어나 무장을 하고 있었는데, 그 말을 들는 순간 이마에 깊은 주름이 잡혔다. 절대로 나가시마에서 기쁜 소식이 올 리 없었다.

'원군을 청하러 왔거나, 아니면 나가시마 군이 전멸했거나……'

"정원 앞으로 데려와라."

이에야스는 이렇게 명하고 마루에 걸상을 준비하게 했다.

5

"으음."

이에야스는 아침 안개를 뚫고 스네에몬이 정원으로 들어오는 모습을 보고 가만히 신음했다. 짚으로 상투를 묶고 무릎까지밖에 내려오지 않는 농부의 잠방이를 입고 있었다. 굵은 정강이가 드러나 있고 발에는 노끈으로 동인 짚신을 신고 있었다.

"그대가 쿠하치로의 가신인가?"

어느 틈에 이에야스의 뒤에 사카이 타다츠구, 오구리 다이로쿠, 혼다 헤이하치로 등이 배석해 있었다.

"예, 토리이 스네에몬이라고 합니다."

스네에몬은 이렇게 대답하고 핏발 선 눈으로 이에야스를 쳐다보았으나, 이에야스는 일부러 아무 표정도 드러내지 않았다.

"나는 그대를 알지 못한다. 이 자리에 오쿠다이라 사다요시를 부르겠다. 만치요, 사다요시를 깨워 이리 데려오너라."

오쿠다이라 미마사카(사다요시)는 오다 군과 같이 성으로 돌아가 셋째 성에서 기거하고 있었다. 거기까지 가서 자는 사람을 깨워 데려오려면 시간이 걸렸다. 스네에몬은 초조감을 감추지 못하고 몸을 비틀기도 하고 입술에 침을 바르기도 했다. 그러나 이에야스는 조용히 스네에몬에게 눈길을 고정시킨 채 돌처럼 움직이지 않았다.

이윽고 미마사카가 헐레벌떡 달려왔다.

"오, 스네에몬. 수고가 많았다. 성주님! 이 사람은 제 자식의 가신임이 틀림없습니다."

미마사카를 본 스네에몬의 부릅뜬 눈에서 뚝뚝 눈물이 떨어졌다.

"좋아, 내가 직접 듣겠다. 말해보아라."

"허락이 내리셨네, 스네에몬."

"예, 말씀 드리겠습니다."

스네에몬은 거친 숨을 억제하면서 말했다.

"후쿠베 성이 떨어져 본성의 군량은 앞으로 사흘분밖에 남지 않았습니다."

이 말만 하고 입을 꾹 다문 채 침묵을 지켰다.

"전할 말은 그것뿐이냐?"

"예. 이 말만 전하면 나머지는 성주님이 판단하실 것이다, 쓸데없는 말씀을 드리면 도리어 판단하시는 데 방해가 될 뿐이라는 엄한 분부를 받았습니다."

"으음."

이에야스는 다시 한 번 신음하고 마루에 대령한 미마사카를 흘끗 돌아보았다. 미마사카는 울지 않으려고 밝아오기 시작하는 하늘을 잔뜩 노려보며 무릎을 움켜잡고 있었다.

"무척 마음에 드는 보고로구나. 음, 쿠하치로는 그 말밖에 하지 않았다는 말이지. 그렇다면 다시 묻겠다. 그대는 어떻게 적의 포위망을 뚫고 왔느냐?"

"오노가와의 강바닥을 걸어왔습니다."

"물귀신 같은 녀석이로군. 그럼, 탈출했다는 것을 어떻게 성에 알렸느냐?"

"간보잔에서 봉화로 알렸습니다."

"쿠하치로도 야쿠로 부자도, 또 사부로지로도 모두 무사하냐?"

"예. 흙을 먹고 무릎을 갉아먹는 한이 있어도 성주님의 지시가 계실 때까지는 성을 적의 손에 넘기지 않겠다며 의기가 충천하십니다."

이에야스는 다시 미마사카를 홀끗 돌아보고 옆의 가신을 보았다.

"잘 알겠다. 배가 고플 테니 식사부터 하고 옷을 갈아입은 뒤 좀 쉬도록 해라."

"황송합니다마는, 그럴 수 없습니다."

"배가 고프지 않다는 말이냐?"

"성안에서는 아마도 훗날에 대비하기 위해 맹물과 다름없는 이름뿐인 죽을 마시고 있을 것입니다…… 그러므로 저도 어떻게 해서든지 이대로 성에 돌아가 고락을 같이하고 싶습니다."

"그렇구나, 과연……"

이렇게 말하는 이에야스도 어느 틈에 눈시울이 붉어져 있었다.

6

"곧바로 나가시노로 돌아가겠다는 것이냐?"

이에야스는 북받치는 감정을 억제하고 차분한 어조로 물었다.

"나도 곧 달려갈 것이다. 그때 같이 가면 안 되겠느냐?"

"고마우신 말씀…… 성주님의 그 말씀을 들으니 더욱 빨리 돌아가고 싶습니다."

스네에몬은 은근히 원군의 출발을 재촉하고 있었다. 그러한 마음을 알아차리고 나도 곧 가겠다고 말한 이에야스의 마음이 참을 수 없이 고마웠다.

"알겠다. 쿠하치로는 정말 훌륭한 가신을 데리고 있구나. 좋아, 그러면 이대로 노부나가 공을 뵙도록 해주겠다. 발만 씻고 따라오너라. 헤이스케, 스네에몬에게 물을 갖다주어라."

스네에몬의 눈은 빨갛게 충혈되어 있었다.

쿠하치로가 절대로 쓸데없는 말을 하지 못하도록 한 의미가 가슴에 와닿았다.

'아무 말을 하지 않아도 이 마음을 꿰뚫어보고 계신다……'

노부나가가 앞에 데려가 스네에몬이 직접 그의 대답을 들을 수 있게 하려는 것이 분명했다.

'과연 훌륭하신……'

스네에몬은 일단 부엌 입구로 갔다가 헤이스케의 안내로 다시 이에야스의 거실로 돌아왔다.

이에야스는 이미 입구에서 기다리고 있었다.

"자, 나를 따라오너라."

본성의 대서원을 노부나가의 침소로 제공하고 있었기 때문에 이에야스는 그대로 스네에몬을 데리고 걷기 시작했다.

밖에서는 그제서야 겨우 새들이 지저귀기 시작했고 동쪽 하늘이 황금빛으로 물들기 시작했다.

노부나가에게는 이미 오구리 다이로쿠가 먼저 가서 알려놓았기 때문에 그는 갑옷받침을 걸친 채 사방침에 기대어 기다리고 있었다.

"그대가 아들 도깨비의 가신이란 말이지. 이야기는 들었다."

노부나가는 이에야스와 인사를 나누기도 전에 쩌렁쩌렁한 목소리로 스네에몬의 절도 기다리지 않고 물었다.

"장하다! 강바닥을 걸어서 왔다면서? ……하하하, 이번에는 하늘을 날아 돌아가거라."

"예."

"이름이 토리이 스네에몬이라지?"

"그렇습니다마는……"

"돌아갈 때 다시 그 간보잔인가 하는 산에서 봉화를 올려라. 그러면 성안에서는 용기를 얻을 것이다. 알겠느냐, 앞으로 하루나 이틀 후에는 도쿠가와 오다의 연합군 사만 이상이 사방에서 공격해들어갈 것이다. 우리가 도착하면 곧 적은 궤멸될 것이므로, 그때의 기쁨을 생각하며 기다리라고 일러라."

스네에몬은 그만 머리가 몽롱하여 잠시 동안 주위가 보이지 않았다.

그것은 이에야스와는 달리 다그치는 듯한 말이었으나, 듣고 있으려니 궤멸되어 달아나는 적의 모습이 환상인 양 보이는 것 같은 불가사의한 매력에 휩싸였다.

"훌륭해! 도깨비의 아들에게는 역시 도깨비 같은 용감한 가신이 있었군. 성에 돌아갈 때는 부디 조심해야 한다. 반드시 살아 돌아가 곧 원군이 도착할 것이라고 일러라. 정말, 수고가 많았다!"

4만 이상이란 것은 물론 크게 과장된 말이었으나, 그것을 노부나가의 입을 통해 직접 들으니 조금도 과장으로 여겨지지 않는 것이 이상했다. 오다 군은 2만, 도쿠가와 군은 8천이 고작이라는 것을 알고 있었는데도.

"분부의 말씀을 잊지 않고 하나하나 깊이 마음에 새기겠습니다. 그럼, 저는 이만 물러가겠습니다."

"그래 가거라!"

노부나가는 스네에몬에게 꾸짖듯이 말하고 나서 이에야스를 돌아보면서 껄껄 웃었다.

"더 이상 지체할 수가 없겠군요, 하마마츠 님."

이에야스는 고개를 끄덕이고 묵묵히 사라져가는 스네에몬의 남루한 뒷모습을 바라보고 있었다.

7

이튿날인 17일 —

이오지야마에 있는 타케다 카츠요리의 본진을 나온 아나야마 겐바노카미(바이세츠)는 시무룩한 표정으로 자기 막사를 향해 말을 몰았다.

카츠요리는 여전히 이 나가시노 성에 미련을 두고 있었다. 이 작은 성 하나를 함락한다고 해도 전략상으로는 큰 의미가 없었다. 그보다는 여기에 일부 병력을 남겨두고 즉시 오카자키나 하마마츠를 공격하는 편이 좋다고 권했으나, 오가 야시로와의 밀약이 차질을 빚은 결과로 카츠요리는 더욱 완고해져 있었다.

"이 작은 성 하나도 손에 넣지 못하고 어찌 천하를 호령할 수 있다는 말인가……"

가령 여기에 도쿠가와와 오다의 두 주력부대가 나타나 결전을 벌인다고 해도 불리할 것 없다고 고집을 부렸다.

'반대할수록 더 고집스러워진다……'

"이것으로 타케다 가문도 끝장이군요."

가신 중에는 가만히 작은 소리로 이런 말을 하는 사람까지 나왔다. 어쨌든 가보인 깃발까지 들고 나왔기 때문에 아무도 표면적으로는 강력하게 간언할 수 없었다.

겐바노카미는 성의 남쪽, 타케다 쇼요켄의 오른쪽에 있는 자기 진지 앞에서 말을 내렸다.

"조심해야 한다. 오늘 아침에도 간보잔에 수상한 봉화가 올랐다."

뒤따라온 가신 카와하라 야로쿠로河原彌六郎에게 말고삐를 건넸다. 바로 이때였다. 말고삐를 받아든 야로쿠로가 고개를 갸웃하고 걸음을 멈추었다.

"이봐, 너는 어느 편의 농부냐?"

탄환을 막기 위한 대나무 묶음을 메고 가는 5, 60명의 일꾼 중에서 한 사나이를 가리키며 큰 소리로 물었다. 그 소리에 겐바노카미도 막사에 들어가려다 말고 걸음을 멈추었다.

"예…… 예. 저는 아루미 마을에 사는 농부로 모헤에茂兵衛라고 합니다."

이때 야로쿠로는 벌써 그 앞으로 성큼성큼 다가가고 있었다.

"수상한 자다, 체포하라."

모헤에라고 말한 사나이의 목덜미를 잡아 끌어당기고 있었다.

옆에 있던 대여섯 명의 무사가 그 말에 따라 농부에게 달려들었다. 농부는 그중 두 사람을 보기 좋게 좌우로 뿌리치고 품에서 단검을 꺼내 잽싸게 아나야마 겐바노카미에게 대들었다.

겐바노카미는 채찍을 비스듬히 휘두르며 왼쪽으로 피했다. 이때 뒤에서 야로쿠로가 농부의 발 밑으로 말고삐를 던졌다. 이에 다리가 걸린 농부는 소리도 지르지 못하고 그 자리에 쓰러졌다. 그 주위를 겐바노카미를 태운 말이 성난 모습으로 빙빙 돌았다. 무사들이 그 틈을 타서 쓰러져 있는 농부에게 달려들어 손을 뒤로 묶은 것은 눈 깜짝할 사이의 일이었다.

"멍청한 놈, 이런 일이 생길 것 같아 우리편 일꾼들에게는 모두 똑같은 감청색 각반을 두르도록 했다. 그것도 모르고 너는 연황색 각반을 두르고 있었어."

야로쿠로가 어깨를 들먹거리며 말했다. 농부는 그때야 비로소 강하게 혀를 찼다.

"그걸 미처 몰랐다."

"너는 무사로구나?"

"그렇다."

땅에 책상다리를 하고 앉은 채 그 사나이는 당당하게 말했다.

"오쿠다이라 쿠하치로의 가신 토리이 스네에몬이다, 나는……"

8

"뭣이, 오쿠다이라의 가신……?"

아나야마 겐바노카미는 성큼성큼 스네에몬 앞으로 걸어갔다.

"너는 일꾼들 틈에 끼여 성으로 들어가려고 했지?"

"들어가려고 한 것이 아니라 돌아가는 것이었다."

스네에몬은 이마의 땀을 햇빛에 빛내며 점점 더 눈을 날카롭게 떴다.

"앞으로 하루 이틀이면 떨어질 성인데 무엇 때문에 돌아가려 했단 말이냐?"

"앞으로 하루 이틀……"

스네에몬은 빙긋이 미소를 얼굴에 새겼다.

"이 성이 떨어질 리 없어. 하루 이틀 안으로 오다와 도쿠가와의 연합군 사만이 도와주러 올 테니까."

아나야마 겐바노카미는 저도 모르게 숨을 죽이고 물었다.

"그럼, 오늘 아침 간보잔에 봉화를 올린 것이 너였다는 말이냐?"

"오늘 아침만이 아니다. 십오일 아침에도 올렸다."

"너는 원군을 청하러 성을 빠져나갔었구나."

"하하하……"

스네에몬은 커다랗게 소리내어 웃었다.

"원군을 청하러 갔던 게 아니야. 원군이 어디까지 왔는지 그것을 확인하러 갔었다. 그리고 오다의 성주님과 하마마츠의 성주님도 만나고 왔다. 그것을 봉화로 알렸다. 그래 성안의 분위기가 달라졌다는 것도 깨닫지 못했느냐?"

"야로쿠로!"

아나야마 겐바노카미는 스네에몬으로부터 시선을 돌려 카와하라 야로쿠로에게 채찍같이 날카로운 말을 던졌다.

"이놈을 본진에 끌고 가라. 나도 가겠다. 놓쳐서는 안 된다."

"알겠습니다."

스네에몬은 전혀 반항하려 하지 않았다. 여전히 반쯤 웃고 있는 듯한 대담한 얼굴로 겐바노카미의 뒤에서 손이 묶인 채 햇볕이 무섭게 내리쬐는 가운데 카츠요리의 본진으로 끌려갔다.

'드디어 잡히고 말았어……'

붙들리면 어떻게 할까 하고 이것저것 생각하기도 했다. 그런데 이상하게도 지금은 그런 건 머릿속에 떠오르지 않았다. 다만 널따란 창공에 내던져져 높이 떠오르고 있는 기분이었다.

카츠요리의 본진은 벌집을 쑤셔놓은 것 같았다.

그토록 엄중한 포위망을 뚫고 성에서 빠져나갔다는 놀라움에 오다와 도쿠가와의 연합군이 드디어 나가시노를 구원하러 온다는 놀라움이 겹쳐, 그 소문은 순식간에 장수에서 졸병에게로 소용돌이쳐나갔다.

카츠요리는 임시막사 앞의 뜰에 스네에몬을 꿇어앉히고, 땀이 굳어 소금이 된 네모진 얼굴을 잠시 동안 노려보고 있었다.

"네 이름이 토리이 스네에몬이냐?"

"그렇소……"

"뱃심이 두둑한 놈이로군."

"칭찬해주니 고맙소."

"삼엄한 포위를 뚫고 나가 임무를 완수하고, 더구나 성에 돌아와 생사를 같이하려 한 그 용기, 적이기는 하지만 우러러 보이는구나."

"미안하지만 그 칭찬은 지나칩니다. 오쿠다이라의 가신 중에는 나 같은 사람은 비로 쓸 정도로 많지요."

"알겠다. 그 말도 마음에 든다. 아나야마, 이 자를 그대에게 맡기겠다. 잘 돌보도록 하라."

뜻하지 않은 카츠요리의 말에 비로소 스네에몬은 고개를 갸웃하며 생각하기 시작했다.

"일어서!"

겐바노카미가 날카로운 소리로 말했다.

9

스네에몬이 알고 있는 카츠요리는 잔인무도한 대장이었다. 그런데 진심으로 감동한 듯하며, 갈가리 찢어 죽여도 시원치 않을 자기를 잘 돌보아주라고 한다.

스네에몬은 아나야마 겐바노카미를 따라 카츠요리의 본진 옆에 있는 대기실로 끌려가는 동안 왠지 모르게 맥이 빠지는 느낌이었다.

대기실에는 의사인 듯한 사람, 서기 같은 사람말고도 머리를 빡빡 깎은 도보슈同朋衆° 등이 있었으나 스네에몬과 안면 있는 사람은 없었다. 그들의 눈이 일제히 스네에몬에게로 향했다. 이미 그곳에서도 소문을 들은 모양이었다.

"이리 와서 앉아."

아나야마 겐바노카미는 자기도 그 오른쪽에 책상다리를 하고 앉았으나 아직 결박은 풀어주지 않았다.

"스네에몬."

"뭔가?"

"대장님의 말씀은, 네가 용기를 가진 자임을 인정하고 살려주려는 생각을 나타내신 것이다. 그러나 너를 책임지게 된 나로서는 이대로 풀어줄 수 없어."

"네 마음대로 해도 나는 아무 불만이 없다."

겐바노카미는 그 말에는 대답하지 않았다.

"이런 생각을 하는 것은 나만이 아니야. 여러 장수들이 모두 분개하고 있기 때문에 이대로 살려주면 그들이 납득하지 않아."

"당연히 그럴 테지."

"그래서 제안하고 싶은데, 네가 한 가지 공을 세워주었으면 싶다."

스네에몬은 한숨을 쉬었다.

"원, 이런."

그리고는 별로 생각해보지도 않고 말했다.

"그런 뜻이 너희 대장의 말에 담겨 있었다면, 그 다음 말은 들을 필요도 없다."

아나야마 겐바노카미는 순간 험악한 표정을 지었다가 곧 평소의 표정으로 돌아왔다.

"우리 대장님의 말씀에 다른 뜻이 있는 건 아니다. 그냥 살려주라고 하셨을 뿐이다…… 하지만 그렇게 하면 다른 사람들이 승복하지 않아. 너를 생선회 치듯 갈가리 찢어버리고 말 것이다. 그래서 나는 이왕이면 네가 무사할 수 있도록 모든 사람이 승복할 수 있는 무언가가 필요하다는 말이다."

"그럴 듯한 말이로군."

"성안에서는……"

겐바노카미는 어조를 바꾸었다.

"네가 돌아오기를 기다리고 있을 게다. 봉화를 보고 네가 성 부근에까지 왔다는 것은 알았겠지만, 다른 건 모르잖아? 모두 자세한 사정을 알고 싶을 것이야."

"그럴 테지."

"내가 너를 성밖까지 데려가겠다. 그때 네가 성안 사람들에게 이렇게 말해줄 수 없을까——원군은 아직 올 기색이 보이지 않는다고. 그 말이면 돼. 그 말만 하면 아무도 너를 해치려는 자가 없을 거야."

스네에몬은 천천히 돌아가는 물레방아처럼 그 한마디 한마디에 무겁게 고개를 끄덕이며 듣고 있었다.

"그럼, 단지 그 한마디만 하면 나를 풀어주겠다는 말이냐?"

"그래. 원군은 오지 않는다고만 말하면 성안에서는 도리 없이 손을 들게 된다. 그러면 성안에 있는 오백의 군사도 무사할 수 있는 일……그것도 하나의 자비가 아니겠느냐?"

"알겠다! 과연 그 자비, 이 스네에몬이 베풀도록 하겠다."

"휴우."

선선한 스네에몬의 대답에 주위 사람들이 안도의 숨을 내쉬는 것을 알 수 있었다.

10

스네에몬은 결코 두뇌회전이 빠른 사람이 아니었다. 어떤 면에서는 보통사람보다 느리게 움직이는지도 몰랐다. 느린 움직임 속에서 '이것이 옳다'는 핵심을 파악하면 그 다음 결단은 놀라울 만큼 빨랐다.

그는 자기 나름대로 카츠요리의 의사도 아나야마 겐바노카미의 입장도, 그리고 자기 자신이 놓인 처지도 모두 어쩔 수 없는 것으로 받아들였다.

카츠요리는 소문처럼 잔인한 대장이 아니었다는 생각을 하게 되고, 아나야마 겐바노카미는 현실을 꿰뚫어보고 치밀하게 계산하지만 단 하나 잘못 계산하고 있다는 생각을 했다. 토리이 스네에몬이라는 사나이

는 자기 목숨을 건지기 위해 아군을 배반할 수 있는 사람이 아니라는
단 하나의 사실을 간과하고 있었다.

'그러기를 잘 했다……'

스네에몬은 묶인 채로 카와하라 야로쿠로에게 끌려 아직도 햇살이
강한 가운데 성의 북쪽에서 본성의 망루 앞으로 나왔다.

양군의 진지가 근접해 있어 어느 쪽에서 바라보아도 상대의 인상까
지 알아볼 수 있었다. 이렇게 가까운 거리에서 일꾼 차림의 한 사나이
가 밧줄에 묶여오는 것을 보았기 때문에 당연히 성안의 시선이 집중되
었다.

"아, 스네에몬이다!"

"토리이 님이 붙잡혀 끌려오고 있어."

성안에는 순식간에 큰 파문이 일었다.

여기저기의 창에서, 나무그늘에서, 돌담에서, 성안 사람들이 놀라는
얼굴로 내다보았다.

오늘 아침 간보잔에 오른 봉화.

"원군이 온다!"

봉화를 보고 모두들 사기가 올랐다. 그런데 지금 봉화를 올린 스네에
몬의 사로잡힌 모습을 보는 것은 더할 나위 없이 통탄스러운 일이었다.

아나야마 겐바노카미는 그곳까지는 따라오지 않았다. 아마도 그는
카스요리에게 스네에몬이 뜻밖에도 순순히 자기 말에 따르겠다고 약속
했다는 것을 보고하러 간 모양이었다.

"자, 여기가 좋겠다."

스네에몬을 끌고 온 야로쿠로가 말했다.

스네에몬은 둔감하다기보다도 오히려 고지식하다고 해야 좋을 태도
로 순순히 고개를 끄덕였다. 그리고 당당한 걸음걸이로 사방이 잘 내다
보이는 높직한 바위 위로 올라갔다.

서쪽 하늘에는 하얀 구름이 점점이 떠 있을 뿐이어서, 푸른 하늘이 산도 사람도 성도 성채도 빨아들일 듯이 또렷하게 보였다.

"성안에 있는 분들에게 말합니다……"

바위 위에 오른 스네에몬은 침착한 목소리로 말했다.

"토리이 스네에몬, 성으로 돌아가려다 이렇듯 사로잡혔습니다."

그 소리에 성안에서는 이상한 긴장감과 웅성거림이 고조되어갔다.

"그러나 전혀 후회는 없습니다. 오다, 도쿠가와의 두 대장님은……"

일단 말을 끊었다.

"이미 사만의 대군을 거느리고 오카자키를 출발하셨습니다. 이삼 일 안으로 반드시 운이 트일 것입니다. 성을 굳건히 지켜주십시오."

"와아!"

성안에서 함성이 일어나는 것과 타케다 군 아시가루 두 사람이 바위에 뛰어올라 스네에몬을 끌어내린 것은 동시의 일이었다.

스네에몬은 밧줄에 끌려 땅에 떨어졌다. 그리고 머리와 어깨 할 것 없이 마구 짓밟히고 발길로 채이면서도 시원함을 느꼈다.

11

"이놈이 속였구나."

"이 새끼 요절을 내주겠다."

"감히 이런 짓을."

이런 욕설과 발길질이 끝날 때까지도 스네에몬은 전혀 저항할 생각을 하지 않았다. 아이들에게 희롱당하는 오뚝이처럼 걷어차면 쓰러지고 짓밟으면 꼼짝 않고 있었다.

"이제 됐다. 이놈, 스네에몬."

잠시 어쩔 줄을 몰라 하면서 입술을 깨물고 있던 카와하라 야로쿠로가 겨우 부하들의 폭행을 제지하고 스네에몬 앞에 섰을 때 그는 머리도 얼굴도 진흙으로 범벅이 된 채 웃고 있었다.

　"이것이 우리 주군의 호의에 대한 보답이란 말이냐!"

　"미안하게 됐다."

　"괘씸한 놈."

　"미안하기는 하지만, 이것이 무사의 오기라 생각하기 바란다. 입장이 바뀌었다면 너도 자기편에 불리한 말은 하지 못했을 것이다. 아나야마 님에게는 미안하게 됐다고 전해주기 바란다. 그 대신 이제부터는 너희 마음대로…… 화가 풀릴 때까지……"

　"닥쳐라!"

　다시 한 번 밧줄로 때렸으나 이 역시 스네에몬의 미소를 지우지는 못했다.

　기마무사가 두 차례나 본진과의 사이를 왕복했다. 세번째에는 스네에몬 앞에 커다란 나무 십자가가 운반되어왔다.

　스네에몬은 일단 결박이 풀렸다가 십자가에 다시 묶였다. 허리와 목과 두 손목과 발이…… 그리고 사정없이 두 손바닥에 큰 못이 박혔을 때 스네에몬은 왠지 모르게 안도감을 느꼈다. 이것으로 살아온 보람이 있었다……고 느낀 것이 아니라, 이제는 고통의 종말이 가까워졌다는 슬픈 안도감이었다.

　십자가가 많은 사람들에 의해 세워지기 시작했다. 성안에서도 마른 침을 삼키고 이 광경을 지켜보고 있을 것이 분명했다. 그러나 이제 스네에몬이 볼 수 있는 세계는 단지 푸른 하늘뿐이었다.

　"이봐, 이런 처형을 너의 대장이 허락했느냐?"

　"허락이고 말고가 없다. 본보기를 보여주는 것이다."

　이런 소리가 들렸으나 그것은 이미 자기와는 인연이 없는 세계의 목소리로 들렸다.

드디어 십자가가 세워졌다.

여기가 어디인지 알려고 정신을 차리려 했을 때 두 겨드랑이 밑에서 창끝이 교차하여 양어깨를 뚫고 나갔다.

"으으으……."

스네에몬의 시야가 갑자기 어두워지고 귀에서 소리가 울렸다. 그런 가운데서 누군가가 열심히 무언가를 말했다.

"토리이 님, 토리이 님이야말로 참다운 무사, 그 충성을 본받기 위해 최후의 모습을 그려 기치로 삼으려 하오. 이렇게 말하는 사람은 타케다 군의 가신 오치아이 사헤이지落合左平次. 스네에몬 님, 허락해주시겠습니까?"

스네에몬은 그 말에 웃음으로 답하려 했으나 더 이상 얼굴 표정 하나 움직일 수 없었다. 상대방 무사는 붓통을 꺼내 종이에 스네에몬의 최후를 그리고 있었다.

장소는 아루미가하라有海ヶ原에 있는 야마가타 사부로베에의 진지 앞, 이미 석양이 시뻘겋게 물든 대지의 핏빛을 비추어 반사하기 시작했을 무렵이었다.

지략과 전략

1

이에야스와 노부나가의 연합군이 토리이 스네에몬의 뒤를 쫓기라도 하듯 오카자키를 떠나 우시쿠보牛久保를 거쳐 시타라가하라設樂ヶ原에 도착한 것은 18일 낮이었다.

도착한 후 우선 고쿠라쿠지야마極樂寺山에 본진을 둔 노부나가와 챠우스야마茶磨山에 본진을 둔 이에야스는 즉시 서로 만나 마지막 군사 회의를 열 필요가 있었다.

이에야스는 사카키바라 코헤이타 야스마사와 토리이 히코에몬 모토타다鳥居彦右衛門元忠를 데리고 임시막사를 나와, 이미 서쪽으로 기울기 시작한 햇빛을 받으며 고쿠라쿠지야마에 있는 노부나가의 본진으로 향했다.

나가시노 성까지는 약 10리.

도중에 말을 몰아 단죠잔彈正山에 이르러 보니 발 밑의 렌고가와連子川를 사이에 두고 몇 겹으로 깊은 숲 너머에서 굶주림에 시달리는 나가시노 성의 고동소리가 그대로 자기 가슴에 전해오는 것 같았다.

잠시 동안 이마에 손을 얹고 동쪽 하늘을 쳐다보았다.

"성주님, 늦어지겠습니다. 어서 가시지요. 노부나가 님이 기다리고 계실 것입니다."

토리이 모토타다가 재촉했으나 이에야스는 움직이지 않았다. 자기가 다만 여기서 마음을 담아 바라보기만 해도 나가시노 성으로 눈에 보이지 않는 힘이 전해진다…… 그런 마음이 들어 차마 떠날 수가 없는 이에야스였다.

"성주님! 엉덩이가 무겁기로 유명한 그 노부나가 님이 여기까지 오시지 않았습니까?"

"알고 있네."

"아신다면 기다리시게 할 수 없습니다. 어서 가시지요."

"모토타다…… 그대는 오다 님의 엉덩이가 왜 그렇게 무거웠는지 알고 있나?"

이에야스는 아직도 시선을 동쪽 산과 숲에 못박은 채 말했다.

"오다 님은 이번 전쟁에서 진정으로 내게 도움을 주고 싶어 좀처럼 움직이지 않았던 것일세."

모토타다는 그 말에 이맛살을 찌푸리며 혀를 찼다.

'이 얼마나 호인다운 말인가……'

남들이 하는 싸움이라 생각했기 때문에 좀처럼 움직이려 하지 않았던 노부나가. 그 정도는 도쿠가와 군의 말단 아시가루들까지도 알고 있는 사실인데도.

"오다 님은 말일세, 타케다 군이 우리 군사가 도착했다는 것을 알면 얼른 나가시노의 포위를 풀고 전투를 피해 카이로 철수할까 두려워하고 있는 거야."

"그렇지 않습니다."

모토타다는 반발했다.

"그렇게 되면 정말 다행입니다만, 그래서 노부나가 님이 며칠 밤이나 오카자키에 머물러 있었다고 생각하십니까?"

이에야스는 비로소 모토타다를 돌아보았다.

"자네까지 그런 생각을 하고 있었단 말인가?"

"그렇습니다. 서둘러 가셔서 무슨 일이 있어도 결전을 위한 군사회의를 소집하셔야 합니다."

"그랬었군, 그대마저도……"

이에야스는 미소를 띤 채 별로 자세한 설명은 하려 하지 않았다. 그리고 말머리를 돌려 고쿠라쿠지로 향했다.

죽은 신겐의 전술 중에는 '술래잡기 전술'이라는 퇴각법이 있었다. 적과 아군의 병력을 냉정하게 계산하여 아군에게 승산이 없다고 판단되면 재빨리 적이 헛다리를 짚도록 만들고 철수해버리는 전술이 그것이었다.

'노부나가는 그것을 알고 일부러 지연시켜왔다……'

이에야스는 그렇게 판단하고 있었다. 그런데 과연 그 판단이 옳은지 어떤지……

"성주님, 오늘은 강력하게 오다 성주님을 대하십시오."

뒤에서 다시 모토타다가 다짐을 주었다.

2

모토타다의 말대로 노부나가의 본진에서는 이미 장수들 전원이 집합하여 이에야스의 도착을 기다리고 있었다.

오다 노부타다織田信忠, 노부오信雄 등 노부나가의 두 아들을 비롯하여 시바타 카츠이에柴田勝家, 사쿠마 노부모리佐久間信盛, 하시바 히데요시羽柴秀吉, 니와 나가히데丹羽長秀, 타키가와 카즈마스瀧川一益, 마에다 토시이에前田利家 등이 모여 여러 가지 전략을 숙의한 뒤인 듯했다.

장막을 친 풀 위에 노부나가만이 걸상을 놓고 앉아 있었다. 노부나가는 이에야스를 맞으며 노부야스의 모습이 보이지 않는 것을 의아하게 여긴 듯 물었다.

"사부로 님은?"

"현재 마츠오야마松尾山에 본진을 구축하고 있습니다. 결정된 일은 나중에 알려주면 될 것입니다."

"도쿠가와 님."

노부나가는 자기 옆의 걸상을 가리켰다.

"코슈 군이 드디어 전쟁을 걸어올 모양이오."

이에야스는 뒤따라온 토리이 모토타다와 사카키바라 야스마사에게 미소를 보내고 걸상에 앉았다.

"아군의 승리는 이미 의심할 여지가 없겠군요."

"그럼요!"

노부나가는 기쁜 듯이 고개를 끄덕였다.

"도쿠가와 님에게 참고로 말해두고 싶은 것이 있어요."

"참고로……? 예, 말씀하시지요."

"다름이 아니라 카츠요리는 도쿠가와 님의 숙적, 그러므로 이번 싸움에서 완전히 숨통을 끊어놓고 싶겠지만, 이 일전으로 그를 죽이려는 성급한 생각은 접어두기 바라오. 도쿠가와 님이나 사부로 님이 적중 깊이 쳐들어가 만일에 전사라도 하게 될 때는 전투에는 승리하더라도 패배와 다름없는 일이라는 것을 알아야 하오. 만일 그런 일이 생기면 이 노부나가가 일부러 기후에서 가세하러 온 보람이 없어지오."

이에야스는 묵묵히 고개를 끄덕였으나, 이 한마디는 토리이 모토타다를 몹시 놀라게 만든 모양이었다.

노부나가도 아마 이번 전투에 임하는 이에야스의 불안은 간파하고 있는 모양이었다. 그래서 '가세하러 왔다……' 는 미묘한 말로 자기 입장을 밝히고 있었다.

"어쨌든 이번 전투에서 도쿠가와 님은 부처님이 된 심정으로 모든 일을 이 노부나가에게 맡겨주기 바라오. 상대가 싸움을 걸어온다면 우리는 승리한 것과 다름없으니 도쿠가와 님은 유람하는 기분으로 임하시오. 두고 봐요, 이번에야말로 이 노부나가가 타케다의 졸개들을 짓이겨놓은 종달새처럼 만들어버릴 테니까."

순간 이에야스의 얼굴에 불쾌한 기색이 떠올랐다. 가세한다고 하면서도 역시 노부나가는 이번 싸움을 자신이 승리한 것으로 천하에 과시하고 싶은 속셈이었다.

"가세를……"

이윽고 이에야스는 미소를 되찾았다.

"가세를 부탁한 우리가 유람하는 기분으로 임한다는 것은 있을 수 없는 일. 그러므로 우리가 앞장서서 싸우겠으나, 오다 님의 그 말씀만은 명심하겠습니다."

그러면서 중앙에 펼쳐져 있는 그림지도로 눈길을 옮겼다.

오카자키에서 검토하고 온 진지의 배치도였는데 여기저기에 붉은 줄이 그어져 있었다.

렌고가와 기슭을 따라 남북으로 길게 울타리를 세우고 그곳으로 적을 유인하여, 장대끈에 끈끈이를 발라 종달새를 잡듯이 본때를 보여주겠다는 것이리라.

잠시 그림지도를 유심히 들여다보던 이에야스가 조용한 소리로 중얼거렸다.

"이것만으로는 안심할 수가 없군."

3

오다, 도쿠가와 양군의 수는 2만 8,000.

그 가운데는 노부나가가 자기 세력권 안에서 최대한으로 모아들인 총포대 3,500명이 포함되어 있었다. 기후를 출발할 때 노부나가가 병사 각자에게 짊어지게 한 수만 개의 재목으로 렌고 다리에서 단죠잔까지 삼중으로 울타리를 세울 것이었다. 이 삼중의 울타리는 이를테면 기마전騎馬戰에 강한 타케다 군을 묶어놓으려는 덫이었다.

타케다 군은 일거에 이에야스와 노부나가의 본진을 쳐부수려고 이 울타리에 돌격을 감행할 것이 틀림없다. 그때 3,500여 명의 총포대가 그곳에 밀집해 있는 적을 향해 일제히 사격을 가한다……는 것이 노부나가가 짜낸 비책이고 필승의 전법이었다.

그런 만큼 노부나가는 자신만만하여 이에야스에게 유람이라도 하는 기분으로 구경하라고 했는데도 이에야스는 '이것만으로는 안심할 수 없다'고 했다.

"허어, 이것만으로는 아직 부족하다는 말이오?"

노부나가는 뜻밖의 말에 눈을 빛냈다.

"어디가 불안한지, 그 말을 듣고 싶소."

이에야스는 대답 대신 천천히 고개를 갸웃거리며 생각하다가 불쑥 물었다.

"타케다 군이 과연 이 울타리를 돌파하려고 할까요?"

"하하하…… 그 점에 대해서도 이미 대책을 세워놓았소."

"적이 이 덫에 걸렸다 해도……"

이에야스는 말하다가 일단 중단하고 말머리를 돌렸다.

"우리 가신 중에 사카이 사에몬노죠 타다츠구라는 장수가 있습니다마는……"

무슨 생각을 했는지 느닷없이 묘한 말을 꺼냈다.

"아, 그 사람."

노부나가 역시 조심스러운 눈빛이 되었다. 이에야스가 무슨 생각을 하는지 탐색하려는 매와 같은 눈이었다.

"타다츠구라면 새삼스럽게 소개하지 않아도 몇 번이나 나에게 사자로 왔던 일이 있으므로 알고 있소. 그 타다츠구가 어떻다는 말이오?"

"타다츠구는 아주 노련한 장수, 그를 불러 책략을 물어주었으면 합니다."

이번에는 노부나가가 엄한 표정으로 잠시 생각에 잠겼다.

"좋아요. 곧 이 자리에 부릅시다."

"코헤이타, 타다츠구를 불러오너라."

이에야스는 이렇게 말하고 지휘용 부채로 울타리의 기점이 되는 렌고 다리 밖을 가리켰다.

"저기에는 우리 가신인 오쿠보 형제를 미끼로 삼아 보내주십시오. 저기까지 오다 군에게 수고를 끼친다면 이 이에야스로서는 마음이 괴롭습니다!"

노부나가는 빙긋이 웃었다.

이에야스의 성실성으로 미루어볼 때 그런 말이 나올 수도 있는 일이지만, 노부나가는 그렇게 받아들이지 않았다.

'깊은 생각을 하고 있구나……'

하지만 그래도 좋다고 생각했다. 두 사람의 대장이 서로 책략을 짜내고 힘을 겨루어 쌍방의 장점을 살려 전투에 임할 때 비로소 연합군의 힘은 발휘된다.

"오쿠보 형제라면 시치로에몬 타다요七郎右衛門忠世와 지에몬 타다스케治右衛門忠佐를 가리키는 말이오?"

"그렇습니다. 그들 형제를 아군의 선봉에 서도록 해주십시오."

"알겠소! 오쿠보 형제라면 나도 이의가 없소."

다시 생각하다가 말을 이었다.

"만일 울타리 밖에서 오쿠보 형제가 고전하면 나의 가신 시바타, 니와, 하시바 세 장수로 하여금 북쪽에서 울타리 밖으로 공격해나가도록 하겠소."

이렇게 말했을 때 부르러 보냈던 사카이 타다츠구가 달려왔다.

4

막사 안의 모든 장수들과 가신들의 눈이 사카이 사에몬노죠 타다츠구에게 집중되었다. 노부나가의 전략에 불만을 품은 것 같은 이에야스가 스스로도 왜 불안한지 알 수 없으므로 불러서 물어보자고 했던 만큼 결코 무리가 아니었다.

"오오, 타다츠구."

이에야스보다 먼저 노부나가가 손짓해 불렀다.

"이번 전투에 대해 뭔가 생각해놓은 책략이 있으면 말해보게. 망설일 것 없어."

"예."

타다츠구는 새우잡이 춤을 출 때와는 전혀 다른 엄숙한 태도로 노부나가가 앞으로 나와 한쪽 무릎을 꿇고 그곳에 펼쳐져 있는 그림지도를 들여다보았다.

"타케다 군이 우리 양동대陽動隊°를 추격하여 이곳 아루미가하라에 몰려오면 그들의 후방이 텅 비게 될 것이라 생각합니다."

"그야 그럴 테지."

"그때 은밀히 뒤로 돌아가 토비노스야마 성채를 점령하면 어떨까 합니다."

"뭐, 적 후방의 토비노스야마를······"

"예. 만일 그 임무를 제게 맡겨주신다면, 그 전날 밤 안에 적의 배후로 돌아가 새벽녘에는 토비노스야마를 점령해 보이겠습니다."

타다요는 자신 있는 어조로 말했다. 이에야스는 눈을 가늘게 뜨고 조용히 앉아 듣는 것 같기도 하고 듣지 않는 것 같기도 했다.

노부나가는 날카로운 눈으로 그를 흘끗 바라보고 갑자기 큰 소리로 웃기 시작했다.

"이것 보게, 타다츠구!"

"예."

"이 노부나가는 마흔두 살이 되어서야 비로소 옛 속담의 뜻을 알았어. 게는 자기 등딱지에 맞게 구멍을 판다는 속담의 뜻을. 하하하······ 멍청한 자 같으니라고! 이번 전쟁을 어떻게 생각하고 있나. 노부시野武士°나 산적들을 상대로 하는 것이 아니야. 그런 얄팍한 수법은 미카와나 토토우미에서 고작 이, 삼백 명의 소수로 싸울 때 쓰는 거야. 그대의 그릇을 알 만하네, 그만 물러가게!"

일단 조롱하기 시작하면 숨이 막힐 정도로 악담을 퍼붓는 노부나가였다. 타다츠구는 얼굴이 빨개져 고개를 수그리고 다른 장수들도 그만 고개를 숙였다.

이에야스만이 여전히 묵묵히 앉아 있었다.

"그럼, 물러가겠습니다."

타다츠구가 사라지자 다시 전략회의는 계속되었다. 그러나 이 회의는 어디까지나 적이 아군의 계략에 용케 말려들었을 경우를 상정한 것일 뿐, 적이 오지 않는다면 당연히 재고해야 할 성질의 것이었다.

어쨌든 하늘이 연한 먹빛으로 물들 무렵 일단 전략회의가 끝나고, 장수들은 각각 자기 진지로 돌아갔다.

"도쿠가와 님, 바쁘실 텐데 아직 돌아갈 생각이 없으시오?"

뒤에 남은 것이 이에야스 주종뿐이라는 것을 알고 노부나가는 웃으면서 말했다.

"역시 눈치를 채신 것 같군. 그럼, 다시 한 번 타다츠구를 이 자리에 부를까요?"

이에야스는 당연한 일이라는 듯이 조용하게 말했다.

"코헤이타, 타다츠구를 불러오너라."

그리고 노부나가에게 눈길을 옮겼다.

"이것으로 이겼군요. 아니, 겨우 이긴다는 것을 알게 되었습니다."

한마디 한마디에 힘을 주며 고개를 끄덕였다.

5

타다츠구가 들어왔을 때는 이미 사방이 어두워지고 모닥불 위의 하늘에 별이 빛나기 시작했다. 타다츠구는 낯빛이 창백하고, 핼쑥해진 얼굴에 경계와 분노의 감정을 떠올리고 있었다.

"타다츠구, 가까이 오게."

이에야스가 부드러운 말로 그를 손짓하여 불렀다.

"오다 님이 긴히 그대에게 할 말씀이 계시다는구나."

"예."

타다츠구가 두 사람 앞에 와서 한쪽 무릎을 꿇자 노부나가는 손을 흔들어 남아 있던 두 사람의 근시를 물러가게 했다.

"타다츠구, 좀더 가까이 오도록."

"예."

"과연 도쿠가와 님의 오른팔, 아까 그대가 말한 책략에 이 노부나가는 진심으로 감탄했네. 사실은 말일세."

"……"

"진중이라고는 하지만 좀처럼 방심할 수 없었어. 얼마 전에도 아마리 신고로甘利新五郎라는 적의 첩자가 숨어들어왔는데, 난 그걸 보기 좋게 역이용했지. 적은 반드시 결전을 벌이려고 아루미가하라로 공격해올 것이야. 그러나 그들이 우리편의 일격을 받고 이거 안 되겠다고 그대로 철수한다면 아무런 소득도 없어. 그래서 무슨 묘책이 없을까…… 하고 열심히 생각하고 있던 중일세. 결전을 벌일 그날 새벽에 토비노스야마의 성채를 빼앗는다, 그거 참으로 묘책일세. 이 노부나가는 정말 감탄했어. 그러나 야습은 말이지, 적에게 간파당해서는 성공하지 못해. 그래서 여러 장수들 앞에서 일부러 그대를 조롱했던 것일세. 알겠나, 내일 하루는 울타리 세우는 일에 힘을 기울일 것이니, 그대는 내일 새벽에 아무도 모르게 행동을 개시하여 적이 아루미가하라로 나왔을 때 토비노스야마를 점령하게. 그리고 그대에게 총포대 오백을 주겠어."

"그……그……그것이 사실입니까?"

타다츠구는 뜻밖의 말에 놀라 이에야스와 노부나가를 번갈아 바라보았다.

이에야스는 여전히 반쯤 눈을 감은 채 묵묵히 듣고 있었다.

"하하하, 모처럼의 묘안이라 밖으로 새어나갈지 몰라 꾸짖었던 거야. 용서하게, 타다츠구. 사실은 그 야습에 이 노부나가가 직접 나서고 싶을 정도일세. 도쿠가와 님, 이 공을 내가 세우지 못하고 타다츠구에게 빼앗기다니 여간 아쉽지 않소."

이에야스는 고개를 끄덕이고 타다츠구에게 말했다.

"총포대 오백…… 최선을 다하도록."

"예."

"발각되면 안 돼."

"알겠습니다."

"이 사람도 이만 물러가 즉시 장수들에게 여러 가지 지시를 내리겠습니다."

이에야스가 정중하게 절하고 일어나자 노부나가는 흉허물없이 그의 어깨를 두드렸다.

"울타리를 치는 소리가 들리기 시작하는군. 하하하…… 정말 아름다운 소리요. 그렇지 않소, 도쿠가와 님?"

이렇게 해서 오다와 도쿠가와의 군사회의는 끝났다.

한편 같은 날 밤 이오지야마에 있는 타케다 카츠요리의 본진에서도 중신과 장수들이 이마를 맞대고 작전회의를 열고 있었다.

촛불을 환히 밝혀놓은 임시막사 안은 마치 증기탕에라도 들어간 듯이 후텁지근하여, 모여 있는 장수들의 얼굴이 기름땀으로 번들번들 빛나고 있었다.

"그럼, 어떤 일이 있어도 여기서 결전을 벌이시렵니까?"

정면의 카츠요리에게 대담하게 반발한 것은 바바 미노노카미 노부후사였다.

6

카츠요리는 노부후사의 말이 들렸는지 어쨌는지, 주전론자인 아토베 오이노스케 카츠스케跡部大炊助勝資를 불렀다. 그리고는 들어온 정보에 대한 보고를 재촉했다.

"적진에 잠입한 아마리 신고로로부터 연락이 있었다고? 그 내용을 자세히 말해보라."

아토베 오이노스케는 일부러 크게 고개를 끄덕이고 바바, 야마가타, 나이토, 오야마다를 돌아보았다. 이들 네 사람이 결전을 반대하는 주모자로 지목받고 있는 눈치였다.

"예, 말씀 드리겠습니다. 실은 아마리를 통해 이 오이노스케한테 오다의 대장 사쿠마 노부모리가 친서를 보내왔습니다. 이에 따르면 사쿠마 님은 이왕 타케다 가문을 섬기게 될 바에는 발군의 공을 세워 그것을 선물로 삼겠다는 것이었습니다."

"뭣이, 사쿠마 노부모리가 우리편에 가담하겠다고?"

맨 먼저 입을 연 것은 나이토 슈리노스케 마사토요였다.

"그렇소."

아토베 오이노스케는 크게 고개를 끄덕였다.

"오다의 결점은 성급한 데에 있소. 일단 노하게 되면 다른 사람 앞에서 고개를 들 수 없을 정도로 상대를 매도한다는 말이오. 그 독설에 사쿠마 노부모리가 핏대를 세우며 물러나왔다는 것을 이미 아마리로부터 들어 알고 있었소."

"그게 확실합니까? 오다는 보통 책략가가 아니오."

"그렇소!"

오이노스케는 알고 있다는 말 대신 탁 하고 부채로 가슴을 두드리며 다시 말을 계속했다.

"상대가 발군의 공을 세워 이를 선물로 가져오겠다고 한 이상, 우리로서는 굳이 이를 거부하거나 경계할 필요는 없습니다. 사쿠마 님의 친서 내용을 이 자리에서 말씀 드리지요."

오이노스케는 이렇게 말하고 편지 한 통을 꺼내 이를 모두에게 보여주었다.

"현재의 주인 노부나가는 내심 타케다 군을 매우 두려워하고 있기 때문에 스스로 나가 싸우는 일은 거의 없을 것입니다. 이 사람의 진지

부근에는 니와 나가히데, 타키가와 카즈마스라는 두 용장이 있으므로 섣불리 행동을 일으킬 수 없습니다. 그렇더라도 만일 타케다 군이 먼저 공격해온다면 이 노부모리는 기회를 보아 반드시 노부나가의 본진으로 쳐들어가겠습니다. 노부나가의 본진이 무너지면 이에야스의 패주도 필연적인 일, 이를 선물로 가져가려고 하니 그때는 잘 주선해주시기를 바랍니다…… 라고 씌어 있습니다.”

좌중은 쥐 죽은 듯 조용했다. 잠시 동안은 어느 누구도 선뜻 입을 열려 하지 않았다.

“음, 사쿠마 노부모리가 배신하기로 각오했다는 말이지, 그 서면을 이리 주게.”

카즈요리는 애써 부드러운 어조로 말하고 그것을 받아 읽고 나서 옆에 놓았다.

“어쨌든 사쿠마의 배신 따위에 기대는 걸지 않겠어. 그것은 공을 세우고 왔을 경우에 생각할 문제야. 그럼, 내일 당장 행동을 개시하기로 하고, 좌익은 야마가타 사부로베에 마사카게.”

“예.”

“그 예비부대는 오바타 카즈사노스케 노부사다. 야마가타의 오른쪽은 사마노스케 노부토요, 다시 그 오른쪽에는 쇼요켄과 나이토 슈리.”

나이토 슈리는 슬며시 옆에 있는 바바 노부후사를 바라보고는 가만히 있었다.

“우익은 바바 노부후사와 사나다 겐타자에몬 형제……”

말하려다 말고 모두 대답이 없는 데 마음이 쓰이는지 카즈요리는 신경질적으로 짜증을 냈다.

“그대들은 불만이란 말인가?”

그리고는 칼날 같은 목소리와 눈으로 일동을 노려보았다.

도보同朋° 한 사람이 열심히 촛대의 불똥을 자르고 있었다.

7

타케다 군의 군사회의는 결국 19일 밤까지 계속되었다. 결전 회피를 주장하는 자와 주전론파의 묘한 분위기가 좀처럼 작전을 세우기 어렵게 했다.

어떤 사람은 상대가 어떻게 나올지 지켜보자고 했고, 어떤 사람은 상대가 먼저 공격해왔을 때 타격을 가하는 것이 상책이라고 했다.

그동안에 오다, 도쿠가와 양군의 동향이 시시각각 보고되어 상대의 진용 역시 차차 전모를 드러내기 시작했다.

이에야스가 본진을 단죠잔으로 전진시키고, 그 전면에 삼중으로 높은 울타리를 세웠다는 보고를 듣고 주전론자들은 입을 모아 말했다.

"역시 사쿠마 노부모리의 내응은 거짓이 아니다. 노부나가는 스스로 공격해나올 용기가 없는 거야. 그렇지 않다면 어째서 자기는 이에야스가 있던 챠우스야마에 들어가고, 게다가 삼중으로 울타리까지 친다는 말인가."

"이렇게 되면 우리가 먼저 쳐들어가 깨부숴야 한다. 상대가 나오지 않는다면 그 시기도 우리가 선택할 수밖에 없어."

대장 카츠요리는 처음부터 결전을 벌일 생각이었다. 그래서 이 회의는 결국 반대파 장수들을 설득하기 위한 군사회의라 할 수 있었다.

드디어 결정을 보게 된 것은 19일 밤 넉 점(오후 10시)이 다 되어서였다. 내일 20일에 행동을 개시하여 적의 전면에 포진하고, 21일 새벽부터 총공격을 하기로 했다.

제1대는 갑옷과 장비를 붉은 색으로 통일한 야마가타의 2,000기騎.

제2대는 타케다 쇼요켄과 나이토 슈리.

제3대는 역시 붉은 색으로 통일한 오바타 카즈사노스케 노부사다.

제4대는 검은 색으로 통일한 타케다 사마노스케 노부토요.

254

제5대는 바바 노부후사와 사나다 형제.

선두에 서려는 카츠요리를 그대로 이오지야마에 머무르게 한 것이 결전을 피하려는 사람들에게는 그런대로 위안이 되었다.

군사회의를 마치고 본진을 나왔을 때는 이미 늦은 달이 떠올라 있었다. 바바 미노노카미 노부후사는 그 달을 쳐다보며 뒤따라나오는 야마가타 사부로베에를 기다리고 있었다.

"야마가타 님, 지금까지 가까이 지내왔으나 이제는 작별을 해야 할 것 같군요."

"예, 시대의 흐름이 이러하니 도리가 없다고 생각합니다."

"잠시 말해두고 싶은 일이 있는데."

"바바 님의 진지까지 같이 갈까요?"

"글쎄, 진지에서는 약간…… 어떨까요, 우리 진지로 가는 중간에 다이츠지야마 골짜기가 있는데, 그 부근에서 맑은 물이라도 마시고 헤어지면?"

두 사람이 이런 말을 나누면서 시동의 손에서 말고삐를 받아들었을 때 나이토 슈리와 오야마다 효에, 하라 하야토 등 세 사람이 두 사람의 모습을 발견하고 가까이 말을 몰아왔다.

"미련이 남을 것 같아서, 이대로 헤어진다면 말이오."

나이토 슈리의 말을 듣고 사부로베에와 노부후사는 저도 모르게 서로 얼굴을 마주보았다.

'모두들 이번에는 죽을 각오를 하고 있구나……'

노부후사는 갑자기 가슴이 찢어지는 것 같았다.

"우리는 가문의 안태安泰를 위해 결전을 피하자고 간곡하게 권했으나 군사회의에서 결정된 이상 도리가 없습니다. 이 이상 더 말을 하면 너희 대장은 암울했다, 가신들의 통솔이 부족했다고 후세 사람들이 비웃게 될 것이오."

노부후사는 이들의 불평을 듣기가 괴로워 이렇게 말했다.

"암, 불평불만은 더 이상 하지 않으렵니다. 코슈 무사의 명예를 걸고 말이오. 그러나 이대로 헤어진다면 정말 아쉬운 일이오."

오야마다 효에가 감개무량한 듯 말했다.

드디어 다섯 사람은 말머리를 나란히 하고 움직이기 시작했다.

8

바바 노부후사도 야마가타 사부로베에도, 뒤따라오는 사람에게 우리는 따로 할 이야기가 있다는 말은 차마 할 수 없었다.

"그럼, 다이츠지야마 골짜기에서 다 같이 맑은 물을 나누어 마시고 헤어지기로 합시다."

사부로베에의 말에 노부후사가 그 곁으로 바싹 말을 갖다대었다.

"야마가타 님, 귀하만은 살아남아야 합니다!"

주위를 둘러보고 강한 어조로 말했다.

"아니, 그게 무슨 말씀이오?"

"만일의 경우가 생기면 후미를 맡았다가 성주님을 코슈로 모셔가십시오. 후미를 담당할 사람은 달리 없습니다."

야마가타 사부로베에는 그 자리에서 고개를 가로저었다.

"나는 그런 일엔 적임자가 못 됩니다."

"그렇게 말씀하시면 곤란합니다. 그렇게 하시지 않으면 성주님은 사태가 불리했을 경우에도 적진을 향해 공격해나갈 것입니다."

"바바 님, 귀하가 그 일을 맡으시오. 나는 일단 군사회의에서 결정한 것이므로 그 결정에 따라 맨 먼저 달려가겠소. 그러지 않으면 전군의 사기가 올라가지 않아 이길 싸움도 지게 될지 모릅니다. 바바 님, 그 일에 대해서는 더 이상 말하지 마시오."

"그럼, 무슨 일이 있어도?"

"예, 거절할 수밖에 없어요. 어쨌든 이 사부로베에의 죽음을 보여드
릴 날이 가까워진 것 같소."

바바 노부후사는 할 수 없이 말을 돌리고 한숨을 쉬면서 반쯤 희미해
진 달을 쳐다보았다.

제1대인 야마가타 사부로베에에게 살아남으라고 한 것은 무리한 요
구인지 모른다. 그렇다면 역시 제5대로 결정된 자기가 퇴로를 트기 위
해 남아 있어야 한다는 말인가. 그런데 만일 패하여 카이로 퇴각하게
되어도 과연 살아 있을 용기가 자신에게는 있단 말인가. 결국 무장이
심복하고 섬길 수 있는 대장은 생애에 단 한 사람밖에 없는 것일까. 신
겐이 죽었을 때 자기도 그 뒤를 따라야만 했던 것은 아니었을까? 자기
와 같은 생각을 가지고 마음속으로 신겐을 흠모하는 사람이 많아, 그것
이 도리어 카츠요리를 불리하게 만드는 것은 아닐까……?

나무 사이를 지나고 바위를 돌아 다이츠지야마 골짜기에 다다른 것
은 4반각半刻(30분) 정도 지났을 때였다. 달빛을 받아가며 졸졸 흐르는
은빛 여울목 앞에서 다섯 사람은 차례로 말에서 내렸다.

"처음에는 일만 오천 대 오백, 그것이 일만 오천 대 사만으로 변했으
니 말이오."

이렇게 말한 것은 하라 하야토였다.

"한치도 물러서지 말고 싸워야 하오. 자, 물을 나누어 마시고 헤어집
시다."

말 위에서 국자를 꺼내든 것은 나이토 슈리였다.

"그럼, 야마가타 님부터 드시지요."

"아, 고맙소. 국자 안에도 달이 있군요."

사부로베에는 웃으면서 받아 마시고, 바로 옆에 있는 바바 노부후사

에게 건넸다.

노부후사는 공손하게 받아들었다.

"하치만의 신령이시여, 굽어살피소서."

한 모금 마시고 나이토 슈리에게 건넸다.

나이토 슈리는 아무 말도 하지 않았다. 그 다음에 국자를 받아든 하라 하야토.

"오오, 맛이 좋군. 이루 말할 수 없을 정도로."

꿀꺽 삼키고 오야마다 효에에게 건넸다.

"하하하……"

그는 웃었다.

"이렇게 죽어가다니…… 왠지 모든 것이 거짓말 같아, 하하하……"

어디선가 부엉이가 울기 시작했다. 귀를 기울이면 처량하게 우는 기생개구리 울음소리가 물소리에 섞여 들려오는 것도 같았다.

9

텐쇼 3년(1575) 5월 21일은 새벽부터 동남풍이 불고, 밝아오는 하늘 한가운데를 구름이 무섭게 달려가고 있었다.

타케다 군 제1대를 지휘하여 최좌익인 렌고 다리 부근에까지 병력을 진출시킨 야마가타, 그의 군사들은 이른 아침에 벌어질 전투를 대비해 이미 무장을 끝내고 있었다. 아직 완전히 날이 밝지 않아 전면에 세워진 울타리가 분명하게는 보이지 않았다. 그 울타리를 허물고 맨 먼저 공격하라는 것이 야마가타 군에게 주어진 임무였다.

"소라고둥을 불 때가 되어오는 것 같군."

사부로베에가 훌쩍 말에 올라 작달막한 몸을 일으켜 세우고 앞을 바라보았을 때였다.

"이상하다. 적이 울타리 밖으로 나와 있어. 게 누구 없느냐, 정찰하고 오너라."

사부로베에는 명령을 내리면서 고개를 갸웃했다.

허연 새벽 안개 속에 수묵화처럼 드러나 있는 울타리 바로 앞에 휙 움직이는 검은 그림자의 모습이 보였다. 보병이었다.

이에야스로부터 전투는 반드시 도쿠가와 군이 시작하고 도쿠가와 군의 손으로 끝내라는 엄명을 받은 오쿠보 타다요, 타다스케 형제의 군사였다. 그들은 타케다 군 중에서도 가장 용맹을 떨치던 야마가타 군과 맞서기 위해 채 날이 밝기도 전에 행동을 개시했다.

야마가타 쪽에서 내보낸 척후가 미처 숨을 헐떡이며 돌아오기도 전에, 오쿠보 군의 함성이 주위를 압도하면서 울려퍼졌다.

"나가지 마라!"

사부로베에는 큰 소리로 명하고 자신은 나직한 언덕으로 말을 몰았다. 아직 시야가 어두워 병력의 수는 알 수 없었다.

적이 울타리 밖으로 나왔다면 잘된 일이라고 사부로베에는 생각했다. 적이 안에서 기다리고 있다면 어쩔 수 없이 울타리를 넘어 공격해야 할 터인데, 밖으로 나왔으니 깊숙이 적을 끌어들이고 나서 공격해도 충분할 듯했다.

"보고 드립니다. 울타리 밖의 적은 오쿠보 군입니다."

"알겠다. 아직 나가지 말고 계속 유인하라."

이렇게 명했을 때였다. 이번에는 훨씬 후방에 있는 토비노스야마에서 천둥소리와도 같은 함성이 일어나는가 싶더니 이어서 눈사태와 다름없는 무서운 기세로 총성이 울렸다.

"탕탕탕—"

"탕탕탕—"

"아뿔싸!"

사부로베에는 말머리를 돌리며 나직이 신음했다.

그 총성은 50이나 100자루쯤의 총포소리가 아니었다. 그와 같은 대군이 후방으로 와 있다면 아군에겐 이미 퇴로가 차단되었다……

말할 나위도 없이 그것은 노부나가가 준 500명의 총포대를 거느리고 어젯밤에 토비노스야마에 잠입한 사카이 사에몬노죠 타다츠구의 기습부대였다. 그 요란한 총성에 놀라 왼쪽에 배치되어 있던 타케다 사마노스케의 진영에서도, 뒤에서 대기하고 있던 오바타 카즈사노스케의 진영에서도 일제히 동요하는 소리가 일어났다.

야마가타 사부로베에는 잠시 동안 소상塑像처럼 묵묵히 말고삐를 쥐고 있다가 드디어 외치면서 진지를 향해 질풍처럼 말을 달렸다.

"좋아!"

전투개시라고 하기보다 보병뿐인 오쿠보 군을 짓밟기 위해 2,000의 기마무사가 불러일으키는 태풍의 신호였다.

소라고둥소리가 드높이 울리고 징소리가 울려퍼지는 가운데 서서히 사방이 밝아왔다.

 결전

1

엄격한 심사를 거쳐 선발된 타케다 군의 기마무사를 보병으로 맞선다는 것은, 어떻게 생각하면 무모한 일이었다. 보병과 대적하는 말발굽은 오늘날의 탱크와 같은 위력을 가졌다.

야마가타 사부로베에는 안장 위에 우뚝 서서 지휘채를 흔들었다.

"돌격!"

'이것은 아군을 울타리 안으로 끌어들이기 위한 함정이 아닐까.'

문득 이런 생각을 떠올렸다. 만일 그렇다면 점점 더 적의 계략에 말려드는 것. 순간 마음에 의혹이 일었다.

이때 오쿠보 군이 갑자기 첫번째 사격을 가해왔다. 아마도 80자루 정도일 듯. 이 사격이 야마가타 군의 의혹을 크게 일소시켰다.

'오쿠보 군은 이것을 믿고 나왔구나.'

멈추거나 물러날 수 없었다. 후방에서는 이미 토비노스야마가 점령당했다. 그곳은 타케다 효고노스케 노부자네가 수비하고 있었는데, 그를 무찌른 상대는 누구일까. 어쨌든 이런 기습을 감행하다니 예사로운 장수는 아니었다. 만일 퇴각하여 앞뒤에서 총포로 협공당한다면 무장으로서 이루 말할 수 없는 치욕이었다.

'그렇다, 주저 없이 무찔러버리자.'

드디어 눈앞의 울타리도, 그 너머의 고쿠라쿠지야마, 챠우스야마, 마츠오야마도 완연히 모습을 드러내고 수풀을 메운 깃발의 물결이 보이기 시작했다.

오늘은 노부나가가 챠우스야마에 있다는 것을 알고 있었기 때문에 거기까지 일거에 쳐들어가 돌파구를 만들 생각이었으나……

야마가타 군은 대지를 진동시키면서 오쿠보 군에게 덤벼들었다.

오쿠보 군에서 말을 탄 사람이라고는 대장인 시치로에몬 타다요와 그 동생인 지에몬 타다스케뿐이었다.

"형님, 왔습니다."

동생 타다스케는 말머리를 돌려 형의 얼굴을 보고 히죽 웃었다. 그리고 말 엉덩이를 적군에게 향했다.

"철수하라!"

크게 외치면서 갑자기 자기가 먼저 울타리 안으로 물러갔다. 형인 시치로에몬도 그 뒤를 따랐다. 다시 울타리 옆에서 총성이 울렸다.

노도처럼 몰려오는 야마가타 군에 대해 고작 2, 3자루에 지나지 않는 총포가 과연 몇 명이나 상하게 할 수 있을지 모를 만큼 미력한 것으로 보였다. 따라서 개미새끼를 흐트러뜨리듯 오쿠보 군을 추격하여 대번에 울타리 앞까지 밀어닥쳤다.

울타리 안에서 드문드문 화살이 날아왔다. 개중에는 창을 꼬나들고 안에서 기다리는 자도 있었다.

"지금이다. 울타리를 짓밟아라!"

"울타리를 무너뜨리고 노부나가의 본진으로 쇄도하라."

"와아!"

함성과 함께 일제히 첫번째 울타리로 말을 몰았다. 여기저기서 울타리 쓰러지는 소리가 들렸다.

그러나 이때였다.

"탕탕탕——"

울타리 앞에 밀집해 있는 기마무사 2,000을 향해 노부나가가 매복시켰던 1,000자루의 총포가 일제히 천지를 뒤흔들며 발사되었다.

순간 사방이 조용해졌다.

일발필도一發必倒라 일컬어지는, 한 눈을 감고 겨냥하는 노부나가의 신식 총포. 그것이 한군데에 몰린 군사들에게 선을 보였다. 초연硝煙이 서서히 서쪽으로 흘러간 뒤 울타리에는 주인을 잃은 말만이 외로이 남고 사람의 수는 셀 수 있을 정도까지밖에는 남아 있지 않았다.

2

이제는 공격을 재촉하는 우렁찬 북소리도 소라고둥소리도 사라지고 없었다.

"철수하라!"

누군가가 외쳤을 때는 오쿠보 군의 창끝이 일제히 울타리 밖을 향해 공격해나오고 있었다.

"한 놈도 놓쳐서는 안 된다. 이것은 우리의 싸움이다. 미카와 무사의 싸움이다. 놓치지 마라."

꼼짝달싹 못한다는 것은 이를 두고 하는 말. 카츠요리의 대代에 이르러 신겐 시대를 지나치게 연연해하던 타케다 군은 전술면에서도 신겐 시대의 것을 그대로 답습하고 있었다. 그동안에 무기는 칼에서 창으로, 창에서 총포로 바뀌었다.

야마가타 사부로베에 등이 카이로 철수하는 것이 상책이라 생각했던 것은 이 양자 사이의 거리를 어떤 예감으로 느끼고 있었기 때문이 아니겠는가.

오쿠보 군은 망연자실해 있는 야마가타 군에게 결정적인 타격을 주기 시작했다. 창부대에 이어 이번에는 총포의 공격이 시작되었다.

사부로베에는 아직 전사하지 않았다. 그는 자기에게는 이미 죽음이 불가피하다는 것을 깨닫고, 퇴각하는 군사를 그대로 이웃에 있는 사쿠마 노부모리의 진지로 향하게 했다. 아토베 오이노스케의 말에 따르면, 사쿠마 노부모리는 노부나가를 배신하고 반드시 카츠요리 편에 가세할 것이었다.

사부로베에는 물론 그것을 믿지 않았으나, 혹시……라는 기대가 마음속 어디엔가 있었다. 그 기대를 부수기라도 하듯 사쿠마의 진지에서도 1,000자루의 총포가 불을 뿜었다. 노부나가는 3,000의 총포대를 셋으로 나누어 각각 1,000자루씩 장전시켜놓고 잇따라 발사할 수 있도록 대비해놓았다.

이번에는 사부로베에의 모습이 말 위에서 사라졌다. 그는 자신의 예감대로 시타라가하라의 아침이슬 속에서 지난날의 화려한 전력戰歷과 함께 시체로 화했다.

이리하여 야마가타 군은 시체를 산더미처럼 남기고 궤멸해버렸다. 살아서 돌아간 자는 겨우 1할이 될까말까 했다.

해는 이미 높이 떠 있었다. 산과 하늘과 숲과 깃발이 눈부실 정도로 뚜렷했다.

타케다 군의 제2대가 움직이기 시작했다. 제2대의 대장은 죽은 신겐을 꼭 닮은 그의 동생 타케다 노부카네 뉴도 쇼요켄이었다.

그는 거의 감정을 밖에 드러내지 않는 거대한 바위와 같은 표정으로 외치면서 그대로 말을 달려 나갔다.

"공격하라!"

공격의 북소리가 다시 요란하게 울리는 가운데 오다 쪽 니와 나가히데의 진지를 향해 기마騎馬의 파도가 다시 밀려들어갔다.

울타리 안에서는 소리를 죽이고 기다리고 있었다.

이윽고 선두가 울타리 앞으로 접근했다. 이어 세번째 초연이 사방을 뒤덮었다.

노부나가는 '짓이겨놓은 종달새처럼 본때를 보여주겠다'고 호언장담했는데 바로 그대로 되었다. 1,000자루의 총포는 또다시 쇼요켄의 군사 절반을 대번에 쓰러뜨렸으면서도 울타리는 하나도 잃지 않았다.

"후퇴하라!"

여전히 흐트러짐이 없는 표정으로 쇼요켄은 갈팡질팡하는 군사를 수습하여 퇴각했다.

이미 승부는 누가 보아도 결정된 것으로 판단되었다. 그런데도 전마戰魔는 그 촉수를 거두려고 하지 않았다. 생사를 초월한 슬픈 오기로 제3대의 오바타 카즈사노스케 노부사다의 진지에서 진격의 북소리가 울려퍼졌다.

3

구름이 나가시노 성 동쪽의 류즈야마 꼭대기에서 갈가리 찢어져 흐르기 시작했다. 그 밑에서 주인 잃은 말이 미친 듯이 제멋대로 사방으로 달려가고 또는 멈춰서서 풀을 뜯고 있기도 했다. 시체는 사방에 있는 풀뿌리에 겹겹이 쓰러져 있었다.

이미 각자가 자기 이름을 대고 맞붙어 싸우던 아네가와姉川 전투 때와 같은 광경은 어디에서도 찾아볼 수 없었다. 전쟁의 양상은 전적으로 집단과 집단의 격돌로 변했다. 격돌한 순간에는 어김없이 1,000자루의 총포가 불을 뿜어 순식간에 그 승패를 결정지어버렸다.

제3대의 오바타 카즈사노스케 노부사다가 붉은 옷을 입은 기마무사를 또다시 울타리 앞에 낙화처럼 흩뿌리고 퇴각한 뒤 이번에는 제4대의 타케다 사마노스케 노부토요의 군사가 움직이기 시작했다.

이들은 모두 검은 색으로 무장한 군사로서 무쇠집단처럼 결속되어 있었다. 상대방에게 총포가 없었다면 아마도 이 카즈요리의 사촌동생은 그 용맹성을 유감없이 사방에 떨쳤을 것이었다.

최우익에 배치되었던 바바 미노노카미 노부후사는 이때 비로소 북을 치며 간보잔 기슭에서 오다 군의 좌익을 향해 움직이기 시작했다. 오다 군은 곧 일대의 아시가루를 내보내 다시 울타리 앞까지 유인하도록 했다. 그러나 노부후사는 즉시 진격을 중지시키고 전령을 불렀다.

"사나다 겐타자에몬 노부츠나眞田源太左衛門信綱 님, 효부 마사테루兵部昌輝 님, 그리고 츠치야 우에몬노죠 마사츠구 님의 진지에 사자로 다녀오너라."

아직 젊은 전령 우에다 시게자에몬上田重左衛門은 그때 노부후사의 얼굴에 환한 미소가 떠올랐다는 것을 깨달았다.

"예, 분부대로 하겠습니다."

"나는 생각하는 바가 있어 앞으로는 군사를 전진시키지 않겠으니 장군들이 공격하여 공을 세우라고 전하라. 알겠느냐?"

전령은 의아하다는 듯 고개를 갸웃했으나 아무 말도 않고 그대로 달려갔다.

사마노스케 노부토요가 울타리를 향해 공격해들어갈 무렵, 제5대의 어린진魚鱗陣°에서 벗어난 사나다 형제와 츠치야 마사츠구의 일대가 적의 좌익을 향해 맹렬한 공격을 가했다. 이미 세 사람은 살아 돌아갈 생각은 전혀 염두에 두고 있지 않았다.

그들은 울타리 부근에서 일제사격을 받았으나 멈추지 않고 물러서지도 않았다. 첫번째 울타리가 무너지고, 상대가 탄환을 장전하는 동안 두번째 울타리로 쇄도했다. 그러나 울타리는 삼중으로 쳐져 있었다. 두번째 울타리를 짓밟고 세번째 울타리에 도달하려 했을 때 먼저 형인 사나다 겐타자에몬이 허공을 움켜쥐고 말에서 떨어졌다.

그와 동시에 북쪽의 모리나가森長 마을에서 우회해온 시바타 슈리노스케 카츠이에, 하시바 히데요시, 니와 고로자에몬 나가히데의 유격대가 사나다 형제와 츠치야 마사츠구의 일대를 공격하기 시작했다.

이때에도 총포는 돌격의 물꼬를 트는 유력한 인도자였다.

"탕, 탕……"

여기저기서 총포소리와 함께 연기가 피어올라 서쪽으로 흘렀다.

세번째 울타리에 덤벼든 사나다 군과 츠치야 군은 그곳에서 완전히 궤멸되고 말았다.

이미 츠치야 마사츠구의 모습도 사나다 마사테루의 모습도 없었다. 다만 바바 노부후사만이 숲 옆에 말을 세우고 이 광경을 비정한 눈으로 빤히 바라보고 있었다.

4

어떻게 하면 더 많이 죽일 수 있을까 하고 끊임없이 눈을 부릅뜨고 이를 악물면서 전진을 계속하는 전쟁의 악마. 그 모습을 바바 노부후사는 분명히 본 듯한 느낌이었다.

패전이란 말도 안 되는 것. 타케다 겐지武田源氏의 가보였던 하치만 타로 요시이에八幡太郎義家의 백기는 이미 익살스럽기 짝이 없는 하나의 넝마에 지나지 않았다. 얼마 전까지만 해도 천하에 타케다 군이 있다고 호언장담하던 전술과 병법이 한낱 물거품이 되고 말았다.

꼼짝도 못하고 당한 참패의 소식은 낱낱이 카츠요리의 본진에 보고 되었다.

"성주님은 참 불운한 분이야."

바로 그 카츠요리가 참다못해 이오지야마를 내려와 공격해오기 시작했다.

노부후사는 다시 전령을 불렀다.

"이미 승부는 결정되었다고 전하여라. 이 노부후사가 적을 저지하고 후방을 담당할 것이다. 그 사이에 속히 코슈로 철수하시라고…… 알겠느냐, 이승에서는 두 번 다시 뵐 수 없을 것이라고 아뢰어라."

전령의 모습이 뒤로 사라지자 노부후사는 다시 북을 치면서 오다 군 앞을 막아섰다. 맨 먼저 시바타 군이 진격을 멈추고 이어서 히데요시의 군사도 멈추었다.

아직 총공격의 명령은 내리지 않았으나 누가 보기에도 지금이 추격할 때임을 알 수 있었다.

"공격하지 마라, 공격해서는 안 된다. 적이 덤벼들거든 상대하라."

노부후사는 아직도 뒤에 있는 카츠요리가 마음에 걸렸다.

그의 충고를 받아들여 즉시 철수하지 않는다면 다시는 코슈의 흙을 밟지 못할 우려가 있었다. 코슈로 철수하기만 하면 오다와 도쿠가와 양군 모두 당장에는 공격을 가하지 않을 터였다. 그동안에 깊이 반성하게 되기를 마음속으로 기원했다.

전령이 돌아온 것은 그로부터 약 4반각(30분) 후의 일이었다.

"잘 알겠다고 하시면서 깃발을 돌리셨습니다."

"그래, 순순히 받아들이시더냐?"

"즉시 받아들이지는 않으셨으나, 아나야마 뉴도 님이 갑옷을 붙들고 지금이 바로 타케다 가문의 존망이 달린 갈림길이라고 간곡히 말씀 드려 겨우 납득하셨습니다."

"음, 아나야마 님이…… 정말 잘 되었다."

노부후사는 숲을 나와 이마에 손을 얹고 동쪽을 바라보았다. 과연 이오지야마 서쪽으로 내려가던 깃발의 대열이 북쪽을 향해 움직이고 있었다.

"좋아, 이것으로 나는 신겐 공에게 면목이 섰어."

오다 군에서는 이때 니와 고로자에몬의 일대가 다시 맹렬하게 도전해왔다. 노부후사는 진두에 서서 이를 맞아 싸웠다.

이 무렵에는 이미 노부나가의 본진에서도 총공격령이 내려, 오다 군의 남쪽에서 동쪽으로 오스가 고로자에몬 야스타카大須賀五郎左衛門康高, 사카키바라 코헤이타 야스마사, 히라이와 시치노스케 치카요시, 토리이 히코에몬 모토타다, 이시카와 호키노카미 카즈마사石川伯耆守數正, 혼다 헤이하치로 타다카츠 등 도쿠가와의 용장들이 앞을 다투어 울타리 밖으로 공격해나왔다.

"한 놈도 놓치지 마라. 눈앞의 적을 무찌르고 어서 카츠요리의 목을 베어라."

바바 노부후사의 군사는 그 앞을 가로막고 공격의 표적이 되었다.

5

노부후사는 군사를 셋으로 나누어 다가오는 적군을 향해 돌격케 했다. 이들이 밀려오는 적 속에 모습을 감추자 철수를 명하는 소라고둥을 불었다. 이렇게 조금씩 진지를 후방으로 철수해 카츠요리에게는 접근하지 못하게 하려는 작전이었다.

처음에는 1,200이었던 군사가 한번 돌격을 감행하고 나니 800정도로 줄었다. 이들이 다시 3대로 나뉘어 돌격하고 난 뒤 후방으로 진지를 옮겼을 때는 600, 세번째 돌격 후에 물러났을 때는 200으로 줄어 있었다. 이미 카츠요리의 하타모토임을 나타내는 큰 글자의 깃발은 녹음 속에 가리어 보이지 않았다.

노부후사는 다시 네번째 역습을 감행했다. 직접 선두에 서서 종횡으로 말을 달려 가까이 오는 적을 무찌르는 동안 어느새 아군은 20명 정도로 줄어들어 있었다. 전사한 자말고도 부상자, 도망자, 투항자도 있었을 테지만, 어젯밤까지의 위용을 생각하면 악몽 속에 빠져든 느낌이었다.

"이제 됐다, 철수하라!"

그는 자기를 뒤따르는 20여 기騎의 하타모토에게 명하고, 그 자신은 무슨 생각을 했는지 훌쩍 말에서 뛰어내렸다. 싸우고는 물러나고, 물러났다가는 다시 싸우는 동안 어느 틈에 사루하시猿橋에서 그리 멀지 않은 데자와出澤 언덕까지 와 있었다.

주위에는 무성하게 자란 풀과 그것을 흔드는 바람과 빛이 있을 뿐 어디에서도 적의 그림자는 찾아볼 수 없었다. 노부후사는 풀 위에 털썩 주저앉았을 때에야 비로소 온몸에 피로를 느꼈다. 투구를 벗고 비오듯 흐르는 땀을 닦으면서 문득 신겐의 모습을 떠올렸다.

"시로(카츠요리) 님을 철수하실 수 있게 했습니다. 이것으로 은혜의……"

만분의 1은 갚았습니다…… 이렇게 생각하지 않을 수 없는 자신의 말로에 쓴웃음을 지었을 때였다.

느닷없이 풀숲이 흔들리고 카치徒士° 무사 하나가 창을 꼬나들고 뛰어나왔다.

"적이냐 아군이냐?"

상대는 말했다.

"나는 반쿠로 자에몬 나오마사塙九郎左衛門直政의 부하 오카사부로 자에몬岡三郎左衛門이다. 덤벼라."

"허어, 너는 운이 좋은 녀석이로구나."

"뭣이, 일어서라. 일어서서 당당히 겨루자."

"오카사부로라고 했지? 창을 버리고 카이샤쿠介錯°나 하여라. 나는 타케다의 노신 바바 미노노카미 노부후사, 너에게 이 목을 주겠다."

"뭐, 바바 미노노카미 노부후사라고?"

"그렇다. 너는 운이 좋은 녀석이야. 창을 버리고 카이샤쿠를 하라."

노부후사의 말에 상대는 잠시 고개를 갸웃거리면서 망설이고 있었다. 노부후사 정도나 되는 대장이 거짓말을 할 것 같지는 않고, 그렇다고 창을 버리면 불리하다고 생각하는 얼굴이었다.

노부후사는 허리에서 칼을 끌러 왼쪽으로 던졌다.

"다른 사람이 오면 너는 공을 세울 수 없다. 오기 전에 서둘러라."

다시 한 번 재촉하고 점점 구름의 움직임이 빨라지는 하늘을 쳐다보고 합장을 하면서 조용히 눈을 감았다.

카치 무사는 비로소 창을 버렸다. 그리고 얼른 칼을 뽑아 노부후사의 뒤로 돌아갔다.

"깨끗한 최후, 나는 싸워 이기고 벤 목이라고는 하지 않겠소."

누구에게랄 것 없이 낮게 중얼거리고는 휙 칼을 휘둘렀다. 노부후사의 목이 데구루루 앞으로 떨어졌다.

6

나가시노 성에서 농성하고 있는 오쿠다이라 쿠하치로 사다마사에게 혼다 헤이하치로 타다카츠의 부하가, 이와후세岩伏せ 나루터를 통해

구원의 식량을 실어온 것은 같은 날 저녁때였다.

성에는 이미 한 톨의 쌀도 남아 있지 않았다. 성병들은 환성을 지르며 모여들었다.

"이보게들, 너무 들뜨면 안 돼."

쿠하치로는 자칫 자기도 눈시울이 붉어질 것만 같았다.

"적이 물러갔다고는 해도 방심하면 안 된다. 모닥불을 피워라. 요기는 그 다음에 하기로 한다."

그리고 곧 취사를 명하고 나서 문득 한 병사가 메고 있는 깃발에 눈길을 보냈다.

"아니, 그 깃발은 어떻게 된 것이냐? 그것은 하치만타로 요시이에 때부터 전해내려온다고 하는 타케다 가문의 백기가 아니냐?"

타다카츠의 가신으로 군량수송을 맡은 하라다 야노스케原田彌之助가 대수롭지 않다는 듯이 대답했다.

"예, 바로 그 백기입니다."

쿠하치로는 고개를 갸웃했다.

"그 백기를 어째서 그대의 부하가 메고 있느냐?"

"이 야노스케가 주웠습니다."

"뭐, 가보로 전해지고 있는 깃발을 그대가 주웠다고?"

"예. 제가 주웠을 때 옆에 있던 카지 킨페이梶金平가 적의 기수에게 이렇게 말했습니다. 카스요리가 아무리 목숨이 아까워 도망치는 중이라고는 하지만 선조로부터 물려받은 깃발을 적에게 넘기다니……"

"음, 그렇게까지 당황했다는 말이로구나."

"당황하는 정도가 아니었습니다. 그래도 기수는 부끄러웠던지, 바보 같은 녀석, 이 깃발은 낡았기 때문에 버린 거야, 따로 새로운 깃발이 있다고 했습니다. 킨페이도 지지 않고, 타케다 가문에서는 낡은 것이면 무엇이든 버리는 모양이로구나. 그래서 바바, 야마가타, 나이토 등의

노신들도 모두 버렸단 말이냐…… 했더니 이번에는 못 들은 척하고 도
망쳐버렸습니다."

야노스케는 재미있다는 듯이 웃었으나 쿠하치로는 웃는 대신 한숨
을 쉬었다.

"음, 그렇게 된 것이로군."

망하는 자와 흥하는 자. 눈에 보이지 않는 그 무엇이 이를 엄격하게
심판하는가. 너무나 분명한 승리가 쿠하치로에게는 도리어 불안하게
느껴졌다.

'대관절 이 승리를 통해 무엇을 배우라는 것일까……?'

"정말 카츠요리라는 대장은 무슨 면목으로 코슈로 돌아갈지, 일만
오천이나 되는 군사를 잃고 말입니다."

"걱정할 것 없어. 신슈에 가면 카이즈海津의 코사카 단죠만도 팔천
의 병력을 가지고 있어."

쿠하치로는 야노스케를 나루터까지 배웅하고 나서 잠시 그 자리에
서 있었다. 어제까지만 해도 건너편 기슭에 진치고 있던 수많은 적의
모닥불은 보이지 않고, 타키자와가와의 수면에는 별이 빛나고 있었다.

쿠하치로는 왠지 가슴이 메어 숨이 답답해졌다.

"스네에몬, 전쟁에 이겼다. 이미 어디에도 적은 보이지 않아."

쿠하치로는 작은 소리로 중얼거렸다. 그리고는 갑자기 어깨를 들먹
거리며 엉엉 울기 시작했다.

7

'전쟁에 이기고도 이렇듯 쓸쓸해하다니…… 어째서일까?'

쿠하치로는 스스로를 꾸짖었다. 죽어간 가신들을 위한 비탄이라면,

1만 수천을 잃은 카츠요리의 비탄은 그 깊이를 헤아릴 수도 없다.

싸우는 동안에 느낀 그 격렬한 증오와 투혼은 사라지고 지금은 홀연히 산길로 말을 달리고 있을 카츠요리의 모습이, 이상하게도 스네에몬 다음으로 쓸쓸하게 상기되는 것은 어째서일까. 여기저기서 빛나는 저 별은 산길로 도망쳐가는 카츠요리가 있는 곳에서도, 노부나가와 이에야스의 진지에서도 같은 별로 보일 것이라는 점이 오늘 밤의 쿠하치로에게는 여간 이상하게 느껴지지 않았다.

얼마 후 성의 곳곳에서 모닥불이 타오르기 시작했다.

드디어 식사가 분배되기 시작한 모양인지 사방에서 요란한 웃음소리가 터져나오고 있었다. 서로 손을 잡고 덩실덩실 춤을 추는 자, 노래하는 자도 있었다.

쿠하치로는 한 차례 식사의 분배가 끝났다고 생각되었을 때 본성의 부엌으로 걸음을 옮겼다. 이러한 고된 일을 처음 경험하는 카메히메가 소매를 잔뜩 걷어붙이고 된장을 볶고 있는 모습에 안도의 숨을 쉬었다.

'우리는 이겼어……'

그러면서 자기를 향해 미소지었다.

"어디에 다녀오셨나요? 자, 어서 드세요."

카메히메는 쿠하치로의 모습을 발견하고는 누나와도 같고 어머니와도 같은 태도로 주먹밥과 볶은 된장을 쟁반에 담아 가져왔다.

쿠하치로는 천천히 툇마루에 걸터앉았다.

"그대도 들도록 해요."

주먹밥 하나를 집어 공손히 머리 위로 쳐들었다. 눈앞에 있는 카메히메도, 아궁이의 불빛도, 주먹밥도, 된장 냄새도 그 모든 것이 이 세상에서 처음 대하는 것처럼 신선해 보였다.

"전쟁이란 참으로 이상한 것이야."

옆에 웅크리고 앉아 눈이 마주칠 때마다 미소를 떠올리며 주먹밥을 먹는 카메히메에게 이렇게 말했다.

"아니, 이상할 것 없어요."

카메히메가 분명한 목소리로 말했다.

"전쟁에는 강한 자가 이깁니다. 그리고 참을성 있는 자가."

쿠하치로는 그날 밤 혹시 남아 있던 적이 역습을 가해오지 않을까 하여 새벽까지 세 번이나 성안을 돌아보았다. 그때마다 자기는 무장으로서는 아직 겁이 많고 이것저것 너무 많이 생각하는 기질이 아닌가 조금 염려스럽기까지 했다.

그 이튿날 성안으로 이에야스를 맞이하고 나서야 자신의 마음을 납득할 수 있었다.

'당연히 그래야만 했다……'

서둘러 깔게 한 본성의 다다미 위에서 쿠하치로와 대면했을 때의 이에야스 역시 전승의 기쁨과는 거리가 먼 표정이었다.

이에야스는 잘 지켜주었다고 침통한 표정으로 쿠하치로의 노고를 치하했다.

"이것으로 오다 님에게 큰 빚을 지게 되었어. 언젠가는 그 빚을 갚으라고 할 테지."

낮게 중얼거리고 쿠하치로의 마음을 빤히 들여다보는 듯한 깊은 눈으로 미소를 지었다가 곧 그 미소마저 거두고 말았다.

전쟁은 이것으로 끝난 게 아니다…… 바로 그래서 쓸쓸함을 씹어삼키고 있는 얼굴.

두번째 와신상담

1

나가시노의 승전은 이에야스보다는 노부나가의 지위를 반석 같은 위치에 올려놓았다.

신겐이 살아 있을 때는 온갖 책략을 다 써서 전쟁을 피해왔던 노부나가였다. 그런데 카츠요리의 대에 이르러 타케다를 일거에 분쇄했다.

노부나가는 의기양양하여 만나는 사람마다 이렇게 말했다.

"신겐이 시나노信濃와 미카와 경계로 나오면 일거에 무찔러버리려 했는데 조심을 하다 보니 기회가 없었어. 그런데 시로 녀석이 겁도 없이 나타나 벌거숭이로 만들어 시나노로 쫓아버렸지."

원래 일본에서 전투는 요란하게 무장을 하고 맞서는 무사와 무사의 1 대 1 싸움이었다. 언제나 가문의 긍지를 내세우며 서로 큰 소리로 자기 이름을 대고 나가서 싸우곤 했다.

타케다 군은 아직 그 유풍을 대부분 그대로 답습하고 있었다. 이에 대해 노부나가는 이름도 없는 아시가루에게 총포를 가지고 싸우게 하는 단체전으로 맞서 승리를 거두었다. 그 결과 아무리 준족駿足인 기마무사라도 총포만 있으면 아시가루 집단만으로도 이길 수 있다는 전술상, 사상상思想上의 대혁명을 이룩했다.

옛날에는 소수의 정선된 대장이나 용사가 필요했고, 그러기 위해서는 많은 녹봉을 주어야만 했다. 지금은 총포만 있으면, 그리고 총포의 전투법을 개발해나가면 노부나가의 군사에 대항할 상대가 없다는 확실한 답이 나왔다.

나가시노 전투 이후 패업覇業을 완성시키기 위해 노부나가는 그의 성격 그대로 파죽지세로 매진해나갔다.

5월 25일 기후로 개선한 뒤 이어 8월에는 에치젠의 잇코 종도를 공격하여 북쪽으로 진격했고, 9월 말에 기후로 돌아와서는 10월 12일에는 쿄토에 나타나는 등 동에 번쩍 서에 번쩍이었다.

그리고 11월 4일에는 곤노다이나곤權大納言에 임명되어 우콘에右近衛 대장을 겸하게 되었으며, 같은 달 15일 기후로 돌아와 맏아들 노부타다에게 명해 미노의 이와무라 성岩村城을 공격케 했다.

노부타다가 이와무라 성을 함락시키고 돌아오자 노부나가는 이를 칭찬하며 말했다.

"노부타다, 이제는 안심해도 좋을 것 같다. 너에게 가문을 잇게 하고 나는 오미近江에 새로 성을 쌓고 그리로 옮기겠다."

생각과 행동을 언제나 동시에 하는 노부나가였다. 노부나가는 노부타다에게 이렇게 선언하고 며칠 뒤 기후 성에서 자기 몸만 훌쩍 빠져나와 사쿠마 노부모리의 집에서 태연히 정월을 맞이하는 엉뚱한 행동을 했다.

물론 이 엉뚱해 보이는 행동도 그 나름의 생각이 있어서였다. 그렇게 하지 않으면 새로 성을 쌓는 공사가 속히 진행되지 않는다는 판단에 따른 것이었다. 이 때문에 오미의 비와琵琶 호숫가의 아즈치야마安土山에 성을 쌓도록 명령받은 니와 나가히데는 연말도 정초도 없이 바쁘게 움직이지 않으면 안 되었다.

"빨리 완성시켜라, 나가히데. 나는 지금 집도 없는 형편이다."

그 자신도 때때로 사쿠마 노부모리의 집에서 아즈치에 나타나 독촉했다.

더구나 그 성은 115미터의 독립된 산정에, 일찍이 보지 못한 7층의 텐슈카쿠天守閣°를 가진 호화롭고 장대하기 이를 데 없는 거대한 성곽을 축성하는 것이었다.

이 소식을 듣고 이에야스는 얼른 일꾼과 석재石材를 보내 공사를 돕도록 했다. 노부나가가 무엇 때문에 기후 성을 노부타다에게 주고 아즈치로 옮기려 하는지 그의 생각을 잘 알고 있었기 때문이다.

2

이에야스는 카츠요리가 나가시노에서 패퇴한 뒤 곧 군사를 스루가에 출동시켜 8월 24일 스와諏訪(마키노牧野) 성을 함락했다. 그 후부터는 다시 군사를 쉬게 하고 백성들의 살림을 넉넉하게 하는 데에만 힘을 쏟았다.

이에야스가 노부나가의 아즈치 축성을 알게 된 것은 11월 중순 무렵이었다. 아즈치 축성 소식은 기후에 사자로 갔던 사카이 타다츠구로부터 들었다.

"그래? 드디어 축성을 시작하는군."

기뻐하기보다는 오히려 침울하게, 무언가 깊이 생각에 잠기는 듯한 표정으로 한숨을 쉬었다.

타다츠구는 노부나가가 곤노다이나곤과 우콘에 대장에 임명된 것을 축하하는 사자로서 기후에 다녀왔다. 이에야스가 왜 한숨을 쉬었는지 알지 못한 채 밝은 목소리로 말했다.

"참으로 기후의 부富는 헤아릴 길이 없습니다. 축성을 결정하는 것과 동시에 도로공사도 시작했습니다."

이에야스는 가볍게 고개를 끄덕였다.

"그럴 테지. 성만 가지고는 천하를 호령할 수 없으니까."

"그것도 보통 도로공사가 아닙니다. 나의 영지 어느 곳의 큰길이든 모두 세 간間 폭으로 확장하라는 명을 내렸다고 합니다."

"세 간 폭으로……"

"예, 더구나 백 리나 이백 리 길이 아닙니다. 맨 먼저 기후에서 아즈치까지 곧바로 길을 뚫고 이어서 영지 안의 큰길 모두를 개수한다고 합니다. 그야말로 전대미문의 대공사가 될 듯합니다."

"그럼, 그 도로공사를 담당한 사람은 누구누구인가?"

"사카이 후미스케坂井文介, 타카노 후지조高野藤藏, 야마구치 타로베에山口太郎兵衛, 시노오카 하치에몬篠岡八右衛門 등 네 사람입니다. 비용은 아끼지 않겠다, 하루라도 빨리 완성시키라는 명령이었다고 합니다."

이에야스는 여전히 부드러운 어조였다.

"그 아즈치의 새로운 성은 누가 설계했다고 하던가?"

"아케치 미츠히데明智光秀 님이라고 들었습니다."

"음, 아케치가 설계하고 니와가 시행한다는 말이지. 그렇다면 우리도 그동안에 사쿠자에몬에게 설계를 하도록 해서 성을 수리하는 흉내라도 내야겠어."

이에야스는 이렇게 말하면서 겉으로는 웃었으나, 더욱 마음을 가다듬고 노부나가를 상대해야 한다……고 생각했다.

진작부터 '천하포무天下布武'의 도장을 당당하게 사용하고 있는 노부나가였다. 그 노부나가가 무슨 생각으로 아즈치에 새로 성을 쌓고,

무슨 생각으로 도로공사를 명했는지 이에야스는 손바닥을 들여다보듯 잘 알고 있었다.

에치젠의 북쪽 성에는 시바타 카츠이에를 보내놓았다. 이세도 완전히 제압했고 코슈의 카츠요리도 반신불수가 될 정도로 큰 타격을 받았다. 우콘에 대장에 임명된 것을 기화로 드디어 천하를 장악할 결심을 하고 일어선 것이 분명했다.

아즈치의 땅은 바로 눈앞에 있는 호수만 건너면 사카모토坂本와 이어지고, 사카모토에서 쿄토까지는 지척지간이었다. 또 북쪽으로 뻗어가는 출구이기도 하고 기후와도 가까울 뿐 아니라 탄탄대로인 세 간짜리 도로를 전국으로 확대해나가면 그것은 능히 천하를 넘볼 수 있는 위치였다.

"타다츠구……"

이에야스가 말했다.

"그대는 노부나가 님이 어째서 쿄토에 성을 갖지 않는지 그 이유를 알고 있나?"

타다츠구는 이에야스의 태도가 왠지 못마땅했다. 기후에 대해 좀더 이것저것 관심을 나타낼 줄 알았는데, 오늘은 겨울 하늘처럼 어딘지 모르게 개운치 않았다.

3

타다츠구는 약간 답답하다는 듯이 말했다.

"아직 쿄토로 진출하기에는 좀 이르겠지요. 이시야마石山에는 혼간사의 신도가 있고, 셋츠 북쪽에도 손이 미치지 못하고 있습니다."

그 말에 이에야스는 타다츠구로부터 시선을 돌려 양쪽에 대령해 있는 사카키바라 코헤이타, 오쿠보 헤이스케, 이이 만치요를 차례로 돌아보았다.

"노부나가 님은 비록 일본을 모두 정복한다고 해도 쿄토에는 성을 쌓지 않을 것일세."

"어째서 그렇습니까?"

"지금까지 천하를 호령했던 사람 가운데 쿄토에 있으면서 천황께 폐를 끼치지 않은 사람은 하나도 없어. 후지와라藤原, 헤이시平氏, 호죠北條, 아시카가足利 등 모두 천황의 무릎 밑에 있다가 멸망할 때는 천황께 누를 끼쳤지. 그것을 잘 알고 있는 노부나가 님이기 때문에 만일 천하를 호령하게 된다면 아마도 아즈치에 이어 현재 이시야마 혼간 사가 있는 오사카大坂 부근에 성을 쌓게 될 것일세."

"아즈치에 성이 완성되면 노부나가 님은 다음에는 혼간 사를 정벌하게 되겠군요."

"타다츠구……"

"예."

"그 혼간 사를 정벌하고 오사카에 성을 쌓은 뒤에는 어디를 공격할 것 같은가?"

"글쎄요, 츄고쿠나, 아니면……"

말하다 말고 타다츠구는 얼른 입을 다물었다.

이에야스는 가볍게 웃었다.

"내가 이렇게 나가시노 전투 이후의 일을 자세히 조사하고 있는 것은 앞으로는 전쟁의 양상이 어떻게 될 것인가, 어떻게 실력을 기르고 준비해야만 파멸을 방지할 수 있을까 하는 것을 확실히 해두기 위해서일세. 헤이스케, 저 탁자 위에 있는 장부를 이리 가져오게."

지시를 받은 오쿠보 헤이스케가 일어나서 서원의 창 앞에 있는 탁자에서 옆으로 철한 한 권의 장부를 가져다 바쳤다.

이에야스는 지난 며칠 동안 거실에 틀어박혀 무언가를 그것에 적어 놓고 있었다.

"총포의 수는 오다 군이 삼천 칠백 자루, 우리가 팔백 자루로 쌍방이 합치면 모두 사천 오백. 이 무기로 쓰러뜨린 타케다 군은 약 일만 이천. 총포 하나가 약 세 명씩의 적을 쓰러뜨리고 있어."

이에야스는 다시 일동을 부드러운 얼굴로 돌아보았다.

"이것이 불과 팔백 자루인 우리편 총포만이었다면 어떻게 되었을 까? 가령 세 명씩 쓰러뜨렸다고 하면 이천 사백."

모두 심각한 표정으로 이에야스가 말하는 숫자에 귀를 기울이고 있 었다.

"나가시노 전투에서 오다 군의 도움 없이 일만 오천의 적군과 혼전 을 벌였다면 아마 우리 군사도 그 이상 전사했을 것이 분명하고, 그렇 게 되면 총 팔천의 아군으로는 절대로 승리를 예상할 수 없었을 것일 세. 알겠나, 이것이 우리의 실력이었어."

"으음."

이 말에 이번에는 이에야스보다 먼저 타다츠구가 크게 신음했다.

"나는 결코 그대들의 활약이 미흡했다는 것은 아니야. 그러나 오다 군의 도움이 없었다면 승패가 뒤집혔을 것이라는 말을 하고 싶네."

"사실입니다."

코헤이타가 깊이 생각에 잠기는 표정으로 고개를 끄덕였다.

"그 노부나가 님이 드디어 천하를 손에 넣을 시기가 왔다면서 아즈 치에 성을 쌓기 시작했어. 나는 오다 님을 의심하는 것은 아니야. 만일 원군이 오지 않을 경우…… 아니, 가령 말일세, 그 오다 군이 적으로 돌 아섰을 경우…… 과연 그럴 경우에도 무너지지 않을 준비가 우리에게 되어 있는가……"

이에야스는 다시 눈초리에 웃음을 띠고 일동을 돌아보았다.

4

이에야스가 본 바에 따르면, 예로부터 오늘에 이르기까지 전쟁에 진 쪽이 멸망한 것은 당연한 일이었다. 그런데 이긴 쪽 역시 오래지 않아 반드시 파멸의 길을 걸었다. 승리와 자만심의 함수관계는 피할 수 없는 인간의 습성인 듯.

그런 관점에서 볼 때 이에야스는 노부나가도 역시 지나치게 자만하는 듯한 생각이 들었다. 승리하면 자만해진다. 자만해진다는 것은 횡포의 다른 말.

이번에 타케다 카츠요리가 패한 원인은 타카텐진 성의 전투에서 승리했을 때부터 싹트고 있었다. 이와 똑같은 싹이 이에야스의 내부에서도 싹터서는 안 된다고 그는 승리한 날부터 잔인할 정도로 냉정하게 자신의 실력을 점검하고 있었다.

노부나가는 그 반대였다. 승리의 여세를 몰아 대번에 천하를 손에 넣으려 하고 있었다. 아니, 이번의 승리조차도 이미 계산에 넣고 있었다는 기세였다.

전쟁에 이긴 그 이튿날, 곧 5월 22일에 나가시노 성을 끝까지 사수한 오쿠다이라 쿠하치로를 노부나가가 접견했을 때의 광경이 지금도 이에야스의 머릿속에 뚜렷이 남아 있었다.

"오오, 도깨비의 아들녀석, 참으로 장하다. 그대의 기질을 이 노부나가는 평생 잊지 않을 것이다. 그 은상恩賞으로 내 이름에서 노부信란 글자를 주겠다. 오늘부터는 사다마사貞昌란 이름을 노부마사信昌로 바꾸어라."

그러면서 오쿠다이라 일족 일곱 명, 가신 다섯 명에게 각각 술잔을 내렸다.

공을 세운 자, 명예를 지킨 자에게 나노리名乘°를 내리는 예는 적지 않다. 쿠하치로도 감격하여 몸을 떨고 있다는 것을 알았다. 그러나 노부나가의 이러한 태도 뒤에는 이에야스를 존중하는 기색이 완전히 사라지고 없었다.

'언젠가는 실력으로 이 이에야스를 압박해올 것이다.'

평생토록 절대로 주인을 갖지 않겠다고 굳게 결심한 이에야스. 그것을 잘 알기 때문에 미카와의 친척 운운하던 노부나가였으나, 때가 이르면 한 사람의 명령자로서 이에야스 위에 군림하려 하는 노부나가라는 생각이 들기 시작한 것은 그때부터였다.

이에야스는 다시 자기 생각을 적은 장부를 넘겨나갔다.

"인간이란 말일세, 승리했을 때는 어째서 승리했는지 그 이유를 알아보려고 하지 않는 법일세. 그래서 나는 자신을 반성하는 의미에서 기록해보았네. 이번 전투에서 승리하게 된 첫번째 원인은 그대들의 놀라운 용맹에 있었어. 오로지 나를 위해 상하가 하나로 뭉쳐 일사불란하게 싸운 강력한 힘…… 그것이 없었다면 오다 군은 원병을 보내지 않았을 거야. 원병이 오지 않았다면 멸망했을 것일세. 아니, 그보다도 그대들의 충성스런 무용이 없었다면 오다 님은 단지 우리를 저버렸을 뿐 아니라 어쩌면 우리를 공격하여 멸망시켰을지도 몰라. 도와주어도 아무 소득이 없을 테니까…… 승리한 두번째 원인은 운이었어. 운은 그대로 기다리기만 해서는 찾아오지 않아. 내가 손을 잡아야 할 상대는 타케다나 호죠가 아니라는 것을 알고 경계를 접하고 있는 오다 님과 손을 잡은 데에 운이 따른 거야. 원교근공遠交近攻이란 정책상으로 볼 때는 오다 님과 나는 어느 쪽이든 이미 멸망했을 것일세. 그런데 서쪽의 오다 님, 동쪽의 내가 동맹한 것이 잘된 일이었어. 이 운이 앞으로도 우리를 따를 것이라 생각하면 잘못이야. 그래서 나는 우리가 갈 길, 걸어야 할 길을 이렇게 생각했네……"

이에야스는 다시 종이를 한 장 넘기면서 심각한 표정이 되었다.

5

모두의 눈이 빨려들어가듯 이에야스의 얼굴에 집중되었다.

타케다 카츠요리를 반죽음의 상태로 몰아넣고도 아직 이에야스는 이 승리에 만족할 수 없다는 것일까. 누구의 눈에도 이에야스가 불만스럽고 침울해 보이는 것은 어째서일까······

"나는 앞으로 어떤 적을 맞이해도 오다 님의 도움을 받지 않아도 될 정도로 자신의 힘을 길러야 한다고 생각해. 그래야만 비로소 운이 나에게 미소를 던질 것이라고 믿어. 그때까지는 위험한 전쟁은 모두 피하겠네. 승리의 기세를 몰아 다시 전쟁을 벌이기 전에, 가신들 중에 아직 내 눈이 미치지 못해 묻혀 있는 사람은 없는지 찾아볼 생각일세. 팔십만석 남짓한 영지이므로 구석구석까지 신경을 써서 모두가 다 같이 유복해지도록 신불에게 맹세하고 노력하려고 하네."

모두들 얼굴을 마주보며 고개를 끄덕였다. 이에야스가 노부나가의 원조를 받았다는 사실을 어떻게 느끼고 있는지 그 말을 통해 짐작할 수 있었다.

"아, 완전히 날이 어두워졌군. 타다츠구, 수고가 많았네. 나도 그만 들어가 쉴 생각일세."

이에야스는 장부를 품에 넣고 그대로 일어섰다.

모두 고개를 숙여 절하고 그를 배웅했다.

"미카타가하라三方ヶ原 전투 때와는 크게 달라지셨어."

누군가가 말했다.

"그렇소. 그때는 패전한 뒤에도 용기가 하늘을 찌를 듯하셨소. 그런데 이번에는 옆에 있기만 해도 숨이 막힐 지경이오."

"이것이 바로 성주님의 조심성이오. 요즘에는 그런 일을 기록하거나 말을 타고 이 마을 저 마을로 다니시며 아무나 농부들을 붙들고 이야기를 나누시는 것이 일과인 것 같아요."

"백성들이 부유해지면 유사시에는 팔십만 석이 백만 석이나 백이십만 석의 힘을 발휘하게 되니까요."

"어쨌든 우리도 정신 차려야겠소."

그 무렵 이에야스는 내전에서 목욕물을 끓이게 하고 있었다. 옆에서는 여전히 사이고西鄕의 오아이 부인이 가려운 곳을 긁어주듯 세심하게 돌보고 있었다. 아직 오아이는 아기를 갖지 못했다.

"그대는 묘한 여자야."

이렇게 말하며 이에야스는 곧잘 웃곤 했다. 처음에는 오아이가 오래 전의 소년 시절에 본 키라吉良의 카메히메로 보였다. 그런데 오아이가 이에야스의 마음을 완전히 사로잡아 어느 틈에 카메히메의 모습을 지워버렸다. 그렇다고 이에야스에게 무엇을 요구하는 일도 없고 강한 개성으로 인상짓게 하지도 않았다.

그날도 목욕을 하고 나오자 갈아입을 옷을 잘 챙겨들고 옆방으로 들어왔다.

"이제는 그대가 이런 일은 직접 하지 않아도 돼."

언제나 이렇게 말하곤 했다.

"예."

그때마다 대답은 하는데, 그 뒤 하는 일은 마찬가지였다.

"그대를 보고 있으려면 계절을 잊지 않고 철마다 묵묵히 피어나는 야츠하시八つ橋의 붓꽃이 떠오르는군."

오아이는 그 말에 무척이나 만족하는 것 같았다. 착실하고 꼼꼼하게 정리 잘하고, 또 누구에게도 질투를 받지 않았다.

목욕하고 난 이에야스는 새로 마련된 휴게실로 갔다.

그곳에는 이미 저녁상이 차려져 있고 촛대에 불이 켜져 있었다. 모든 것이 다 오아이의 지시에 의한 것이었다. 이에야스는 밥상 앞에 앉아 묵묵히 먹기 시작했다. 예나 다름없이 국 한 그릇에 반찬 다섯 접시…… 그중에서 둘은 볶은 된장과 야채절임.

오아이는 그 앞에 행복한 듯 앉아 있었다.

6

"오아이……"

보리가 3할이나 섞인 밥을 세 공기째 비우고 나서 이에야스는 생각났다는 듯이 애첩의 이름을 불렀다.

"그대에게 아기가 생기면 어떤 아이가 태어날까?"

"글쎄요…… 마음에 드실 현명한 아기는……"

"태어나지 않을 것이란 말인가? 나는 그렇게 생각지 않아. 아주 착실하고 꼼꼼한 아이가 태어날지도 몰라."

오아이는 흘끗 곁눈질로 이에야스를 쳐다보았다.

"부탁이 있습니다."

"부탁이라니?"

"다른 여자를 곁에서 모시도록 하고 싶습니다."

순간 이에야스는 젓가락 든 손을 멈추었다.

"묘한 말을 하는군. 그대는 내가 비꼬는 줄 알았나? 자식을 낳지 않는다…… 내가 그것을 책망하는 줄 알고 있나?"

"아닙니다…… 하지만 자식은 많아야 하는 줄로……"

"그런 지시는 그대가 내리지 않아도 좋아. 눈에 드는 여자가 나타나면 언제든지 말하겠어. 나도 이제는 무분별한 젊은이가 아니니까."

"성주님, 사실은 제게 아기가 생긴 것 같아요. 그래서 부탁 드린 것입니다."

"뭣이, 아기를 가졌다고……?"

오아이를 바라보는 눈이 휘둥그레졌다가 차차 가늘어졌다.

"그래? 그것 참 반가운 일이야. 그래서 다른 여자를 권한 것이로군."

일부다처인 이 시대에는 아이를 가지면 다른 여자를 잠자리에 들여보내는 것이 여자가 할 일 가운데 하나였다. 아니, 단지 그것만이 아니라 서른 살이 지나서까지 소실과 사랑을 다투는 정실이 있으면 색을 밝히는 여자라고 손가락질을 받았다. 그러므로 대부분의 정실은 그때부터 '잠자리는 사양하겠다'고 하면서 남편을 젊은 여자에게 양보했다.

"그래도 괜찮겠나?"

"예. 그 여자를 이 자리에 불러도 좋을까요?"

"으음."

이에야스는 생각에 잠기면서 수저를 놓았다.

"그만둬."

딱 잘라 말했다.

"오늘 밤은 그대가 아기를 가진 기쁨만을 생각하고 싶어. 그러고 보니 나는 지금까지 아기를 갖고 싶다는 생각을 별로 하지 않았어."

"……"

"노부야스와 카메히메 때는 너무 젊었었고, 오기마루 때는 다른 일로 머리가 가득 차 있었어. 이번에 그대 배에서 태어날 아이에게는 아버지답게 행운을 기원해주고 싶어."

오아이는 가만히 이에야스를 쳐다본 채 눈시울을 붉혔다.

"그만 드시겠어요……?"

"아, 맛있게 먹었어. 상을 물려도 좋아."

오아이는 손뼉을 쳐서 시녀를 불렀다.

이때 시녀가 들어왔다.

"아뢰옵니다."

그와 함께 이이 만치요의 목소리가 들렸다.

"방금 오카자키에서 히라이와 치카요시 님이 도착하여 뵙기를 청하고 있습니다."

"뭐, 시치노스케가 돌아왔어? 어서 들라고 해라. 그리고 다들 들어오도록. 여러 가지 이야기가 나올 테니."

이에야스는 이렇게 말하고, 오아이를 돌아보았다.

"촛대를 하나 더 준비하시오."

지금까지는 한 자루밖에 촛불을 켜놓고 있지 않았다.

7

히라이와 치카요시는 이에야스의 명으로 연말보고를 하러 왔다. 오가 야시로 사건에 충격을 받은 이에야스는 부자간의 연락에는 노부야스의 후견인인 치카요시에게 하도록 했다.

바깥채에서 숙직을 하던 사카키바라 코헤이타, 오쿠보 헤이스케, 이이 만치요 등 예닐곱 명도 이에야스의 양쪽에 자리잡았다.

평소에는 이런 일이 없었다. 노신과의 대화는 단둘이 하는 일이 많고, 이때는 주종간에 말을 놓다시피 하면서 옛날처럼 허물없이 대했다. 그런 태도를 피하고 격식을 지키려 하는 것은 그대로 노부야스가 본받아서는 안 된다는 아버지로서의 배려였다.

"오오, 치카요시. 수고가 많았어, 좀더 이리 가까이 오도록."

치카요시는 이에야스의 마음을 읽은 듯 아주 예의바르게 문지방으로 올라와 보고의 인사를 했다.

"사부로도 잘 있겠지?"

"예, 예나 다름없이 원기왕성하십니다."

"영내를 잘 돌보고 있던가?"

"예, 매사냥으로 거의……"

"효자와 열부를 발견했다더냐? 사부로의 눈으로는 좀처럼 찾아내기 어려웠을 텐데."

히라이와 치카요시는 왠지 애매한 말로 얼버무렸다.

"예…… 예. 작은 마님에게서 두번째 따님이 태어났습니다."

고개를 숙였다.

"뭐, 또 딸이란 말이지."

되묻듯이 말하고 나서 얼른 덧붙였다.

"아니, 아직 젊으니까 앞으로 얼마든지 더 낳을 수 있을 거야. 그래, 모녀는 다 건강하고?"

"예, 매우 건강하십니다마는……"

"치카요시 ──"

"예."

"무언가 마음에 걸리는 점이 있는 모양이군."

"예…… 예."

"여기에는 그 말을 들어선 안 될 사람이 없어. 비록 좋지 못한 일이라도 마음의 교훈이 될 것일세. 어서 말해보게."

"그럼, 말씀 드리겠습니다."

치카요시는 이렇게 대답하고 무언가를 꿀꺽 삼키는 듯한 표정이 되었다.

"사실은 이번에도 따님이 태어났다는 말을 듣고 작은 성주님은 몹시 심기가 상하셔서 산실의 기둥을 칼로 베었습니다."

"뭐, 산실까지 들어가서? 한심한 노릇이야. 설마 산모에게 상처를 입힌 것은 아니겠지?"

"예. 하지만 그대 같은 여자는 아무 소용도 없다며 화를 내셨습니다.

그 말에 작은 마님은……"

"토쿠히메가 어떻게 했다는 말인가?"

"당장 친정으로 돌아가시겠다고……"

"으음, 그래서 자네가 말렸나?"

"예, 셋째 성에서 히사마츠 님의 어머니가 오셔서 위로의 말씀을 드리고 있을 때 츠키야마 마님이 듭시어……"

"알았네."

이에야스가 말했다.

"그 다음은 들어볼 필요도 없어. 그래 그 정도로 끝났다는 말이지?"

"예. 작은 성주님의 마음을 돌리시게 하려고 밖으로 같이 나갔습니다. 그런데 이날따라 매사냥에도 수확이 없고 해서 짜증을 내고 계실 때, 마침 어느 농부가 제사에 독경讀經을 부탁하려고 길에서 만난 승려와 같이 지나가고 있었습니다."

이에야스는 눈을 감았다. 버릇없이 자란 노부야스가 빈손으로 사냥터에서 돌아오는 길에 승려를 만나 무슨 짓을 했는지는 뻔한 일이었다.

'불운한 녀석……'

8

좌중이 숙연해졌다. 문제가 된 것이 노부야스인 만큼 아무도 입을 열수 없었다. 그것을 알고 있기 때문에 이에야스는 화가 치밀기도 하고 안타깝기도 했다.

'젊음이란 그토록 무분별한 것인가……?'

지난날의 자신을 돌이켜보며 걱정스러운 소리로 물었다.

"그 승려를 죽였는가?"

"예…… 그것이……"

"죽일 정도는 아니었다는 말이지, 어떻게 했느냐?"

이렇게 묻고 이에야스는 곧 후회했다. 치카요시는 다른 사람들 앞에서 말하기가 어려워 대답을 않고 있었다.

"역시 죽였군. 안타까운 일이야."

보통 방법으로 죽인 것이 아닌 듯. 어쩌면 분에 못 이겨 입에 담을 수 없는 잔인한 방법으로 죽였는지도 모른다…… 이런 생각이 들자 이에야스는 자기 쪽에서 화제를 바꿀 수밖에 없었다.

"그건 그렇고, 조세징수는 어떻게 되었나?"

"모두 예정대로 창고에 넣었습니다."

"좋아. 너무 무리하게는 하지 않았을 테지. 사부로는 그런 데까지는 눈이 미치지 못해. 나이 든 사람들이 잘 배려해서 너무 무겁게 조세를 매겼거든 탕감해주게."

"알겠습니다."

"내 말을 노부야스에게 잘 전하게. 전쟁에 이겨 올해를 넘길 수 있게 된 것은 오로지 오다 님의 덕택이라고."

"예."

"그 은혜를 생각하여 나는 백성들과 같이 기쁨을 나눌 생각이다, 사부로도 백성들로부터 과연 우리 성주님이로구나 하고 진심으로 존경받을 수 있는 마음가짐이 필요하다고."

"예. 그대로 전하겠습니다."

"토쿠히메에게는 내가 따로 축하의 선물을 보내겠네. 낙심하지 말라고 전하게. 아직 젊었으니 아들을 낳을 수 있는 기회는 얼마든지 있어. 나도 훌륭한 후계자가 태어나도록 신불에게 기도하겠다고 전하라."

치카요시는 두 손을 짚고 엎드려 잠시 고개를 들지 못했다.

그는 이에야스의 마음을 너무나 잘 알고 있었다. 무엇보다도 오다 가문의 눈치를 보지 않을 수 없었다. 아니, 단순히 눈치를 보아야 할 뿐 아니라 나가시노 전투에서 유감 없이 위력을 발휘하고, 이를 계기로 하여 파죽지세로 뻗어가는 오다의 세력과 노부나가의 성격을 간과해서는 안 되었다. 만일 실수하여 노부나가의 분노를 사는 경우, 그야말로 이번에는 어떤 어려움에 부딪치게 될지 몰랐다. 노부나가의 불 같은 성격은 노부야스와는 비교도 되지 않았다.

"오아이, 오카자키에서 일부러 시치노스케가 찾아왔으니 술잔을 준비하시오."

이에야스는 치카요시가 겨우 눈물을 거두고 고개를 들자 익살맞게 웃어 보였다.

"앞으로는 말일세. 얼마 동안은 모두 와신상담해야 하네. 참고 견디는 것처럼 우리를 잘 지켜주는 방패도 없어. 알겠나, 인내는 아무나 할 수 있는 일이 아니야. 아무도 할 수 없는 인내심을 조용히, 말없이 키워나가야 해."

"특히 작은 성주님이……"

치카요시는 이에야스의 마음을 잘 알고 있는 만큼 다시 입술을 깨물고 고개를 수그렸다.

겨울의 아야메

1

밤새 무섭게 몰아치던 초겨울의 찬바람이 멎고 조용해졌다고 생각했을 때는 이미 창이 훤하게 밝아 있었다.

아야메는 가만히 고개를 들어 자기 옆에서 자고 있는 노부야스를 돌아보았다. 술냄새가 주위에 가득해 가슴이 막힐 듯한 공기였다.

"술주정이 몹시 심하시더니……"

원래 술버릇이 나쁜 노부야스였으나 요즘에 와서 더욱 심해졌다.

처음에는 전쟁에 이겼다고 입버릇처럼 말하고, 대장의 목을 열셋이나 베었다고 자랑스럽게 되풀이했다. 그런데 일정한 주량이 넘으면 이상하게도 반드시 주정을 했다. 어떤 때는 카츠요리가 불쌍하다며 눈물짓기도 했다.

"나도 곧 전쟁터에서 목숨을 잃게 될 거야. 아야메, 누가 내 목을 벨 것 같아?"

이런 말을 하면서 대답을 강요하기도 했다. 아니, 그 정도는 아직 괜찮은 편이었다. 주정 끝에는 언제나 토쿠히메와 그녀의 아버지 노부나가의 이야기를 꺼냈다. 노부나가는 마치 자기 혼자의 힘으로 이긴 줄 알고 있다, 그것이 못마땅하다고 했다.

"우리 도쿠가와 군은 팔천으로 오천 이백의 적을 죽였어. 그런데 오다 군은 삼만이라고 허풍을 떨면서도 고작 사천 남짓밖에는 죽이지 못했어. 우리 힘이 아니었다면 그런 승리는 거두지 못했을 거야."

이런 말을 시작하면 아야메는 몸이 부들부들 떨려 자기로서도 어떻게 할 수가 없었다.

눈에 핏발이 서고, 무엇을 생각하는지 허연 이를 으드득 갈고는 했다. 그런 뒤에는 마치 광풍이 일듯 거칠게 애무해왔다. 처음에는 자기를 죽이려는 줄 알고 공포에 떨었다. 전쟁터에서 어떤 악령이 달라붙어 미쳐 날뛰는 것이 아닌가 싶었다.

그러나…… 아침이 되어 가만히 들여다보면 무어라 말할 수 없는 조용하고도 슬퍼 보이는 얼굴이었다. 죽지 않았나 싶어 가만히 코끝에 손을 대어보고서야 안도하는 경우가 종종 있었다. 오늘 아침에도 그랬다. 어젯밤에 그토록 자기 몸을 사납게 괴롭힌 사람이라고는 생각되지 않는 그 쓸쓸한 모습.

'나는 역시 성주님을 사랑하고 있는 것일까.'

아야메는 요즘에 와서 이 성에서의 자기 입장을 곰곰이 되새겨보게 되었다.

처음에는 첩자였다. 아니, 첩자인 겐케이를 이 성에 자유롭게 출입할 수 있도록 하기 위한 미끼였다. 그러던 것이 드디어는 작은 마님인 토쿠히메를 괴롭히고 견제하기 위한 츠키야마 마님의 도구로 이용되었다. 그리고 그동안에 두 차례나 임신했으면서도 한 번도 아기를 낳지 못했다.

"아들을 낳도록 해. 토쿠히메보다 먼저 아들을 낳으면 대를 이을 사람의 생모가 되므로 네가 이기는 거야."

츠키야마 마님은 자주 이런 말을 했으나, 만일 아들을 낳았더라면 어떻게 되었을까? 어쨌거나 자기는 타케다 쪽의 첩자였다.

"아, 아아……"

노부야스는 크게 기지개를 켰다. 아야메는 흠칫 놀라 온몸을 굳히고 숨을 죽였다.

2

"아…… 날이 밝았군."

노부야스는 눈을 감고 잔뜩 긴장해 있는 아야메를 흘끗 돌아보았다.

"흥, 정신없이 자는군."

가만히 자리에서 빠져나와 그대로 복도를 지나 밖으로 걸어나갔다.

늘 그렇기는 하지만 이것 역시 이상하다면 이상했다. 눈을 뜨는 순간부터 마치 사람이 달라진 듯, 아무리 추운 날이라도 곧 활터로 나가 한쪽 어깨를 벗어제치고 활쏘기 연습을 하곤 했다. 말타기도 결코 거르지 않았다. 단지 달라진 것이 있다면, 어떤 날은 창으로 연습하고 어떤 날은 칼을 휘두르는 것뿐이었다.

'대관절 밤의 성주님이 진짜 성주님일까, 아니면 낮의……'

처음에는 자주 이런 생각을 했으나 지금은 그 양쪽 모두가 성주라는 것을 겨우 이해하게 되었다.

아야메는 노부야스의 발소리가 들리지 않게 되기를 기다렸다가 자리에서 일어나 자기에게 딸린 두 시녀를 불렀다. 시녀들은 일과처럼 되어 있는 일이어서 인사도 세숫물을 떠오는 것도 뒤로 돌아가 머리를 빗겨주는 것도 거울을 가져오는 것도 거의 기계적이었다.

전에는 이런 대우를 받는 것도 황송하다는 마음이었다. 그런데 나가시노 전투에서 타케다 군이 대패했다는 말을 듣고 나서는 그런 태도들이 무척 마음에 걸리기 시작했다. 타케다 가문과 인연이 있는 사람이라는 것을 알고 푸대접하는 게 아닌가 하는 생각이 들었다.

화장하고 식사를 끝내고 나서 화로 앞에 앉았을 때였다.

시녀 오카츠ぉ勝가 쌀쌀맞은 목소리로 츠키야마의 내방을 고했다.

"마님께서 이곳을……"

전에 없던 일이어서 아야메는 크게 당황했다. 지금까지 무슨 볼일이 생기면 그쪽에서 사람을 보내 부르는 것이 관례였다.

'무슨 일일까……?'

"이리 모셔라."

벌써 츠키야마는 옆방과 통하는 장지문을 열고 서 있었다.

"아야메, 얼마 동안 보지 못하는 사이에 더 예뻐졌군."

츠키야마는 사람이 달라지기라도 한 듯 늙어 있었다. 전에는 아직 피부에 관능을 자극시키는 윤기가 돌았으나, 지금은 몸 전체에 탄력이 없고 뒤룩뒤룩 살이 찐 느낌이어서 몹시 품위가 떨어져 보였다.

"마중 나가지 못해 황송하게 생각합니다."

"그런 인사는 필요치 않아. 이 성에서 나는 아무 쓸모도 없는 귀찮은 자에 지나지 않으니까."

"어머, 무슨 그런 농담의 말씀을……"

"그건 그렇고, 오늘은 긴히 할말이 있어서 찾아왔어. 여봐라, 거기 있는 아이를 이리 들여보내라."

"예."

옆방까지 따라와 있던 코토죠가 츠키야마의 말에 대답하고 아직 열서너 살밖에 되어 보이지 않는 소녀를 데리고 들어왔다. 쟁반처럼 둥근 얼굴의 그 소녀는 티없는 표정으로 주위를 둘러보면서 츠키야마 뒤에 가만히 움츠리고 앉았다.

"코토죠는 물러가도 좋아. 그런데, 아야메."

"예."

"얼마 전에 작은 성주가 매사냥을 하고 돌아오다가 잔인한 짓을 저지른 걸 너도 알고 있느냐?"

아야메는 왠지 모르게 그만 몸이 움츠러들었다.

츠키야마의 눈이 뱀처럼 빛나고 있었다……

3

"왜 잠자코 있어?"

츠키야마는 단호한 어조였다.

"아무것도 모른다는 말이냐?"

"예. 전혀 모르고 있습니다마는……"

아야메는 지레 겁먹어 목소리부터 떨렸다.

"잔인한 짓이라니, 성주님께서 어떤 일을……"

"그날은 작은 성주의 심기가 매우 좋지 않았어. 무리도 아니지. 언제 전쟁터에서 죽을지 모르는 장수가 아내를 얻는 것은 어서 후계자를 갖고 싶기 때문이야. 후계자도 없이 죽는다면 가문을 이어가는 명분이 서지 않아."

"예…… 예."

"하지만 그대도 낳지 못하고 토쿠히메는 딸만 낳고 있어. 그렇다면 작은 성주의 다음 번 전투에 지장을 준다고 생각지 않느냐?"

"글쎄요……"

"아직 대를 이을 아들도 없다……고 생각하는 것과, 대를 이을 아들이 있으니 마음껏 공을 세워서……라며 안도하고 전쟁에 임하는 것은 하늘과 땅처럼 차이가 나는 법…… 이런 생각이 작은 성주의 마음에 있었기 때문에, 또 딸인가 하고 화가 치밀었던 거야. 그래서 모든 것이 눈에 거슬려 부아가 난 채로 사냥하러 나갔어."

츠키야마는 무슨 생각이 났는지 갑자기 뚝뚝 눈물을 떨어뜨렸다.

"그렇듯 기분이 언짢은 날이라 사냥감도 눈에 띄지 않고, 게다가 이 추위…… 불쾌한 마음으로 돌아오다가 나그네 중과 딱 마주쳤던 거야."

아야메는 무슨 말이 나올까 싶어 그 한마디 한마디에 고개를 끄덕이고 있었다.

"예로부터 중을 만나면 사냥이 안 된다는 말이 있어. 작은 성주는 그만 발끈 화가 났지. 네가 살생을 못하게 하는 무슨 주문이라도 외지 않았느냐…… 물론 농담으로 한 말이었어. 중은 건방지게도 이렇게 대답했다는 거야. 예, 저는 부처님의 제자이기 때문에 앉으나 서나 항상 그것을 염원하고 있습니다."

"어머나……"

"작은 성주의 분노는 더 이상 억누를 수 없게 되고 말았어. 그래서 갑자기 말에서 뛰어내려 중의 옷깃에 밧줄을 붙들어매고 말에 채찍질을 가했던 거야……"

아야메는 저도 모르게 두 손으로 얼굴을 가렸다. 어딘가에서 말에 질질 끌려가며 죽어가는 사람의 비명이 들리는 것 같았다.

"중은 살려달라며 소리를 질렀다고 하더군. 머리끝까지 성이 난 작은 성주는, 부처의 제자라면 부처의 힘으로 목숨을 건져보라……고 하면서 말에 더욱 채찍을 가해 끝내 비참한 죽음을……"

아야메만이 아니라 그곳에 있던 사람 모두가 고개를 숙인 채 움츠러들어 있었다.

"아야메!"

"예…… 예."

"이 모든 것은 그대들이 아들을 낳지 못한 데에 원인이 있어. 불제자에게 그런 잔인한 짓을 할 작은 성주가 아닌데도 마음의 불만에 악귀가 씌운 거야. 모두 그대들의 죄야, 이렇게 된 것은……"

아야메는 얼굴 가득히 공포의 표정을 떠올리고 망연히 츠키야마를 쳐다보고 있었다.

'아무 잘못도 없는 스님에게 그런 잔인한 짓을 하다니……'

그것이 자기의 죄라는 말에 아야메는 어리둥절한 표정이었다.

"왜 잠자코 있는 게야, 그렇지 않다는 말이냐?"

츠키야마는 눈을 부릅뜨고 소리를 질렀다.

4

아야메가 알 수 있는 것은 츠키야마가 몹시 진노하고 있다는 사실이었다.

'이 아야메가 어째서 잘못한 것일까……?'

아들을 낳지 못했다고 해서 노부야스에게 꾸중을 들은 일도 없거니와 별로 탄식하는 말도 듣지 못했다. 그런데 그것이 원인이 되어 노부야스가 잔인한 짓을 했다고 츠키야마는 지금 눈앞에서 화를 내고 있다.

'화를 낸다면 빌어야 한다.'

"용서해주십시오."

아야메는 두 손을 짚고 이렇게 말하는데 정체 모를 슬픔이 가슴에 치밀었다.

"오, 알고 있구나, 너는."

"예…… 예."

"그대들이 작은 성주의 성격을 거칠게 만들었다는 것을 알고 있다는 말이지?"

"예…… 예."

"그 일로 해서 작은 성주는 하마마츠의 성주님으로부터 크게 질책을 받았어. 성주님은 너희들 모두가 작은 성주를 거칠게 만들었다는 것을 모르고 계셔. 세 가지 보배 중 하나인 승려에게 또다시 그런 잔인한 짓을 하면 아들이라 해도 용서하지 않겠다고 질타하셨다는 거야."

츠키야마는 다시 뚝뚝 눈물을 떨어뜨렸다.

"아야메, 그렇지 않아도 성주님이 이 츠키야마를 미워하신다는 것은 알고 있겠지? 그 츠키야마가 낳은 아들이므로 잘못이 있으면 사부로를 죽이고 싶은 것이 성주님의 마음이야. 나는 다 알고 있어. 이번에 오다 님의 힘으로 전쟁에 이겼기 때문에 그 마음이 더욱 굳어지셨어. 그렇지만 나는 굴할 수가 없어."

"……"

"작은 성주의 피에는 오다의 원수인 내 피가 흐르고 있다. 내 피를 반드시 도쿠가와 가문에 남겨 언젠가는 원한을 풀도록 하고야 말겠어!"

젖어 있던 츠키야마의 눈이 다시 번쩍번쩍 뱀을 연상케 하는 무서운 빛을 발했다.

이미 아야메는 그 뱀 앞에 움츠러든 작은 개구리 바로 그것이었다.

이에야스가 그토록 노부야스를 미워한다고는 생각되지 않았고, 노부야스가 이에야스에게 원한을 품고 있다고도 생각되지 않았다. 그러나 츠키야마의 원한과 분노는 아무도 손을 대지 못하는 곳에서 끊임없이 활활 타오르고 있었다.

만일 그렇지 않다고 말하면 어떻게 될지 알 수 없었다.

"알겠다. 그럼 됐어."

츠키야마가 말했다.

"자기 죄를 깨달았다면 더 이상 나무라지 않겠어. 너는 나의 보호가 없으면 이 성에 있을 수 없는 몸이야. 너를 여기 데려온 겐케이는 어디론가 종적을 감추고, 타케다 군은 크게 패하여 철수했어. 알겠느냐, 너는 내 지시를 거역할 수 없어."

"예…… 예."

"나는 어떻게 해서든지 나의 핏줄을 도쿠가와 집안에 남기지 않으면 안 돼. 그래서 이 아이……이름은 키쿠노菊乃라고 하는데, 이 아이를 너에게 맡길 테니 작은 성주에게 권하도록 하여라. 이 아이한테도 이마가와今川의 피가 약간은 흐르고 있다. 알겠느냐, 질투하거나 이대로 총애를 토쿠히메에게 빼앗기거나 하면 용서하지 않겠다. 네 손으로 반드시 이 아이가 아들을 낳도록 해라. 그렇게 하는 것만이 네 죄를 용서받는 길이야."

아야메는 겁먹은 눈으로 쟁반같이 둥근 소녀의 얼굴을 돌아보았다. 소녀는 츠키야마의 말을 듣고 있지 않은 듯 무릎 위에 얹은 자기 손가락을 열심히 만지고 있었다……

5

"얘, 키쿠노!"

츠키야마는 큰 소리로 키쿠노를 꾸짖었다.

"무얼 하고 있는 게냐? 아야메 부인에게 잘 말해놓았으니 오늘부터 너는 이 방에서 지내도록 해라."

"예."

키쿠노는 둥근 얼굴을 쳐들고 눈을 깜박였다. 아직 츠키야마의 초조감이나 원한을 알 나이가 아니었다. 살갗은 가무잡잡했으나 속눈썹이 길고 눈이 시원스러웠다.

"반드시 작은 성주의 눈에 들도록 얌전하게 처신해야 한다."

"예, 얌전하게 있겠습니다."

"그래, 좋아. 아야메 너도 자기 죄를 생각한다면 하루라도 빨리 이 아이를 작은 성주에게 권해야만 해. 참, 만일 작은 성주가 묻거든 스루가에서 나를 따라와 있는 와타라세 분고渡良瀬文吾의 딸이라고 해라. 그의 혈통이 좋다는 것은 작은 성주도 알고 있을 게야."

내뱉듯이 말하고 츠키야마는 일어나려 했다.

아야메는 당황하며 일어섰다.

"저어, 차라도……"

"필요 없어!"

츠키야마는 찌르기라도 할 듯이 날카롭게 말했다.

"대를 이을 아이가 태어나기 전에는 차도 목구멍으로 넘어가지 않을 것 같다. 쓸데없는 아첨은 하지 마라. 코토죠, 그만 돌아가자."

'아아……'

아야메는 일어났으나 배웅할 용기마저 없었다.

창 밖에서는 다시 세찬 북풍이 불기 시작했다.

"아아, 춥구나. 이리 가까이 와."

츠키야마의 발소리가 멀어지자 아야메는 등에 오싹 한기를 느끼며 화로를 키쿠노 쪽으로 옮겨놓았다.

"예."

키쿠노는 몸집보다도 더 앳된 목소리로 대답하고 천진난만하게 아야메 곁으로 왔다.

"키쿠노라고 했지, 나이는?"

"열둘, 곧 열세 살이 돼요."

"부모님은 다 계시고?"

"아뇨, 양쪽 모두……"

대답하면서 생긋 웃었다. 웃는 순간 새하얀 이가 빛나 조금은 더 성숙해 보였다.

"두 분 모두 돌아가셨나?"

"예. 원래 어머니는 안 계시고 아버지도 이 오카자키에 오셔서……"

아야메는 부모가 없는 자신의 신세가 생각나서 그만 가슴이 메었다.

"아까 마님께서는 이마가와 가문의 혈통이라고 하셨는데?"

"예. 외할머니가 지부노타유治部大輔(이마가와 요시모토) 님을 모시다가 임신한 채 출가하셨다고 해요."

"외할머니가……"

"예. 어머니는 지부노타유 님의 딸이었어요."

"아, 그렇다면 틀림없는 핏줄이군. 그런데 키쿠노는 작은 성주님을 알고 있어?"

"예, 매사냥을 나가셨을 때와 그 전에 출전하실 때 보았어요."

"아직 이야기를 나눈 적은 없고?"

"예, 없습니다."

키쿠노는 이렇게 대답하고 걱정스럽다는 듯 양미간을 모았다.

"저어, 어떻게 하면 작은 성주님의 아기를 낳을 수 있나요?"

진지하게 물었다. 그 태도가 너무 천진하게 보여 아야메는 그만 말문이 막혀 얼른 화롯불을 뒤적거렸다.

6

"제발 가르쳐주십시오. 빨리 아기를 낳지 못하면 마님에게 매를 맞게 돼요."

키쿠노는 다시 고개를 갸웃거리며 심각한 표정으로 아야메의 얼굴을 들여다보았다.

"글쎄, 그것은……"

아야메는 저도 모르는 사이에 얼굴과 귀가 빨갛게 되었다.

자기가 처음 노부야스 앞에 왔던 날의 기억이 슬프고도 당황스럽게 상기되었다.

빨리 아기를 낳으라니 이 얼마나 기묘한 엄명인가. 아야메는 대답을 하지 못한 채 부젓가락으로 화로의 불을 모았다 헤쳤다 하고 있었다.

키쿠노가 다시 입을 열었다. 아마도 낯가림을 않는 성격인 듯.

"아 참, 그것도 딸을 낳으면 안 된다고 하셨어요. 아들을 낳아라, 아들을 낳지 못하면 때리겠다고 하셨어요."

"어머…… 어쩌면 그런 말씀을."

"어떻게 하면 아들을 낳을 수 있는지 가르쳐주세요, 아야메 님."

아야메는 그만 억누를 수 없는 분노를 느꼈다.

'혹시 마님은 실성한 것이 아닐까……'

이런 소녀에게 그런 잔인한 말을 하다니……

이전에는 남을 원망하거나 탓할 줄 몰랐던 아야메였다. 그러나 지금 마음속으로부터 보이지 않는 분노가 부글부글 끓어오르는 것을 스스로도 놀랄 정도로 뚜렷하게 깨달았다.

'대관절 이 일을 어떻게 하면 좋다는 말인가.'

인간에게는 그 사람 나름대로 남을 보는 눈이 있다. 더구나 노부야스에게는 그런 경향이 심하다. 키쿠노를 보고 좋아하게 된다면 모르지만 혹시 거들떠보지도 않는다면 어떻게 할 것인가. 그것도 아야메의 죄라면서 책임을 추궁하려 할 것인가……?

'그럴 리는 없다!'

아야메는 전에 없이 격렬하게 외치는 마음의 소리에 당황했다.

그런 일은 없어야 하지만, 그런데도 츠키야마는 아야메를 꾸짖을 것이 틀림없었다.

"왜 대답을 안 하시나요, 아야메 님도 모르시나요?"

"아, 그래. 나도 모르기 때문에 아직 아들을 낳지 못하고 그토록 호된 꾸중을 듣게 된 거야."

"그럼, 누구에게 물어야 하나요?"

키쿠노는 어깨를 축 늘어뜨렸다. 그러나 말과는 달리 다시 생긋 아야메에게 미소를 던졌다. 열세 살이라면 이미 남녀의 행위에 대해 어렴풋이나마 알고 있을 텐데도, 그런 일을 설명할 수 없는 아야메에게 하필이면 아무것도 모르는 소녀가 나타났다.

"머지않아……"

아야메는 더듬거리면서 불같이 달아오른 얼굴로 말했다.

"머지않아 작은 성주님이 부르시게 될 테니, 그……그때…… 시녀에게 물어서 가르쳐주겠어."

"그럼, 잘 부탁하겠어요."

그날 밤부터 사흘 동안 노부야스는 아야메를 찾아오지 않았다.

해가 바뀌었다.

설날에는 하마마츠의 아버지에게 배워 오카자키 성에서도 하례식이 끝난 뒤 코와카幸若°를 모두에게 보여주었다. 이튿날은 무술의 시작.

3일 오후가 되었다. 시동이 오늘 밤에는 노부야스가 아야메의 방에서 지낼 것이니 저녁상을 차리고 기다리라는 말을 전해왔다.

7

아야메는 3일 오후 노부야스가 곧 건너올 것이라는 두번째 전갈을 받고 갑자기 안절부절하지 못했다. 묘하게도 몸과 마음이 들떴다. 오늘은 여느 때보다 더 정성들여 화장을 하고 코소데小袖°와 우치기袿°의 무늬와 색깔에도 신경을 썼다.

'대관절 내가 왜 이러는 것일까?'

어쩌면 키쿠노라는 소녀의 출현으로 아야메 속의 '여성'이 크게 눈을 떴기 때문인지도 몰랐다. 지금까지 비참하다고밖에 생각지 않았던 잠자리에서의 이런저런 일이 왠지 모르게 몹시 마음에 걸렸다. 자기 대신 노부야스 곁에 누워 있을 키쿠노의 모습을 상상하고 깜짝 놀라 가슴을 누르기도 했다.

'이것이 질투라는 것일까……'

그런 생각이 드는 순간 여느 때와 다름없이 천진난만하게 자기를 따르는 키쿠노에게 미안한 마음이 들었다.

"자, 이리 와. 키쿠노에게도 연지를 칠해주겠어."

일부러 자기 손으로 화장을 해주고 머리도 빗겨주었다.

노부야스가 나타난 것은 거의 해가 질 무렵이었다.

설날부터 맑게 갠 하늘은 오늘도 키소의 산봉우리들을 북쪽에 뚜렷이 부각시키고 있었다. 산꼭대기에는 모두 흰 눈이 덮여 있고, 창 밑의 땅에는 아직 서릿발이 녹지 않은 채 석양을 받고 있었다.

"올해에는 좋은 일이 생길 것 같아."

약간 술기운이 느껴지는 노부야스는 유쾌한 얼굴로 문 앞에 나타나 마중 나온 아야메를 검은 머리 위로 하여 거칠게 목을 껴안고는 마구 흔들었다. 이것이 그의 특유한 애정표현이었다.

"아, 아파요……"

아야메는 저도 모르게 비명을 질렀다.

"하하하하……"

토쿠히메의 방에까지 들릴 만큼 큰 소리로 웃었다.

"지난 연말에는 하마마츠로부터 심한 꾸중을 들었어…… 그러나 올해에는 아버지에게 반드시 칭찬을 받고야 말겠어."

"당연히 그렇게 하셔야 해요."

"아야메, 어제 나는 활터에서 백 발을 쏘았어. 그중 여든 여덟 개나 과녁을 적중시켰지. 와하하하."

다시 한 번 큰 소리로 웃었다.

"아니?"

그때 노부야스는 아야메 뒤에 있는 키쿠노를 보았다.

아야메는 가슴이 덜컥 내려앉아 자기 역시 키쿠노를 돌아보았다. 갑자기 심장의 고동이 빨라졌다.

키쿠노는 처음으로 가까이에서 대하는 노부야스가 신기해 보였는지 그 둥근 눈에 따스한 웃음을 띤 채 숨을 죽이고 쳐다보고 있었다.

"네 얼굴이 참으로 둥글구나."

"예, 그래서 사람들이 모두 보름달 같다고 합니다."

"뭐, 보름달…… 지금은 중추仲秋가 아니라, 정월이야. 아무 때나 나타나는 게 아니야."

노부야스는 자신의 말에 상대가 맞받아 대답하면 반드시 기분이 뒤틀리고는 했다.

"오늘은 달구경을 하러 오지 않았어. 어서 물러가라."

"예."

아야메는 가만히 가슴을 눌렀다. 안심이 되는 것 같기도 하고 키쿠노가 가엾어 보이는 것 같기도 한 무어라 말할 수 없는 심정이었다. 키쿠노의 표정에는 아무런 변화도 없었다. 순순히 고개를 끄덕이고 그대로 옆방으로 물러가려 했다.

"잠깐, 보름달."

무슨 생각을 했는지 갑자기 노부야스가 목소리를 누그러뜨리면서 불러 세웠다.

8

키쿠노는 다시 노부야스를 쳐다보고 순순히 걸음을 멈추었다. 츠키 야마의 훈계를 받았기 때문에 애써 얌전하게 처신하려는 모양이었다. 애교를 모르는 눈동자가 비둘기 눈을 연상케 했다.

노부야스는 껄껄 웃었다.

"아주 예쁘구나."

"예."

"너 같은 미인은 이 성에는 물론 미카와 전체에도 없을 거야. 복스럽 게 생겼어. 눈에서 코에 이르기까지 원만해 보이는 관상이야."

"예. 성에 들어오기 전에도 그런 말을 많이 들었습니다."

"그럴 테지. 보름달이라니 아주 적절한 표현이다. 너는 어느 산속에 서 나타났느냐?"

"저어, 사실은……"

아야메가 참다못해 입을 열었다.

"와타라세 분고의 딸입니다."

"뭐, 와타라세라면 스루가에서 온……"

"예. 츠키야마 마님의 분부가 계셔서 여기 있게 되었습니다. 잘 살펴 보시기 바랍니다."

"아니, 어머니의 분부라고……?"

갑자기 노부야스의 얼굴빛이 흐려졌다.

"이 여자를 내 눈에 띄지 않는 곳으로 보내도록 해."

"예……?"

"참, 토쿠히메 옆에 두는 게 좋겠군. 당분간 나는 거기 가지 않을 테 니까. 내가 말했다고 하면서 맡아두라고 해. 어서 물러가라!"

단호한 어조에 키쿠노는 깜짝 놀랐으나 아직 자기가 노부야스에게 어떤 인상을 주었는지 그것을 알 수 있는 나이가 아니었다.

"키쿠노, 물러가서 쉬고 있거라."

티없는 눈으로 자기를 쳐다보는 키쿠노가 불쌍하여, 아야메는 달래 듯이 말하고 물러가게 했다.

이때 미리 말해두었던 저녁상이 나왔기 때문에 노부야스는 다시 웃음을 되찾고 그 앞에 앉았다. 올해 들어 처음 대하는 시녀들이 잇따라 절을 하고 이어서 술을 따랐으나, 아야메는 왠지 키쿠노의 일이 마음에 걸려 하마터면 노부야스가 하는 말을 듣지 못할 뻔했다.

방에 불이 켜질 무렵 노부야스는 상당히 취기가 올라 있었다. 일어나서 코와카를 추기 시작했을 때는 벌써 다리가 비틀거렸다.

"위험합니다."

그렇지만 아무도 위험하다고 말하지는 못했다. 정초부터 '위험하다'는 말은 하지 못하도록 되어 있었고, 또 그런 말을 하면 노부야스가 반드시 노한다는 것을 모두 잘 알고 있었기 때문이기도 했다.

"뭣이, 내 다리가 비틀거린다고? 이 정도의 술에 취할 노부야스가 아니야. 무술로 단련된 내 몸에 빈틈이 있을 리 없어."

일단 기분이 상하면 계속되기 때문에, 오늘 밤에는 그런 일이 생기지 않도록 모두가 여간 조심하지 않았다. 그 탓인지 춤을 다 출 때까지 아주 기분이 좋았다.

"자, 정초이니 모두 내 술잔을 받아라."

웃음 섞인 소리로 크게 말했다.

처음에는 아야메, 다음에는 아야메에게 딸린 하녀 두 사람, 그리고 노부야스를 따라온 시녀들의 순서로 잔이 한 순배 돌았다.

"아직 흥이 부족해……"

노부야스는 문득 생각하는 얼굴이 되었다가 무릎을 탁 쳤다.

"참, 그 보름달을 불러오너라."

"좋은 생각이 떠올랐어. 어서 보름달을 불러와."

일단 말하고 나면 말려도 듣지 않는 노부야스. 취한 사람이라면 누구나 다 그런 버릇을 가지고 있었다.

"그것만은 제발 삼가주십시오."

아야메는 말리지 않을 수 없었다.

'역시 키쿠노를 잊지 않고 있었구나……'

이런 생각만 해도 왠지 가슴이 뛰기 시작했다.

"나이가 어리기 때문에 이미 잠들었을지도 모릅니다."

"뭐, 잠이 들었다고…… 그럼, 깨워서 데려와."

"예…… 아직 그 아이는 성주님을 모시는 데 익숙하지 못합니다. 무례한 행동이라도 하면 안 되니……"

"아야메!"

"예."

"그대는 어머니가 무엇 때문에 그 아이를 그대에게 보냈는지 모르는 모양이군."

아야메는 당황했다. 언젠가는 자기 입으로 말해야 한다고 걱정하고 있던 일을 노부야스가 먼저 꺼냈다.

"글쎄요, 그것은……"

"어머니가 내게 떠맡기려고 보낸 여자야."

노부야스는 이렇게 말하고 껄껄 웃었다.

"좋아, 그럼 내가 가서 깨우겠어."

"성주님! 그것은 너무……"

"괜찮아, 아야메. 어머니도 좀 반성을 하도록 만들어야겠어. 여자이면서도 아직 내 마음을 모르고 있어. 나에게는 나의 눈이 있고 감정이 있다는 것을 모르다니."

노부야스가 비틀거리며 일어났기 때문에 아야메는 깜짝 놀라 자기도 따라 일어섰다.

"그럼, 불러오겠어요. 제가 불러올 테니……"

억지로 노부야스를 앉히고 키쿠노를 부르러 갔다.

키쿠노는 시녀의 방에서 화로 위에 엎어질 듯이 하고 앉아 꾸벅꾸벅 졸고 있었다. 눈을 감고 있었기 때문에 둥근 얼굴이 더욱 어려 보였다. 속눈썹이 긴 탓이었다.

"키쿠노……"

조용히 허리를 굽혀 끌어안듯이 하고 불렀다. 키쿠노가 반짝 눈을 떴다. 이번에는 아야메가 깜짝 놀랐다.

"내 말을 잘 들어, 키쿠노도 성주님 앞에 나가게 되었어. 지금 취해 계시기 때문에 뜻에 거슬리는 행동을 하면 안 돼."

"예."

키쿠노는 아야메의 말을 이해하는 데 잠시 시간이 걸렸다.

"뜻에 거슬리는 짓을 하면 안 된다는 말이죠?"

"취하셨기 때문에."

"예……"

순순히 고개를 끄덕이는 키쿠노의 모습에 아야메는 더욱 가엾은 생각이 들었다. 아무것도 모르는 이런 소녀가 어떻게 술자리에서 비위를 맞출 수 있다는 말인가…… 그것이 가엾고 애처로웠다.

키쿠노는 두 손으로 눈을 비비면서 아야메를 따라왔다.

"데려왔습니다."

"오……"

이미 다른 이야기에 열중해 있던 노부야스는 키쿠노가 들어와 조아리는 것을 보고 그제야 생각났다는 듯이 다시 껄껄 웃었다.

"보름달, 너는 어머니한테 무슨 말을 듣고 여기 왔지? 숨기면 안 돼, 바른 대로 말하여라."

짐짓 엄한 표정을 지어 보였다.

10

노부야스는 어쩌면 아야메에게 자신의 애정을 표시할 생각이었는지도 몰랐다.

츠키야마가 무어라 하건 나의 사랑은 그대에게 있다……

사실 노부야스처럼 특이한 성격을 가진 사람에게는 아야메와 같은 여자가 가장 잘 어울렸다. 아야메는 반발을 하지 않았다. 분노하는 일도 원한을 품는 일도 없었다. 개성이 없는 대신 자아自我도 없고, 그런 만큼 상대의 감정 속에 쉽게 녹아들어갔다. 토쿠히메였다면 노부야스와 노상 충돌이 일어났을 것이지만……

오늘 밤의 아야메는 바늘방석에 앉은 기분이었다. 개성이 없는 그녀의 마음은 노부야스와 키쿠노 양쪽 모두에게 지고 있었다. 아야메는 노부야스의 억지를 받아주지 않을 수 없고, 키쿠노를 위로해주지 않으면 안 되었다.

"어서 말해보아라. 어머니가 무어라고 했느냐?"

"예, 말씀 드리겠습니다."

"그래, 정직하게 바른 대로 말해야 한다."

"예. 너는 아야메를 대신하여 작은 성주님을 모시고 아기를 낳아야 한다고 말씀하셨습니다."

키쿠노는 심각한 표정으로 약간 몸이 굳어 있었다. 그 때문에 웃어야 할 이 대답이 도리어 모두에게 슬픈 분위기를 자아냈다.

"음, 내 아이를 낳으라고 했다는 말이지."

노부야스는 그것 보라는 얼굴로 아야메를 바라보고 다시 키쿠노에게 눈길을 돌렸다.

"그럼, 어디 네가 낳아보아라."

"예."

"혼자 낳을 수 있느냐?"

"저어……"

심각하게 생각하다가 떠오른 듯이 얼른 덧붙였다.

"참, 딸이면 안 되고 아들을 낳으라고 분부하셨습니다."

"그래서 낳을 생각을 하고 왔다는 말이냐?"

"예. 너라면 틀림없이 낳을 수 있다고 마님이 말씀하셨기 때문에."

"그래? 그렇다면 낳아보아라. 언제면 낳을 수 있겠느냐?"

모두 조용하게 앉아 있는데 노부야스만이 자못 재미있다는 듯이 계속 말을 걸었다.

아야메는 초조하게 노부야스를 쳐다보다가 다시 키쿠노를 바라보고는 했다.

"아직…… 그것은 알 수 없습니다."

"왜 모른다는 말이냐? 네 배에 대한 일인데 네가 모르다니 그게 말이 되느냐?"

"예……"

다시 진지하게 생각하다가 말했다.

"아기는 혼자서는 낳을 수 없습니다."

"그럼, 누가 도와줘야 한다는 말이냐?"

"예……"

"도와줄 만한 사람은 있느냐?"

"예……"

"그래? 좋아, 그것이 알고 싶다. 누가 내 아이를 낳는 데 너를 도와준다는 말이냐? 이거 점점 더 재미있어지는군."

노부야스가 다시 흘끗 아야메를 바라보고 한 걸음 다가앉았을 때.

"도와줄 사람으로는……"

키쿠노는 약간 상기된 목소리로 대번에 말했다.

"아야메 님에게 부탁하고 싶습니다."

"뭣이!"

노부야스의 안색이 확 변했다.

"너는 순진한 체하며 이 노부야스를 조롱하고 있구나."

"아아, 잠깐……"

아야메가 당황하여 노부야스의 손에 매달렸다. 노부나가의 손에서 술잔이 날아가려 했기 때문이다.

11

생각의 차이는 언제나 인간을 익살스런 위치로 바꾸어놓게 마련이다. 그때까지 노부야스는 어머니가 자기 속도 모르고 들여보낸 키쿠노라는 소녀를 야유하는 기분이었다. 그런데 키쿠노가 아야메의 도움으로 아이를 낳겠다고 했을 때부터 전혀 상황이 달라지고 말았다.

"아야메의 도움으로……"

그 말은 노부야스의 생각으로는 아야메에게 손을 떼라는 교활한 의미를 지니고 있었다. 또 이 어린것의 언동은 모두 얕은꾀에서 나온 것이라고밖에 할 수 없었다.

"놓지 못하겠어! 이년은 용서할 수 없는 앙큼한 너구리야."

"아니, 그렇지 않습니다. 저를 따르고 의지하려는 것뿐입니다."

"말도 안 되는 소리. 그대는 너무 사람이 좋아."

"아니, 아닙니다. 이 아이가 의지할 사람은 이 아야메뿐…… 그래서 저에게 도움을 청하겠다는…… 순진한 마음에서 나온 말입니다. 키쿠노, 어서 사죄하도록 해."

키쿠노는 둥근 눈을 더욱 둥그렇게 뜨고 겁을 먹고 있었다. 그러나 그녀는 아야메와는 달리 납득이 안 되는 일에는 용서를 빌지 못하는 성격인지 당장에는 머리를 숙이지 않았다.

"성주님! 이 아야메를 보아서라도…… 더구나 정초라서 경사스러운 때이고 하니."

"으음."

노부야스는 이 한마디로 겨우 노기를 가라앉혀갔다. 결코 키쿠노에 대한 의혹이 풀린 것은 아니었다. 정초부터 다시 아버지에게 꾸중들을 일은 하지 않겠다고 자기 반성을 했다.

"좋아, 그럼 그대는 이 보름달이 겉보기와 똑같은 소녀라 생각한다는 말이지?"

"예, 분명합니다. 용서해주십시오."

"이봐, 보름달!"

"예."

"방정맞게 대답하는구나. 잔을 줄 테니 가까이 오너라."

"예."

키쿠노는 안도하는 것 같았다. 노부야스가 주는 잔을 떠받들듯이 하고 진지한 얼굴로 단숨에 들이켰다.

"하하하……"

노부야스는 웃었다. 상대가 잔을 받아 마시는 태도가 마음에 든 것이 아니라 이 건방진 소녀를 애먹일 또 하나의 방법이 생각났기 때문이다.

"너는 생각한 그대로를 솔직하게 말했다는 거냐?"

"예."

"내가 너무 성급했나보다. 모처럼 솔직하게 내 아이를 낳겠다고 한 너를 꾸짖었으니 말이다."

"아니, 괜찮습니다."

"용서해주겠느냐?"

"예."

"그렇다면, 낳아달라고 부탁할 것인지 나도 결정을 내려야겠다. 모두들 그렇게 생각하지 않느냐?"

아무도 대답하는 사람이 없었다.

노부야스는 다시 짓궂게 히죽 웃었다.

"그럼 보름달, 그 상 옆의 촛대 곁에 서보아라."

"예."

키쿠노는 아야메에게 거역하지 말라는 주의를 받은 일이 있기 때문에 대답하고 촛대 곁에 가서 섰다.

"좋아, 거기서 옷을 벗도록 해라. 내 아이를 낳을 수 있는 여자인지 아닌지 모두에게 보이고 결정하도록 하겠다. 자, 어서 벗어."

이 말에 놀라 모두 숨을 죽였다. 키쿠노는 의아한 듯 모두의 얼굴을 돌아보았다.

12

키쿠노는 무슨 말을 들었는지 처음에는 몰랐다. 그녀로서는 작은 성주의 기분이 풀렸는데도 모두 얼굴을 숙이고 굳어져 있는 것이 이상하기만 했다.

"자, 어서 벗어. 실오라기 하나라도 걸쳐서는 안 된다."

"예?"

키쿠노는 비로소 물었다.

"코소데를 벗으라는 말씀입니까?"

"코소데만이 아니야. 속옷도 모두 벗어. 태어났을 때처럼 벌거벗으라는 말이야."

"무엇 때문에?"

"그렇게 하지 않으면 네가 아이를 낳을 수 있는 여자인지 아닌지 모르기 때문이다."

순간 키쿠노는 슬픈 얼굴이 되어 눈길을 발 밑으로 떨어뜨렸다. 그러나 곧 생각을 바꾼 듯이 맑은 목소리로 대답했다.

"예."

그리고는 띠를 끄르기 시작했다. 모두 고개를 숙이고 잠자코 있었기 때문에 그렇게 해야 하는 줄로 아는 모양이었다. 스르르 띠가 다다미에 떨어지고 다시 코소데가 어깨에서 미끄러져내렸다.

키는 아야메에 못지않았으나 코소데 안의 몸은 아직 덜 익은 귤 같은 느낌이 들었고 가슴의 봉오리도 작았다.

눈과 얼굴에 이상한 긴장감이 감돌았다. 키쿠노가 다시 속옷을 벗으려 했을 때였다.

"아, 그만……"

참다못해 아야메가 소리질렀다.

"그만 됐어!"

그와 함께 내던지듯 노부야스가 그만두라고 외친 것은 거의 동시의 일이었다.

"누가 가서 마님을 불러오너라. 가증스런 이 계집애를 당장 토쿠히메에게 맡기겠다. 어서 불러오너라!"

노부야스의 표정이 험악해진 것을 보고 한 시녀가 허겁지겁 토쿠히메를 부르러 갔다.

산실에서 나온 지 얼마 안 되는 토쿠히메가 창백한 얼굴로 나타났다. 그때까지 키쿠노는 겁을 먹은 나머지 아직 코소데의 띠도 매지 못하고 서 있었다.

"무슨 일입니까?"

토쿠히메는 옆방에 선 채 싸늘한 목소리로 노부야스에게 말했다. 아야메는 감짝 놀라 문턱으로 나가 두 손을 짚고 엎드렸으나 토쿠히메는 아야메 따위는 보려고도 하지 않았다.

"무슨 일입니까?"

눈썹을 민 자국이 파랗게 난 이마가 꿈틀꿈틀 떨리고 동공이 크게 열려 있었다. 두번째 목소리는 보통 사람의 음성이 아니었다. 아직 부기가 가라앉지 않은 산모의 격앙하는 모습에는 노부야스를 소름끼치게 하는 무서운 살기가 감돌고 있었다.

노부야스는 토쿠히메를 바라보지 않았다.

"이 계집애가 하도 가증스러워 당장 베어버리려고 했으나 그대가 출산도 하고 정월이기도 해서 그대에게 맡기겠어. 피를 보고 싶지는 않아. 어서 데려가."

토쿠히메는 매서운 눈으로 키쿠노를 바라보고 다시 노부야스에게로 눈길을 돌렸다. 여전히 온몸을 무섭게 떨고 있었다. 이윽고 그녀는 꾸짖는 듯한 소리로 말했다.

"키노, 그 소녀를 데려오너라."

그 말뿐이었다. 토쿠히메는 홱 옷자락을 쳐들고 고개를 똑바로 세운 채 바람처럼 사라져갔다. 키노는 키쿠노를 손짓으로 부르고 정중히 절한 뒤 데리고 나갔다.

갑자기 노부야스가 우는 것도 같고 웃는 것도 같은 소리로 말하기 시작했다.

"하하하…… 아야메, 아야메, 이제야 겨우 속이 시원해졌어. 자, 다시 마시자고. 잔을 이리 줘. 그리고 무릎을 이쪽으로…… 하하하……"

13

토쿠히메가 키쿠노를 데려간 뒤부터 노부야스는 의외로 온순해졌다. 이미 주량을 넘어서 있었다. 계속 밤중까지 들볶는 것이 아닐까 생각하고 있었으나 넉 점(오후 10시)이 되자 잠자리에 들었다. 그러나 당장에는 잘 생각을 하지 않았다.

"우리 집안이 불행해진 원인은 부모의 불화에 있어."

이런 말을 하는가 하면 잔뜩 천장을 노려보기도 했다.

"어머니는 이미 실성했어. 파멸은 오지 말아야 할 텐데."

그리고는 불안한 듯 중얼거리기도 했다.

"아야메, 내가 잠들기 전에 먼저 자면 안 돼."

"예."

'성주님도 역시 외로운 사람일까……?'

이런 생각을 하며 가만히 옷소매를 눈으로 가져가는 아야메였다. 그러는 아야메에게 노부야스는 뜻밖의 말을 했다.

"그대의 체온…… 빠른 맥박, 그대는 아직 살아 있군."

"예? 무슨 말씀인지요."

"그대도 나도 살아 있다고 말했어. 오늘 살아 있다고 하는 것은 내일 죽을지도 모른다는 것과 같은 뜻이야."

아야메는 그만 온몸이 굳어졌다.

"아들을 낳지 못하는 죄, 용서해주십시오."

"뭐라고!"

이번에는 노부야스가 말꼬리를 잡았다.

"나는 그런 뜻으로 말한 게 아니야. 남녀의 인연이란 참으로 묘하다는 말을 했어. 이렇게 서로 살아서 맺어진 두 사람 중에서 누가 먼저 죽을까 하는 생각을 했던 거야."

"어머, 그런 불길한 말씀을……"

"아니, 불길한 말이 아니야. 지난해에도 몇 번이나 죽을 고비를 넘겼어. 올해에도 역시 그럴 수밖에 없는 상황…… 아야메, 그대는 이 노부야스가 전사하면 눈물을 흘리겠나?"

"어머……"

아야메는 대답 대신 두 손에 힘을 주어 노부야스에게 매달렸다.

"나는 그대가 정말 사랑스러워. 그러나 어머니는 사랑이란 것을 알지 못해. 그래서 나는 화를 내고 보름달을 지나치게 모독했어."

"성주님!"

"그대에게도 걱정을 끼쳤어. 아버지 말대로 이 노부야스는 모자라는 인간이야."

노부야스는 때때로 묘하게 약해지고 따스한 정을 나타내기도 했으나, 오늘처럼 그것이 사무치도록 아야메의 심금을 울린 적은 없었다.

'근본은 착한 분이셔……'

그러한 사람이 난세를 살아가는 무사의 강한 면을 지니려고 끊임없이 초조해하고, 그 모순이 취기와 함께 거친 태도로 나타나는 것이 아닐까.

"아야메, 용서해줘. 그대만은 내가 전사했을 때 진심으로 울어주기를 바라겠어."

"예…… 예."

"나도 그대를 진심으로 사랑하겠어."

"성주님!"

322

아야메는 뜻하지 않은 키쿠노의 출현으로 노부야스의 새로운 면을 발견했을 뿐만 아니라, 지금까지 깨닫지 못한 자기 자신을 발견하고 당황했다.

그것은 노부야스가 편안한 숨소리를 내며 잠이 든 아홉 점(오후 12시) 무렵이었다. 살며시 등불을 밀어놓으려 하다가 너무도 조용한 노부야스의 잠든 얼굴을 본 순간 주마등처럼 스쳐간 상념이 있었다.

'만일 성주님이 전사하면……'

생각은 그것뿐이었으나, 순간 자기가 얼마나 미칠 정도로 노부야스를 온몸으로 사랑하고 있는지를 깨달았다……

14

아야메는 가만히 고개를 들어 잠시 동안 눈도 깜빡이지 않고 노부야스의 잠든 얼굴을 들여다보고 있었다.

노부야스는 아무것도 모르고 자고 있었다. 아야메는 거친 털로 등을 쓰다듬는 듯한 기분이 들어 잠자리를 벗어났다. 아직 무엇을 어떻게 하겠다는 생각은 없었지만, 조용히 잠든 노부야스의 얼굴에 츠키야마의 얼굴이 겹쳐 보였다.

'만일 성주님이 죽으면 어떻게 할 것인가?'

그 불안이 갑자기 츠키야마에 대한 두려움으로 변했다. 설사 노부야스가 죽지 않는다고 해도 마님은 이 아야메를 용서하지 않을 것이었다.

키쿠노를 노부야스에게 권하라고 그토록 엄명을 내린 마님이 아닌가. 그 키쿠노를 토쿠히메에게 데려다주었다고 마님은 얼마나 진노할 것인가.

아야메는 살에 와닿는 추위도 잊고 거칠게 고개를 가로저었다. 키쿠노를 데려가게 된 사정을 마님에게 자세히 설명하여 납득시킬 힘이 자기에게는 없다는 절망의 표현이었다.

'어떻게 할 것인가……?'

아직도 눈길을 노부야스의 잠든 얼굴에 보낸 채, 아야메는 문 쪽으로 향해 조용히 뒷걸음질치고 있었다. 아무 데도 의지할 곳이 없는 여자. 억세지도 못하고 반항도 모르는 여자. 그 여자는 문 앞에 서서도 여전히 노부야스에게서 눈길을 떼지 않았다.

"성주님……"

아야메는 작은 소리로 말했다.

"아야메는 먼저 가겠습니다."

조용히 중얼거리고 나서야 비로소 고개를 수그리고 어깨를 떨며 울기 시작했다.

밖에서는 여전히 강한 바람이 불고 있었다. 덧문에 정원의 나뭇가지가 와닿는 소리가 났다. 복도에 켜놓은 등불은 이미 기름이 다 떨어진 듯 묘하게도 어둡고 빨갛게 보였다.

"성주님은…… 이 아야메를 사랑해주셨다."

아야메는 다시 한 번 중얼거리고, 무언가에 빨려들기라도 하듯이 정원의 나뭇가지가 와닿은 덧문 쪽으로 다가갔다.

자신이 불행하다는 생각은 별로 갖고 있지 않았다. 사랑하겠다고 한 노부야스의 말이 자신을 죽음으로 몰아넣었다는 것도 물론 깨닫지 못하고 있었다. 다만 이렇게 되는 것이 자신의 숙명이라 생각한 듯, 덧문 앞에 이르러 예닐곱 치 정도 조용히 문을 열었다.

찬바람이 베기라도 할 듯이 불어닥쳐 눈물에 젖어 있는 속눈썹이 따끔거렸다.

"성주님…… 저는 먼저……"

어차피 누구나 한 번은 죽게 마련이라고 담담하게 생각하며 아야메는 그대로 어둠 속으로 사라졌다.

이튿날 아침 —

아야메가 정원의, 이런 곳에서도 어쩌면 그럴 수 있을까 여겨질 정도로 낮은 소나무 가지에 목을 매어 죽어 있는 것을 발견한 사람은 노부야스였다.

날이 밝았을 때 노부야스는 이미 아버지보다 더 용맹스러워지기를 바라는 이 성의 성주가 되어 있었다. 그는 아야메가 측간에라도 간 줄 알고, 일어나 곧 마장에 나가려고 했다. 그리고 덧문 하나가 열려 있는 틈으로 가느다랗게 서리가 내린 것을 보고는 날카롭게 소리지르면서 정원을 내다보았다.

"누구냐, 이렇게 문을 열어놓은 자가?"

순간 그의 눈은 땅에 닿을까말까 한 새하얀 아야메의 발에 못 박혔다. 깜짝 놀라 달려온 시녀를 보고는 그대로 가슴을 떡 펴고 복도를 걸어 밖으로 사라졌다.

소나기구름

1

이에야스에게 와신상담의 기간이었던 텐쇼 4, 5, 6년의 3년 동안이 노부나가로서는 완전히 그 패업의 기초를 다진 전대미문의 활동기간이 었다.

노부나가는 일본의 축성사築城史에서 전례를 찾아볼 수 없는 장대한 규모로 아즈치 성을 완성했다. 그가 장악한 영토는 야마토, 탄바丹波, 하리마播磨가 더 포함되어 500만 석石에 이르렀으며, 위계位階는 정이품, 벼슬은 나이다이진內大臣°을 거쳐 우다이진右大臣°으로 승진했다.

카마쿠라鎌倉에 바쿠후幕府°를 열었던 미나모토노 요리토모源賴朝는 우대장右大將, 타이라노 시게모리平重盛는 나이다이진이었다. 그러나 아즈치 성이 완성되어 텐슈카쿠로 옮긴 텐쇼 7년(1579) 5월 11일 노부나가의 직위는 요리토모보다, 그리고 시게모리보다 위에 있었다.

그 뒤로도 노부나가의 천성적인 성격은 달라지지 않았다. 그날 노부나가는 코레토 휴가노카미惟任日向守가 된 미츠히데를 데리고 갓 완성된 텐슈카쿠를 자세히 둘러보았다.

맨 아래는 높이 12간間 남짓한 돌로 쌓은 광이 있고, 그 위에는 7층 건물이 주위를 압도하며 높이 솟아 있었다.

1층은 남북으로 20간, 동서로 17간, 기둥의 수는 204개, 본기둥의 길이는 8간, 굵기는 한 자 다섯 치와 여섯 치 및 한 자 세 치짜리가 사용되었다. 이들 기둥에는 모두 천이 감겨 있었고, 그 위로 검은 옻칠이 되어 있었다.

다다미 열두 장이 깔린 서쪽 방의 금빛으로 칠한 미닫이에는 카노 에이토쿠狩野永德가 묵화로 그린 매화, 서원에는 원사만종遠寺晩鐘의 경치를 그린 그림으로 꾸며져 있었다. 그리고 옆방의 선반에는 비둘기, 다다미 열두 장이 깔린 가운뎃방에는 독수리, 그 옆 다다미 여덟 장이 깔린 방과 넉 장이 깔린 구석방에는 꿩, 열두 장이 깔린 남쪽 방에는 중국 선비의 그림이 그려져 있었다.

"이봐, 대머리."

노부나가가 미츠히데를 돌아보고 말했다.

"예."

때때로 같이 걷고 있는 사람의 이름이 미처 생각나지 않으면, 전에 부르던 대로 히데요시는 원숭이, 머리가 벗겨진 미츠히데는 대머리라 부르는 노부나가였다.

"예, 마음에 안 드시는 것이라도 있습니까?"

미츠히데가 조심스럽게 허리를 구부리고 고개를 수그렸다.

"공사 책임자들의 이름을 적은 종이를 가지고 있지? 그렇게 쭈뼛거리지 말고 어서 이리 내놔."

"예."

미츠히데가 건네는 종이를 받아 홀끗 들여다보고 돌려주었다.

석수石手 책임자 니시오 코자에몬西尾小左衛門, 오자와 로쿠로

                         사부로小澤六郎三郎, 요시다 히라우치吉田平內
  목수 책임자   오카베 마타에몬岡部又右衛門
  장식 책임자   미야니시 유자에몬宮西遊左衛門
  칠 책임자   오비토 교부首刑部
  기와 책임자   카로우도 잇칸唐人一觀
  쇠붙이 책임자   고토 헤이시로後藤平四郎

  한번 훑어보기만 하고 그대로 돌려주었기 때문에 미츠히데는 노부
나가가 무엇을 생각하고 있는지 전혀 알 수 없었다.
  "혹시 마음에 안 드시는 점이라도……"
미츠히데가 다시 물었다.
  "걱정할 것 없어. 이 등롱燈籠이 마음에 들어 이름을 본 것뿐이야."
  "예. 이것은 입신入神의 경지에 들어선 헤이시로의 솜씨입니다."
  "말하지 않아도 알고 있어. 그런데, 대머리."
  "예."
  "이것을 미카와의 사돈에게 보여주고 싶군."
  "자못 놀라실 것입니다."
  "하하하. 자, 올라가세. 아직 육층이나 남아 있어."
이렇게 말하고 다시 걷기 시작하다가 불쑥 말했다.
  "카이의 타케다 녀석, 다시 이에야스에게 전쟁을 걸어온 모양이야."
우다이진은 익살스럽게 머리를 움츠리고 피식 웃었다.

                            2

  "그렇습니다. 지난해까지 소리 없이 군비개혁에만 힘을 기울인 카츠

328

요리도 이제는 무시할 수 없는 힘을 비축한 것 같습니다."

천성적으로 신중한 성격인 미츠히데는 빈틈없는 어조로 천천히 대답했다. 노부나가는 비위에 거슬린 듯 불쑥 말했다.

"대머리……"

"예."

"지난해 말에 한번 오이가와를 건너 이에야스와 맞붙은 카츠요리가 이번에도 에지리江尻로 나왔는데, 이에야스가 혼자 물리칠 수 있다고 생각하나?"

"글쎄요, 타케다와 도쿠가와 양가 모두 지난 몇 년 동안 서로 힘을 기르고 기강을 바로잡으면서 무력을 비축했기 때문에……"

이렇게 차분하게 말을 꺼냈다. 계단을 오르던 노부나가가 성급하게 혀를 찼다.

"답답한 사내로군. 어느 쪽이 이긴다고 한마디로 대답할 수 없어?"

"황송합니다마는, 어느 쪽이 이긴다고 속단할 수 없습니다."

"하하하…… 그 대답으로 충분해. 그럼 나도 안심하고 츄고쿠 정벌에 나설 수 있겠어. 좌우간 츄고쿠로 병력을 출동시키기 전에 반드시 이에야스를 초대해야 할 것 같아."

3층에 올라오자 시야가 탁 트였으나 노부나가는 걸음을 멈추지 않았다. 그곳에는 노부나가가 상주할 방이 마련되어 있었다. 한 단 높게 다다미 넉 장이 깔리는 상석이 있고 그 밑에 열두 장을 깔았는데, 방 전체가 화려한 화조도花鳥圖로 장식되어 있었다.

그 남쪽으로 다다미 여덟 장 크기의 '현인賢人의 방'이라 이름붙여진 방에는 호리병박에서 말이 달려나오는 그림이 그려져 있었다. 현인과 호리병박과 말이 무슨 관계가 있는지, 여기에 노부나가의 노부나가다운 면이 있었다.

3층의 기둥은 모두 140개.

4층에 올라갔을 때 노부나가는 다시 미츠히데에게 말을 걸었다.

"휴가노카미 ——"

이번에는 대머리 대신 휴가노카미란 벼슬 이름으로 불렀다.

"이에야스는 아직 혼자의 힘으로는 타케다를 멸망시킬 수 없어. 언젠가는 역시 우리 힘으로 쐐기를 박지 않으면 안 될 거야."

"그 말씀은, 도쿠가와의 힘만으로 멸망시키면 뒷일이 우려된다는 의미입니까?"

"그래. 역시 그 일은 내 손으로 하고 싶어. 내가 츄고쿠 정벌에 힘을 기울이고 있는 동안에 혹시 이에야스가 혼자 힘으로 해낸다면 무언가 개운치 못한 일이 생길 거야."

"그러면 기회를 보아 코슈를 먼저 공격하면 어떨까요?"

"멍청이 같은 녀석!"

노부나가는 침을 튀기면서 꾸짖었다.

"그렇게 하면 도쿠가와가 너무 강대해져 안심하고 서쪽으로 군사를 출동시킬 수 있게 되지 않겠어? 나잇살이나 먹고도 바보 같은 소리를 하는군."

미츠히데는 시무룩해져 입을 다물었다.

'이에야스만은 믿고 있다……'

이렇게 생각해왔다. 그런데 노부나가는 이에야스가 더 이상 강대해지기를 원치 않는 모양이었다. 아닌 게 아니라, 이에야스 혼자 타케다의 영지를 차지해나가면 이번에는 호죠도 우에스기도 대항할 수 없게 되고, 급기야는 오우奧羽 지역까지 그 세력을 뻗치려 할지도 모르는 일이었다.

이윽고 주종主從은 5층과 6층을 둘러보고 꼭대기인 7층으로 올라갔다. 그곳은 사방에 계단이 있는 세 간 넓이의 방으로 되어 있었다.

노부나가는 이미 세상의 일은 잊은 듯 늦봄의 비와 호수를 넋을 잃은 채 황홀하게 바라보고 있었다.

3

꼭대기 7층은 실내 모두가 금박으로 장식되어 있었다. 아니, 실내만이 아니라 사방으로 난 복도도 모두 금박이었다. 안의 기둥에는 용이 오르내리는 그림이 그려져 있었으며, 천장에는 선녀가 춤추는 모습, 방 안에는 삼황오제三皇五帝, 공자孔子의 십철十哲, 상산사호商山四晧, 칠현七賢의 그림이 그려져 있었다. 아마도 이곳에 아침저녁으로 햇빛이 비치는 모습을 산밑에서 바라본다면 눈이 부셔서 견딜 수 없을 정도로 찬란한 빛을 발할 것이 틀림없다.

지난날 새끼줄 띠를 두르고 참외를 먹으면서 진흙 속을 달리던 킷포시吉法師가 마침내 우다이진이 되어 이 높은 망루에 올라 마음껏 전망을 즐기게 되었다.

그러기 위해 얼마나 많은 사람들과 싸우고 얼마나 많은 인명을 빼앗아왔을까…… 지금의 그에게 이를 회상케 한다면 지나치게 잔인한 일일까. 이세의 나가시마, 에치젠의 카가 일대에 걸친 잇코 종도만 해도 족히 5만은 죽였다. 혁명이란 이렇듯 무참하게 사람의 피를 흘리게 하지 않고는 달성되지 않는 것일까……

노부나가가 사방을 모두 둘러볼 때까지, 함께 온 미츠히데도 일곱 명의 근시도 노부나가의 가슴에 오가는 감회를 방해하지 않으려고 숨을 죽이고 있었다. 노부나가는 무슨 생각을 했는지 갑자기 몸을 돌렸다. 그리고 묵묵히 동쪽 계단을 내려가기 시작했다.

'또 무슨 생각이 떠오른 모양이다……'

미츠히데를 비롯하여 모두들 노부나가의 돌발적인 행동에는 익숙해 있었으므로 곧 그 뒤를 따랐다. 노부나가는 도중에 걸음을 멈추지 않았다. 석축의 높이는 12간 남짓, 그 위에 17간 반의 7층 텐슈카쿠가 세워졌다. 정상에서 아래까지는 30간, 약 180자였는데, 이를 단숨에 내려온 노부나가는 그대로 텐슈카쿠에서 나와 북쪽 성으로 향했다.

북쪽 성에는 가건물이 있었다. 노부나가는 이 성을 짓도록 명하고 나서 석 달 만인 텐쇼 4년(1577) 2월 23일에 기후를 떠나 이곳에 왔다. 그 가건물 앞에 이르러 노부나가는 말했다.

"대머리, 이제 헤어지세."

미츠히데에게 턱으로 지시하고 얼른 가건물 안으로 들어갔다.

"노히메 ―"

옛날처럼 부르며 성큼성큼 안으로 들어가면서 노부나가는 종종걸음으로 따라오는 시동을 돌아보고 손을 내저었다.

"너는 올 것 없다."

미츠히데의 사촌여동생인 노히메는 아이를 낳지 못한 탓인지 아직 젊어 보였다. 이미 밤의 시중은 젊은 소실에게 맡겨놓았으나, 노부나가는 볼일이 있으면 그녀 곁에서 묵었다.

"어서 오세요. 무슨 급한 일이라도?"

노히메가 시녀를 거느리고 마중을 나왔다.

"노히메, 그 대머리가 말이지."

노부나가는 자리에 앉기가 바쁘게 말했다.

"한 가지 좋은 생각을 떠오르게 했어. 오카자키에서 토쿠히메가 보낸 편지 말인데, 그것을 기후에서 가져왔겠지?"

노부나가가 기후 성에서 이곳으로 가져오게 한 것은 다기茶器 이외에는 아무것도 없었다. 공들여 비축한 무기도 황금도 쌀도 말도 모두 아들 노부타다에게 주고 왔다.

"아니, 토쿠히메의 편지라니……?"

"왜 있지 않아? 츠키야마 마님과 노부야스에 대해 불만을 털어놓은 그 편지."

"아, 그것이라면 문갑 속 깊이……"

"이리 줘!"

노부나가는 한 손을 노히메에게 내밀었다.

4

노부나가가 손을 내밀었는데도 노히메는 일어서려 하지 않았다. 노부나가 이상으로 명석한 두뇌로 노부나가의 심중을 번개처럼 빠르게 눈치채는 노히메가 이렇게 능장을 부리는 것은 보기 드문 일이었다.

"어서 가져와! 빨리……"

노부나가는 다시 한 번 노히메의 코앞에서 손을 흔들었다.

"그런 것을 새삼스럽게 뭐 하시려고?"

"이상한 말을 하는군. 뭘 하려는지 모를 정도로 어리석은 그대가 아닐 텐데."

"그 편지를 증거로 누구를 문책하시려는 건가요?"

"그대도 이미 알고 있지 않아?"

노부나가는 이를 드러내고 혀를 찼다.

"그대는 독사(사이토 도산)의 딸이 아닌가?"

"아니, 지금은 그렇지 않아요. 우다이진 노부나가의 아내예요."

"건방진 소리……"

노부나가는 노히메의 표정이 창백하게 굳어지는 것을 보고 이번에는 얼굴을 누그러뜨리고 웃었다.

"나는 그 편지를 증거로 이에야스에게 노부야스를 죽이라고 할 결심이야. 그대가 이것을 모를 리 없어."

"알기 때문에 말리려는 거예요."

노히메의 목소리도 퉁기듯이 날카로웠다.

"이미 성주님은 오다의 카즈사上總만이 아닙니다. 우다이진인 노부
나가 공公이 자신의 맏사위를 사사로운 일로 죽였다고 하면 후세에까
지 큰 오점으로 남을 것입니다."

노부나가는 또다시 웃었다.

"건방지다니……"

그리고는 비아냥거렸다.

"그대는 아직도 오다의 카즈사 부인 그대로군. 자라지 못했어, 성장
하지 못했어."

노히메도 물러서지 않았다.

"부족하다는 것은 잘 알고 있어요. 하지만 부족한 자에게는 부족한
자대로의 부도婦道가 있어요. 그 일만은 부디 거두시기 바라겠어요."

"안 돼!"

드디어 노부나가는 언성을 높였다. 그러나 다시 부드럽게 말했다.

"오다의 카즈사일 때는 말이지, 미카와의 노부야스는 사위이기 때문
에 어디까지나 굳게 뭉쳐 서로 살아남지 않으면 안 되었어. 그러나 우
다이진이 되었으니 생각을 천하로 넓히지 않으면 안 돼. 이 이치를 그
대는 모르지 않을 텐데."

"……"

"내 말을 잘 들어. 내가 기후 성에서 무엇 하나 가져오지 않고 오와리
와 미노까지 노부타다에게 주면서 벌거숭이가 되어 이 성으로 옮긴 것
은, 나는 이미 기후의 노부나가가 아니라고 마음을 바꾸기 위해서였어.
기후의 노부나가라면 내 아들이니까, 내 사위니까, 내 친척이니까 하면
서 잘못이 있더라도 눈감아줄 수 있었을 테지. 그러나 아즈치의 노부나

가는 그럴 수 없어. 천하를 어지럽히는 자, 국내 평정을 방해하는 자는 내 아들이건 사위이건 용서할 수 없어. 이 이치를 모르고 있다면 그대가 아직 기후의 아내에서 한 걸음도 자라지 못한 증거라고 할 수밖에 없지."

노히메는 잠시 날카로운 눈길로 노부나가를 쳐다보고 있었으나, 마침내 일어나 문갑에서 한 묶음의 편지를 꺼내 노부나가에게 주었다.

"성주님!"

"알아들은 모양이군. 역시 그대는……"

노히메는 노부나가의 말을 가로막았다.

"분부대로 딸의 편지를 드렸으니 이제는 저를 죽여주십시오."

노히메는 아직 노부나가에게 굴복한 것이 아니었다.

새로 성이 들어선 숲에서 골짜기로 두견새가 나뭇잎을 스치며 두 번 울고 지나갔다.

5

"뭣이, 죽여달라고……"

노부나가는 뜻하지 않은 아내의 말에 잠시 숨을 죽이는 표정이었으나 이윽고 다시 조롱하듯 웃기 시작했다.

"그대 역시 대머리의 사촌여동생이라 다르군. 그 혈통에는 남을 희롱하려 드는 버릇이 있는 모양이야. 대머리 녀석은 내가 히에이잔을 불태울 때도 건방진 말을 했어. 중을 죽이면 내세에 가서도 벌을 받는다는 말도 안 되는…… 그대 역시 같은 부류야."

"아니, 그렇지 않아요."

노히메는 소름이 끼칠 만큼 싸늘하게 말을 잘랐다.

"저는 의견을 말하는 것이 아니라 먼저 이 몸부터 죽여달라고 부탁드리는 거예요."

"왜, 죽고 싶은가?"

"억울하기 때문이에요."

"허어, 내가 노부야스를 죽이면 그대는 분한가?"

"사부로의 일을 말하는 것이 아니에요. 그 때문에 토쿠히메의 생애에도 츠키야마 마님의 생명에도 반드시 화가 미칠 것입니다. 같은 여자의 몸으로 저는 여간 억울하지 않아요."

노부나가는 고개를 갸웃하고 빤히 아내를 바라보고 있었다. 노히메가 이처럼 강한 태도로 남편에게 저항한 것은 두 사람이 맺어진 이후 처음이었다.

"여자는 남자의 노리개가 아닙니다! 비록 그것이 아무리 천하를 위하는 일이라고 해도 그 일에 동의한다면 여자로서 제 마음이 용서하지 않습니다."

"과연 그럴까?"

"츠키야마 마님은 이 난세에 태어난 불쌍한 제물, 토쿠히메 역시 사부로가 미워서 그런 편지를 보낸 것은 아닙니다. 일시적인 망설임, 사랑하는 데서 오는 망설임…… 저는 그것이 여자의 운명이라 여겨 더욱 슬픈 생각이 듭니다. 그런데 성주님은 그것을 방패로 삼아 토쿠히메로부터 남편을 빼앗고 츠키야마 마님을 잃게 하려 하십니다. 저도 똑같이 어리석은 여자. 자, 어서 죽여주십시오."

노히메의 얼굴에는 어느 틈에 혈색이 사라졌다.

5월의 훈풍이 푸른 나뭇잎을 씻고 흘러들어왔으나 거실의 분위기는 얼어붙은 듯이 싸늘했다.

노부나가는 다시 얼마 동안 고개를 좌우로 갸웃거렸다. 그의 성격은 가신이 생각하고 있는 것처럼 그렇게 성급하고 무자비한 것은 아니었다. 때로는 보통 사람 이상으로 신중하고 보통 사람 이상으로 분노를 참았다.

"알겠어. 미카와에서 오쿠보 타다요와 사카이 타다츠구가 공사를 돕기 위해 와 있으니 불러서 의견을 들어보기로 하겠어."

노부나가는 얼른 표정과 어조를 바꾸고 손뼉을 쳐서 시동을 불렀다.

"미카와의 오쿠보와 사카이를 이리 들라고 해라."

시동이 공손히 절하고 나가자 노부나가는 다시 아내를 돌아보았다.

"그대는 백지로 돌아가 아무 선입감도 갖지 말도록. 나도 백지로 돌아가겠어. 노부야스가 가신들에게 어떤 평을 듣고 있는지 우선 그것부터 알아보겠어. 그런 뒤 노부야스를 죽이겠다고 한 내 말에 무리가 있었다면 깨끗이 잊어버리기로 하지. 그 대신 그대에게 무리가 있었다면 다시는 간섭하려 들지 말 것."

노히메는 여전히 굳어 있는 창백한 얼굴로 대답하지 않았다.

이윽고 시동의 안내를 받아 요시다 성주 사카이 타다츠구와 후타마타 성二俣城을 맡고 있는 오쿠보 타다요가 거실로 들어왔다.

노부나가는 아내와 언제 말다툼을 했느냐는 듯 밝은 표정으로 두 사람을 맞이했다.

"오, 미카와의 가신들, 어서 오시오."

6

"매일같이 수고가 많소. 축성공사를 돕는 일이 그대들 같은 백전노장에게는 익숙지 않을 텐데도 정말 잘 도와주었소. 이번 오월 십일일이 길일吉日이라, 완성된 텐슈카쿠로 옮길 생각이오. 되도록 빨리 이에야스 님을 초대하여 이 새로운 성을 보여드릴 생각인데, 어쨌든 앞으로 남은 것은 옮겨가는 일뿐이오. 그렇게 알고 오늘은 긴장을 풀고 이런저런 이야기나 나눕시다."

정이품 우다이진인 노부나가로부터 이런 정겨운 말을 들은, 새우잡이 춤에 능한 미카와의 무사 사카이 타다츠구도, 때때로 엉뚱한 말을 하여 사람들을 웃기는 오쿠보 타다요도 표정이 얼어붙을 수밖에 없었다.

'그렇구나, 노부나가 님은 이미 천하를 다스리는 사람이 되었구나.'

그뿐 아니었다. 이미 완성된 성의 화려한 모습이 그들의 마음에 커다란 감개를, 그와 함께 자신들도 모르는 사이에 위압감을 느끼고 있었다. 두 손을 짚고 조아린 사카이 타다츠구의 눈에도 오쿠보 타다요의 눈에도 희미하게 눈물이 번지고 있었다.

"그리고 보니 타다츠구는 나가시노 전투 때 토비노스야마를 기습하여 승리의 기틀을 잡고, 타다요는 울타리 밖으로 나가 타케다 군에게 맨 먼저 창을 휘두른 용사들이로군. 이번에 또 카츠요리가 도발하고 있는 모양인데 두 사람이 없으면 이에야스 님도 어려움을 겪게 될 거요. 이미 성은 완성됐소. 나로서도 속히 돌아가 방비를 굳게 하라고 부탁하지 않을 수 없소. 마침 나도 오늘은 좀 짬이 나서 술잔이라도 나눌까 하여 부른 것이오. 이봐요, 술을 준비해줘요."

이렇게 좋은 기분으로 말하는 이상 노히메도 반대할 수 없었다.

노히메는 시녀를 불러 술상 준비를 명했다.

불려온 두 사람은 더욱 황송하여 몸을 꼿꼿이 했다. 무엇보다도 우다이진이 된 사람과 무릎을 맞대고 앉아 마님의 거실에서 술잔을 나누게 된 것이 더할 나위 없이 감격스러웠다. 아마 이에야스도 이런 우대를 받은 적이 없을 것이었다.

"그대들은 도쿠가와 가문의 초석이오. 앞으로도 가문의 결속을 잘 부탁하겠소. 자, 타다츠구부터 잔을."

"예. 부족한 사람을 이렇게까지…… 감사히 받겠습니다."

잔은 붉은 칠을 한 2홉들이였는데, 그것을 받는 뼈마디가 굵은 타다츠구의 손이 떨리고 있었다.

"자, 다음에는 타다요. 그대가 수비하는 후타마타 성은 적과 가까운 곳에 있어 고생이 많을 거요."

"분에 넘치는 말씀입니다. 그럼, 잔을 받겠습니다."

두 사람이 잔을 비우자 얼른 다시 시녀에게 술을 따르게 하였다.

"이건 다른 사람에게는 물을 수 없어서 그대들에게 묻소. 내 사위 노부야스에 대한 평이 문중에서는 별로 좋지 않다고들 하더군. 어째서 그렇소?"

두 사람은 술잔 너머로 흘끗 눈길을 마주쳤다.

"황송합니다마는, 혈기가 왕성하신 것을 보고 그렇게 말하는 자가 있지 않나 생각합니다."

조심스럽게 대답한 것은 타다요였다.

"참으로 무용이 출중하시어 때때로 진중에서 저희들 같은 늙은이에게까지 꾸중을 내리십니다. 때문에 그런 험담을 하는 자가 생긴 것 같습니다."

타다츠구가 뒤를 이어 말했다.

"허어, 그대들까지도 꾸짖는다는 말이지?"

"예. 무용에서만은 아버님을 능가한다고 모두 말하고 있습니다."

"으음. 믿음직한 일이로군. 자, 어서 더 들도록."

다시 술을 따르게 했다.

7

타다요도 타다츠구도 노부나가의 마음속에 노부야스를 제거하려는

생각이 숨어 있는 줄은 상상도 하지 못했다.

　그들은 모두 자신이 입고 있는 영광에 감격하여 노부나가의 말을 거꾸로 해석하고 있었다.

　'노부나가 공은 우다이진이 되시더니 더욱 사위를 기특하게 여기고 계시다……'

　이런 생각을 하고 사카이 타다츠구는 노부야스의 행복에 도리어 화가 날 정도였다.

　그는 세번째 잔을 반쯤 비우고는 술기운으로 눈 가장자리가 불그레해졌다.

　"무용은 아버님을 능가하므로 이제는 문중의 인망人望을 모으는 일이 필요합니다."

　사카이 타다츠구는 노부야스를 노부나가 쪽 사람으로 여기고 편한 마음으로 말했다.

　"그 점에서는 아직 고생하신 일이 적기 때문에, 지난해 십일월 오랜만에 카츠요리가 오이가와를 건너 공격해왔을 때는 진중의 성주님 앞에서 이 타다츠구와 충돌하기까지 했습니다."

　"허어, 꾸중들은 것은 그때 일이오?"

　노부나가는 교묘하게 화제를 이끌어갔다.

　"그래, 노부야스가 무어라 하던가요, 그대에게?"

　"이 타다츠구의 공격이 신속하지 못하다고 전투를 모른다, 용기가 부족하다고 하셨습니다."

　"음, 노부야스가 좀 지나쳤군."

　"예. 그래서 저도 작은 성주님이 그런 말씀을 하시다니 섭섭하다, 황송한 말이지만 이 타다츠구는 카츠요리의 전술과 전법을 모두 알고 있기 때문에 그런다, 내일의 전투를 잘 보고 비판하시기 바란다며 반박하고 그 이튿날 크게 승리를 거두어 카츠요리를 물리쳤습니다."

"음, 그렇다면 무용은 아버지를 능가하는지 모르지만 아직 인품은 멀리 아버지에게 미치지 못하는군. 자, 어서 술을 더 들고 부담 없이 말해보도록."

"예. 무장이란 단순히 강하기만 하면 되는 것이 아닌 줄 압니다. 승리와 패배는 언제나 반복되게 마련, 승리만이 계속된다고 생각하면 나가시노에서의 카츠요리처럼 된다고 노신들이 입을 모아 간하고 있으나 젊기 때문에 좀처럼 받아들이시지 않습니다."

"곧잘 신경질도 낸다고 하더군. 언젠가 사냥길에서 돌아오다가 승려를 만나 말안장에 붙들어매고 끌고 다니며 죽였다던데?"

"예, 사실 그때는……"

타다요도 마음을 털어놓았다.

"이 타다요가 성주님의 명을 받고 오카자키에 훈계의 말씀을 전하러 갔었습니다."

"음, 그때 노부야스는 무어라고 하던가?"

"황송하오나, 나이다이진 님의 예를 드시면서 노부나가 공은 히에이잔과 나가시마 등에서 몇 백 몇 천의 승려를 죽였다, 내가 죽인 것은 겨우 한 사람, 어쨌든 후회하고 있으니 더 이상 아무 말도 말라며 저를 크게 질책하셨습니다."

노부나가는 흘끗 노히메를 돌아보았다.

"참고로 두 사람에게 말하는데, 나는 자신의 신경질 때문에 승려를 죽인 일은 한 번도 없소."

"예……"

"승려의 몸으로 군사를 기르고 무력을 휘둘러 천하의 평화를 어지럽혔소. 이것은 승려의 탈을 쓰고 성지聖地를 범하는 가증스러운 난적亂賊이므로 가차없이 처단한 거요. 그것을 혼동하다니 사부로는 정말 버릇없는 자로군."

갑자기 노부나가의 어조가 변했기 때문에 순간 두 사람은 마주보고 흠칫했다. 그리고는 묵묵히 잔을 입으로 가져갔다.

8

노부야스가 꾸짖음을 당하는 입장이 되자 타다츠구도 타다요도 안절부절못했다. 칭찬을 하면 쉽게 평소의 불만 같은 것을 말하게도 되지만, 갑작스러운 노부나가의 비난에 노부야스를 변호하고 싶어졌다. 나무랄 데 없는 작은 성주라고는 할 수 없으나 그렇다고 미워하는 것은 아니었기 때문이다.

두 사람의 굳어진 모습에 노부나가는 다시 밝게 웃었다.

"아니, 왜들 그렇게 심각한 표정을 짓는가. 참, 츠키야마 마님은 여전하시겠지?"

"예, 그 일로 말씀 드릴 것이 있습니다."

이번에는 타다츠구가 노부야스를 변호하고 싶은 마음에서 조심스럽게 입을 열었다.

"마님의 집념이 여간 아니어서…… 지금까지도 이마가와 가문의 전성시대를 입에 올리고 계십니다. 말하자면 작은 성주님의 행동도 마님의 영향을 받아서라고 저희들 사이에서는 얘기가 돌고 있습니다."

"음, 마님이 노부야스를 잘못되게 하고 있다는 것이로군. 마님은 아직도 나를 요시모토의 원수라고 말하던가요?"

"예, 참으로 이상한 집념입니다."

"나는 쿄토에서 요시모토의 아들 우지자네氏眞에게 공차기를 시켜 그것을 구경했소. 우지자네까지도 아버지의 원수인 이 노부나가 앞에서 즐거운 듯이 공차기를 했는데, 마님은 정말 우러러보아야 할 사람이로군."

"황송한 일입니다."

"아직 토쿠히메가 후계자를 낳지 못하는 것을 좋아하고 있겠군. 누군가 소실이라도 찾고 있소?"

"그 일은 마님 혼자 서두르고 계십니다. 중신들은 아직 작은 마님이 젊으시므로 아무도 관심을 두고 있지 않습니다."

"좋아, 여러 가지로 오카자키의 소식을 듣게 되어 즐거웠소. 자, 한 잔 더 들고 가서 쉬도록 하시오."

두 사람은 이때 비로소 잔을 엎었다.

"뜻하지 않은 온정을 입어 너무 오래 앉아 있었습니다. 이만 실례하겠습니다."

두 사람은 서로 눈짓을 하고 자리를 떴다.

노부나가는 잠시 동안 그대로 묵묵히 앉아 있었다.

시원한 바람이 마루에서 창으로 불어들어오고 처마 바로 밑에서 매미가 울기 시작했다.

"노부야스에게 도쿠가와 가문을 잇게 하기에는 부족해. 화가 나면 시녀의 입을 찢고 승려를 안장에 매어 끌고 다니면서 죽이는 형편이니…… 그래서야 어디……"

혼잣말이라기보다 역시 노히메에게 들려주기 위한 중얼거림이었다.

"무엇보다도 중신들이 싫어한다는 사실이 걱정스러워. 혐오를 받으면서도 밀고 나갈…… 그런 기량도 갖추지 못했어. 게다가 아직 우리를 원수라고 증오하는 어머니가 있어. 만일 그 집념과 노부야스의 경솔함이 어우러지는 일이라도 생기면 이에야스의 목에 올가미를 씌우게 될지도 몰라. 이에야스가 쓰러지는 날엔 동부 일본은 다시 난세로 되돌아가는 거야."

갑자기 노히메가 그 자리에 엎드려 울기 시작했다.

노부야스를 제거하지 않으면 안 된다고 결심한 노부나가의 마음이 비로소 노히메의 가슴을 슬프게 찌르기 시작했다. 노히메는 엎드려 울면서 마음속으로 외쳤다.

'인간은…… 인간은…… 어째서 이처럼 어리석은 것일까. 어째서 좀더 냉철한 생각을 가지고 태어나지 못하는 것일까……'

츠키야마의 집념도 노부야스의 경솔함도, 그리고 지금은 자신의 감정마저도 저주스러웠다.

몸부림치며 울고 있는 노히메를 보더니 노부나가는 갑자기 탁 무릎을 쳤다.

"그대답지 못한 일, 울음을 그치시오."

노히메는 더욱 안타깝게, 마침내 목을 놓아 울었다.

낙 뢰

1

이에야스는 무장을 한 채 동풍이 푸른 나뭇잎을 스쳐가는 가운데 오아이의 산실로 걸음을 재촉했다.

그해 4월 23일, 타케다 카츠요리가 다시 아나야마 바이세츠의 거성이 있는 스루가의 에지리로 군사를 출동시켰다. 그래서 이에야스는 이를 격퇴하기 위해 출전했다. 나가시노의 패전에 혼이 난 카츠요리는 작전에 신중을 기하여 쉽게 결전을 벌이려 하지 않았다. 하타모토를 그곳에 남겨 대진케 하고 이에야스는 일단 하마마츠로 돌아왔다.

오아이는 이번이 초산은 아니었다. 텐쇼 4년(1576) 4월 7일에 이미 첫아들을 낳았다. 나가마츠마루長松丸라고 이름지은 훗날의 히데타다秀忠가 그였다. 동시에 오아이는 사이고西鄕 마님이라 불리게 되고, 정실이 없는 하마마츠 성에서는 특히 모든 사람이 친근감을 갖고 또 존경하기도 했다.

이에야스가 전장에서 돌아와 보니 사이고 마님이 된 그 오아이가 둘째아들을 낳고 있었다. 이에야스로서는 노부야스, 오기마루, 나가마츠마루에 이은 4남의 탄생이었다.

"다시 아드님이 탄생하셨습니다."

성을 지키고 있던 혼다 사쿠자에몬의 말에 무장도 풀지 않고 산실을 찾게 되었다.

"그래? 큰공을 세웠군. 오래 성에 머물러 있을 수 없으니 지금 가서 대면해야겠네."

이 성도 혼다 사쿠자에몬에게 명하여 전보다 훨씬 더 넓게 성곽을 확장시켰으나 그 소박함은 아즈치 성과는 비교도 되지 않았다.

노부나가의 추천으로 이에야스도 종4품하 사콘에곤쇼쇼左近衛權少將에 임명되고 영지도 서서히 넓어져가고 있었다. 따라서 생활도 그에 비례하여 제법 화려해져도 좋았을 텐데 이에야스는 도리어 허리띠를 졸라맸다.

전에는 국 한 그릇에 반찬 다섯 접시를 허용했던 이에야스가 이제는 국 한 그릇에 반찬 세 접시로 제한하고, 밥에도 2할의 보리를 섞게 하는 등 마치 고집이라도 부리듯이 절약했다.

"이 정도도 농부들에 비하면 훨씬 사치스러워. 농부들이 무엇을 먹고 있는지 눈여겨보도록 해라."

이렇게 말하면서 볶은 된장을 담은 그릇을 깨끗이 부셔서 먹기도 하고 소금에 절인 야채를 어적어적 씹어먹는 이에야스를 보고 가신들의 의견은 언제나 찬반이 엇갈렸다. 훌륭한 대장이라고 칭찬하는 사람이 있는가 하면 인색한 것이 천성적인 성격 아니냐고 걱정하는 사람도 있었다.

이에야스는 사쿠자에몬의 안내로, 성의 북쪽 모서리에 회나무 껍질로 지은 작은 산실 앞에 이르러 시종을 그 자리에 남긴 채 가죽신의 끈을 풀었다.

"아니, 부를 것 없어. 잠들어 있으면 그냥 들여다보기만 하겠다."

새로 이 세상에 삶을 받고 태어난 아기를 접하는 기분은 각별했다. 마중 나온 유모와 시녀를 눈짓으로 제지하며 조용히 산실의 미닫이를 약간 열게 했다. 그 앞에 서자 소년처럼 가슴의 고동이 빨라지는 것을 느낄 수 있었다.

안에서는 오아이가 아직 핏덩어리나 다름없는 아기를 옆에 뉘고 반짝 눈을 뜬 채 천장을 바라보고 있었다.

"오아이……"

이에야스는 되도록 놀라지 않게 하려고 나직한 목소리로 불렀다.

2

오아이는 깜짝 놀라며 눈길을 돌렸다. 그리고는 이에야스의 모습을 발견하고 얼른 자리 위에 일어나 앉았다.

"그대로 있어, 그대로……"

"오신 줄도 모르고 이런 차림으로."

"아니 아니, 수고가 많았어. 이번에도 아들이라니 나가마츠마루도 동생이 생겼다고 좋아하겠군. 아직 이름을 짓지 못해 여기 오는 동안에 생각했어. 맏이가 나가마츠이니까 이번에는 후쿠마츠라고 하지."

"예. 후쿠마츠마루福松丸라는 말씀인가요?"

"그래, 후쿠마츠마루…… 진중에 있는 몸이 아니라면 격식대로 의식을 올려주고도 싶지만, 적을 눈앞에 두고 있으니 도리가 없군. 이해해주기 바라겠어."

아기를 들여다보며 이렇게 말했다.

"정말 묘한 일이야."

오아이에게 미소를 보냈다.

"나중에 생기는 녀석일수록 귀여운 생각이 들어. 흔히 빨리 부모를 여의게 되기 때문이라고 하는데 사실인지도 몰라."

"예."

오아이는 대답하기는 했으나, 아직 그녀가 알 수 있는 감정은 아니었다. 오아이가 알 수 있는 것이라고는, 이에야스가 나날이 더 허식을 싫어하고 엄하게 내부를 충실히 다져간다는 것뿐이었다. 그것은 노부나가가 파죽지세로 뻗어나가면 나갈수록 이에야스는 더욱 깊이 내부로 파고드는 음양陰陽 양극의 차이처럼 보였다.

"노부야스는 스물한 살이나 되었어. 오기마루는 아직 데려오지는 않았지만 일곱 살, 나가마츠마루는 네 살, 그리고 후쿠마츠는 한 살. 여기에 노부야스가 내 손자가 될 타케치요를 낳아준다면 다 같이 성에서 탈춤이라도 구경하겠는데."

"아닌 게 아니라 작은 성주님도 어서 대를 이을 아기를……"

"아마 머지않아 그렇게 되겠지. 그런데, 오아이."

"예."

"그대는 누워 있어도 마음이 편치 못할 성격이야. 이것저것 생각하지 말고 어서 건강이나 되찾도록 해."

"감사합니다."

"나는 이제부터 다시 스루가에 가야만 해. 그 전에 상의할 일도 있고 해서 이만 돌아가야겠어. 아무쪼록 몸조리를 잘 하도록."

이에야스는 일어나기 전에 또다시 말먹이 냄새가 밴 손으로 가만히 아기의 뺨을 만져보고 일어섰다.

오아이는 무릎을 가지런히 모으고 마루 위에 머리를 조아린 채 이에야스를 배웅했다.

밖으로 나오자 해는 이제 겨우 기울기 시작했다. 서쪽에서는 뭉게뭉게 소나기구름이 피어오르고 있었으나 당장 비가 쏟아질 것 같지는 않았다. 오늘은 이대로 마른 채로 저물 모양이었다.

"성주님!"

이에야스가 다시 노부야스로부터 방금 이름을 지은 후쿠마츠마루에
이르기까지 자기 아들들의 얼굴을 떠올리며 걷고 있을 때, 어느 틈에
떨어져 있었는지 사쿠자에몬이 빠른 걸음으로 되돌아와 몹시 격앙된
목소리로 말했다.

"그대답지 않게 왜 이러나, 사쿠자에몬? 무슨 일이 있나?"

"성주님! 노부나가가 마침내 본색을 드러냈습니다. 원래부터 놈은
교활하기 짝이 없는 맹수였지만 말입니다."

"조심해, 사쿠자에몬. 그 무슨 말버릇이냐!"

이렇게 말하기는 했으나 이에야스의 표정도 어느새 납빛으로 흐려
져갔다.

3

남이 놀라거나 흥분하면 일부러 익살을 부리며 침착을 가장하는 것
이 혼다 사쿠자에몬의 버릇이었다. 그런 사쿠자에몬이 눈에 핏발을 세
우고 입 가장자리의 근육을 꿈틀꿈틀 떨고 있었다. 아니 그보다도, 요
즘에는 노부나가가 왠지 모르게 이에야스의 마음에 걸리는 그림자를
떨구고 있었기 때문인지도 몰랐다.

이에야스는 그의 난폭한 말투를 엄하게 꾸짖고 곧 질문을 던졌다.

"무슨 일인가? 타다츠구와 타다요한테 무슨 말이라도 들었나?"

"예. 두 사람 모두 사색이 되어 돌아와 지금 본성에서 성주님을 기다
리고 있습니다."

"두 사람 모두 사색이 되어……?"

"성주님! 드디어 노부나가 녀석이 큰 문제를 제기했습니다."

"이시야마의 혼간 사를 공격하라는 말이라도 했다는 건가?"

"그런 사소한 일이 아닙니다. 놀라지 마십시오. 오카자키의 사부로님을……"

말하다 말고 사쿠자에몬은 얼굴 가득히 증오의 빛을 떠올렸다.

"저로서는 말할 수 없습니다. 어서 두 사람을 만나보십시오."

이에야스는 그 한마디에 가슴이 푹 찔리는 느낌을 받았다. 아무래도 그가 은근히 두려워하던 일이 사실이 되어 나타난 모양이었다.

"그래……?"

하늘을 쳐다본 채 중얼거렸을 뿐 이에야스는 아무 말도 하지 않았다. 별로 서두르지도 당황하는 것 같지도 않았다. 점점 살이 오르기 시작한 둥근 얼굴에 땀이 솟아 빛나 보였다.

본성에 들어서자 분위기가 완전히 바뀌어 있었다. 타다츠구와 타다요는 어깨를 축 떨어뜨리고 가만히 앉아 있었으나, 그 양쪽에 자리잡은 근시들 사이에서는 숨막힐 듯한 비분이 감돌고 있었다.

"두 사람 모두 수고가 많았네."

이에야스는 애써 태연한 체하며 두 사람을 보고 이어 근시들을 둘러보았다.

"우다이진 님은 안녕하시겠지?"

"예."

타다요보다 먼저 타다츠구가 두 손을 짚고 머리를 숙였다.

"왜 그러나, 사람들을 물리쳐주길 바라는가?"

"아닙니다…… 그……그러실 것까지도 없습니다."

"그럴 것까지 없다면 어서 말해보게. 무슨 일이 생겼다는 말인가?"

"오카자키의 작은 성주님과 츠키야마 마님, 두 분 모두 자결케 하시라는 요구가 있었습니다."

단숨에 말하고 타다츠구는 그대로 다다미에 머리를 조아렸다.

순간 주위에 무서운 살기가 감돌았다.

"타다츠구…… 그대는 그 말을 승낙하고 왔나?"

"당치도 않습니다! 저희가 어떻게 그런 일을 마음대로 승낙할 수 있겠습니까?"

"그래?"

이에야스는 두서너 번 고개를 끄덕였다.

"무엇 때문에 그런 요구를 한다던가?"

이렇게 말하는 목소리는 깊은 탄식으로 변해 있었다.

"지금부터 그것을…… 말씀 드리겠습니다."

타다츠구는 흐느끼며 대답했으나, 오쿠보 타다요는 고개를 깊이 수그린 채 한마디도 하려 하지 않았다.

4

"이유는 열두 개 조항이었습니다. 제정신이 아니어서 그것을 순서대로 말씀 드리지는 못하겠습니다. 용서해주십시오."

타다츠구는 자세를 바로 하여 침착해지려고 노력했다.

전쟁터에서는 열 배, 스무 배나 되는 적을 앞에 두고도 껄껄 웃으며 상대하는 타다츠구가 핏발이 선 눈으로 떨고 있는 모습이 이에야스의 마음을 무겁게 짓눌렀다.

"첫째는 요즘 오카자키 부근에서 유행하는 춤에 대해서였습니다. 그 춤은 이마가와 요시모토가 덴가쿠하자마田樂狹間에서 쓰러지고 그 아들 우지자네가 뒤를 이은 후부터 불길처럼 퍼지기 시작한 춤입니다."

"으음."

"그 춤이 오카자키에서 유행하게 된 것은 무슨 까닭이냐. 백성들이 성주를 신뢰하고 마음에 희망을 품고 있을 때는 그런 유행이 발붙이지 못하는 법. 그러나 눈앞에 희망이 보이지 않으면 춤에 의지하여 자기를 잊으려 한다. 이 춤을 망국의 춤이라 일컫지 않느냐. 이것은 바로 사부로가 백성들에게 희망을 줄 기량이 없다는 증거가 아니냐……라고."

이에야스는 조용히 눈을 감고 고개를 끄덕였다.

"둘째는……?"

"둘째는 이마가와 가문이 멸망할 때 우지자네도 그 춤을 즐겨 추고, 춤을 추다가 이마가와 가문을 멸망시켰는데, 사부로 또한 그것을 좋아하여 스스로 이 마을 저 마을로 돌아다니며 춤을 출 뿐 아니라, 춤이 서투르거나 누추한 옷을 입은 자를 보면 화를 내면서 활로 쏘아 죽였다. 이것은 도저히 있을 수 없는 일……"

"타다츠구."

"예."

"노부야스가 정말 그런 짓을 했나?"

"예…… 예."

"그것을 어째서 노신들이 나에게 말하지 않았느냐?"

"말씀 드리면 성주님이 꾸중을 하실 것입니다. 꾸중을 듣게 되면 사부로 님은 왜 그런 일을 고해바쳤느냐고 노신들에게 분노를 터뜨리실 것입니다."

"셋째는?"

이에야스는 다그치듯 묻고 다시 눈을 감았다.

"셋째는 매사냥을 하고 돌아오는 길에 승려를 만나 그 목에 밧줄을 묶고 말로 끌고 다니며 죽이신 일입니다."

"네번째는…… 무엇이었나?"

"네번째는…… 사카키바라 코헤이타가 자주 간언을 한다고 화를 내시고 카리마타雁股°로 사살하시려 한 일입니다."

이에야스는 깜짝 놀라 오른쪽에 있는 사카키바라 야스마사에게 눈길을 돌렸다.

"코헤이타, 정말 그런 일이 있었느냐?"

"예."

"그대는 어떻게 했느냐? 화살을 피했느냐?"

야스마사는 고개를 수그리다 말고 말했다.

"무고한 이 사람을 죽이시면 성주님께서 어떻게 여기시겠는가, 그래도 죽이시려거든 어서 쏘십시오 했더니 안색을 누그러뜨리며 그대로 안으로 들어가셨습니다."

이에야스는 뽑아낼 수 없는 대못이 점점 더 자기 몸 깊숙이 박혀드는 심정이었다.

'내가 모르는 것을 노부나가는 속속들이 알고 있다……'

노부야스가 얼마나 가신들에게 인망이 없는가 하는 증거가 아니고 무엇인가.

'딱하고 가련한 녀석……'

이런 생각을 하면서 감정을 꾹 누르고 이에야스는 조용히 물었다.

"다섯째는……?"

5

"다섯째는……"

타다츠구는 주먹으로 가만히 눈물을 닦았다. 그 방은 별로 덥지 않고 이따금 서늘한 바람이 불어왔으나 타다츠구의 등은 땀으로 흠뻑 젖어 있었다.

"작은 마님 토쿠히메 님이 계속 딸만 낳는다고 하며 불쾌히 여기시고 아들을 낳기 위해 소실을 두었을 뿐 아니라, 수시로 토쿠히메 님을 학대하신 일……"

"다음은?"

"작은 마님의 하녀 코지쥬가 사부로 님에게 간언한 일로 진노하시어 칼로 베고 두 손으로 입을 찢으신 일."

"그 다음은?"

"츠키야마 마님에 대한 것이었습니다. 그 조목 중의 하나는 카츠요리에게 밀서를 보내 내통하여 오다, 도쿠가와 양가의 멸망을 꾀하셨다는 것입니다."

"이제 그만!"

이에야스는 차마 그 이상 듣고 있을 수가 없어 말을 중단시켰다.

"츠키야마가 모반을 꾀했단 말이지?"

"예…… 예."

"오다 님은 노부야스가 그 모반에 동의했다고 하더냐, 아니면 노부야스는 그 일에 관련이 없다고 하더냐?"

다그쳐 물으면서 이에야스는 자기 자신에게 화를 냈다. 그런 말까지 했다면 무슨 말을 하건 결국 푸념에 지나지 않았다.

노부나가는 미카와의 비위까지 맞추지 않으면 안 되었던 오와리, 미노의 성주에서 지금은 천하를 다스려야 할 책임 있는 인간으로 입장이 바뀌었다. 예전의 노부나가는 도쿠가와 가문에게 오와리의 친척이고 미노의 친척이었다. 그러나 지금은 천하를 다스리는 사람이라는 입장에서 임하고 있을 것이 분명했다. 그런 입장에 선 노부나가의 눈으로 볼 때, 오카자키의 사부로 노부야스는 성격도 혈통도 언행도 두뇌도 역량도 별로 탐탁지 않은 인간으로 비쳤을 터.

용기와 분별력은 타케다 카츠요리보다 뛰어나고, 혈통은 오다 가문을 원수로 여기는 이마가와의 핏줄을 이어받고 있었다. 언행에서는 경솔한 경우가 많고, 중신과 백성들로부터 존경을 받는 경지까지는 이르지 못하고 있었다.

이러한 노부야스가 만일 아버지 이에야스와 불화하여 타케다 카츠요리와 손을 잡기라도 하는 날에는 그야말로 미카와에서부터 그 동쪽에 이르는 일본의 질서는 수습하기 어렵게 될 것이었다. 이런 점들을 세밀하게 분석한 끝에 자결을 요구했을 것이 분명하고, 일단 말을 꺼낸 이상 물러서지 않는 것이 노부나가의 성격이었다.

"사부로 님은 마님의 모반과는 관련이 없다고 했습니다. 관련은 없지만 마님이 울면서 매달리면 정에 빠질 우려가 있다. 만일의 경우가 생기면 도쿠가와 님이 공들인 탑은 하루아침에 무너질 것이므로 나에게 구애받지 말고 자결케 하라…… 이렇게 말했습니다."

"뭐, 나에게 구애받지 말고……라고 했다는 말인가?"

"예."

"그래? 사부로는 노부나가 님에게도 사랑받는 사위였을 터……"

이에야스가 답답하다는 듯 중얼거렸다.

"성주님!"

그때까지 눈을 감고 듣고만 있던 사쿠자에몬이 무릎걸음으로 다가왔다.

"어떻게 하시렵니까, 노부나가의 말을 설마 순순히 받아들이지는 않으시겠지요?"

"받아들이지 않는다면 어떻게 하자는 말인가?"

"싸워야 합니다. 싸우겠다고 하지 않으면 작은 성주님의 목숨을 구할 수 없습니다."

"기다려. 조급하게 굴면 안 돼, 사쿠자에몬."

이에야스는 사쿠자에몬을 꾸짖고 다시 깊은 생각에 잠겼다.

6

타다츠구와 타다요는 여전히 어깨를 숙이고 있었다. 동석했던 사람들은 더욱 울분을 터뜨리며, 대들듯이 말하는 사람도 있었다.

"타다츠구 님, 타다요 님, 두 분은 작은 성주님을 위해 어떤 변호를 하고 오셨소?"

"그게 모두 사실이어서 아니라고는 할 수 없었소."

"당치도 않은 소리요. 비록 그것이 사실이라 해도 그런 경우에 잠자코 있을 수만은 없는 일 아니오? 대부분은 기억에 없는 일이라고 잡아떼는 것이 중신으로서의 소임 아니겠소?"

"옳은 말이오. 상대의 요구를 묵묵히 듣고만 오는 일이라면 중신이 아니라 아시가루나 소인배들도 할 수 있는 일. 소위 중신이란 사람 둘이 모두 그대로 물러나 돌아오다니 어디 말이나 됩니까?"

좌중의 분노가 더욱 거세지는 바람에 타다츠구는 더 이상 아무 대답도 할 수 없게 되었다.

이에야스는 잠자코 사방침을 움켜쥐고 꼼짝도 않고 있었다.

차차 주위가 어두워지기 시작했다. 황혼이 찾아오고 있었다. 바람도 자고 파도소리가 멀리서 들리기 시작했다.

"성주님! 마님의 일은 그렇다 치고, 작은 성주님의 일만은 일전을 벌이는 한이 있더라도 받아들일 수 없다고 즉시 사자를 보내셔야 합니다. 갈 사람이 없다면 이 사쿠자에몬이 가겠습니다. 모반과는 관련이 없다고 노부나가 자신도 말했으니 이쪽의 태도 여하에 따라 상대도 납득하게 될 것입니다."

이에야스는 그렇게 생각하지 않았다.

"노부나가 님은 기후에서 아즈치의 새로운 성으로 옮길 때 맨손으로 간 분일세."

"맨손이 무슨 상관입니까? 저쪽에서도 우리가 강하게 나올 것을 예상하고 있을지 모릅니다. 사부로 님은 바로 그의 사위란 말씀입니다."

"아니, 그렇지 않아."

이에야스는 천천히 고개를 가로저었다.

"맨손으로 새로운 성으로 옮긴 그 결심을 간과해서는 안 돼. 그것은 이제부터 천하의 지배자로 행동하라, 약간의 영지를 가진 다이묘 따위가 아니라고 스스로 맹세한 무서운 의미를 지닌 행동임이 틀림없어. 그런 결심을 한 눈으로 볼 때 사부로는 불안하게 생각되는…… 불효 자식이지."

"그렇다고 해서 적자嫡子를 남의 지시대로……?"

"어쨌든 기다려, 잠시 동안만."

이에야스는 비로소 깨달았다는 듯이 말했다.

"타다츠구, 타다요, 물러가서 쉬어라. 나는 오늘 밤에 깊이 생각해보겠다."

"예."

"인생이란 참 이상한 거야."

"무슨 말씀이신지요?"

"지금까지 생각지도 않던 일이 오늘 문득 떠올랐어. 노부야스를 비롯하여 이번에 태어난 아이까지 모두 한자리에 모아놓고 탈춤이라도 구경하는 것이 어떨까…… 하는 생각을 했었는데, 벌써 한 녀석에게 사고가 생기는군."

"……"

"어떻게 할 것인지 오늘 하룻밤 생각해보겠네. 하지만 그대들은 절대로 노부나가 님에게 검은 마음이 있다고는 생각지 말게. 아마 노부나가 님도 마음속으로는 울고 있을 거야. 나는 그의 심정을 알 것 같아. 사랑하는 딸과 사위이지만 대사를 위해서는 희생시키지 않을 수 없다

고 여겨, 그 후환을 없앤 뒤 츄고쿠로 진출할 생각이실 것일세. 속단해
서는 안 돼. 경거망동해서도 안 돼. 내가 결심을 굳히거든 그대들은 그
것에 따라야만 해. 알겠나?"

여기저기서 약속이라도 한 듯 흐느끼는 소리가 터져나왔다.

7

그날 밤 이에야스는 일찌감치 침소로 향했다. 냉정하려고 하면 할수
록 무섭게 가슴을 뒤흔드는 감회가 있었다. 노부나가의 마음을 밑바닥
까지 들여다보고 있다고 생각하면서 지금까지 설마 하며 방심하고 있
었다.

자세한 내용은 토쿠히메가 알렸을 것이 분명하고, 토쿠히메와 츠키
야마를 같이 오카자키에 있도록 한 것은 실수였다. 며느리와 시어머니
사이, 더구나 한쪽은 이마가와의 핏줄이고 한쪽은 그를 멸망시킨 오다
가문의 딸이었다.

노부야스의 경우만 해도 오히려 이쪽에서 선수를 쳐서 이렇게 전했
더라면……

"사부로 녀석의 방자함이 나날이 심해지기 때문에 오카자키에는 성
주 대리를 두고 녀석은 그다지 중요하지 않은 작은 성으로 쫓아버릴까
합니다마는……"

혹시 노부나가가 도리어 사부로를 변호하고 나섰을지도 모를 일이
었다. 노부나가에게는 능히 그럴 수 있는 성격이 있었다.

이번 경우는 중신들에게도 불찰이 있었다. 모두 무용에 뛰어나고 충
성과 진실한 면에서는 누구에게도 뒤지지 않았으나 외교수완이나 정치
수완은 능숙하지 못할 뿐만 아니라, 그런 것은 무사답지 못한 일이라

하여 싫어하고 입을 다무는 결점이 있었다. 오가 야시로의 경우도 그랬지만 이번 경우 역시 이에야스가 처음 듣는 일이 몇 가지 있었다.

'이러다가는 우리가 앞으로 좀더 강해졌을 때……'

그런 생각을 떠올렸다가 이에야스는 깜짝 놀라 자신을 반성했다. 사랑하는 자식에게 닥친 이 불운에 당황하여 가신을 원망할 뻔한 자신을 깨달았다.

자리에 누웠으나 좀처럼 잠이 오지 않았다.

다음 날 아침부터 비가 내리고 하늘에서는 계속 번개가 쳤다.

그 무렵 이에야스의 베개는 흠뻑 젖어 있었다. 온갖 복잡한 상념의 울타리를 넘어 이윽고 자기 자식의 애처로움만이 절박하게 온몸을 죄어왔다.

"사부로 녀석, 어째서 너는 좀더 조심스럽게 살지 못했느냐?"

자기 자식을 감싸기 위해 노부나가와 무모한 일전을 벌일 생각은 아예 하지도 않았다. 그런 만큼 또다시 울화가 온몸의 피를 들끓게 했다.

"사부로 녀석에게 큰 잘못이 있어 목을 베었습니다."

어차피 구할 방법이 없다면, 그 목을 아즈치에 보내고 싶은 마음까지 들었다.

번개와 비가 그치자 창이 훤하게 밝아왔다. 이에야스는 끝내 한잠도 자지 못하고 일어나고 말았다. 숙직하던 시동이 급히 달려왔다.

"정원을 산책하겠다. 따라올 것 없다."

이에야스는 그대로 밖으로 나왔다. 촉촉하게 젖은 대지, 산뜻한 아침, 바다 위의 하늘이 약간 붉게 물들어 눈앞에 있는 소나무가 한결 더 맑게 보였다.

이에야스는 그 하늘을 쳐다보며 잠시 동안 눈도 깜박이지 않았다.

짧은 인생과 영원과의 대결. 자연의 위대함과 인간의 미미함.

'그렇다……'

이에야스는 자기 자신을 달래듯 입속으로 중얼거렸다.

'사부로를 위해 자존심을 버리고 노부나가 님에게 사죄하겠다. 그것이 솔직한 부모의 마음이다.'

점점 더 동쪽 하늘이 붉어지고, 이윽고 이에야스의 어깨 언저리에서 일찍 잠이 깬 새들의 지저귀는 소리가 들리기 시작했다.

8

얼마 후 이에야스는 타다츠구를 거실로 불렀다.

근시들을 모두 물러가게 하고 유일하게 동석이 허용된 것은 이에야스의 사위 오쿠다이라 쿠하치로 노부마사뿐이었다.

타다츠구 역시 잠을 이루지 못한 듯 축 늘어진 눈꺼풀에 생기 없는 표정으로 앉으면서 한숨을 쉬었다.

"타다츠구, 수고스럽지만 다시 한 번 아즈치에 다녀와야겠네."

"예……"

타다츠구는 원망스러운 듯 이에야스를 쳐다보고 얼른 눈길을 내리깔았다.

"그대들이 직접 이야기를 듣고 왔으니 도리가 없네. 부사副使는 타다요 대신 여기 있는 쿠하치로를 보내겠어."

쿠하치로 노부마사는 가볍게 고개를 숙이고 타다츠구를 가만히 노려보았다. 노부마사가 타다츠구를 못마땅하게 여긴다는 것을 잘 알 수 있었다.

"이렇게 될 줄도 모르고 나는 노부나가 님에게 드리려고 말 한 필을 준비해두었어. 멀리 오슈奧州에서 사들인, 노부나가 공의 마음에 들 네 살짜리 밤색 말일세. 두 사람이 이것을 끌고 가서 노부야스를 변호해주었으면 싶네."

"알겠습니다마는……"

타다츠구는 눈길을 들었다.

"만일 노부나가 공이 거부한다면 그때는 어떻게 할 것인지 여쭙고 싶습니다."

"타다츠구……"

"예."

"그대답지 못한 말을 하는군. 그대는 노부나가 공이 강경하게 나오면 내가 일전을 벌일 것이라고 생각하나?"

"예…… 아니, 그렇게는 생각하지 않기 때문에……"

"내가 그대들을 보내는 것은, 더할 나위 없이 불초한 자식이지만 아비로서는 불쌍하기 짝이 없으니, 앞으로는 나도 그대들도 다시는 그런 일이 없도록 주의하고, 작은 성에라도 옮기게 하여 목숨을 유지할 수 있게 해주고 싶기 때문일세."

"예."

"만일 이 말을 그대가 하기 어렵다면 내가 아직 모르고 있는 것처럼 해도 좋아. 그대들이 하마마츠에 돌아와 보니, 아무것도 모르고 있는 내가 노부나가 님에게 진상할 명마名馬를 입수했다, 다시 한 번 다녀와라…… 이렇게 명했다고 하게. 아무것도 모르고 기뻐하고 있어서 차마 말하지 못했다, 다시 한 번 사부로에 대해 재고해주실 수 없느냐고 해도 좋아. 알겠나, 내 마음을?"

"예."

타다츠구는 이렇게 대답하고 나서 괴로운 표정을 지으며 물었다.

"그래도 노부나가 공이 들어주지 않을 경우에는……?"

타다츠구는 일단 말을 꺼낸 노부나가가 자신의 변명 따위에 귀를 기울여줄 것인지 걱정스럽기만 한 모양이었다.

이에야스는 버럭 화가 치밀었다.

"처음부터 그런 경우에는 받아들인다는 생각으로 내가 말하고 있는 것을 모른단 말이냐?"

"예, 알겠습니다."

"어서 떠나게. 끌고 갈 말은 이미 쿠하치로에게 명해서 준비해놓았네. 그대도 자식이 있을 것 아닌가. 생각할 게 있으면 가는 도중에 하도록 해."

"알겠습니다. 즉시 다녀오겠습니다."

"쿠하치로, 자네는 아무것도 모르는 체하게. 단지 말을 끌고 온 사람으로만 행동하도록."

두 사람이 나간 뒤 이에야스는 다시 멍하니 생각에 잠겼다.

9

타다츠구와 노부마사가 물러난 후 얼마 지나지 않아 사쿠자에몬의 굵직한 목소리가 옆방에서 들려왔다.

"성주님, 들어가도 되겠습니까?"

"사쿠자에몬인가, 들어오게."

사쿠자에몬은 어제와는 달리 조용한 걸음걸이로 들어와 무명 하카마袴°를 쓰다듬듯이 하고 앉았다.

오늘은 어제만큼 바람이 없었다. 정원의 푸른 나뭇잎들이 강한 햇살을 받아 숨을 죽이고 있는 것 같았다.

"성주님, 이미 일은 끝났습니다."

"사자를 보낸 것이 헛일이란 말인가?"

"방금 두 사람을 배웅하고 왔습니다마는, 사에몬노죠(타다츠구)는 처음부터 변호할 마음이 없었습니다."

"나에게도 그렇게 보였는데 역시……"

"설마 그 정도나 되는 사람이 여자와 관계된 원한으로 있지도 않은 말을 했다고는 생각하지 않으나, 사부로 님에 대한 어떤 불평을 털어놓았는지도 모릅니다."

"뭐, 여자에 대한 원한……이라니 그게 무슨 소린가?"

"토쿠히메 님의 하녀로 오후쿠라는 서른 살쯤 된 여자가 있었습니다. 사에몬노죠는 그 여자에게 마음이 있어 토쿠히메 님의 허락을 받고 요시다 성으로 데려갔습니다. 그것을 사부로 님이 아시고 타다츠구를 불러 작은 마님 앞에서 크게 꾸짖었다고 합니다."

이에야스는 혀를 찼다. 이 역시 그로서는 처음 듣는 말이었다.

"지난해 초겨울 전투 때는 진중에서 언쟁을 벌였는데, 그것이 어쩌면 사에몬노죠가 노부나가 님의 결심을 굳히게 한 원인이 되지 않았나…… 이 늙은이는 생각합니다. 그렇다면 변호를 한들 통하지 않는다고 처음부터 잘 알고 있었을 것…… 성주님, 저는 싸우자고는 하지 않겠습니다. 이미 일은 끝난 것이라 여기고 마음을 결정하십시오."

이에야스는 사쿠자에몬을 빤히 바라본 채 고개를 끄덕이지도 않고 대답도 하지 않았다.

'사쿠자에몬의 말대로 그것은 소용없는 일이었는지도 모른다……' 이에야스는 곧 고쳐 생각했다.

'그래도 좋다. 이것이 갈피를 잡지 못하는 부모 된 자의 마음이다.'

오쿠다이라 쿠하치로를 딸려보낸 것은 양쪽 모두 사위, 노부나가의 감정에 호소하고 싶어서였다. 타다츠구에게 변호할 수 없는 사정이 있다면 이 역시 미련未練에서 오는 어리석은 짓이었다.

"성주님, 더 이상 아무 말도 하지 않겠습니다. 단지 원통하다고 말씀드릴 수밖에 없습니다."

"사쿠자에몬, 너무 염려하지 말게. 이 이에야스는 마음이 어지러워 졌다고 해서 인내를 잊지는 않아."

"이 늙은이도 인간의 일생에는 이런 일도 있구나 하고 깊이 마음에 새기겠습니다."

"그런데 말일세, 사쿠자에몬."

"예."

"타다츠구에게는 변명의 여지가 없었다는 말은 다른 사람에게 하지 말게."

"예."

"그러나저러나 큰 벼락이 떨어졌어, 사쿠자에몬."

"예, 어제는 이 늙은이까지도 불끈 분노가 치솟았습니다."

"잘 생각하도록 하세. 가문을 어지럽히지 않고 또 노부나가 님에게 도 웃음거리가 되지 않도록 잘 생각해 처리하세. 큰 나무를 노리는 것은 바람만이 아니라는 것을 잘 알았어."

사쿠자에몬은 무슨 생각을 했는지 정중하게 두 손을 짚고 이에야스에게 머리를 조아렸다.

—9권에서 계속

《 아즈치 성 》

◈──오다 노부나가 권력의 상징
    해자를 사이에 두고 바로 앞에 성읍의 일부가 보인다.

≪ 나가시노 전투시 오다의 가신단 ≫

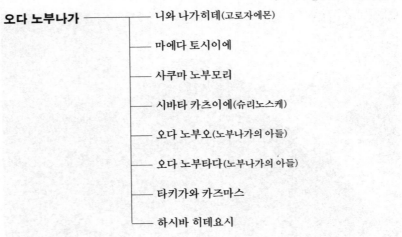

◈—( )안은 관직명이나 통칭

오다 노부나가 ─────── 니와 나가히데(고로자에몬)

── 마에다 토시이에

── 사쿠마 노부모리

── 시바타 카츠이에(슈리노스케)

── 오다 노부오(노부나가의 아들)

── 오다 노부타다(노부나가의 아들)

── 타키가와 카즈마스

── 하시바 히데요시

── 병력 20,000

나가시노 전투시 도쿠가와의 가신단

◆—( )안은 관직명이나 통칭

도쿠가와 이에야스

— 도쿠가와 노부야스(사부로, 이에야스의 아들)

— 사카이 타다츠구(사에몬노죠)

— 사카키바라 야스마사(코헤이타)

— 오구리 시게츠네(다이로쿠)

— 오스가 야스타카(고로자에몬)

— 오쿠다이라 사다마사(쿠하치로)

— 오쿠다이라 사다요시(미마사카노카미)

— 오쿠보 타다스케(지에몬)

— 오쿠보 타다요(시치로에몬)

— 이시카와 카즈마사(호키노카미)

— 이이 만치요

— 토리이 모토타다(히코에몬)

— 혼다 타다카츠(헤이하치로)

— 히라이와 치카요시(시치노스케)

—— 병력 8,000

《 나가시노 전투시 타케다의 가신단 》

◆—( )안은 관직명이나 통칭

타케다 카츠요리
(시로)

— 나이토 마사토요(슈리노스케)

— 바바 노부후사(미노노카미)

— 사나다 노부츠나(겐타자에몬)

— 사에구사 모리토모(카게유자에몬)

— 스가누마 사다나오(신사부로)

— 아나야마 바이세츠(겐바노카미)

— 아토베 카츠스케(오이노스케)

— 야마가타 마사카게(사부로베에)

— 오바타 노부사다(카즈사노스케)

— 오야마다 마사유키(빗츄노카미)

— 와다 노부와자(효부)

— 이치죠 노부타츠(우에몬다유)

— 츠치야 마사츠구(우에몬노죠)

— 타케다 노부자네(효고노스케)

— 타케다 노부카네(뉴도 쇼요켄)

— 타케다 노부토요(사마노스케)

— 하라 마사타네(하야토)

—— 병력 15,000

《 주요 등장 인물 》

도쿠가와 노부야스德川信康

통칭 사부로라 불리며 도쿠가와 이에야스의 장남이다. 아내인 토쿠히메로부터 오가 야시로가 모반을 하였으며, 어머니인 츠키야마와 불륜 관계라는 말을 듣고, 그럴 리 없다며 격분한다. 자신의 분노에 못 이겨 아내가 보는 앞에서 그녀의 시녀인 코지쥬의 입을 찢어 죽이는데, 이 사건을 계기로 토쿠히메의 아버지인 오다 노부나가로부터 타케다 가와 내통하고 있는 것이 아닌가 하는 의심을 받게 된다.

도쿠가와 이에야스德川家康

나가시노 성에서 오다 노부나가와 연합하여 타케다 군을 궤멸시킨 이에야스는 세력권을 넓혀가는 노부나가를 보며 점차 노골화되어가는 그의 천하 평정에 대한 꿈을 눈치챈다. 한편 아들인 노부야스와 정실인 츠키야마를 타케다 가와 내통했다는 이유로 자살시키라는 노부나가의 명을 받고 아들의 구명救命을 위해 다시 한 번 노부나가에게 가신들을 보낸다.

사카이 타다츠구酒井忠次

관직명 사에몬노죠. 이에야스의 가신으로 새우잡이 춤의 명수로도 잘 알려져 있다. 나가시노 전투에서는 토비노스야마를 기습하여 승리의 기반을 다진다. 오다 노부나가에게 사자로 가서 츠키야마와 노부야스를 자살시키라는 명을 듣고, 이를 이에야스에게 전달한다.

야마다 시게히데山田重秀

통칭은 하치조. 오가 야시로의 꼬임에 넘어가 이에야스를 배신하려는 계획을 세우지만 중간에 마음이 바뀌어 콘도 이키에게 모든 걸 밝히고, 이를 이에야스에게 알리도록 한다.

오가 야시로大賀彌四郎

타케다 카츠요리의 첩자로 활약하며, 츠키야마와 내연의 관계를 맺는다. 이에야스를 모반하려는 계획을 세우지만, 함께 모반 계획을 세웠던 야마다 시게히데의 밀고로 모반을 성공시키지 못하고 잡히게 된다. 백성들의 심판을 바란다며 이에야스 독단의 처벌을 거부하여 목만 내놓고 생매장당한 채 톱질형에 처해진다.

오다 노부나가織田信長

나가시노 성에서 처음으로 총포대를 사용하여 타케다 군을 궤멸시킨 노부나가는 점차 영토를 확장하여 500만 석에 이르는 큰 세력을 형성한다. 나이다이진을 거쳐 정2품 우다이진에 임명된 노부나가는 계속해서 츄고쿠 진출 계획을 세운다. 한편 도쿠가와 노부야스의 아내이자 자신의 딸인 토쿠히메의 편지를 받고, 츠키야마와 노부야스를 의심하게 된 노부나가는 이에야스에게 그 두 사람을 자살시키라는 명령을 내린다.

오쿠다이라 사다마사奧平貞昌

통칭은 쿠하치로. 도쿠가와 이에야스의 장녀인 카메히메의 남편으로 나가시노 성의 성주이다. 나가시노 전투에서 500명의 군사로 1만 5,000의 타케다 군과 대적하며, 오다와 도쿠가와의 지원군이 올 때까지 나가시노 성을 굳건히 지킨다.

츠키야마築山

이에야스의 정실이다. 타케다 카츠요리와 내통하며 이에야스를 배신할 계획을 세우지만, 거듭되는 카츠요리의 패전으로 아무런 진전을 보지 못하고, 마침내 공모했던 오가 야시로가 발각되어 톱질형에 처해지자 점차 자신의 위치에 불안을 느끼며 광적인 언행을 보인다.

카메히메龜姬

도쿠가와 이에야스의 장녀로 오쿠다이라 사다마사의 아내이다. 나가시노 성이 타케다 군의 침공을 받고, 이에야스의 지원군이 올 때까지 농성하기로 정해지자, 남편과 함께 병사들의 사기를 북돋우며 여장부다운 면모를 보인다.

타케다 카츠요리武田勝賴

타케다 신겐의 아들로, 도쿠가와 이에야스에게 빼앗긴 나가시노 성을 탈환하기 위해 1만 5,000의 대군을 이끌고 나가시노 성으로 침공하지만, 500명의 군사로 거세게 항전하는 오쿠다이라 사다마사의 분전에 막혀 성을 함락하지 못하고, 결국 2만 8,000의 오다 · 도쿠가와 연합군을 맞아 대패한다.

토리이 스네에몬鳥居强右衛門

오쿠다이라 사다마사의 명에 의해 타케다 군의 포위망을 뚫고 나가시노 성을 빠져나가 도쿠가와 이에야스와 오다 노부나가가 함께 있는 진지로 간다. 이에야스와 노부나가로부터 곧 지원군을 보내겠다는 말을 듣고, 이 사실을 봉화로 나가시노 성에 알리고 타케다 군에 잡혀 최후를 맞는다.

《 센고쿠 용어 사전 》

간間 | 1권 부록 351쪽 참조.

나노리名乘 | 무사가 관례를 올린 뒤에 붙이는 통칭 이외의 이름. 우리 나라의 자字에 해당함.

나이다이진內大臣 | 다이죠칸의 장관. 사다이진左大臣, 우다이진右大臣 다음의 직위.

노부시野武士 | 산야에 숨어살면서 패잔병 등의 무기를 빼앗아 무장한 무사나 토민의 무리.

다이묘大名 | 넓은 영지와 많은 부하를 둔 무사의 우두머리.

다이칸代官 | 성주를 대신하여 지방의 행정을 맡아보는 사람.

도보同朋 | 쇼군이나 다이묘를 섬기며 신변의 잡무나 예능상의 여러 가지 일을 맡아보는 사람.

도보슈同朋衆 | 도보와 동일.

렌가連歌 | 일본 고전 시가의 한 양식. 보통 두 사람 이상이 단가의 윗구에 해당하는 5·7·5의 장구와 아랫구에 해당하는 7·7의 단구를 번갈아 읊어 나가는 형식. 대개 백구百句를 단위로 함.

모토유이元結 | 상투를 틀 때 사용하는 가는 끈.

바쿠후幕府 | 무신 정권 시대에 쇼군이 집무하던 곳, 또는 그 정권.

부교奉行 | 행정, 재판, 사무 등을 담당하는 무사의 직명.

쇼군將軍 | 바쿠후 최고의 실권자.

아시가루足輕 | 평시에는 막일에 종사하고, 전시에는 병졸이 되는 최하급 무사.

양동대陽動隊 | 본래의 목적과는 다른 움직임을 일부러 드러냄으로써 적의 주의를 그쪽으로 쏠리게 하여 정세 판단을 그르치게 하는 유인 부대.

어린진魚鱗陣 | 4권 부록 349쪽 참조.

와카和歌 | 일본 고유의 정형시. 5·7·5·7·7의 5구 31음으로 된 시.

우다이진右大臣 | 다이죠칸의 장관. 사다이진 다음의 직위.

우치기袿 | 옛날 귀부인이 겉옷에 받쳐 입던 옷.

이리가와入側 | 툇마루와 사랑방 사이에 있는 통로.

카나假名 | 한자를 차용해 만든 일본의 표음 문자.

카리마타雁股 | 끝이 갈라지고 그 안쪽에 날이 있는 화살촉.

카이샤쿠介錯 | 할복하는 사람의 목을 치는 일, 또는 그 사람.

카치徒士 | 도보로 주군을 따르거나 선도하는 하급 무사.

코소데小袖 | 옛날 넓은 소매의 겉옷에 받쳐 입던 속옷. 현재 일본옷의 원형.

코와카幸若 | 무사의 세계를 소재로 한 춤의 일종.

텐슈카쿠天守閣 | 성의 중심부 아성牙城에 3층 또는 5층으로 높게 쌓은 망루.

하치만八幡 | 오진應神 천황을 모신 신사.

하카마袴 | 일본옷의 겉에 입는 아래옷. 허리에서 발목까지 덮으며 넉넉하게 주름이 잡혀 있고, 바지처럼 가랑이진 것이 보통이나 스커트 모양의 것도 있음.

하타모토旗本 | (진중에서) 대장이 있는 본영. 또는 그곳을 지키는 무사.

후죠몬不淨門 | 성, 저택 등에서 오물, 시체, 죄인 등 불결한 것을 내보내는 문.

≪ 도쿠가와 이에야스 관련 연보(1574~1579) ≫

◈──서력의 나이는 도쿠가와 이에야스의 나이

일본 연호		서력	주요 사건
텐쇼 天正	2	1574 33세	2월 5일, 타케다 카츠요리가 노부나가의 성인 미노 아케치 성을 공격하여 함락시킨다. 2월 8일, 이에야스의 차남 오기마루(히데야스)가 미카와 후지미무라에서 태어난다. 어머니는 오만. 3월 18일, 노부나가가 참의 종3품이 된다. 3월 19일, 하시바 히데요시가 오미 나가하마 성에 들어간다. 6월 17일, 카이의 타케다 카츠요리는 이에야스의 토토우미 타카텐진 성을 공격한다. 6월 18일, 노부나가의 원군이 이마기레에 도착하지만 타카텐진 성이 함락되어 6월 21일 기후로 돌아간다. 9월 29일, 이세 나가시마의 잇코 종도가 노부나가에게 항복한다.
	3	1575 34세	2월 28일, 이에야스는 오쿠다이라 사다마사(노부마사)에게 미카와 나가시노 성의 수비를 명한다. 4월 21일, 타케다 카츠요리는 미카와로 침입하여 오쿠다이라 사다마사의 나가시노 성을 공격한다. 5월 13일, 노부나가는 이에야스의 나가시노 성을 도와주기 위해 군사를 이끌고 기후를 출발한다. 5월 21일, 나가시노 전투에서 노부나가와 이에야스가 타케다 카츠요리를 격파한다(나가시노 전투). 11월 15일, 노부나가는 장자인 노부타다에게 명해 타케다 카츠요리의 장수인 아키야마 노부토모를 미노 이와무라 성에서 공격한다. 12월 24일, 이에야스는 타케다 카츠요리의 토토우미 니죠 성을 함락한다. 12월 27일, 사쿠마 노부모리는 노부나가에게 미즈노 노

일본 연호	서력	주요 사건
텐쇼 天正		부모토를 중상한다. 이에야스는 노부나가의 명을 받고 노부모토를 죽인다.
4	1576 35세	2월 23일, 노부나가는 오미 아즈치에 성을 축조하고 그 곳으로 옮긴다. 장자인 노부타다를 기후 성에 남겨둔 다. 3월 17일, 이에야스는 이마가와 우지자네를 토토우미 마키노 성에 머무르게 하며 마츠다이라 이에타다 등에 게 명해 보호하게 한다. 11월 21일, 노부나가는 나이다이진이 된다.
5	1577 36세	3월 1일, 이에야스는 이마가와 우지자네를 토토우미 마키노 성에서 하마마츠 성으로 옮긴다. 8월 27일, 타케다 카츠요리가 토토우미 요코스카로 출진하지만, 이에야스가 이를 격파한다. 10월 23일, 하시바 히데요시는 노부나가의 명을 받고 츄고쿠 평정에 나선다. 12월 15일, 이에야스는 종4품하가 되고, 12월 29일에는 사콘에곤 소장에 임명된다.
6	1578 37세	3월 9일, 이에야스는 타케다 카츠요리의 스루가 타나카 성을 공격한다. 3월 13일, 에치고의 우에스기 켄신이 49세의 나이로 사망한다. 11월 2일, 이에야스는 타케다 카츠요리가 오이가와를 건너 토토우미 오야마에 도착했다는 정보를 듣고 출진을 명한다.

일본 연호		서력	주요 사건
텐쇼 天正	7	1579 38세	4월 7일, 이에야스의 삼남인 나가마츠마루(히데타다)가 하마마츠 성에서 태어난다. 어머니는 오아이. 5월 11일, 아즈치 성의 텐슈카쿠 준공. 7월 16일, 노부나가는 이에야스에게 노부야스를 자결 시킬 것을 명한다. 8월 3일, 이에야스는 미카와 오카자키 성으로 간다. 이 어서 아들 노부야스를 미카와 오하마로 옮긴다. 8월 12일, 이에야스는 혼다 시게츠구에게 오카자키 성 을 지키게 한다. 8월 29일, 이에야스의 가신인 오카모토 헤이에몬 등이 이에야스의 정실인 츠키야마를 살해한다. 9월 5일, 호죠 우지마사는 이에야스와 화친하고 타케다 카츠요리를 협공하자고 약속한다. 9월 15일, 이에야스의 아들 노부야스가 21세의 나이로 자살한다.

옮긴이 **이길진**李吉鎭

1934년 황해도 출생. 1958년 서울대학교 사회학과를 졸업하였다.
일본 문학 작품 및 일본 문화에 관련된 많은 책들을 유려한 우리말로 옮겼다.
주요 역서로는 가와바타 야스나리의 『설국』, 이마이 마사아키의 『카이젠』,
오에 겐자부로의 『사육』, 기쿠치 히데유키의 『요마록』,
야마오카 소하치의 『오다 노부나가』, 『사카모토 료마』 등이 있다.

| 부록의 자료 제공 및 감수는 고려대학교 일어일문학과 최관 교수님께서 해주셨습니다.

도쿠가와 이에야스 제8권

1판 1쇄 발행 2000년 12월 10일
2판 3쇄 발행 2023년   5월   1일

지은이 야마오카 소하치
옮긴이 이길진
펴낸이 임양묵
펴낸곳 솔출판사

주소 서울시 마포구 와우산로29가길 80(서교동)
전화 02-332-1526
팩스 02-332-1529
이메일 solbook@solbook.co.kr
홈페이지 www.solbook.co.kr
출판 등록 1990년 9월 15일 제10-420호

ISBN   979-11-86634-33-2   04830
ISBN   979-11-86634-22-6   (세트)

• 잘못된 책은 구입한 곳에서 바꿔드립니다.
• 책값은 뒤표지에 표시되어 있습니다.

나가시노長篠 **전투(1575) 병풍도 뒷부분.**
오다·도쿠가와 연합군이 타케다 군을 공격하는 모습.